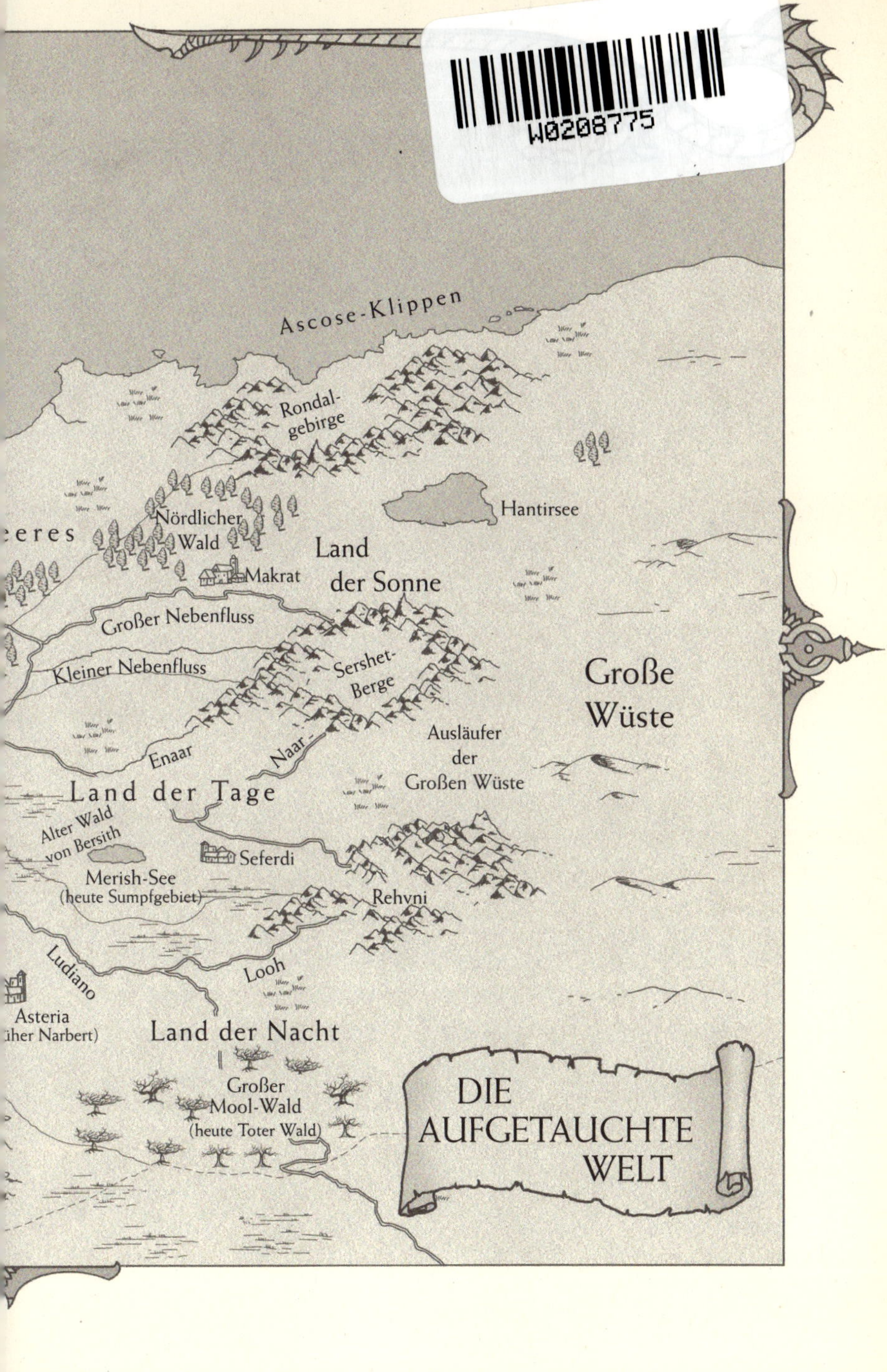
Ascose-Klippen
Rondal-
gebirge
Hantirsee
eeres
Nördlicher
Wald
Land
der Sonne
Makrat
Großer Nebenfluss
Kleiner Nebenfluss
Sershet-
Berge
Große
Wüste
Ausläufer
der
Großen Wüste
Enaar
Naar
Land der Tage
Alter Wald
von Bersith
Seferdi
Merish-See
(heute Sumpfgebiet)
Rehvni
Ludiano
Looh
Asteria
üher Narbert)
Land der Nacht
Großer
Mool-Wald
(heute Toter Wald)
DIE
AUFGETAUCHTE
WELT

Licia Troisi

Die Drachenkämpferin

Im Land des Windes

Aus dem Italienischen
von Bruno Genzler

Weltbild

Die Originalausgabe erschien unter dem Titel
Cronache del mondo emerso – Nihal della terra del vento
bei Arnoldo Mondadori Editore SpA, Mailand

Genehmigte Lizenzausgabe
für Verlagsgruppe Weltbild GmbH,
Steinerne Furt, 86167 Augsburg

Redaktion: Dr. Ulrike Schimming
Umschlaggestaltung: büro süd, München
Umschlagmotiv: Agentur Schlück

Gesamtherstellung: Bagel Roto-Offset
GmbH & Co.KG, Schleinitz

Printed in the EU

ISBN: 978-3-8289-6060-2

Ein kleines Mädchen

(...) ist das kleinste und abgeschiedenste Land der Aufgetauchten Welt. Am westlichen Rand gelegen, wird es zur einen Seite vom Saar, dem schier unüberwindlichen Großen Fluss, eingeschlossen und zur anderen Seite vom Großen Land bedroht. Egal wo man sich befindet, von jedem Punkt des Landes ist der mächtige Turm jener Feste zu erkennen, in der der Tyrann residiert. Wie eine finstere Bedrohung lastet dieser Turm auf dem Leben aller Bewohner im weiten Umkreis. Eine ständige Mahnung, dass kein Ort weit genug entfernt sein kann, um sich dem Machtbereich dieses Gewaltherrschers zu entziehen. Dennoch ist dieses Königreich in Teilen noch frei.

AUS DEN ANNALEN DES RATS DER MAGIER; FRAGMENT

Typisch für das Land des Windes ist die besondere Bauweise seiner Städte. Es handelt sich um Turmstädte von enormer Höhe, die eine hoch entwickelte Arbeitsteilung aufweisen und weitgehend autark sind. Jede Ebene einer Turmstadt ist einem bestimmten Handwerk oder Erwerbszweig vorbehalten. In der Mitte jeder Stadt liegt ein weites offenes Feld, das von Bauern bestellt wird. Die Turmstadt Salazar ist der letzte Vorposten im Land des Windes vor dem Bannwald, jenem weitläufigen, dichten Gehölz, das die Grenze zum Land der Felsen bildet (...)

ANONYMER BERICHT AUS DER ZERSTÖRTEN BIBLIOTHEK DER STADT ENAWAR; FRAGMENT

1

Salazar

Die Sonne überflutete die Ebene. Es war ein besonders milder Herbst, das Gras war noch saftig grün und wogte sanft gegen die Stadtmauern wie ein Meer an einem ruhigen Tag.

Nihal saß auf der Terrasse oben auf dem Turm und genoss den Morgenwind. Von diesem höchsten Punkt Salazars aus bot sich der beste Blick über die Ebene, die sich, so weit das Auge reichte, bis zum Horizont zog. Aus dieser endlosen Weite ragte die Stadt auf, mit ihren nicht weniger als fünfzig Ebenen von Häusern, Werkstätten und Ställen. Ein einziger, riesengroßer Turm, der eine kleine Metropole von fünfzehntausend Menschen fasste, die zusammengedrängt in seinen eintausendzweihundert Ellen Höhe lebten.

Nihal liebte es, allein dort oben zu sitzen, während der Wind in ihren langen Haaren spielte. Dann hockte sie mit übereinander geschlagenen Beinen auf einem Stein, hatte die Augen geschlossen und ihr hölzernes Schwert wie ein echter Krieger neben sich gelegt.

Dort oben konnte sie zur Ruhe kommen, konnte sich ganz auf sich selbst konzentrieren, auf ihre verborgensten Gedanken, auf jene vage Wehmut, die sie manchmal umfing, auf jenes leise Murmeln, das sie hin und wieder aus den Tiefen ihrer Seele aufsteigen spürte.

Doch heute war kein solcher Tag. Nein, es war ein Tag der Schlacht, und wie ein Feldherr, den es zum Kampf drängt, ließ Nihal heute den Blick über die Ebene schweifen.

Sie waren vielleicht ein Dutzend Jugendliche, alle älter als zehn Jahre. Unter lauter Jungen war sie das einzige Mädchen. Alle saßen, nur sie stand in ihrer Mitte. Sie war der Anführer: ein schmächtiges, schlankes Mädchen, mit lebhaften violetten Augen, fließendem, blau glänzendem Haar und auffallend spitz zulaufenden Ohren. Wenn man sie so ansah, mochte man sie nicht für stark halten, doch alle hingen an ihren Lippen.

»Heute kämpfen wir um die verlassenen Häuser. Die Fammin haben sich dort eingenistet und spielen sich als die großen Herren auf. Aber sie wissen nichts von uns und erwarten uns nicht: Wir können sie also überraschen und mit der Kraft unserer Schwerter aus ihren Löchern vertreiben.«

Die Jungen lauschten aufmerksam.

»Und wie sieht dein Schlachtplan aus?«, fragte der dickste von ihnen.

»Wir marschieren in geschlossenen Reihen bis zum Stockwerk über den Werkstätten hinunter, nehmen die Abkürzung durch die Gänge hinter der Stadtmauer und landen direkt bei ihrem Versteck und können ihnen in den Rücken fallen. Wenn wir uns nicht verraten, wird das ein Kinderspiel. Ich marschiere voran, die anderen des Stoßtrupps folgen mir.« Einige der Jungen nickten überzeugt. »Dann kommen die Bogenschützen«, und drei Knaben mit Schleudern in der Hand hoben die Waffen und zeigten, dass sie verstanden hatten, »und zum Schluss die Fußsoldaten. Seid ihr bereit?«

Ein Chor begeisterter Ja-Rufe erhob sich.

»Dann auf!«

Nihal reckte ihr Schwert und ließ sich geschwind, gefolgt vom Rest der Bande, durch die Falltür hinab, die von der Terrasse in den Turm führte.

Dicht hintereinander stürmten sie im Marschschritt durch die Gänge, die den inneren Ring Salazars umliefen, unter den amüsierten, häufiger aber sorgenvollen Blicken der Einwohner Salazars, die nur allzu gut wussten, wie Nihals legendäre Schlachten häufig endeten.

»Guten Morgen, General.«

Nihal drehte sich um. Das Wesen, das sie angesprochen hatte, war ungefähr so groß wie sie, leicht untersetzt und trug einen dichten Bart, der fast sein ganzes Gesicht verdeckte. Es war ein Gnom, der jetzt eine komische Verbeugung vollführte.

Nihal ließ ihre Männer anhalten und verbeugte sich ebenfalls.

»Auch dir einen guten Morgen.«

»Nun, mal wieder auf Feindesjagd?«

»Ja, natürlich. Wir müssen doch die Fammin aus dem Turm vertreiben.«

»Gewiss, gewiss ... Doch würde ich an deiner Stelle, in diesen gefährlichen Zeiten heutzutage, den bewussten Namen nicht so leichtfertig aussprechen. Selbst nicht im Spiel.«

»Wir haben aber keine Angst!«, rief ein Junge aus dem Hintergrund.

Und Nihal lächelte kühn. »Eben, wir haben keine Angst. Und wovor auch? Die Fammin sind hier doch allen verhasst, und zudem ist das Land des Windes immer noch frei.«

Der Gnom kicherte und zwinkerte ihr zu. »Wie du meinst, General. Dann viel Glück in der Schlacht.«

Rasch, aber im Gleichschritt wie richtige Soldaten passierten sie die verschiedenen Ebenen der Turmstadt, vorbei an Häusern, Läden und Werkstätten, im Chaos der Völker und Sprachen, die in Salazar zu Hause waren. Sie durchliefen die ringförmig angelegten Flure jedes Stockwerks, während die Sonne sie in regelmäßigen Abständen durch die Fensterbögen küsste, die sich zu den Gemüsegärten in der Mitte tief unter ihnen öffneten. Die Turmstädte im Land des Windes waren nämlich alle um einen breiten zentralen Schacht herum errichtet, der zwei Aufgaben erfüllte: Zum einen ließ er auch von innen Tageslicht in die Stadt hinein, und zum anderen schuf er jenes offene Feld in der Mitte, das in verschiedenste kleine Obst- und Gemüsegärten unterteilt war.

Irgendwann bog Nihal sicheren Schritts in eine schmale Gasse ein und stieß gleich darauf eine alte vermoderte Tür auf. Dahinter herrschte tiefste Finsternis.

»Da wären wir.« Das Mädchen setzte eine feierliche Miene auf. »Also, keine Angst und tapfer voran, wie immer. Unsere große Aufgabe duldet keine Schwachheiten.«

Die anderen nickten ernst und folgten ihr dann in geduckter Haltung in den Stollen hinein.

Es war so dunkel, dass man die Hand nicht vor den Augen erkennen konnte, und die Luft war stickig und abgestanden. Doch nach einer Weile gewöhnten sie sich an die Finsternis und konnten die Treppe mit den feuchten, wackeligen Stufen ausmachen, die sich im Dunkeln verlor.

»Es wird ja wohl hoffentlich heute niemand sonst hier durchkommen? Ich hab gehört, dass die Stadtmauer auf der Westseite Risse hat, die repariert werden sollen ...«, flüsterte einer der Jungen.

»Die waren schon hier«, antwortete Nihal. »Ein guter Anführer bedenkt auch solche Dinge. Nun aber Schluss mit dem Gerede, konzentriert euch auf eure Aufgabe!«

In dem hohlen Gang hallten ihre Schritte noch eine Weile nach, vermischten sich mit dem Stimmengewirr jenseits der Stadtmauern. Dann noch eine letzte Biegung, und Nihal hob die Hand.

»Halt! Wir sind da«, zischte sie, schwer atmend. So fühlte sie sich immer kurz vor einem Angriff: Dann hämmerte ihr Herz in der Brust, und das Blut pochte in ihren Schläfen. Sie liebte dieses Gefühl, eine Mischung aus Furcht und dem Verlangen, sich in den Kampf zu stürzen. Ihre Finger tasteten die Wand entlang, bis sie auf eine Holztür stießen. Sie legte das Ohr daran. Die Quadersteine waren sehr dick, aber durch das Holz konnte sie die Stimmen von Jungen auf der anderen Seite wahrnehmen.

»Immer wir. Ich bin es jedenfalls leid, immer ein Fammin zu sein.«

»Das musst du mir nicht erzählen. Beim letzten Mal hat Nihal mich völlig fertig gemacht.«

»Und mir hat sie einen Zahn ausgeschlagen ...«

»Als Barod noch Anführer war, haben wir uns wenigstens abgewechselt.«

»Mag sein. Aber bei Nihal macht es viel mehr Spaß. Zum Teufel, wenn wir kämpfen, habe ich das Gefühl, das ist alles echt! Dann fühle ich mich wie, wie ... ein richtiger Soldat!«

»Auf alle Fälle ist sie die Beste, und da ist es nur recht, dass sie das Kommando hat.«

Nihal löste sich von der Wand und zog geräuschlos ihr Schwert aus der Scheide. Einen Augenblick wartete sie noch, holte dann aus, trat die Tür auf und stürzte sich mit ihrem Trupp hinein.

Der Raum war groß und voller Staub, wie Vorhänge hingen die Spinnweben vor den Fenstern. Er gehörte zu einem Haus reicher Leute, das aber, wie alle Gebäude auf dieser Ebene der Stadt, verlassen war. Die sechs Jungen, die, mit hölzernen Streitäxten bewaffnet, auf dem Boden gesessen hatten, sprangen überrascht auf, und der Kampf begann.

Wie eine Furie stürzte sich Nihal mit Macht auf die Feinde. Hin und her flog ihr Schwert, und schon bald trieb sie an der Spitze ihres Trupps die Gegner vor sich her durchs ganze Haus, von Raum zu Raum, bis zum äußeren Gang.

Die Jungen mit den Holzäxten hatten eindeutig das Nachsehen. Hier und da hörte man schon ein wehleidiges »Aua, aua«, wenn sich ein Kämpfer einen gar zu heftigen Hieb einfing.

»Rückzug«, rief der Anführer der Fammin. Wer noch konnte, rannte zur Treppe.

»Ihnen nach«, brüllte Nihal und wollte den Flüchtenden nachsetzen.

Doch einer ihrer Soldaten hielt sie am Arm fest. »Nicht runter zu den Läden. Erwischt mich mein Vater noch mal, wenn wir dort was anstellen, schlägt er mich windelweich.«

Nihal machte sich los. »Was sollen wir denn anstellen? Wir verfolgen sie doch nur, und dann kürzen wir ab durch die Felder.«

»Oje, vom Regen in die Traufe ...«, murmelte der Junge, aber es blieb ihm nichts weiter übrig, als seinem Anführer zu folgen.

Alle hasteten nun die Treppe hinunter und dann weiter hinab, in heller Aufregung, die Waffen umklammernd, der Ebene mit den Läden zu. Viele Geschäfte begnügten sich für ihre Auslagen mit kleinen Schaufenstern, doch einige, besonders die Obst- und Gemüseläden, ragten mit ihren Ständen und Körben auch weit in den Durchgang hinein. Und so kam es, dass die dahinstürmenden Kinder vor einem solchen Geschäft gegen die Auslagen stießen und einige nichts ahnende Kunden fast über den Haufen rannten.

»Na wartet, ihr Halunken!«, rief der Gemüsehändler außer sich vor Zorn. »Nihal! Diesmal bekommt dein Vater was von mir zu hören!«

Doch Nihal setzte unbeeindruckt weiter den Flüchtenden nach. Wenn sie so, ihr Schwert umklammernd, dahinflog, fühlte sie sich lebendig und stark. Einige ihrer Soldaten hatten die Fammin schon wieder gestellt. Nun galt es nur noch, ihren Anführer zu erwischen.

»Überlasst ihn mir«, rief sie ihrem Trupp zu und beschleunigte noch einmal ihre Schritte, dem Feind immer dichter auf den Fersen. Fast schon konnte der Junge ihren Atem im Nacken spüren. Noch einmal hastete er eine Treppe hinunter, kam dabei aber ins Stolpern und fiel fast zwei Stockwerke tief. Mit schmerzverzerrtem Gesicht rappelte er sich auf, blickte sich um, ob er auf dem richtigen Stockwerk war, und sprang dann aus einem der Fensterbögen.

Nihal, direkt hinter ihm, lehnte sich hinaus: Sie waren so weit unten angelangt, dass tiefer nur noch die Ställe lagen. Zu Füßen des Fensters, in einem Gemüsebeet auf dem Feld in der Mitte des Turms, hockte ihre Beute. Furchtlos sprang sie hinunter, landete auf den Füßen und stürzte sich mit gezücktem Schwert auf den Gegner, der bereits die Hände erhoben hatte.

»Ich ergebe mich«, keuchte er.

Nihal trat zu ihm. »Glückwunsch, Barod. Du bist flink geworden!«

»Ja, kein Wunder. Mit dir auf den Fersen …«

»Hast du dir weh getan?«

Barod betrachtete seine aufgeschlagenen Knie. »Ich springe eben nicht so geschickt wie du. Aber es war ohnehin das letzte Mal, ich habe es nämlich satt. Mach jemand anderen zum Anführer der Fammin. Was ich an blauen Flecken von dir abbekommen habe …«

Nihals Lachen wurde jäh unterbrochen von einer aufgebrachten Stimme.

»Du schon wieder! Jetzt reicht's mir aber. Verflucht noch mal!«

»Oje! Das ist Baar«, rief Nihal besorgt. Sie half Barod auf die Beine, und schon suchten sie gemeinsam zwischen den Salatköpfen das Weite.

»Lauft nur, das wird euch nichts nützen. Ich weiß, wer ihr seid«, hörten sie noch die tobende Stimme hinter sich.

Am Rande des Feldes angelangt, wandte sich Nihal an den Freund: »Pass auf, lauf du nach Hause. Ich kümmere mich um ihn.«

Das ließ sich Barod nicht zweimal sagen.

Nihal hingegen setzte ihre gelungenste Unschuldsmiene auf und wartete auf den Bauern, einen kleinen, zahnlosen Alten, dem der Zorn ins faltige Gesicht geschrieben war.

»Ich hab deinen Vater schon mehrmals gewarnt: Wenn ich dich noch einmal hier drinnen erwische, wird er mir für den Schaden aufkommen. Heute waren es drei Salatköpfe, die ich fortwerfen kann, gestern Zucchini … Ganz zu schweigen von all den Äpfeln, die du mir gestohlen hast!«

»Diesmal bin ich unschuldig, Baar!«, erwiderte Nihal mit zerknirschter Miene. »Mein Freund ist von dort oben heruntergefallen. Siehst du? Ich bin ihm bloß nach, um ihm zu helfen.«

»Seit Ewigkeiten fallen deine Freunde nun schon in meinen Gemüsegarten, und du eilst ihnen zu Hilfe! Wenn ihr Füße aus Weichkäse habt, so haltet euch besser von den Fensterbögen fern!«

Nihal nickte mit betretener Miene. »Du hast Recht, verzeih mir. Es wird nicht wieder vorkommen.«

Dann blickte sie mit einer solchen Engelsmiene zu Baar auf, dass der nicht anders konnte, als Gnade vor Recht ergehen zu lassen. »Nun gut, so hau schon ab. Aber richte Livon aus, zum Dank kann er mir noch mal gratis meine Sicheln schleifen.«

»Wenn's weiter nichts ist.«

Das Mädchen warf ihm eine Kusshand zu und stob dann, so schnell die Beine sie trugen, davon.

Livon wohnte auf jener Ebene mit den vielen Läden und Werkstätten, gleich über den Ställen und dem Eingang von Salazar, einem mächtigen, zweiflügeligen Holztor mit schweren Eisenbeschlägen an den Seiten und dicken Angeln, das mehr als zehn Ellen hoch war. Das Holz wies noch Spuren von Basreliefs auf, die man dort in ferner Vergangenheit hineingeschnitzt hatte. Die einzelnen Figuren gingen aber zum Großteil so ineinander über, dass, abgesehen von einigen Rittern und Drachen, kaum noch zu erkennen war, was sie darstellen sollten.

Wie bei vielen Handwerkern in Salazar war auch Livons Werkstatt gleichzeitig sein Wohnhaus: Auf diese Weise sparte man Zeit und Mietkosten. Der einzige Nachteil war das Durcheinander, das noch verschlimmert wurde durch das Fehlen einer ordnenden weiblichen Hand, die diesen Namen verdient hätte. Obendrein war Livon Waffenschmied und sein Haus daher voller Gerätschaften und Waffen, Metallresten und Kohlestücken.

Nihal zog die Tür auf. »Ich bin wieder da!«, verkündete sie mit lauter Stimme. »Und ich hab mächtig Hunger.«

Ihre Worte gingen im Lärm fast unter. Livon stand in einer Ecke und war damit beschäftigt, mit einem schweren Schmiedehammer auf ein glühendes Stück Eisen einzuschlagen, während ein Meer von Funken aufstob und in Kaskaden auf den Fußboden niederging. Er war ein Mann von imponierender Gestalt. Nur seine Augen leuchteten unter den rabenschwarzen Haaren in einem rußgeschwärzten Gesicht, das wie ein Stücke Kohle wirkte.

»He, Alter!«, rief Nihal jetzt noch einmal, mit allem, was ihre Lungen hergaben.

»Ach, da bist du ja«, antwortete Livon, indem er innehielt und sich den Schweiß von der Stirn wischte. »Ich hatte schon auf dich gewartet, aber als du nicht kamst, habe ich mich noch mal an die Arbeit gemacht. Bis morgen muss ich damit fertig sein.«

»Dann hast du also gar nichts zu essen gemacht?«

»Nein. Aber es war auch ausgemacht, dass du einmal in der Woche die Küche übernimmst.«

»Ja, schon, aber gerade heute bin ich so müde.«

»Warte, warte, du brauchst mir gar nichts zu erzählen. Ich wette, du warst wieder mit deinen Freunden, diesem wilden Haufen, unterwegs.«

Schweigen.

»Und wie gewöhnlich bei den verlassenen Häusern.«

Weiter Schweigen.

»Und womöglich seid ihr schließlich zum tausendsten Male in Baars Gemüsegarten gelandet ...«

Nihal fühlte sich ertappt. Immer noch schweigend, öffnete sie die Speisekammer und nahm sich einen Apfel.

»Ist schon gut. Mir reicht etwas Obst«, erklärte sie, während sie langsam, bemüht unbefangen, den Rückzug antrat.

»Verflixt noch mal, Nihal! Wie oft habe ich dir schon gesagt, du sollst nicht unten in den Gärten spielen? Hier stehen ständig Leute vor der Tür, die sich über dich beschweren und Gratisreparaturen von mir verlangen!«

Mit betretener Miene nahm Nihal Platz. »Was soll ich denn machen ...? Wenn man kämpft ...«

Unwirsch stieß Livon die Luft aus und machte sich dann daran, ein wenig Gemüse aus der Speisekammer zu zerkleinern. »Komm mir doch nicht mit diesem Unsinn. Wenn du spielen willst, so spiel ... Aber ohne anderen Leuten zur Last zu fallen!«

Nihal verdrehte die Augen: Immer wieder die gleiche Leier ...

»Ach, halt mir doch keine Predigten, Alter ...«

Der Mann warf ihr einen gekränkten Blick zu. »Du könntest mich ruhig wenigstens ab und zu mal ›Vater‹ nennen.«

Ein spitzbübisches Lächeln huschte über Nihals Gesicht. »Jetzt kommt schon, Vater. Ich weiß doch, es freut dich, dass ich ganz gut mit dem Schwert umgehen kann ...«

Mürrisch stellte Livon einen Teller rohen Gemüses vor ihr auf den Tisch.

»Soll das unser Mittagessen sein?«

»Ja, das ist doch genau das Richtige für junge Damen, die es sich in den Kopf gesetzt haben, sich wie ein halber Junge aufzuführen. Würdest du dich an unsere Absprachen halten, hätten wir jetzt auch etwas Warmes auf dem Tisch.«

Er rückte sich einen Stuhl heran und begann zu essen, kaute eine Weile nachdenklich vor sich hin und hob dann wieder an: »Nein, Nihal, das stimmt nicht, es freut mich keineswegs ...«

Nihal kicherte in sich hinein. Einige Augenblicke konnte sich Livon noch zurückhalten, dann begann auch er zu lachen.

»Schon gut. Du hast Recht. Mir gefällt es, wie du bist ... Ich bewundere dich. Aber für andere Leute ... Überleg mal, du bist jetzt schon dreizehn, früher oder später muss sich eine Frau auch übers Heiraten Gedanken machen!«

»Wer sagt denn das? Ich denke überhaupt nicht daran, den ganzen Tag zu Hause zu hocken und zu stricken. Ich will ein Krieger werden!«

»Es gibt keine weiblichen Krieger«, erwiderte Livon, doch seine Stimme verriet einen kaum verhohlenen Stolz.

»Dann werde ich eben der erste sein.«

Livon lächelte und fuhr seiner Tochter durchs Haar.

»Es ist schon nicht leicht mit dir! Und manchmal denke ich, du hättest wirklich eine Mutter gebraucht ...«

»Ist doch nicht deine Schuld, dass Mutter gestorben ist«, entgegnete Nihal ganz unbefangen.

»Nein.« Livon errötete. »Nein, natürlich nicht ...«

Für Nihal umgab das Schicksal ihrer Mutter ein undurchdringbares Geheimnis. Schon früh war ihr aufgefallen, dass alle in Salazar einen Vater und eine Mutter hatten. Nur sie hatte bloß einen Vater. Irgendwann, bereits in jungen Jahren, hatte sie angefangen, Fragen zu stellen, auf die Livon ihr jedoch bloß ausweichende und verworrene Antworten gab. Ihre Mutter war tot, aber sie wusste noch nicht einmal, wie und wann sie gestorben war. Dabei hätte sie gerne gewusst, was sie für eine Frau gewesen war. Sie war schön, hatte er ihr geantwortet. Ja, aber wie? Na, so wie du, mit violetten Augen und blauem Haar. Immer, wenn dieses Thema zur Sprache kam, geriet Livon in große Verlegenheit, und mit der Zeit hatte Nihal gelernt, es ganz zu vermeiden.

»Du hast doch immer gesagt, ich solle eine starke Persönlichkeit werden und lernen, meine Ziele beharrlich zu verfolgen … Das versuche ich eben.«

Seiner Tochter gegenüber hatte Livon ein weiches Herz, und bei diesen Worten traten ihm Tränen in die Augen.

»Komm her zu mir«, sagte er und umarmte sie so fest, dass er ihr weh tat.

»Du erstickst mich, Alter …«

Nihal versuchte, sich ihm zu entwinden, dabei genoss sie im Grunde diese Umarmung mehr, als sie zeigen wollte.

Am Nachmittag wandten sie sich ihrer üblichen Beschäftigung zu: dem Schmieden von Waffen.

Livon war nicht bloß der beste Waffenschmied der bekannten, sondern wahrscheinlich auch der unbekannten Welt. Ja, er war ein wahrer Künstler. Seine Schwerter waren Kunstwerke von so blendender Schönheit, dass es einem den Atem nahm, und gleichzeitig waren sie Waffen, die sich ihrem Träger anpassten und seine Fähigkeiten besonders zur Geltung brachten.

Er fertigte Lanzen so spitz wie Stacheln und so scharf wie Rasierklingen, verziert mit herrlich gewundenen Ornamenten, die aber die Waffen nicht mit unnötigen Schnörkeln überluden, sondern die Linienführung harmonisch unterstrichen. Livon war es gegeben, höchste Funktionalität mit betörender Eleganz zu verschmelzen. Seine Waffen waren wie Kinder für ihn, er betrachtete sie als seine Geschöpfe und schloss sie als solche ins Herz. Er liebte seine Arbeit, erlaubte sie es ihm doch, seine schier unerschöpfliche Kreativität ganz auszuleben und gleichzeitig seine handwerklichen Fertigkeiten immer wieder aufs Neue unter Beweis zu stellen.

Jede Waffe, die er begann, empfand er als neue Herausforderung, und so experimentierte er viel, verwendete neue Materialien, suchte nach immer raffinierteren Formen und verband sie mit immer komplizierteren technischen Eigenschaften. Mit den Jahren hatte sich Livons Ruf derart verbreitet, dass es ihm nie an Arbeit mangelte, und seit jeher schon ließ er sich, sowohl aus Notwendigkeit als auch aus reiner Freude, von Nihal dabei helfen. Und während sie ihm den Hammer reichte oder den Blasebalg trat, machte er sie gerne mit Weisheiten aus der Welt der Krieger vertraut. So auch heute wieder.

»Eine Waffe ist kein bloßer Gebrauchsgegenstand«, sagte er. »Für einen Krieger ist sein Schwert wie ein Glied seines Körpers, wie ein treuer Gefährte, von dem er sich niemals trennen würde. Es ist allein *sein* Schwert, es ist ihm unersetzlich, und niemals würde er es gegen ein anderes eintauschen. Und für den Schmied ist es ähnlich. Ein Schwert, das er geschmiedet hat, bedeutet ihm soviel wie ein eigenes Kind. So wie die Natur den Geschöpfen dieser Welt Leben schenkt, so bringt der Schmied aus Eisen und Feuer das Schwert hervor«, erklärte Livon feierlich, um gleich darauf in schallendes Gelächter auszubrechen.

So war es nicht verwunderlich, dass aus Nihal mit diesem Vater, der für seine Schwerter lebte und Soldaten, Ritter und Abenteurer zu seinen Kunden zählte, ein solch wildes, wenig weibliches Mädchen geworden war.

Während sie so bei der Arbeit waren, rückte Nihal plötzlich mit einer schon oft gestellten Frage heraus. »Alter?«

»Hmm ...«

Livon ließ den Hammer auf die Klinge niederfahren.

»Sag mal ...«

Ein weiterer Schlag.

Nihal bemühte sich um eine unschuldige, möglichst gleichgültige Miene. »Wann bekomme ich eigentlich ein echtes Schwert?«

Livon hielt kurz in der Bewegung inne, seufzte einmal tief und machte sich dann wieder daran, auf das Eisen einzuhämmern. »Halt doch mal die Zange ruhig.«

»Ich habe dich was gefragt«, ließ Nihal nicht locker.

»Du bist noch zu jung.«

»Ach ja? Aber um mir einen Ehemann zu suchen, bin ich alt genug!«

Livon legte den Hammer beiseite und ließ sich resigniert auf einen Stuhl sinken. »Ach Nihal, darüber haben wir doch schon oft gesprochen. Ein Schwert ist nun mal kein Spielzeug.«

»Das weiß ich nur zu gut, aber ich weiß auch, wie man damit umgeht, und das besser als alle Jungen dieser Stadt!«

Livon seufzte. Schon oft hatte er daran gedacht, Nihal eins seiner Schwerter zu schenken, sich aber immer wieder von der Sorge, sie könne sich damit wehtun, zurückhalten lassen. Andererseits verstand es Nihal, wie er wusste, mit ihrem Holzschwert meisterlich zu kämpfen. Zudem hatte sie auch bereits mehr als einmal ein echtes Schwert zur Hand genommen und dabei immer gezeigt, dass sie sich sowohl über dessen Möglichkeiten als auch dessen Risiken im Klaren war.

Nihal spürte, dass ihr Vater schwankte, und bohrte noch einmal nach: »Nun, Alter, was ist?«

Livon blickte sich um. »Mal sehen«, sagte er geheimnisvoll, stand dann auf und trat auf das Regal zu, in dem er seine besten Arbeiten aufbewahrte, jene also, die er ohne Auftrag, nur für sich selbst, geschaffen hatte. Er nahm einen Dolch zur Hand und zeigte ihn Nihal. »Schau mal, den habe ich vor ein paar Monaten erst fertig gestellt ...«

Es war eine wunderschöne Waffe, deren Griff wie ein Baumstamm geformt war, mit dem Wurzelwerk am unteren und zwei gewundenen, sich nach außen hin verbreiternden Ästen am oberen Ende. Zwischen diesen sprossen wiederum andere Zweige hervor, die sich noch ein Stückchen umschlangen und schließlich in die Klinge übergingen.

Nihals Augen glänzten. »Ist der für mich?«

»Ja, wenn du mich im Kampf besiegst. Aber wenn ich gewinne, wirst du einen Monat lang jeden Tag brav kochen und aufräumen.«

»Einverstanden. Aber du bist groß und stark, und ich noch ein Kind. Jedenfalls sagst du das immer. Und um einen Ausgleich dafür zu schaffen, solltest du dich nur im Bereich von drei Bodenbrettern bewegen dürfen.«

Livon kicherte. »Das scheint mir nur gerecht.«

»Gut, dann gib mir ein Schwert«, forderte Nihal ihn auf, voller Vorfreude, das Eisen in die Hände nehmen zu können.

»Nicht mal im Traum, Nihal! Und auch ich werde natürlich nur mit einem Holz kämpfen.«

So nahmen sie in der Mitte des weitläufigen Raumes Aufstellung, Nihal ihr Holzschwert umklammernd, Livon mit einem Stock in der Hand.

»Bist du bereit?«

»Gewiss.«

Und der Kampf begann.

Nihal verfügte über keine große Ausdauer, und ihre Technik war alles andere als untadelig, aber mit Instinkt und Phantasie glich sie diese Mängel aus. So parierte sie jeden Hieb, wählte selbst stets den richtigen Zeitpunkt zum Angriff und sprang äußerst flink hin und her. Nur darin war sie ihm überlegen, und das wusste sie.

Mit einem Male fühlte sich Livon richtig stolz auf dieses burschikose Mädchen mit den blauen Zöpfen. Und schon entglitt der Stock seinen Händen und flog krachend gegen einige Lanzen in der Ecke.

Nihal setzte ihm die Schwertspitze an den Hals. »Was ist los mit dir, Alter? Fällst du jetzt schon auf die einfachsten Tricks herein? Lässt dich von einem kleinen Mädchen entwaffnen …«

Livon schob das Holzschwert zur Seite, nahm den Dolch zur Hand und reichte ihn seiner Tochter. »Nimm. Den hast du dir verdient.«

Lange drehte Nihal den Dolch in ihren Händen hin und her, wog ihn, prüfte mit dem Finger den Schliff und überspielte so ihre unbändige Freude. Ihre erste Waffe!

»Aber denk immer daran: Spiel dich nie vor einem geschlagenen Gegner auf. Das zeugt von schlechtem Stil.«

Nihal blinzelte den Waffenschmied an. »Danke, Vater.«

Sie war schon gewitzt genug, um zu erkennen, wann man sie gewinnen ließ.

2

Sennar

Schon von Kindesbeinen an gehörte Nihal zu der Jungenbande, mit der sie so gerne durch Salazar streifte und allen nur denkbaren Unsinn anstellte. Anfangs war man ihr mit einem gewissen Misstrauen begegnet, nicht nur, weil sie ein Mädchen war, sondern auch ihres eigenartigen Aussehens wegen, aber sie hatte nicht lange gebraucht, um sich unter den Jungen Respekt zu verschaffen.

Schon nach einigen Zweikämpfen hatte sie gespürt, dass sie auch als Mädchen den anderen Mitgliedern der Bande an Verwegenheit keineswegs nachstand.

Und so gehörte sie bald immer selbstverständlicher dazu. Als sie eines Tages dann auch noch Barod im Schwertkampf besiegte, machten die anderen sie zu ihrem Anführer und vergötterten sie geradezu.

Obwohl es ihr also nicht an Gesellschaft mangelte, fühlte sich Nihal in manchen Stunden richtig einsam. Dann stieg sie hinauf zum höchsten Punkt der Stadt und genoss von der breiten Terrasse aus den Ausblick über die Steppenlandschaft: Grenzenlos glitt der Blick über die Ebene, aus der sich nur die allgegenwärtige Feste des Tyrannen mit dem mächtigen Turm und die verschleierten Umrisse anderer Städte im Dunst abhoben.

Mit diesem Bild vor Augen kam Nihal innerlich zur Ruhe, und auch ihr kriegerisches Wesen schwieg für eine Weile. Es war eigenartig: Wenn in der untergehenden Sonne Himmel und Steppe zu einem einzigen großen Feuer aufloderten, schaffte sie es, an nichts zu denken. Dann hörte sie nur ein Murmeln aus den Tiefen ihrer Seele, wie ein Flüstern in einer Sprache, die sie nicht verstand.

Seit Nihal sich Livons Dolch erkämpft hatte, schlug ihr noch größere Bewunderung von Seiten der anderen entgegen, und wenn sie mit der Waffe gut sichtbar an ihrem Gürtel durch die Straßen lief, kam sie sich so stark wie ein Ritter vor. Schon manches Mal hatte sie ihren Dolch in irgendeiner Rauferei als Siegprämie ausgesetzt, und sie konnte sich rühmen, nie einen Kampf verloren zu haben.

An einem Herbstmorgen ihres dreizehnten Lebensjahres hörte sie Barod eben aus diesem Grund von der Straße her nach ihr rufen: Ein Junge, den man noch nie in ihrem Kreis gesehen hatte, forderte sie zu einem Zweikampf um den Dolch heraus. Nihal ließ sich nicht lange bitten und lief übermütig hinauf zur Terrasse, jenem Ort, wo alle ihre Duelle stattfanden.

Als sie ihren Gegner sah, hätte sie fast laut losgelacht: Er war groß und hager und mochte einige Jahre älter sein als sie, aber besonders auffällig war seine furchtbar strubbelige rote Mähne. Auf den ersten Blick erkannte sie, dass die Stärke ihres Gegners nicht in seiner Körperkraft bestehen konnte. Und weniger noch in seiner Wendigkeit, angesichts der Tatsache, dass er ein unförmiges Gewand trug, eine Art Kittel, der ihm bis zu den Füßen reichte und auf der Brust mit einem geometrischen Muster bestickt war. Wie wollte er in einem solchen Aufzug kämpfen?

Die beste Waffe dieses Burschen konnte nur eine gewisse Verschlagenheit sein, die Nihal in seinen auffallend hellen blauen Augen zu erkennen glaubte. Aber das sorgte sie nicht: Feinde, die mit unerlaubten Mittel kämpften, hatte sie schon zuhauf niedergerungen.

»Hast du mich rufen lassen?«

»Ja, das habe ich.«

»Und du willst mich zum Kampf herausfordern?«

»Ganz recht.«

»Gesprächig bist du ja nicht gerade. Ich habe dich noch nie hier gesehen. Woher kommst du?«

»Ich lebe in der Nähe des Bannwaldes, doch meine eigentliche Heimat ist das Land des Meeres. Und ich heiße Sennar, um gleich schon deine nächste Frage zu beantworten.«

Nihal rätselte, wieso dieser Kerl so selbstsicher auftrat: Er musste doch ihren Ruf kennen, sonst hätte er sie nicht herausgefordert, konnte sie also nicht unterschätzen.

»Woher weißt du von mir, und wieso forderst du mich zum Kampf?«

»Ach, man hört doch überall von diesem Teufelsweib mit den spitzen Ohren und den blauen Haaren, das wie ein Schmied zuschlägt. Sag mal, hast du ganz vergessen, dass du ein Mädchen bist?«

Nihal ballte die Fäuste: Sie wusste, dass es von Nachteil war, schon vor dem Kampf die Beherrschung zu verlieren, doch eben darauf legte es Sennar mit seinem spöttischen Gerede und seinem höhnischen Lächeln gerade an.

»Was ich tue, kann dir doch gleich sein. Und außerdem hast du mir noch nicht geantwortet. Warum forderst du mich heraus?«

»Nun, an solchen Nichtigkeiten wie Ruhm und Ehre, die durch die Köpfe jener Bübchen geistern mögen, die sich sonst mit dir schlagen, bin ich absolut nicht interessiert. Was ich will, ist dein Dolch. Weil er so wunderschön ist und von Livon geschaffen wurde, dem besten Waffenschmied der Aufgetauchten Welt. Und wenn ich, um ihn zu bekommen, eben mit dir spielen muss, so sei es mir recht.«

Obwohl es Nihal in den Fingern juckte, ging sie nicht auf die Provokationen ein. Stattdessen verständigte sie sich mit Sennar auf die Regeln des Kampfes. Sobald es losging, konnte sie ihm jede Frechheit heimzahlen.

Sie kamen überein, mit Stöcken zu fechten: Wer zuerst seine Waffe verlor oder zu Boden ging, war besiegt. Der Dolch, die Siegestrophäe, wurde feierlich dem Jüngsten aus der Bande, die sie umstand, übergeben.

»Deinen Kittel wirst du wohl noch ausziehen?«

»Nein, nein, darin kämpfe ich gern. Hoffentlich macht es dir nichts aus, von jemandem in einer solchen Aufmachung besiegt zu werden?«

Nihal schluckte auch noch diese Kröte. Und der Kampf begann.

Wie erwartet, war Sennar nicht besonders stark, auch wenig geschickt, und seine Technik konnte sich mit der ihren nicht messen. Was zum Teufel machte ihn bloß so siegesgewiss?

Bald schon war Nihal klar im Vorteil: Sie nutzte ihre Schnelligkeit, bewegte sich ohne Unterlass und verwirrte so ihren Gegner. Die Jungen im Kreis um sie herum feuerten sie mit Rufen und Pfiffen an. Nihal spürte, wie der Kampf sie mehr und mehr erregte und die Leidenschaft sie schier übermannte: Sie bewegte sich noch rasanter, parierte einen Schlag, drehte sich blitzartig, traf Sennar selbst in der Seite und schickte sich an, den Stock hinwegzufegen, den der Junge vor sich hielt, um sich vor ihrem nächsten Hieb zu schützen.

Geschafft!, sagte sie sich triumphierend.

Dieser Augenblick der Gewissheit genügte, um ihr den Sieg zu entreißen.

Mit einem kalten Blick sah ihr Sennar in die Augen, deutete ein Lächeln an und murmelte etwas, was Nihal nicht verstand.

Gerade als sie sich anschickte, ihre Waffe auf Sennar niedersausen zu lassen, spürte sie, wie der Stock in ihren Händen erschlaffte, schlüpfrig wurde und sich zu schlängeln begann. Sie hob den Blick: Anstelle des Stockes wand sich eine dicke, zischende Schlange in ihrer Hand.

Nihal schrie auf und ließ das Reptil los. Es war nur ein kurzer Augenblick der Unaufmerksamkeit, aber den ließ sich Sennar nicht entgehen: Eine Beinsichel, und zum ersten Mal in ihrem Leben besiegt, fand sich das Mädchen am Boden wieder.

»Damit dürfte der Sieger feststehen.«

Und schon griff sich Sennar den Dolch aus den Händen des Jungen, der auf ihn aufgepasst hatte.

Eine Weile lag Nihal wie versteinert da. Dann schüttelte sie sich und blickte sich um. Von einer Schlange keine Spur.

»Verfluchter Betrüger. So bist du ein Magier! Das hattest du mir nicht gesagt. Das ist unredlich. Gib mir sofort meinen Dolch zurück!«

Sie sprang auf und wollte sich auf ihn stürzen. Doch Sennar hielt sie mit einer Hand zurück. »Spiel dich nicht so auf. Anstatt hier herumzuschreien, solltest du mir lieber für die Lektion danken. Hast du mich vielleicht gefragt, ob ich ein Magier bin? Nein. Hast du vielleicht gesagt: ›Gegen Magier kämpfe ich nicht‹? Nein. Hast du vielleicht zur Bedingung gemacht, dass sich niemand magischer Fähigkeiten bedienen darf? Nein? Also ist es allein deine Schuld, dass du verloren hast. Heute hast du gelernt, wie wichtig es ist, seinen Feind gut zu kennen, bevor man den Kampf aufnimmt. Und dass Eifer ohne Klugheit wenig bringt. Und nun hör auf zu jammern: Livon wird dir doch mit Sicherheit einen neuen Dolch schmieden.«

Während er sich schon entfernte, fügte er noch hinzu: »Dennoch, kämpfen kannst du, da gibt es nichts.« Und so ging er davon, genauso träge, wie er gekommen war.

Reglos sah Nihal ihm nach. Irgendwann erhob sich aus dem betretenen Schweigen ihrer Bande Barods Stimme: »Tut mir Leid für dich, Nihal, aber Recht hat er schon, dieser Kerl.«

Anstelle einer Antwort verpasste sie ihm einen mächtigen Schlag auf die Nase und lief in Tränen aufgelöst davon.

So schnell die Beine sie trugen, stürmte sie den Turm hinunter, stieß gegen Passanten, umkurvte die Stände vor den Läden und warf einen Krug mit Öl vor einem Wirtshaus um. Das einzige, wonach sie sich jetzt sehnte, war, sich in Livons tröstende Arme zu werfen: Er würde sie verstehen und in Schutz nehmen, würde mit ihr übereinstimmen, dass dieser Kerl ein feiger Betrüger war, und einen neuen Dolch für sie fertigen, der tausend Mal schöner war als der, den sie verloren hatte.

Schweigend hörte Livon zu, bis Nihal unter Tränen und Schluchzen die ganze Geschichte heruntergerasselt hatte, und sagte dann nur: »Und worüber beschwerst du dich nun?«

Es dauerte eine Weile, bis Nihal den Schlag verdaut hatte: »Das fragst du noch? Er hat mich doch betrogen.«

»Das sehe ich nicht so. Ich würde eher sagen, er war schlau, und du naiv.«

Empört riss Nihal die Augen auf.

»Heute hast du zwei Dinge gelernt. Erstens, wenn dir wirklich etwas an einer Sache liegt, musst du gut auf sie aufpassen.«

»Aber …«

»Zweitens, wenn du in einen Zweikampf gehst, musst du einen klaren Kopf haben und deinen Feind kennen.«

Es waren genau jene Worte, die sie von diesem verschlagenen Betrüger gehört hatte.

»Verlieren gehört zum Leben, Nihal, daran musst du dich so früh wie möglich gewöhnen. Auch Niederlagen muss man akzeptieren.«

Schmollend ließ sich Nihal auf einen Stuhl fallen. »Dann gibt mir wenigstens ein Schwert …«

»Ein Schwert? Ist es denn meine Schuld, dass du den Dolch verloren hast, den ich dir gab? Das nächste Mal wirst du besser auf deine Geschenke achten.«

»Aber es war doch schon so mühsam, ihn überhaupt zu bekommen! Außerdem besitzt du so viele Schwerter, dass …«

Mit einer Handbewegung gebot ihr Livon zu schweigen. Seine Miene war ernst.

»Jetzt ist Schluss. Von dieser Geschichte will ich nichts mehr hören, verstanden?«

Und Nihal verfiel in ein abweisendes Schweigen, während ihr erneut Tränen der Wut über die Wangen rannen.

Die ganze Nacht lag sie grübelnd wach. Auch wenn die Niederlage noch so schmerzte, konnte sie sich vor allem nicht verzeihen, dass sie in Tränen ausgebrochen war. Unruhig warf sie sich in ihrem Bett hin und her. Das Verlangen, diese Schmach zu tilgen, ließ ihr keine Ruhe. Am liebsten wäre sie aus dem Bett gesprungen, um sich auf die Fersen dieses Burschen zu heften. Sie hätte ihn aufgespürt, wo auch immer er sich verkriechen mochte, und wenn sie dazu bis ans Ende der Welt hätte gehen müssen.

Während sie noch im Geiste die verschiedensten Rachepläne durchspielte, kam ihr ein Gedanke: Letztendlich zeigte diese ganze unselige Geschichte doch nur, dass sich ein Krieger, zumindest ein wenig, auch in den magischen Künsten auskennen sollte. Daher wäre es wohl ratsam, so überlegte sie, sich auch einmal mit Zauberei zu beschäftigen.

Eigentlich hatte die Magie noch nie Nihals Interesse wecken können. Die Faszination, die von einem Schwert ausging, war für sie immer weitaus fesselnder als jene schwer fassbare eines gelungenen Zaubers. Nun aber hatte sie erleben müssen, dass solche Fähigkeiten durchaus von Nutzen sein konnten. Zudem wäre es ihr eine ganz besondere Genugtuung gewesen, diesen Schuft mit seinen eigenen Waffen zu schlagen.

Nihal hatte die Szene bereits vor Augen: Sennar, wie er sich in den Fesseln irgendeines von ihr herbeigeführten Zaubers wand, wie er sie um Gnade anflehte und ihr reumütig den ergaunerten Dolch reichte …

Ja, so würde sie es machen. Mochte es vielleicht auch Jahre dauern, bis sie zaubern konnte, darauf kam es ja nicht an. Selbst nach einem Jahrhundert würde es sich noch lohnen, diesen Burschen aufzuspüren und ihm alles heimzuzahlen.

Jetzt galt es nur, einen Magier zu finden, der bereit wäre, sie als Schülerin aufzunehmen. Sie selbst kannte keinen, aber bei all den Leuten, die in der Werkstatt ein und aus gingen, musste Livon doch jemanden kennen, der es übernehmen würde, sie in diese Künste einzuweihen.

Am folgenden Morgen teilte Nihal diesen Entschluss ihrem Vater mit. Der zeigte sich keineswegs begeistert.

»Warum entfachst du solch einen Wirbel wegen dieser Lausbubengeschichte? Ich habe dir doch gesagt, man muss auch mal verlieren können, und je eher du das lernst, desto besser für dich.«

»Hier geht es um keine Lausbubengeschichte«, erwiderte Nihal gekränkt. »Ich möchte doch wirklich ein Krieger werden, ein großer Krieger, und dazu muss man offenbar auch zaubern können. Was kostet es dich, mir jemanden zu nennen, der mich darin unterrichten könnte?«

»Ich kenne eben niemanden«, versetzte Livon ungeduldig und hoffte, dass die Sache damit aus der Welt sei.

Aber so leicht gab sich Nihal nicht geschlagen. »Das glaube ich nicht. Ich weiß doch, dass du hin und wieder auch Waffen mit magischen Eigenschaften verkaufst. Von irgendjemandem müssen diese Zauber ja kommen.«

Auf diese Weise mit unleugbaren Tatsachen konfrontiert, wurde Livon noch zorniger; er schlug mit der Faust auf die Tischplatte und schrie:

»Verdammt, mir passt es eben nicht, dass du dich mit Zauberei befasst!«

»Aber warum denn?«

»Darüber bin ich dir keine Erklärung schuldig«, versetzte er knapp und verfiel in ein mürrisches Schweigen.

»Wenn du mir nicht helfen willst, so suche ich mir eben selbst jemanden.«

»Da wirst du in Salazar kein Glück haben.«

»Dann suche ich eben in einer anderen Turmstadt. Es schreckt mich nicht, auf Reisen zu gehen.«

»Ach, mach doch, was du willst. Geh nur!«, schrie Livon wieder.

Nihal spürte, wie ihr die Tränen in die Augen traten. Nicht nur, weil sie nach jahrelangem friedlichem, ja glücklichem Zusammenleben nun zum ersten Mal wirklich in Streit geraten waren. Nein, es war ebenso die Enttäuschung, nicht verstanden zu werden, und das ausgerechnet von Livon, von dem sie immer angenommen hatte, dass er in der Lage wäre, alle ihre Gefühle und Empfindungen zu teilen. Und jetzt behandelte er sie wie ein aufsässiges Kind.

Sie schluckte die Tränen hinunter und blickte auf den mächtigen, durch die Jahre gebeugten Rücken ihres Vaters.

»Umso besser«, sagte sie zornig.

Doch als sie Anstalten machte, den Raum zu verlassen, hielt sie Livons tiefe Stimme zurück. »Warte ...«, brummte er, indem er sich zu ihr umdrehte. »Nihal, es tut mir Leid. Aber ich hab einfach Angst, Angst, dass du von mir gehst. Solange du eine Kriegerin werden willst, kann ich für dich da sein. Aber Zauberei zu erlernen ...«

Ein Kloß im Hals erstickte seine Worte.

»Aber was redest du denn da? Zu wem sollte ich denn gehen? Ich habe doch nur dich auf der Welt!«

Nihal umarmte ihn. »Ach, Väterchen, du wirst immer mein Zuhause sein.«

Livon war gerührt, und dennoch vermochten es diese Worte nicht, ihn gänzlich aufzuheitern. Noch einige Augenblicke hielt er Nihal fest in den Armen, dann löste er sich von ihr und sagte zögerlich: »Ich wüsste da eine Zauberin ...«

»Na bitte. Ich hab's doch gewusst. Phantastisch!« Nihal erfasste eine unbändige Freude. »Und wo finde ich sie?«

»Dort, wo der Bannwald beginnt.«

»Ach so ...«

Der Bannwald war das einzige Waldgebiet in Nihals Heimat, und in einem Land der Steppen und offenen Weiten musste so ein düsteres Gehölz etwas Unheimliches haben: Kein Bewohner Salazars, der ihn nicht fürchtete, und Nihal war da keine Ausnahme.

»Dort findest du ein Haus, und darin wohnt deine Tante.«

Nihal war sprachlos. In ihren dreizehn Lebensjahren hatte sie ihren Vater nie von irgendwelchen Verwandten reden hören.

»Sie heißt Soana und ist meine Schwester. Und sie ist eine sehr mächtige Zauberin.«

»Ich kann es nicht glauben. Da verfügen wir über eine solch interessante Verwandtschaft, und du verschweigst sie mir. Warum dieses Geheimnis?«

Instinktiv senkte Livon die Stimme. »Der Tyrann sieht es nicht gern, wenn in seinem Reich oder in verbündeten Ländern Magier wirken. Deshalb war deine Tante gezwungen, Salazar zu verlassen. Sie ist nun, wie soll ich sagen ..., hmm, sehr eng mit den Feinden des Tyrannen befreundet.«

Nihal merkte, dass sie vor Aufregung zitterte: eine Verschwörerin!

»Alle Achtung!«

»Ich brauche dir wohl nicht zu sagen, dass du dich damit nicht vor anderen brüsten solltest. Vor niemandem. Verstanden?«

»Für wen hältst du mich?«

3

Soana

Am folgenden Morgen konnte es Nihal kaum erwarten, endlich aufzubrechen. Sie hatte ihr kleines Bündel gepackt, dazu einen Vorrat an Brot, Käse und Obst, den Livon ihr aufgenötigt hatte, obwohl der Weg gar nicht so weit war.

Schließlich stand sie in der Werkstatt und lauschte noch einmal allen Anweisungen und Ermahnungen Livons: »Folge dem Weg, der von der Stadt Richtung Süden führt. Dann kannst du es gar nicht verfehlen.«

»Das hast du mir doch schon gesagt.«

»Und benimm dich anständig. Soana ist eine strenge Frau; die lässt dir mit Sicherheit nicht so viel durchgehen wie ich!«

»Kein Sorge, ich werde ganz brav sein und dir keine Schande machen. Sonst noch was?«

Livon gab ihr einen Kuss auf die Stirn. »Nein. So geh nun, bevor ich's mir anders überlege.«

»Lebwohl, Vater, wenn ich zurückkomme, werde ich mit einem Zauber das ganze Haus aufräumen!«

Während sie sich schon zur Tür bewegte, ergriff Nihal wie selbstverständlich eines der Schwerter an der Wand aus der Reihe derer, die ihr Vater gerade fertig gestellt hatte. »Nihal?«

Mit unschuldiger Miene drehte sie sich um. »Ja?«

»Das Schwert. Ich kann mich nicht erinnern, dir gestattet zu haben, eines mitzunehmen.«

»Und wie stellst du dir das vor? Soll ich mich denn so ganz ohne Schutz, allein und ohne Waffe, auf den Weg machen?«

Livon seufzte und gab klein bei. »Aber es ist bloß eine Leihgabe.«

»Natürlich!«, rief Nihal und verließ fröhlich hüpfend die Werkstatt.

Schnurgerade und ohne Weggabelungen, an denen sie sich hätte verirren können, führte der Weg aus der Stadt hinaus. Das Schwert baumelte schützend an ihrer Seite, und je tiefer sie in die Steppe vordrang, desto mehr fühlte sie sich im Frieden mit sich selbst; sogar der Wunsch nach Vergeltung, der sie bislang noch beherrscht hatte, verblasste allmählich.

Im lichten Morgendunst wanderte sie durch das Gras und sog die herbstliche Stimmung in sich auf. Seit jeher hatte das Schauspiel der sich ständig wandelnden Natur beruhigend auf sie gewirkt, ließ aber gleichzeitig auch, wenn sie allein war, jene unterschwellige Wehmut in ihr aufkommen und jenes wunderliche Gemurmel, das in ihrem Innern nach Gehör verlangte. Auch an jenem Morgen, während sie so in der Stille dahinwanderte, nur begleitet vom Rascheln ihrer Schritte auf dem trockenen Laub, war ihr, als redeten wieder diese schwachen Stimmen aus der Ferne zu ihr. Doch dieses Gefühl war ihr schon lange vertraut. Und sie sorgte sich nicht mehr darum: Sie hatte gelernt, dieses Raunen wie einen alten Freund zu lieben.

Nachdem sie ein paar Stunden stramm marschiert war, kam der bedrohlich finster wirkende Wald in Sicht, und schon zwischen den ersten Bäumen erblickte sie ein bescheidenes Häuschen. Es war aus Holzbrettern gefertigt und wirklich klein. Nihal war enttäuscht: Bei einer so bedeutenden Zauberin hatte sie doch etwas Besseres erwartet.

Ein wenig verschüchtert trat sie auf die Tür zu und blieb eine Weile unentschlossen davor stehen. Von innen drangen keinerlei Geräusche zu ihr: Vielleicht war niemand zuhause, hoffte sie, wie sie sich eingestehen musste. Dann zuckte sie mit den Achseln, um ihre Zögerlichkeit zu verscheuchen, und klopfte an.

»Wer da?«, fragte eine Stimme von innen.

»Ich bin Nihal ...«

Stille, dann bewegten sich drinnen Schritte, und schließlich öffnete sich knarrend die Tür. Vor Nihal stand eine Frau von wirklich außerordentlicher Schönheit: eine groß gewachsene, sehr weibliche Gestalt mit dunklem Haar um ein Gesicht, dessen sanfte Blässe ihm etwas Erhabenes gab, Augen so schwarz wie Kohle und vollen, rosaroten Lippen. Gekleidet war sie mit einem langen Gewand aus rotem Samt.

Das sollte ihre Tante sein? Livons Schwester?

Die Frau musterte sie mit einem geheimnisvollen Lächeln. »Du bist groß geworden. Tritt ein.«

Im Haus wirkte alles sehr ordentlich.

Die Eingangstür öffnete sich auf eine Art Wohnstube, von der zwei kleinere Schlafzimmer abgingen. Ob es da auch einen Onkel gab …? Der zentrale Raum war praktisch ganz mit Regalen verkleidet: An einer Wand sah man ausschließlich Bücher, auf der gegenüberliegenden Seite sowohl voluminöse Bände als auch verschiedenste Gefäße, die wohl Kräuter und seltsame Mixturen enthielten. Dazu kam noch ein kleiner Kamin und in der Mitte des Raumes ein Tisch, auf dem ebenfalls Bücher lagen.

Nihal fühlte sich eingeschüchtert, sowohl durch den Anblick ihrer Tante als auch durch dieses Häuschen, das so anders als ihre vertraute Werkstatt war.

»Setz dich.«

Nihal gehorchte, und auch Soana nahm Platz.

»Ich nehme an, Livon hat dich geschickt.«

Das Mädchen nickte.

»Kannst du dich an mich erinnern?«

Nihal wurde immer verwirrter. Dann hatten sie sich also schon einmal gesehen.

»Nein.«

»Nun, als deine Mutter starb, bin ich deinem Vater ein wenig zur Hand gegangen. Aber ich verstehe schon, dass du dich nicht daran erinnerst. Du warst ja erst zwei, als ich euch verließ, und leider war es mir in diesen finsteren Zeiten nicht möglich, den Kontakt zu euch zu halten.«

Es folgten einige Minuten verlegenen Schweigens. Nihal wäre es lieber gewesen, mit einer vollkommen Fremden zu tun zu haben als mit einer Frau, die sie schon als Kleinkind gekannt hatte, und die zudem dermaßen schön war, dass sie sich selbst ganz unbehaglich fühlte. Plötzlich kam ihr der Grund, weswegen sie gekommen war, unendlich töricht vor.

»Nun sag, Nihal, was führt dich denn zu mir?«

Nihal nahm all ihren Mut zusammen. »Ich hatte gehofft, dass du mich zu dir in die Lehre nehmen kannst.«

»Verstehe.«

»Eigentlich möchte ich aber ein Krieger werden, später einmal«, stellte sie rasch klar.

»Ich weiß. Livon erzählt mir viel von dir.«

Es war wirklich unheimlich: Nihal selbst hatte noch nicht einmal von der Existenz dieser Frau gewusst, während dieser aber anscheinend nichts ein Geheimnis war.

»Ich denke, solche magischen Künste können sicher sehr nützlich sein. Für einen Krieger, meine ich.«

Soana nickte gleichmütig. »Und verrätst du mir auch, wie du zu dieser Überzeugung gelangt bist?«

Nihal hatte das Gefühl, dass mehr hinter der Frage steckte, beschloss aber, ganz offen zu antworten. So erzählte sie die ganze Geschichte, wobei sie jedoch die Wahrheit ein wenig schön färbte, um sie noch akzeptabler zu machen. Allerdings hatte sie den Eindruck, dass das, was sie da berichtete, für Soana keineswegs neu war. Und als sie geendet hatte, fragte die Zauberin nur lapidar: »Hältst du das nicht selbst auch für einen recht törichten Grund, die Zauberei zu erlernen?«

Es klang so hart, dass Nihal schon begann, ihren Entschluss zu bereuen.

»Dabei wäre es wichtig, dass deine Beweggründe stark sind, denn das Studium der Magie ist hart und steinig. Darüber hinaus verfügt ein Magier über große Kräfte. Daher muss er weise sein und darf seine Fähigkeiten nur zu hehren Zielen einsetzen. Eben das macht ja den Tyrannen zum Tyrannen, dass er die Magie für das Böse nutzt.«

»Ich habe nicht vor, die Magie für Verwerfliches oder Törichtes zu nutzen«, versuchte sich Nihal zu rechtfertigen. »Mir geht es nur darum, eine möglichst vielseitige Kriegerin zu werden.« Im Grunde kam dies der Wahrheit sehr nahe.

»Das überzeugt mich alles nicht. Aber ich werde dir Gelegenheit geben, mir zu zeigen, dass du die Wahrheit sagst. In Kürze wird Sennar hier eintreffen ...«

Nihal sprang auf. »Sennar?«

»Ja, er ist mein Schüler. Ich möchte, dass du ihm die Hand reichst und versprichst, nicht danach zu streben, dich in irgendeiner Weise durch Magie an ihm zu rächen.«

Nihal war, als habe sich ein eisiger Wind in dem Raum erhoben: Daher also kannte Soana die ganze Geschichte. Wie dumm von ihr! Und hatte Sennar nicht selbst gesagt, er käme aus der Nähe des Bannwaldes? So war also diese Schlange am Busen ihrer eigenen Familie genährt worden.

Ein unangenehmer Gedanke schoss ihr durch den Kopf, und mit leiser Stimme fragte sie: »Hast du ihn vielleicht geschickt, um mich zum Zweikampf zu fordern?«

»Warum hätte ich das tun sollen? Nein, nein, ich habe vorhin erst durch Sennar von der Sache erfahren. Und außerdem würde ich mich nie in solches Kindergezänk einmischen.«

Nihal fürchtete, die Zauberin vielleicht gekränkt zu haben. Es war so schwer einzuschätzen, was sie wirklich dachte ...

»Er wird jeden Moment hier sein«, sagte Soana, indem sie einen Blick aus dem Fenster warf.

Nihal blieb mit ihren Gedanken allein: Gewiss, gab sie Sennar die Hand, gestand sie damit ihre Niederlage ein und ihre Ehre wäre dahin. Doch weigerte sie sich, gab sie damit zu, Soana etwas vorgemacht zu haben.

Schließlich beschloss sie, sich auf den Handel einzulassen: Sie würde ihr Versprechen geben und es auch halten – im Augenblick zumindest.

Mit ihrer Rache würde sie sich Zeit lassen und sie dann genüsslich auskosten.

Mit allen möglichen Kräutern beladen trat Sennar ein.

»Ich habe alles gepflückt, was du mir aufgetragen hast. Hoffentlich kannst du mir jetzt verzeihen, dass ...«

Vor Überraschung blieb ihm der Satz in der Kehle stecken, doch nach diesem Augenblick der Verwirrung hatte er sich bald wieder gefangen und rief fröhlich aus: »Ach, wen haben wir denn da? Du bist sicher gekommen, um dir meinen Kopf zu holen?«

»Du irrst dich, Sennar. Nihal ist hier, um meine Schülerin zu werden – und sich mit dir zu versöhnen. Nicht wahr, Nihal?«

Das Mädchen unterdrückte ihren Widerwillen und bereitete sich auf ihren großen Opfergang vor. Noch etwas zaudernd stand sie auf, blickte Sennar geradewegs in die Augen und schüttelte ihm kräftig die Hand.

»Kein Groll. Ich habe in einem fairen Zweikampf verloren.«

Und damit wäre dieser Kelch bis zur bitteren Neige geleert, sagte sie sich.

»Umso besser, dann wäre das ja erledigt. Ich fange jetzt gleich mal an, die Kräuter zu verlesen«, erklärte Sennar und verließ mit seiner gesamten Ernte den Raum.

Nihal atmete tief durch, und jetzt endlich lächelte Soana sie an.

»Das hast du gut gemacht. Nun kannst du dich auch deiner Prüfung stellen.«

Eine Prüfung? Hatte sie nicht gerade eine Prüfung hinter sich gebracht?

Nihal glaubte zu spüren, wie sie wieder in ihrer Entscheidung schwankte.

»Aber darüber reden wir noch, wenn es so weit ist.«

Die Zauberin selbst sorgte für das Essen. Hinter ihrem Haus bestellte sie einen kleinen Gemüsegarten und hielt sich ein paar Hühner.

Soana pflückte etwas frisches Gemüse und machte sich daran, eine Suppe zuzubereiten. Nihal schaute ihr zu: Wenn man sie so sah, wie sie die Zucchini klein schnitt, mochte man die Tante für eine ganz normale Frau halten. Damit war es aber in dem Moment vorbei, als sie auf den Herd zutrat, eine Hand ausstreckte und einige wunderliche Worte murmelte: Denn schon entflammte das Brennholz von ganz allein.

»Donnerwetter. Kann ich das auch lernen?«

»Vielleicht, Nihal, vielleicht.«

Schweigend nahmen sie ihr Mahl ein. Soana schien sich nicht unbehaglich zu fühlen, doch Sennars Blick wanderte unablässig zwischen dem Mädchen und der Zauberin hin und her, und Nihal hatte ihr Gesicht fast in die Schüssel getaucht.

Erst als sie fertig gegessen hatten, schien sich die Atmosphäre ein wenig aufzulockern.

Soana hatte wohl gemerkt, dass Sennars Gegenwart ihren Gast mächtig in Verlegenheit brachte, und so schickte sie ihn hinaus mit der Empfehlung, draußen weiter an einem Zauber zu üben. Doch auch als sie sich nun zu zweit an den Tischenden gegenüber saßen, fühlte Nihal sich immer noch so unwohl in ihrer Haut, dass sie am liebsten im Erdboden versunken wäre. Während die Stille des frühen Nachmittags den Raum erfüllte, begann die Zauberin, ihr Fragen zu stellen. Mit einem Male schien sie aufrichtig an der Nichte interessiert und hörte ihr aufmerksam zu.

Nihal hielt dies für den richtigen Moment, endlich mehr über ihre Mutter zu erfahren. »Kannst du mir etwas über meine Mutter erzählen?«, bat sie.

»Was soll ich dir da erzählen? Sie war ja nur so kurz bei uns …«

»Vater erwähnt sie nie.«

Soana ging nicht darauf ein. Alle waren so kurz angebunden, wenn das Gespräch auf ihre Mutter kam. Wieso bloß?

»Mir würde es ja schon genügen, zu erfahren, wie sie aussah. Schließlich scheine ich viel mehr von ihr geerbt zu haben als von Vater.«

»Nun, sie war damals eben sehr jung, jünger noch als dein Vater. Und sie war schön, auffallend schön.« Soana sprach, ohne das Mädchen anzuschauen, den Blick hinaus auf den Wald gerichtet. »Sie starb, als du erst wenige Tage alt warst.«

»Und diese Haare? Diese Augen? Diese komischen spitzen Ohren?«

»Personen mit diesen Merkmalen, so wie du und deine Mutter, kommen nur ganz, ganz selten zur Welt. Eine in tausend Jahren, sagt man. Du kannst stolz darauf sein.«

Soana lächelte, und das Mädchen erwiderte das Lächeln.

Später unterhielten sie sich über Soanas und Livons Kindheit in Salazar, und Nihal amüsierte sich prächtig dabei. Zwar verhielt sich die Zauberin zurückhaltend und war bedacht, ihre Gefühle unter Kontrolle zu halten, doch immer wieder zeichneten sich auch Zärtlichkeit oder Heiterkeit in ihrer Miene ab. In diesen Momenten konnte Nihal erkennen, wie sehr sie doch ihrem Bruder ähnelte.

Es dunkelte bereits, als Sennar wieder zu ihnen stieß. Nihal und Soana hatten gemeinsam das Abendessen zubereitet. Es war schon eigenartig. Ging es darum, ein Schwert zu führen, tat es ihr niemand gleich, doch in der Küche hatte Nihal zwei linke Hände.

Beim Essen war dann von der freundschaftlichen Atmosphäre, die zwischen Tante und Nichte entstanden war, nicht mehr viel zu spüren: In einem fort unterhielten sich Soana und Sennar über die verschiedensten Zauberkünste, und bald schon begann sich Nihal zu langweilen. Anscheinend war Soana nur selten bereit, etwas von ihrem Innersten durchscheinen zu lassen.

Als es Zeit wurde, sich zur Ruhe zu legen, kam es zur Tragödie:

»Du wirst das Zimmer mit Sennar teilen«, erklärte Soana. »Er ist so freundlich, dir sein Bett zu überlassen und auf dem Fußboden zu schlafen.«

Nihal lief rot an. »Nein, ich schlafe allein!«

»Keine Angst, ich beiße nicht …«, rief Sennar munter, während er schon die Decken für sein Lager herbeischleppte.

»Gute Nacht, Nihal. Gute Nacht, Sennar.«

Soana zog sich in ihre Kammer zurück. Die Angelegenheit war damit für sie erledigt.

Mit finsterer Miene setzte sich Nihal auf Sennars Bett.

»Willst du dich umziehen? Soll ich hinausgehen?«, fragte er.

Nihal funkelte ihn böse an. »Nein, ich schlafe in meinen Kleidern.«

»Nun, ich nicht. Würde es dir etwas ausmachen, dich umzudrehen?«

Das ließ sich das Mädchen nicht zweimal sagen, und so tief, wie es nur ging, vergrub sie ihr Gesicht im Kopfkissen.

»Fertig.«

Als sie den Kopf hob, lag Sennar unter einigen dicken Decken auf dem Fußboden. In der Mitte des Schlafzimmers brannte ein blaues Feuerchen, das den Raum angenehm erhellte. Nihal konnte nicht anders, als voller Bewunderung diesen Zauber zu betrachten.

»Hoffentlich stört es dich nicht.«

Keine Antwort.

»Gut, dann lasse ich es brennen. Gute Nacht.«

Sennar schwieg eine Weile, aber schließlich konnte er sich doch nicht zurückhalten: »Pass auf, ich weiß, dass du mich verabscheust. Du hast mir nur die Hand gegeben, weil es Soana so wollte. Dennoch bin ich überrascht von dir: Ich dachte, du würdest mich eher verprügeln wollen, um dir deinen Dolch zurückzuholen. Dass du dich mit Magie beschäftigen willst, hätte ich mir nie vorstellen können.«

Nihal schwieg hartnäckig: Nein, kein einziges Wort würde über ihre Lippen kommen.

»Schon gut, ich geb's ja zu. Ich habe eine Schwäche von dir ausgenutzt, und das war gemein von mir. Bist du nun zufrieden? Aber den Dolch brauchte ich eben: Für viele Zauber benötigt man eine extrem scharfe Klinge. Vielleicht kann ich dir mal einen zeigen.«

Nihal blieb stumm wie ein Fisch, doch davon ließ sich Sennar nicht entmutigen. Er schob die Decken zurück, setzte sich auf und schlug die Beine übereinander. »Eigentlich bin ich gar nicht müde. Aber wenn ich dir auf die Nerven gehe, unterbrich mich einfach.«

Und ohne Unterlass erzählte er weiter.

Er sprach darüber, wie sehr er das trübe Herbstwetter liebe, wie sehr er Soana bewundere, als Frau und als Zauberin, dass diese hin und wieder schon von ihr erzählt habe, und über vieles andere, mehr oder weniger Belanglose.

Nihal schwieg und gab sich Mühe, kein Interesse an diesem Geschnatter zu finden, aber es wollte ihr nicht gelingen. Zum einen, weil sie mehr über ihre Tante zu erfahren wünschte, zum anderen auch, weil es ihr Spaß machte, diesem Jungen zu lauschen, der sie mit seinem Redeschwall überschüttete.

Irgendwann schließlich rang sie sich dazu durch, Sennars Monolog zu unterbrechen. »Hör mal, warum erzählst du mir nicht endlich einmal, was ich dir eigentlich getan habe? Warum musstest du mich vor all meinen Freunden so entsetzlich demütigen?«

Sennar wurde ernst. »Warum? Ganz einfach. Weil du Krieg spielst, ohne ihn zu kennen, Nihal.«

»Weißt du denn mehr über den Krieg?«

»O ja, ich bin praktisch auf einem Schlachtfeld geboren und aufgewachsen, im Krieg zwischen dem Land des Meeres und dem Großen Land. Und glaub mir, Krieg ist vollkommen anders, als du ihn dir vorstellst. Er hat nichts von einem Spiel und auch nichts Amüsantes.«

Nihal wusste nicht, was sie erwidern sollte.

»Doch egal, es ist wirklich spät geworden. Morgen hast du deine Prüfung abzulegen. Und dazu solltest du ausgeschlafen sein. Gute Nacht.« Der Junge mit den roten Haaren mummelte sich in seine Decken.

Eine Weile lag Nihal noch wach und lauschte seinen Atemzügen in der Dunkelheit.

4

Der Bannwald

Als Nihal erwachte, war der Himmel klar und die Sonne strahlte. Es war einer jener Herbsttage, an denen man den Eindruck gewinnen konnte, die Natur wolle dem nahenden Winter noch einmal ihre Kraft zeigen, wenn auch vergeblich, denn bald schon würde die Kälte ihr zusetzen und ihre Glut ersticken.

Sennar war nicht im Zimmer, und Nihal stieß einen Seufzer der Erleichterung aus: Die Worte des Jungen schmerzten sie immer noch.

Einige Minuten vertrödelte sie noch im Bett, dann stand sie auf und gesellte sich zu Soana in den Wohnraum.

In ein Buch vertieft, saß die Zauberin am Tisch vor einer Tontasse mit dampfendem Tee und einem Teller mit einer Scheibe dunklem Brot darauf.

»Guten Morgen, Nihal. Setz dich und frühstücke etwas.«

Der Tee war lecker und schmeckte nach Honig, und das Brot war noch warm. Nihals Laune besserte sich.

»Wenn du so weit bist, will ich dir jetzt etwas von der Prüfung erzählen«, erklärte Soana irgendwann, und Nihal konzentrierte sich auf ihre Worte.

»Um entscheiden zu können, ob es Sinn hat, dich auszubilden, muss ich über deine Anlagen Klarheit gewinnen. Magische Fähigkeiten sind zum Teil angeboren, und wenn du diese Voraussetzungen nicht mitbringst, kann ich dir auch nichts beibringen. Es ist nämlich so, Nihal, ein Zauberer ist jener, der es versteht, sich mit den Urkräften der Natur in Einklang zu bringen: Das verleiht ihm seine Macht und seine Fähigkeiten. Wer es schafft, dass die Lebensenergie, die die ganze Welt erfüllt, zu ihm spricht, hat als Belohnung an ihren Kräften Anteil. Die Fähigkeit, Zwiesprache zu halten mit der Natur, kann verfeinert und gelehrt werden, und das ist die Rolle des Lehrers, aber die Voraussetzung dazu muss angeboren sein. Die Prüfung dient nun dazu, herauszufinden, wie es um diese Fähigkeit bei dir bestellt ist.«

Soanas Worte hatten Nihals Interesse geweckt, und sie fragte nach: »Das heißt also, man kann nur zaubern, wenn die Geister der Natur es so wollen?«

»Ja, anfangs ist das so«, antwortete die Magierin, die sich über den neugierigen Glanz in Nihals Augen freute. »Die Formeln für die einfachsten Zauber sind im Grunde nichts anderes als Gebete zu den Naturgeistern. Zu dieser Sorte zählen die schwächsten Heil- und einige leichte Abwehrzauber. Erst wenn man diese sicher beherrscht, kann man zur nächsten Phase übergehen.« Soanas Ton wurde noch ernster. »Das höchste Ziel ist es aber, die Natur zu beherrschen und dem eigenen Willen zu unterwerfen. Dann sind es nicht mehr die Geister, die die Hand des Magiers lenken, sondern er ist es, der mit seinem Willen die Elemente dominiert. Zu dieser zweiten Sorte zählen alle offensiven Zauber, einschließlich jener, die Waffen beigegeben werden. Erst wer dazu in der Lage ist, darf sich mit Fug und Recht Magier nennen.«

»Und dauert das lange, bis man das kann?«

»O ja. Sennar zum Beispiel ist seit seinem achten Lebensjahr mein Schüler, und doch ist er noch nicht so weit. Dabei besitzt kein anderer Zauberer, den ich kenne, ein solch herausragendes Talent wie er. Und auch ich selbst studiere immer noch, denn die Natur ist ein Buch ohne Ende, reich an Geheimnissen und Kräften.«

Diese Worte begeisterten Nihal und ließen sie vergessen, dass Soana von einer jahrelangen Ausbildung gesprochen hatte. Sie fühlte sich zu allem bereit. »Einverstanden. Nun sag, worin besteht denn diese Prüfung?«

»Du musst dich in den Wald aufmachen und dir dort, wo er am tiefsten und dichtesten ist, selbst deine Verbindung zur Natur suchen. Ich gebe dir zwei Tage und zwei Nächte: Gelingt es dir in dieser Zeit nicht, den Kontakt herzustellen, bist du nicht für die Magie geeignet. Dann wirst du verzichten müssen. Im umgekehrten Fall beginnen wir unverzüglich mit der Ausbildung.«

Nihals Entschlossenheit schmolz dahin wie Schnee in der Sonne. Dass die Prüfung hart sein würde, hatte sie sich vorstellen können, aber was Soana da verlangte, war ja geradezu entsetzlich. All die Geschichten, die sie über diesen Wald gehört hatte, kamen ihr in den Sinn, dass noch niemand lebend aus ihm zurückgekehrt sei und dass dort böse Geister hausten. Ganz zu schweigen von den Räubern und anderem Abschaum der Menschheit, die sich dort verbargen und den Wald zu ihrem Reich erkoren hatten.

Für einen kurzen Moment vertrieb ein tröstlicher Gedanken ein wenig ihre Furcht. »Na ja, wenn wir beide, du und ich ...«

»Nein, Nihal. Du wirst ganz allein sein.«

»Aber ..., aber wieso denn?«, stammelte sie. »Wieso muss ich denn dort allein sein? Man hört so schlimme Dinge über den Bannwald, und ich ...«

»Ach was. Glaubst du denn, ausgerechnet ich, die Schwester deines Vater, würde dich irgendeiner Gefahr aussetzen? Nein, glaub mir, der Bannwald ist wahrscheinlich einer der sichersten Orte weit und breit. Die Furcht vor ihm hält sowohl Halunken als auch ehrliche Leute von ihm fern, und auch auf wilde Tiere trifft man dort nicht. Was du da gehört hast, sind Ammenmärchen, mit denen man kleinen Kindern Angst einjagt. Nein, ich kann dich nicht begleiten. Du musst ganz allein sein, damit du zu voller Konzentration finden kannst.«

»Ach nein ..., ich bitte dich ...«, flehte Nihal noch einmal.

Doch Soana lächelte sie an. »Auf, nur Mut, stell dich dieser Prüfung wie ein tapferer Krieger.«

Die Diskussion erlosch in den Vorbereitungen zum Aufbruch: Soana packte ihr einen Quersack mit dem Allernötigsten, und erst auf Nihals Drängen gestattete sie ihr, auch ihr Schwert mitzunehmen.

So wanderten sie in der Stille des Waldes dahin.

Die Sonnenstrahlen sickerten durch das dürre Geäst und ließen in einem munteren Spiel Lichtflecke auf dem trockenen Laub des Waldbodens tanzen. Die Angst saß Nihal zwar immer noch in den Gliedern, doch angesichts dieses Schauspiels ließ sie schon langsam von ihr ab. Aber der Wald war auch voller Schatten und eigenartiger Geräusche, die Nihal sofort alle Befürchtungen und alles Schreckliche, was sie gehört hatte, in Erinnerung riefen.

Von Tausenden von Augen fühlte sie sich beobachtet, fast so, als hätten die Blätter selbst den bösen Blick. Bei jedem Laut zuckte sie zusammen und wanderte unsicher hinter Soana her, die ihr eiligen Schritts vorausging. Mehr als einmal war Nihal versucht, sie anzuhalten und ihr zu sagen, dass sie verzichte, auf die Magie und alles andere auch, denn nichts konnte ja diesen Opfergang aufwiegen. Doch letztendlich war ihr Stolz stärker als ihre Furcht.

Eine Stunde waren sie gewandert, als sie zu einer kleinen, runden Lichtung kamen, an deren Rand eine Quelle mit klarem Wasser sprudelte. Im Zentrum der Lichtung befand sich eine Art Sessel aus grob behauenem Stein.

»Da wären wir«, sagte Soana.

Nihal blickte sich um, während ihr das Herz bis zum Hals hinauf schlug. »Was soll ich denn hier tun?«

»Setz dich auf dem Stein nieder, befreie deinen Geist von jeder Sorge und denke nur an das Leben, das um dich herum pulsiert. Irgendwann wirst du vielleicht spüren, wie es deinen Körper durchfließt, und dies ist dann das Zeichen, dass die Verbindung gelungen ist.« Mit diesen Worten wandte sich die Zauberin zum Gehen. »Wir sehen uns in zwei Tagen wieder.«

»Warte. Und dann?«, fragte Nihal, in dem verzweifelten Versuch, sie noch ein wenig zurückzuhalten.

»Dann komme ich dich abholen und werde dich auffordern, mir deine Kräfte zu zeigen. Das ist alles. Bis bald, Nihal.«

Eine Weile rief ihr das Mädchen noch mit lauter, verzweifelter Stimme nach, doch bald schon hatte der Wald die Zauberin verschluckt. Da fiel sie auf die Knie, und ein solcher Kummer überkam sie, dass sie zu weinen begann.

Sie war allein. Sie hatte Angst. Noch nie im Leben hatte sie so große Angst gehabt.

Die kahlen Äste erschienen ihr wie Skelette, die sich anschickten, sich auf sie zu stürzen, und die Lichtung kam ihr wie ein Gefängnis mit hölzernen Mauern vor. Wer würde, wenn die bösen Geister sie anfielen, in dieser grenzenlosen Einsamkeit ihr Schreien hören? Fast eine Stunde lang weinte sie, bis sie sich, mehr aus Erschöpfung, endlich beruhigte.

Ein Vögelchen hatte sich nicht weit von ihr niedergelassen und trank mit raschen, zuckenden Kopfbewegungen aus der Quelle. Das Bild lenkte sie von ihrer Angst ab. Ganz behutsam, um kein Geräusch zu machen, griff sie zu ihrer Tasche und nahm ein Stückchen Brot heraus, zerbröselte es und warf dem Vögelchen – es musste sich um einen verspäteten Zugvogel handeln – die Krumen hin. Es erschrak zunächst, merkte dann aber, dass ihm keine Gefahr drohte, und stürzte sich gierig darauf.

Dann legte sich Nihal einige Krümel auf die Handfläche und streckte sie zu dem Vögelchen aus, das sie eine Weile misstrauisch ansah, bevor es auf ihre Hand hüpfte. Wenn im Wald solch friedliche Geschöpfe wie dieses lebten, so überlegte sie, waren die bösen Geister hier vielleicht doch nicht so zahlreich, wie man in Salazar erzählte. Aber sie hätte auch ohnehin nicht umkehren können, da sie den Weg zurück nicht kannte.

So konnte sie genauso gut versuchen, diese Prüfung zu bestehen.

Das Vögelchen flog davon, und Nihal war erneut allein. Sie machte es sich auf dem Steinsessel bequem und legte ihr Schwert griffbereit neben sich.

Als sie sich nun zu konzentrieren versuchte, merkte sie bereits nach kurzer Zeit, dass dies gar nicht so einfach war: Beim leisesten Rascheln zuckte sie zusammen, und ihre Hand fuhr zur Waffe. Leider war der Wald erfüllt von jeder Art Geräusche: Schloss sie die Augen, war ihr, als höre sie Schritte näher kommen, und sie konnte sich nur dadurch beruhigen, indem sie die Augen rasch wieder aufschlug und sich umblickte. Wie sollte sie bloß unter diesen Bedingungen mit einer Natur in Kontakt treten, die ihr so feindlich vorkam?

Bereits zur Mittagszeit war sie erschöpft.

Sie versuchte, sich ein wenig zu stärken, doch ihr Magen war wie eingeschnürt.

So schloss sie die Augen, um ein wenig zu schlafen, doch obwohl sie todmüde war, wollte der Schlaf nicht kommen: Die Angst ließ nicht von ihr ab.

Da legte sie sich ins Gras und blickte hinauf zum Himmel über der Lichtung: Wie phantastisch wäre es, ein Vogel zu sein und davonfliegen zu können, in die Ferne, großen Abenteuern entgegen. Wieder traten ihr die Tränen in die Augen, und sie weinte leise in sich hinein. Sie hatte das verzweifelte Bedürfnis nach einem Menschen, mit dem sie reden konnte.

Krieger weinen nicht, Krieger kennen keine Furcht, sprach sie sich selbst immer wieder Mut zu, und nach und nach gelang es dieser Litanei, ihre Angst zu vertreiben.

Ja, sie würde sich dieser Prüfung furchtlos stellen, nahm sie sich vor. Erneut ließ sie sich auf dem Steinsessel nieder und konzentrierte sich. Nun ging es besser, denn sie hatte sich an die Laute des Waldes gewöhnt und maß ihnen weniger Bedeutung zu. Ja, sie begann sogar, das Leben der Natur wahrzunehmen, spürte aber auch, dass dieses Leben neben dem ihren ablief, ohne es auch nur zu streifen.

Als es dunkel wurde, ging ihr auf, dass sie gar nicht wusste, wie sie ein Feuer hätte entzünden können. Während die Finsternis unaufhaltsam alles um sie herum verschlang, fühlte sie sich mehr und mehr verloren. Verzweifelt riss sie die Augen auf, in dem Versuch, etwas zu erkennen, doch vergeblich, es war tiefe Nacht.

Da, plötzlich ein Geräusch, das sich von den anderen merklich abhob. Nihal spitzte die Ohren. Schritte. Sie griff zum Schwert und baute sich in Angriffshaltung auf.

»Wer da?«, rief sie unsicher.

Keine Antwort. Rhythmisch hallten die Schritte durch die Dunkelheit.

»Wer da?«, rief sie, nun schon lauter.

Stille.

Panik ergriff sie. »Wer, zum Teufel, ist da? So antwortet doch!«, schrie sie aus voller Kehle, während die Schritte mittlerweile nur noch wenige Meter von ihr entfernt waren.

»Schon gut, Nihal, ich bin es.«

Sennar. Es war seine Stimme.

Nihal ließ ihr Schwert fallen und stürzte ihm weinend entgegen. Trommelnd ließ sie ihre Fäuste auf seiner Brust niedergehen, doch als sie seine Arme spürte, die sie fest umklammerten, erwiderte sie, hemmungslos schluchzend, die Umarmung und vergaß ganz, dass er doch eigentlich ihr verhasstester Feind war.

»Komm, weine doch nicht. Ich bin ja da. Es ist alles gut.«

Als Erstes machte Sennar Feuer. Er suchte sich ein paar dürre Zweige zusammen, häufte sie auf und legte seine Hand darüber. Augenblicklich begannen sie seltsam zu strahlen, und kurz darauf schon loderte ein knisterndes Feuerchen in munteren Flammen auf. Nihal hockte etwas abseits. Sie hatte ihre Tränen getrocknet, schluchzte aber noch ein wenig vor sich hin.

»Ich habe mich davongeschlichen. Wahrscheinlich wäre Soana von meinen Besuch nicht begeistert.« Sennar kicherte. »Ich weiß ja, welche entsetzliche Furcht Leute aus dem Land des Windes im Bannwald meistens befällt, und habe mir schon gedacht, wie es in dir aussehen muss. Verzeih, dass ich dich erschreckt habe. Das wollte ich nicht.«

Nihal zog die Nase hoch. »Danke.«

»Wofür denn? Feinde soll man sich doch warm halten!«

Das Mädchen lächelte. Sie war froh, nicht mehr allein zu sein. Das knisternde Feuer gab ihr Sicherheit, und plötzlich kam ihr die Lichtung wie ein gemütliches Zimmerchen vor.

Sennar machte sich daran, das Abendessen zuzubereiten. »Du brauchst wirklich keine Angst zu haben, Nihal. Glaub mir, hier gibt es niemanden, der dir schaden könnte. Keine bösen Geister und keine Ungeheuer. Wenn jemand böse ist, dann nur die Menschen. Die Natur wird zu deinem Freund, wenn du sie als solchen betrachtest. Sobald du sie nicht mehr fürchtest, nimmt sie dich mit offenen Armen auf. Dies zu erkennen, ist der Sinn dieser Prüfung.«

Er reichte ihr ein Stück geröstetes Fleisch. Es schmeckte köstlich.

Das stärkende Essen und die glücklich überstandene Gefahr machten das Mädchen noch zugänglicher. »Hast du auch diese Prüfung bestehen müssen?«

»Nein«, antwortete Sennar mit vollem Mund, »das war nicht nötig.«

Nihal wurde neugierig und gab auch die letzte Zurückhaltung auf. »Warum war das bei dir nicht nötig? Und warum hast du beschlossen, Magier zu werden? Du steckst so voller Geheimnisse.«

»Du willst also meine Geschichte hören?«

Nihal nickte.

»Dann hast du Glück. Man kann nämlich nicht sagen, dass mein Leben langweilig war. Nichts Umwerfendes, das nicht, aber ich hab schon viel erlebt und bin viel herumgekommen.«

Sennar schlug die Beine übereinander und begann zu erzählen.

»Wie du bereits weißt, wurde ich im Land des Meeres geboren und habe lange in der Nähe der Kriegsfront gelebt. Mein Vater war Knappe eines Drachenritters, und meine Mutter die einzige Frau im Heerlager.«

»So war sie eine Kriegerin!«, unterbrach ihn Nihal mit glänzenden Augen.

Sennar lachte. »Nein, sie war nur verliebt. Sie und mein

Vater stammten aus demselben Dorf, und als er in die Dienste dieses Ritters trat, ist sie ihm eben gefolgt. Und so kam es, dass ich von klein auf von Waffen umgeben war. Ähnlich wie du.« Er streckte sich im Gras aus. Der Himmel war klar, und die Sterne funkelten. »Hast du schon mal einen Seedrachen gesehen?«

Nihal schüttelte den Kopf.

»Unglaublichere Geschöpfe kannst du dir gar nicht vorstellen! Sie sind so eine Art geflügelte Schlangen mit Schuppen von einem tiefen Blau, das sich je nach Lichteinfall in vielen Schattierungen fast bis zu Grün verändert. Und sie können fliegen. Sie sind ... einfach ungeheuerlich!«, schwärmte Sennar und blickte zum Himmel hinauf, als zögen dort Drachen ihre Bahnen.

»Nun, um es kurz zu machen, ich liebte Drachen. Und vor allem verstand ich es, mit ihnen zu reden. Die Leute denken ja, nur Ritter könnten mit ihren Drachen sprechen, doch auch ich unterhielt mich mit ihnen, und ihre Jungen waren meine Spielkameraden. Ja, es lag mir, mit allen Tieren in Kontakt zu treten. Eines Tages nun, ich war damals acht, hielt sich Soana in unserem Lager auf. Vielleicht weißt du es gar nicht, aber Soana ist Mitglied im Rat der Magier, der an der Spitze des Widerstands gegen den Tyrannen steht. Es sind jetzt schon fast vierzig Jahre, dass der Tyrann Krieg führt gegen das Land des Meeres, das des Wassers und das der Sonne ...«

Nihal machte ein empörtes Gesicht. »Natürlich weiß ich das, was denkst du denn von mir?«

»Du bist aber wirklich furchtbar empfindlich«, neckte Sennar sie. »Kurzum, Soana wurde auf mich aufmerksam und wollte mit meinen Eltern sprechen. Sie erklärte ihnen, in mir erkenne sie enorme magische Kräfte, und wenn sie mich mit ihr ziehen ließen, würde sie mich zu einem großen Zauberer machen. Für meine Eltern war es eine schwere Entscheidung, doch schließlich stimmten sie zu, und ich folgte der Zauberin. Außerdem ist eine Kriegsfront ja nicht gerade der geeignetste Platz für ein Kind. Mein ganzes Leben lang hatte ich nichts als Waffen gesehen, Tote, Verwundete, Not.

Anfangs konnte ich zwar dem Gedanken, bei Soana zu leben, gar nichts abgewinnen. Doch als ich dann in die friedliche Atmosphäre hier im Land des Windes eintauchte, änderte sich meine Einstellung. Gewiss, ich vermisste meinen Vater, meine Mutter, meine Schwester Kala …, aber gleichzeitig war ich auch froh, nicht mehr mit anschauen zu müssen, wie die Männer um mich herum wie die Fliegen starben. Als ich zehn war, stellte es mir Soana frei zu entscheiden, ob ich meine Ausbildung bei ihr fortsetzen oder heimkehren und von der Zauberei lassen wolle.«

»Und du hast dich für die Zauberei entschieden.«

»Ja, aber bevor ich meine Entscheidung traf, reiste ich noch ins Land des Meeres, um meine Familie wiederzusehen.«

Sennar brach ab und atmete tief durch.

»Was ich dort vorfand, war ein Bild des Schreckens: Das Heer meines Vaters war praktisch aufgerieben, fast alle, die ich gekannt hatte, waren tot. Mein Vater, so erfuhr ich, hatte sich bis zuletzt mit seinem Leib schützend vor den Ritter Parel gestellt, dem er diente, und ihm so das Leben gerettet.«

Sennar hielt wieder inne, und Nihal blickte ihn schweigend an.

»Ich vergoss alle Tränen, die ich in mir hatte, und man versuchte mich damit zu trösten, dass ich der Sohn eines Helden sei, aber das bedeutete mir fast gar nichts. Mein Vater war tot, ich würde ihn niemals wiedersehen.« Sennars Stimme versagte einen Moment, dann fuhr er fort. »Irgendwann beschloss ich, zu Soana zurückzukehren und weiter die magischen Künste zu erlernen, um dann, wenn ich Zauberer wäre, mein Können in den Dienst des Friedens zu stellen; ich würde den Tyrannen bekämpfen, für meinen Vater und alle Unschuldigen, die in diesem Krieg noch immer hingemetzelt werden. Verstehst du jetzt, warum ich dich zurechtwies? Der Krieg ist kein Spiel, er bedeutet Tod und Vernichtung, und nur der Friede kann uns von diesem Übel befreien.«

Nihal blickte Sennar bewundernd an: Dieser Junge kam ihr plötzlich sehr stark vor, reif und weise wie ein wahrer Krieger.

»Du wunderst dich, nicht wahr?« Sennar zwinkerte ihr zu. »Du hast geglaubt, ich sei so ein dahergelaufener Dummkopf, der nur Krawall sucht, und jetzt hast du es mit einem alten Mann zu tun, der von seinen Kriegserlebnissen berichtet.«

Sie mussten beide lachen.

»Und du? Erzähl mir doch mal ein wenig von dir: Warum willst du ein Krieger werden?«

Auch Nihal legte sich ins Gras. Der Himmel über ihr erstrahlte in einem Gewirr von Sternen.

»Ich will viele Abenteuer erleben, und ich will die Welt bereisen und Menschen und Völker kennen lernen. Außerdem liebe ich es zu kämpfen: Sobald ich mein Schwert umklammere, fühle ich mich sicher und gegen alles gefeit. Und wenn ich kämpfe, fällt alles von mir ab. Dann bin ich so leicht wie eine Feder. Frei. Ich weiß nicht, für wen ich kämpfen werde, aber klar, der Friede ist eine gute Sache, daher werde ich vielleicht für den Frieden kämpfen. Außerdem möchte ich ein guter Krieger werden, damit Livon stolz auf mich sein kann. Er bedeutet mir alles. Vater, Mutter, Bruder.«

Sennar setzte sich auf und blickte das Mädchen voller Zuneigung an. »Diese Nacht werde ich bei dir bleiben, dann kannst du beruhigt schlafen. Doch morgen früh muss ich dich verlassen: Schließlich hast du eine Prüfung zu bestehen. Daher versuche jetzt am besten, etwas zu schlafen. Der morgige Tag wird anstrengend für dich.«

Nihal folgte Sennars Rat und machte es sich auf dem Umhang bequem, den er als Bett für sie ausgebreitet hatte.

Jetzt fühlte sie sich unglaublich ruhig.

Bevor sie in den Schlaf hinüber glitt, bedankte sie sich noch einmal bei Sennar, schlief aber bereits, als dieser antwortete: »Ach, wofür denn? Wir sind allein auf dieser Welt und können nur bestehen, wenn wir uns gegenseitig unterstützen. Schlaf gut, Nihal«, und ihr die Decke über die Schultern zog.

5

Träume, Phantasien und Schwerter

Sie war in einem Land, das sie noch nie gesehen hatte, das wusste sie genau, und dennoch fühlte sie sich wie in der Heimat. Die Stadt war groß, und sie bewegte sich unbefangen im Gewirr ihrer Tausenden von Gassen. Überall Menschen, ein chaotisches Hin und Her vor einem lauten Hintergrund aus Geräuschen und Stimmen. Von unzähligen Menschen umringt, konnte sie jedoch kein einziges Gesicht klar erkennen. Vielleicht war sie in Begleitung von irgendjemandem.

Ganz hinten, am Ende einer recht breiten Straße, erblickte sie einen gläsernen Turm, in dem sich die Morgensonne spiegelte. Hoch, blendend weiß, schien er sich bis zum Himmel zu erheben.

Mit einem Male begannen die Leute um sie herum zu schreien.

Ein riesengroßer dunkler Fleck, wie aus Tinte, breitete sich auf dem Pflaster aus. Sie schaute genauer hin. Es war Blut. Tiefrot und zähflüssig. Blut, das bald alles bedeckte, die Landschaft und den Turm rot einfärbte.

Ein bodenloser Abgrund riss vor ihren Füßen auf, und sie begann zu fallen. Sie schrie aus Leibeskräften.

Sie stürzte in die Tiefe, dem Boden entgegen, aber sie wusste, dass es keinen Boden gab und der Fall ewig dauern würde. Während sie fiel, hallten in ihrem Schädel Klagelaute wider, Schreie, das herzzerreißende Weinen von Kindern. *Räche uns! Räche unser Volk!* Sie wollte es nicht hören, doch die Stimmen bedrängten, quälten sie. *Töte es! Töte dieses Ungeheuer!*

Da lösten sich, so plötzlich wie sie gekommen waren, diese Bilder des Todes wieder auf.

Und Nihal fand sich auf den Schwingen eines Drachen wieder, der mit ihr durch die Lüfte flog. Der Wind kitzelte ihr Gesicht, und sie fühlte sich ganz frei. Sie trug eine schwarze Rüstung, und ihr Haar war sehr kurz geschnitten. Hinter ihr saß Sennar. Sie fühlte, dass sie ihn nach langer Zeit wiedergefunden hatte, und war glücklich, denn irgendetwas band sie an ihn.

In einem blendenden Weiß löste sich auch dieses Bild auf.

Nihal blinzelte. Es war der Morgen eines neuen, herrlich sonnigen Tages, und sie befand sich immer noch auf der kleinen Lichtung. Dann hatte sie also geträumt. Aber wer waren all diese Menschen gewesen? Was war ihnen zugestoßen? Und warum ritt sie auf einem Drachen? Und dann auch noch mit Sennar? Aber wozu die ganzen Fragen? Letztendlich war es doch nur ein Traum.

Sie setzte sich auf, streckte sich und begann laut zu gähnen, als ihr plötzlich die Luft wegblieb. Auf der Lichtung wimmelte es von Geschöpfen, die nur wenig größer waren als eine Hand. Sie hatten Haare in tausend Farben und flatterten, mit zarten Flügelchen schlagend, über der Wiese hin und her.

Nihal traute ihren Augen nicht. *Ich träume wohl noch*, sagte sie sich und kniff ein paar Mal die Augen zusammen.

Da baute sich eines dieser kleinen Geschöpfe vor ihr auf, musterte sie eingehend mit seinen blauen, pupillenlosen Augen, flog dann ein wenig zurück und fragte: »Bist du ein Mensch?«

Nihal brauchte ein wenig, bis sie antworten konnte: »Ja, natürlich«, sagte sie dann.

»Seltsam, ich habe Menschen anders in Erinnerung. Nicht mit so spitzen Ohren ...«

»Also für mich sieht sie aus wie eine ...«, erwiderte ein anderes dieser Geschöpfe, etwas weiter entfernt. »Ihr wisst, was ich meine, oder?«

»Unmöglich! Die gibt es doch gar nicht mehr«, mischte sich wieder ein anderes ein.

»Eben. Der Tyrann hat sie ja alle …«

»Ruhe«, rief da jenes, das Nihal angesprochen hatte, und alle schwiegen. »Vielleicht ist sie ja doch ein Mensch. Es gibt ja so viele wunderliche Menschen im Land des Windes.«

Nihal hatte sich ein wenig von ihrem Staunen erholt. »Wer bist du? Und all die anderen seltsamen Wesen, die so aussehen wie du? Was tut ihr hier?«

»Vorsicht, Fräulein. Wir sind keine seltsamen Wesen. Wir sind Kobolde. Ich heiße Phos und bin der Anführer der Koboldgemeinde im Bannwald. Wir leben eben hier, wenn du nichts dagegen hast. Aber was ist mit dir? Sag, habt ihr Menschen nicht Angst vor dem Wald?«

»Ja, schon. Aber ich bin auch nicht ganz freiwillig hier. Ich heiße Nihal und komme aus Salazar und bin hier, weil ich Zauberin werden will. Dazu muss ich eine Prüfung bestehen.«

»Ach so«, antwortete Phos, so als wisse er nun Bescheid. »Du gehörst zu Soana.«

Bei er Erwähnung dieses Namens erhob sich ein allgemeines beifälliges Gemurmel.

»Dann bist du ja eine Freundin. Ein guter Mensch, diese Soana. Ich muss gestehen, wir haben uns schon etwas erschrocken, als wir dich sahen. Zudem hast du gestern Abend solch einen Radau gemacht!«

Mit einer Pirouette kam Phos ganz dicht an Nihals Ohr heran. »Viele von uns sind den Verfolgungen des Tyrannen nur knapp entronnen und trauen so leicht niemandem mehr.«

Nihal begann dieser Kobold zu gefallen. Er war drollig und behandelte sie, als würden sie sich schon seit Ewigkeiten kennen. »Hör mal, ich weiß nicht, wie es dir geht, aber ich bin vollkommen ausgehungert. Ich habe was zu essen dabei. Vielleicht habt ihr, du und deine Freunde, Lust, mit mir zu frühstücken.«

Phos und die Seinen ließen sich nicht lange bitten. Und bald hallte die Lichtung von fröhlichem Gewisper und Gelächter der Kobolde wider, die Nihal umflogen und sich artig für die Einladung bedankten. Das Mädchen ließ Phos auf ihrem Knie Platz nehmen.

»Du bist also der Anführer aller Kobolde?«

»Nun, nicht aller. Aber der aus dem Bannwald schon. Weißt du, unsere Gemeinschaft ist die größte der Aufgetauchten Welt. Leider werden heutzutage immer mehr Wälder gerodet, und so kommt es, dass viele unserer Artgenossen sterben oder gezwungen sind, ihre Heimat zu verlassen.«

»Warum lebt ihr denn überhaupt so allein im Wald?«

»Machst du Witze? Wir sind praktisch eins mit dem Wald. Ein Kobold ohne Wald ist wie ein Fisch auf dem Trockenen. Manch einer von uns hat den Versuch gewagt, anderswo zu leben, auch unter Menschen, aber es ging nicht, nach und nach sind sie ... ja, richtig verwelkt. Und zum Schluss starben sie, denn ohne den Anblick der Wälder und den Duft der Bäume können wir nicht überleben. Schließlich gibt es nichts Herrlicheres als einen Wald. Im Winter tollen wir herum im kahlen Geäst und singen den Tieren im Winterschlaf ihr Schlaflied. In der schönen Jahreszeit genießen wir den Schatten des Laubes und nehmen ein Bad im Sommergewitter.«

»Ja, ich verstehe, das ist schon ein schöner Ort«, warf Nihal ein.

Phos' Augen wurden traurig und er ließ die Ohren hängen wie ein geprügelter Hund. »Ja schon, aber wer weiß, wie lange noch. Der Tyrann erobert Land um Land und zerstört dort die Wälder, um Material für sein Kriegsgerät zu beschaffen. Und seine Kreaturen, diese vermaledeiten Fammin, hassen uns. Viele Kobolde wurden ergriffen und gezwungen, den Hanswurst für sie zu machen. Ein trauriges Ende. Wir müssen frei sein, so frei wie der Wind, und dazu brauchen wir nicht mehr als ein wenig Grün, um darin zu leben.«

»Wie gut ich dich verstehe! Auch ich möchte frei sein, fliegen, von Abenteuer zu Abenteuer ...«

Nihal richtete sich ruckartig auf. »Pass auf, ich sag dir was. Ich bin ein Krieger – oder besser, ich werde einer – und wenn es soweit ist, werde ich gegen den Tyrannen kämpfen. Ich will der Beschützer aller Kobolde sein und schließe mich einem Heer an, das euch aus dieser Sklaverei erlöst, damit ihr wieder frei in den Wäldern leben könnt.«

Phos blickte sie resigniert an. »Das wäre schön, doch die Welt, wie wir sie kennen, verschwindet mehr und mehr. Wir können nicht mehr tun, als uns hier zu verkriechen und zu hoffen, dass wir hier unbehelligt bleiben.«

Mit übereinander geschlagenen Beinen auf Nihals Knie sitzend, blickte Phos in die Ferne, und in seinen Augen spiegelten sich die mächtigen Bäume des Großen Waldes wider. Auf seltsame Weise fühlte sich Nihal diesem bedrohten Volk sehr nahe. Einen Augenblick lang war ihr, als weinten ihre inneren Stimmen im Einklang mit dem wehen Herzen des Kobolds.

»Vielleicht hast du Recht. Aber das Böse wird nicht für immer herrschen. In der Zukunft wird es mit Sicherheit einen Platz für dein Volk geben.«

Phos lächelte sie an, und einen Augenblick später war er wieder so leutselig und fröhlich, als wenn es dieses Gespräch nie gegeben hätte. »Nun, warum, sagtest du, bist du hier? Eine Prüfung ...?«

»Ja, Soana meinte, ich müsse in Kontakt treten mit der Natur und es schaffen, dass sie zu mir spricht.«

»Was soll das heißen, in Kontakt mit ihr treten?«

»Nun, in sich zu spüren, wie sie tief im eigenen Herzen pulsiert ..., glaube ich zumindest.«

»Mehr nicht? Für uns Kobolde ist das ganz selbstverständlich.«

»Und wie stellt man das an?«

»Dafür muss man gar nichts tun. Du spürst sie eben. Das ist alles.«

Nihal ließ sich mutlos ins Gras sinken. »Ja schon, aber dazu muss ich mich doch konzentrieren, hat Soana gesagt, und das will mir nicht gelingen. Bei diesem ständigen Rauschen und Rascheln ..., ehrlich gesagt, das macht mir Angst.«

»Angst?« Phos schüttelte sich vor Lachen.

»Na, vielen Dank! Ich habe ein Problem, und du lachst mich aus!«

Phos riss sich zusammen. »Nichts für ungut. Du bist mir ja auch sympathisch, und du hast uns zum Frühstück eingeladen. Kurzum, ich will dich unterstützen. Wir werden die Bäume und Wiesen bitten, dir zu helfen. Du, deinerseits, musst dich nur …, wie hast du noch gesagt? Ach ja, konzentrieren.«

Nihal dankte ihm überschwänglich.

Phos rief seine Leute zusammen. Sie versammelten sich um ihn, flogen dann wieder auf und stoben in alle Richtungen davon, während Phos Nihal mit einer aufmunternden Geste bedachte.

Auf der Lichtung wurde es still.

Nihal trat auf den steinernen Sitz zu und nahm Platz, bereit, sich zu konzentrieren: Dieses Mal, so schwor sie sich, würde nichts und niemand sie von ihrem Vorhaben abbringen können.

Doch auch jetzt war es nicht so leicht, wie sie gehofft hatte. Trotz aller Hilfe von Seiten der Kobolde meinte Nihal wieder nichts anderes zu hören als die gewohnten Geräusche des Waldes: den Wind in den Bäumen, Flügelschlagen, das Gluckern der Quelle … Dann, ganz langsam, merkte sie, dass sich hinter diesen Geräuschen eine ganz eigene Musik verbarg. Anfangs dachte sie noch, sie bilde sich das ein, es sei ein Hirngespinst, dem anstrengenden Sitzen auf dem Steinsessel geschuldet. Doch die Musik wurde immer deutlicher: Die Laute der Natur schienen eine gemeinsame Melodie anzustimmen. Der Wind im Laubwerk war Bass und Trommel zugleich. Der nächtliche Raureif, der schmelzend in die Quelle tröpfelte, die Harfe. Das Zwitschern der Vögel der Gesang. Sogar das Gras stimmte ein: Nihal konnte es wachsen hören, und dieses Raunen war der Chor im Hintergrund.

Erst jetzt nahm Nihal ganz intensiv den Stein unter sich und dann auch den Erdboden wahr. Sie spürte sie gleichmäßig pulsieren, wie von unsichtbaren Adern durchzogen, die im Rhythmus eines Herzens, das noch in jedem Ästlein pochte, die Natur durchströmten.

Die Natur sprach zu ihr, mit archaischen Worten, die Nihal zwar nicht verstand, die ihr aber dennoch ihre geheime Bedeutung offenbarten. *Alles ist eins*, verkündeten sie, *und eins ist alles*. Alle Dinge wurzeln und enden in der Schönheit der Natur. Alle Wesen auf Erden sind Teile eines großen Körpers – der Schöpfung.

Und Nihal fühlte sich durchströmt von einem grellen Licht, umhüllt von einer wohltuenden Wärme. Sie spürte, dass ihr Herz diese ganze übermenschliche Schönheit gar nicht zu fassen vermochte, und fürchtete, die Besinnung zu verlieren. Doch gleichzeitig war ihr, als werde sie gehalten von mütterlichen Armen, die sie trösteten und sie lehrten, dass jedwedes Geschöpf in dem strahlenden Glanz dieser Schönheit doch seine Identität behält, obwohl es zu jenem unsichtbaren Ganzen gehört. Und so begann sie, sich auf den Schwingen des Windes zu erheben und dahinzufliegen auf den Wolken in ihren mannigfaltigen Formen.

Sie erblickte Gegenden mit grenzenlosen Wäldern von einem satten, geradezu blendenden Grün. Dann war ihr, als sei sie eine Blume im Gras und breite, zart berührt von den Sonnenstrahlen, ihre Blütenblätter aus. Dann war sie ein Baum, und sie spürte, wie ihre Krone in den Himmel reichte und sich ihr Geäst im Winde streckte. Sie war Frucht, sie war Vogel, Fisch, Tier … Und schließlich nackte Erde, die dem Samen Leben schenkt und jedes Lebewesen hervorbringt.

Und ihr war, als habe sie in kürzester Zeit den Sinn des Daseins begriffen.

Sie fühlte sich tausend Jahre alt und weise.

Ja, als sei sie Tausende Male bereits geboren worden, habe Tausende Male gelebt, sei Tausende Male gestorben, in jedem einzelnen all der Wesen, die seit Anbeginn in der Aufgetauchten Welt gelebt hatten.

Und sie fühlte, dass das Leben nie enden würde.

Nihal öffnete die Augen, und es war, als kehre sie plötzlich zur Erde zurück.

Es war tiefste Nacht. Reglos auf dem Steinsessel sitzend, war sie einen ganzen Tag im tiefsten Innern der Natur umhergereist. Erschöpft lehnte sie sich zurück und merkte erst jetzt, dass sie zu ihren Füßen von Kobolden umringt war. Ein jeder von ihnen erstrahlte in einem zarten farbigen Licht. In ihrer Mitte Phos, der auf dem Bauch, das Kinn in die Hände gestützt, im Gras lag und sie lächelnd anblickte.

»Wie war die Reise?«

»Wunderbar«, antwortete Nihal, in den Augen und im Herzen noch all die Bilder, die sie gesehen hatte.

Um das Abendessen hatte sich diesmal Phos gekümmert.

»Bleib du nur sitzen. Wir suchen etwas, mit dem wir uns stärken können«, hatte er gesagt und war rasch mit einigen seiner Gefährten im Dickicht verschwunden. Als sie wieder auftauchten, brachten sie in einem Tuch, das vier Kobolde geöffnet an den Zipfeln trugen, einen ganzen Berg der leckersten Herbstfrüchte herbei.

Nachdem sie sich an dem Obst gesättigt hatten, reichte Phos Nihal eine Schale, die mit einer durchsichtigen, zähen Flüssigkeit gefüllt war. »Probier mal.«

Ein wenig misstrauisch schnupperte Nihal daran.

»Koste nur, es schmeckt herrlich, und außerdem wird es dir helfen, nach den großen Anstrengungen wieder zu Kräften zu kommen.«

Nihal führte ein wenig davon zum Mund: Es schmeckte tatsächlich köstlich.

»Das ist Ambrosia, Harz vom Vater des Waldes, des mächtigsten Baumes in diesem Wald. Nicht schlecht, oder?«

Nihal trank, bis sie genug hatte, während Phos und die anderen Kobolde munter weiter plauderten. Als sie sich schließlich im Gras ausstreckte, um hinauf zum Sternenhimmel zu blicken, fielen ihr augenblicklich die Augen zu.

In jener Nacht schlief sie vollkommen traumlos.

Sehr erholt wachte sie am nächsten Morgen auf. Phos war bei ihr, allein.

»Gehst du heute wieder fort?«

Nihal rieb sich die Augen. »Ich denke schon. Soana wird mich abholen kommen.«

»Wir sind jetzt Freunde, nicht wahr?«

»Gewiss sind wir das!«

»Ich habe hier etwas für dich. Ein Pfand unserer Freundschaft.«

Der Kobold reichte ihr einen Edelstein: Er war weiß, doch in seinem Innern glitzerten Tausende von Splittern in allen Farben des Regenbogens. Nihal drehte ihn in den Händen hin und her und betrachtete ihn bewundernd.

»Dies ist eine Träne«, erklärte Phos. »Man findet sie zu Füßen des Vaters des Waldes: Wenn das Ambrosia hart wird, bilden sich solche Steine. Sie wirken wie eine Art natürliche Verstärker, die die Kraft eines Zaubers steigern und verlängern. Ich dachte, das sei das passende Geschenk für dich, wenn du mal Zauberin bist. Zudem dienen sie uns als Erkennungszeichen: Diese Bäume finden sich auch in anderen Wäldern, und so haben wir ihre Tränen zum Symbol unseres Volkes auserkoren. Wohin du auch gehst, werden dich die Kobolde an diesem Stein als Freundin erkennen.«

»Vielen Dank, Phos, er ... er ist wirklich wunderschön.«

Nihal war gerührt. Wie gern hätte sie sich mit einer Gegengabe erkenntlich gezeigt, doch besaß sie nichts Gleichwertiges, das sie hätte verschenken können. Da fiel ihr Blick auf das Schwert, das noch an dem Steinsessel lehnte. »Ich habe gar nichts, was ich dir jetzt schenken könnte«, sagte sie zu dem Kobold. »Woran ich aber am meisten hänge, ist mein Schwert. Ich werde meinen Vater bitten, es einzuschmelzen und daraus ein kleineres für dich zu schmieden, das deiner Größe gemäß ist.«

Phos schlug begeistert mit den Flügeln. »Du wirst sehen, ich werde mit dem Schwert umzugehen lernen und der beste Fechterunter den Kobolden der Aufgetauchten Welt werden.«

Sie lachten. Da plötzlich spitzte Phos die Ohren.

»Soana ist schon auf dem Weg. Es ist wohl besser, wenn sie mich nicht bei dir sieht. Sie würde es nicht begrüßen, dass ich dir geholfen habe.«

Er lächelte ihr noch einmal zu und verschwand dann wie der Blitz.

Kurz darauf traf Soana in Sennars Begleitung ein. Sie sah noch schöner aus als ohnehin schon und trug ein prachtvolles violettes Gewand, das mit magischen Runen und Symbolen in Schwarz und Gold bestickt war. »Nun, wie ist es dir ergangen?«, fragte sie.

Nihal genoss ihren Triumph. »Sehr gut. Ich bin ganz eng in Verbindung getreten mit der Natur. Es war ein phantastisches Erlebnis.«

Soana lächelte geheimnisvoll und gab Sennar ein Zeichen.

»Wir werden sehen.«

Der junge Zauberer entnahm einem Beutel sechs Steine, legte sie auf dem Boden nach einem präzisen Muster aus und konzentrierte sich: Plötzlich bildeten sich sechs Lichtstreifen, die die Steine zu Paaren verbanden und einen Stern entstehen ließen. Er legte seine Hand hinein, und sofort loderte eine hohe Flamme auf.

Erst jetzt trat Soana hinzu. Sie schloss die Augen und streckte, die Handflächen zum Himmel gerichtet, die Arme aus. »Für Luft und Wasser, für Meer und Sonne, für die Tage und Nächte, für Feuer und Erde, rufe ich dich an, du höchster Geist: Wärme die Seele meiner Schülerin durch die Zungen deines Feuers.«

Noch mächtiger loderte die Flamme auf.

Soana öffnete die Augen und blickte Nihal an.

»Und nun lege deine Hand ins Feuer.«

Nihal glaubte, sich verhört zu haben. »Wie bitte?«

»Ich sagte, lege deine Hand ins Feuer«, wiederholte Soana mit ernster Miene.

Nihal wurde ganz anders. »Wie? Meine Hand, ins Feuer ...?«

»Gehorche, Nihal.«

Soanas Blick duldete keinen Widerspruch, doch Nihal zitterten die Beine, und ihre Arme waren wie gelähmt. Nun war es an ihr, die Augen zu schließen und inständig zu bitten, dass die Natur sie tatsächlich aufgenommen habe. *Alles ist eins, und eins ist alles, die Flamme verbrennt mich nicht, denn sie ist ein Teil von mir, so wie ich ein Teil bin von ihr*, hämmerte sie sich ein, während sie die Hand ausstreckte. Als sie die Wärme spürte, begann sie der Mut zu verlassen. Ihr Mund war wie ausgetrocknet, und ihr Herz pochte wie von Sinnen. *Alles ist eins, und eins ist alles. Alles ist eins, und eins ist alles … Jetzt oder nie!* Nihal hielt die Luft an, unterdrückte die Tränen und tauchte die Hand ins Feuer.

Kein Schmerz. Noch nicht einmal die Wärme, die sie zuvor gespürt hatte.

Als sie den Mut fand, die Augen zu öffnen, bot sich ihr ein phantastisches Bild: Ihre Hand inmitten von Feuerzungen, die sie wie ein Handschuh umschlossen.

Dann klatschte Soana einmal in die Hände, das Feuer verschwand, die Flamme erlosch, und alles war wieder wie zuvor.

Fassungslos betrachtete Nihal ihre Hand: Sie war rosafarben und unversehrt.

»Ein Wunder …«, murmelte sie, als spreche sie zu sich selbst.

»Nein, Nihal. Das ist ein magisches Feuer. Hättest du mich angelogen, wäre deine Hand jetzt Asche.«

Soana legte ihre einen Arm um die Schultern. »Das war wirklich sehr gut, meine Schülerin.«

Nihal wusste, sie hatte es geschafft.

So begann ihre Ausbildung, eine anstrengende, aber auch faszinierende Zeit, in der sie die Magie mehr und mehr schätzen lernte. Mit jedem neuen Zauber fühlte sie sich stärker noch als Teil jenes Lebens, das sie auf der Lichtung kennen gelernt hatte, jenes Lebens, das in allem Dasein pulsiert.

Gewiss, die langen Meditationen konnten langweilig sein, und die unzähligen Vorbereitungsübungen, die zum Erlernen eines neuen Zaubers unerlässlich waren, stellten ihre Geduld auf eine harte Probe. Doch gleichzeitig begeisterte es sie, diese Anstrengungen zu meistern, denn dabei überkam ihren Geist eine Ruhe, die sie früher nicht gekannt hatte.

Dennoch wurde bald schon klar, dass die Magie nicht ihr Lebensinhalt sein konnte. Nihal lernte ohne allzu große Mühe, doch fehlte ihr jenes Übermaß an magischer Kraft, das nur großen Zauberern eigen ist und bei Sennar hingegen klar zutage trat.

Seit jener Nacht, als er ihr beigestanden hatte, hatte sich ihr Verhältnis merklich gebessert. Eine Zeitlang hatte sich Nihal zwar noch abweisend gegeben und ihm dann und wann auch einmal böse funkelnde Blicke zugeworfen, aber lange ließ sich diese Abwehr nicht aufrechterhalten. Langsam, fast unmerklich, kam es so weit, dass sie ihn als ihren besten Freund betrachtete.

Sie waren fast ständig zusammen, so dass Nihal irgendwann auch den Kontakt zu ihrer Bande in Salazar ganz aufgab: In diesem Jungen mit dem roten Haar hatte sie den Freund gefunden, den sie immer vermisst hatte.

Neben der Ausbildung bei Soana verband sie die Tatsache, dass sie sich beide als Außenseiter fühlten: Er war ein Zauberer, und Zauberer standen unter dem Tyrannen in denkbar schlechtem Ansehen; sie hingegen war eine Kriegerin, während man doch allgemein der Ansicht war, die Aufgabe eines Weibes sei es, das Haus zu hüten, die Kinder großzuziehen und für den Ehemann da zu sein. Sie fühlten sich als Rebellen, lebten, wie es ihnen entsprach, und malten sich ihre zukünftigen Heldentaten aus. Denn für Nihal stand fest: Sie würde sich einmal dem Heer anschließen, das gegen den Tyrannen kämpfte.

Soana und Sennar sprachen häufig über den Tyrannen: dass dieser mit Gewalt die Throne der Länder in der Aufgetauchten Welt an sich riss und dort Regenten einsetzte, die ihre Herrschaft auf Terror stützten; dass in den Reichen, die er eroberte, Verfall und Verarmung Einzug hielten; und dass er alle Völkerschaften hasste und nur danach trachtete, sie zu unterjochen.

In letzter Zeit nun tauchten in Livons Schmiede immer häufiger unbekannte Männer auf, die sich unter Berufung auf eine angebliche Übereinkunft zwischen dem Tyrannen und König Darnel dreist, ohne zu bezahlen, mit Waffen versorgten. Der Schmied schien sie zu fürchten, und wenn er sie erblickte, hatte sich Nihal sofort zu verstecken. Machtlos musste sie dann aus sicherer Entfernung mit ansehen, wie diese Gestalten die Werkstatt auf den Kopf stellten und ihren Vater demütigten. In diesen Situationen kochte blinder Zorn in ihr hoch, und instinktiv wanderte ihre Hand zum Schwert.

Sie besaß nun ein neues: Wie versprochen, hatte sie aus dem alten ein Miniaturschwert schmieden lassen, das Phos begeistert in Empfang genommen hatte.

Ihrem Vater hingegen hatte sie den Edelstein, die Träne, gegeben und ihn gebeten: »Kannst du mir ein Schwert schmieden, Vater, und diesen Stein ins Heft einsetzen?«

Das ließ sich Livon nicht zweimal sagen. In ihrer Abwesenheit hatte er Zeit gehabt, sich über das Verhältnis zu seiner Tochter Gedanken zu machen. Es war nicht zu übersehen, dass Nihal kein Kind mehr war, und es war nicht recht, ihr die Flügel zu stutzen, nur weil er sie gerne um sich haben wollte. Früher hatte er sich im Umgang mit ihr ganz von seinem Instinkt leiten lassen, doch jetzt erinnerte er sich ganz deutlich, wie ihn selbst als jungen Mann der Durst nach Freiheit gequält und immer wieder veranlasst hatte, sich gegen seinen Vater aufzulehnen. Er begriff, dass es richtiger war, sie frei »fliegen« zu lassen und ihren Flug aus der Entfernung zu verfolgen, um ihr bei Schwierigkeiten beizuspringen und zu helfen, einen Absturz zu vermeiden.

Er wollte Nihal beweisen, dass er gewillt war, sie ihren Weg finden zu lassen: Und ihr ein Schwert zu schmieden, schien ihm die beste Möglichkeit dazu.

Livon nahm sich für die Arbeit viel Zeit. Es sollte ein ganz außerordentliches Schwert werden, das Nihal immer begleiten und sie jederzeit an ihren Vater erinnern würde.

Der Zufall wollte es, dass ihm einer seiner Lieferanten, ein gerissener, äußerst geschäftstüchtiger Gnom, zu jener Zeit gerade einen großen Block schwarzen Kristalls verkauft hatte, das härteste Material in der Aufgetauchten Welt. Man fand es nur im Land der Felsen, und es war eben jenes, aus dem auch die Feste des Tyrannen erbaut war. Livon hatte es noch nie verwendet, wusste aber, wie es zu verarbeiten war. Zudem beflügelte ihn die Vorstellung, ein schwarzes Schwert zu schmieden. Jetzt galt es nur noch, sich einen Entwurf einfallen zu lassen.

Dabei dachte der Waffenschmied an Nihal, wie sie war, was sie liebte, und kam schließlich auf die Idee, etwas mit einem Drachen zu gestalten: Dieses Tier schien ihm das Wesen seiner Tochter mit Abstand am besten zu symbolisieren. Und außerdem schwärmte Nihal für Ritter, und die besten Ritter der Aufgetauchten Welt waren eben jene des Drachenordens.

Mehr und mehr nahm das Schwert in seinem Geist in allen Einzelheiten Gestalt an, bis er sich endlich daran machen konnte, es aus dem schwarzen Kristall herauszuarbeiten. Lange arbeitete er daran, vor allem nachts, damit es für Nihal eine Überraschung würde. Über den schwarzen Kristallblock gebeugt, brachte er schwitzend Stunde um Stunde mit dem Meißel zu. Mehr und mehr nutzte er jeden Augenblick, da Nihal nicht zuhause war, so dass bald seine übliche Arbeit darunter litt und sich einige Kunden schon zu beschweren begannen.

»Du beginnst wohl, dich aufs Altenteil zurückzuziehen«, zog Nihal ihn auf, um dann ernst hinzuzufügen: »Kann ich dir vielleicht zur Hand gehen, Vater?«

Livon schüttelte den Kopf und antwortete, ein sehr wichtiger Auftrag verlange seine ganze Aufmerksamkeit. Er konnte ihr ja nicht sagen, was ihn wirklich davon abhielt, sich um anderes zu kümmern.

Alle Waffenschmiede, alle Handwerker, alle Künstler warten auf einen Moment, wie er ihn gerade erlebte, da er das Schwert unter seinen Händen Gestalt annehmen sah.

Das kristallene Schwert sollte sein Meisterwerk sein.

Eines Morgens endlich rief Livon Nihal zu sich. Sein Gesicht war gezeichnet von einer schlaflosen, durchgearbeiteten Nacht, und seine Schürze vollkommen verdreckt.

»Was ist mir dir? Geht's dir gut?«, fragte Nihal besorgt.

»Ja, es ging mir noch nie besser. Dies ist einer der schönsten Augenblicke meines Lebens«, antwortete Livon und reichte ihr ein in Leder eingewickeltes Bündel.

Nihal stockte der Atem, als sie sah, was es enthielt. Im hellen Licht des Morgens funkelte ein langes schwarzes Schwert, glänzend und durchscheinend wie aus Glas. Die flache Klinge war so scharf wie ein Rasiermesser und verjüngte sich leicht am unteren Ende. Um das Heft aber wand sich ein wunderschöner Drache. Weiß hob sich sein Kopf vom schwarzen Kristall ab, denn er war aus dem Edelstein, der Träne, gefertigt. Der Rachen des Tieres war weit aufgerissen, und mächtige Flügel spreizten sich zwischen Klinge und Griff und waren so fein gearbeitet, dass sich die Adern darauf abzeichneten, und so dünn, dass sie durchsichtig schienen.

Es war eine phantastische Waffe. Nihal scheute sich sogar, sie in die Hand zu nehmen. Livon hatte ja bereits viele schöne Stücke gefertigt, aber dieses hier war ein wahres Kunstwerk.

»Du hattest mich um ein Schwert gebeten. Hier ist es. Kein Spielzeug, sondern dein Schwert. Bei der Arbeit habe ich immer an dich gedacht. Es ist eine Waffe, die schützen und angreifen kann, eine echte Waffe für einen echten Krieger.«

Livon lächelte, und Nihal blickte ihn mit glänzenden Augen an.

»Komm, nimm es wenigstens mal in die Hand!«

Als Nihal es endlich anhob, war sie erstaunt, wie gut es sich ihrer Handfläche anpasste und wie leicht und handlich es war.

Livon lachte. »Glaub nicht, es sei aus Glas! Das ist schwarzer Kristall, das härteste Material, das ich kenne. Pass mal auf.«

Er nahm Nihal das Schwert aus der Hand und legte es auf seine Werkbank; dann griff er zu einem Schmiedehammer und ließ ihn mit voller Wucht auf den Drachen niederfahren.

Nihal zuckte zusammen, sah jedoch im selben Moment, dass er noch nicht einmal einen Kratzer davongetragen hatte.

»Mit diesem Schwert kann du dich in deine Abenteuer stürzen.«

Nihal warf sich ihrem Vater an den Hals und umarmte ihn stürmisch. Dann machte sie sich los, nahm ihr neues Schwert zur Hand und hielt es vor sich. »Dies ist mein Schwert. Niemals werde ich mich von ihm trennen!«

»Dann kann ich ja jetzt beruhigt sterben.« Livon lachte, während Nihal nur dastand und lächelnd die funkelnde Klinge betrachtete.

Tatsächlich wurde das Schwert zu ihrem ständigen Begleiter: Kein Tag, an dem es nicht an ihrer Seite hing. Häufig nutzte sie es, um sich allein im Schwertkampf zu üben, denn sie hatte niemanden, mit dem sie die Klingen hätte kreuzen können. Sennar war zu beschäftigt mit seinen Studien, und wenn er sich mal auf ein Gefecht einließ, war er ihr bei weitem nicht gewachsen. Manchmal duellierte sie sich auch mit Livon, doch mittlerweile schlug sie auch ihn mit Leichtigkeit. Zudem hielt sie sich die meiste Zeit bei Soana auf.

Wenn ihr die Ausbildung Zeit dazu ließ, ging Nihal in den Bannwald und versuchte dort mit Phos' Hilfe, ihre Fähigkeiten im Umgang mit dem Schwert zu verfeinern: Der Kobold warf dann etwa Körner in die Luft, die das Mädchen im Flug zu treffen versuchte, oder sie hieb auf trockene Äste ein. Es war alles andere als ein perfektes Training, und auch kein großes Vergnügen, aber zumindest kam sie nicht aus der Übung und konnte ihre Geschicklichkeit und Schlagkraft verbessern. Sie erlegte es sich auf, sich mit diesen aus der Not geborenen Übungen zufrieden zu geben, hatte dabei aber ein quälendes Verlangen, das Schwert wirklich einzusetzen.

Die Gelegenheit dazu ließ auf sich warten, doch zum Schluss kam sie.

6

Der Ritter des Drachenordens

Zwei Jahre waren vergangen, seit Nihal sich zu Soana am Rand des Bannwaldes aufgemacht hatte, um sie zu bitten, als Schülerin aufgenommen zu werden. Zwei Jahre des Lernens, des Wachsens, sich festigender Beziehungen. Vor allem zu Sennar, dem Freund, Ratgeber, Komplizen und bald auch Magier, mit allen Rechten und Pflichten.

Die Aufnahmezeremonie würde vor dem Rat der Magier stattfinden und ganz besonders feierlich ausfallen, da Sennar beschlossen hatte, seine Studien fortzusetzen, um selbst einmal Mitglied im Rat zu werden.

Dieser Rat verlegte jährlich seinen Sitz, so dass abwechselnd jedes Land einmal die Ehre hatte, ihn zu beherbergen, und setzte sich zusammen aus den acht besten Zauberern – sowohl ihren magischen Fähigkeiten als auch ihrer Weisheit nach – der acht im Rat vertretenen Länder.

Dies war alles, was noch in der Aufgetauchten Welt von der Demokratie übrig geblieben war. Früher einmal hatte der Rat über das kulturelle und wissenschaftliche Leben bestimmt, doch seit fast vierzig Jahren organisierte und leitete er nun schon, mithilfe der Regenten der freien Länder, den Verteidigungskrieg gegen den Tyrannen.

Der Rat stand auch der gesamten Gemeinschaft der Magier in der Aufgetauchten Welt vor, und um dort aufgenommen zu werden, musste jeder angehende Magier vor ihm erscheinen. Denn seit der Tyrann die freien Länder bedrohte, wurden immer öfter auch magische Fähigkeiten militärisch genutzt. Und so gab es in den meisten Heeren zumindest einen Magier, der mit einem Zauber die Waffen verstärken konnte, oder gar, in den verzweifeltsten Fällen, kraft seiner Magie selbst in den Kampf eingriff.

Für Nihal war es die erste richtige Reise ihres Lebens. Zwar war sie bis dahin auch nicht in den Mauern Salazars eingeschlossen gewesen und hatte in Begleitung Livons, auf dem Weg zu seinen Lieferanten etwa, Gelegenheit gehabt, andere Turmstädte ihres Heimatlandes kennen zu lernen, sich dabei aber nie mehr als eine halbe Tagesreise entfernt und war bei Sonnenuntergang stets wieder zu Hause gewesen. Dieses Mal war es anders: Sie würde im Freien nächtigen, würde Meile um Meile marschieren und schließlich in ein Land gelangen, das sie nie zuvor gesehen hatte und nur aus phantastischen Geschichten kannte.

Nihal war entsprechend aufgeregt und blieb dies auch die ganze Reise über. Wenn sie so stundenlang dahinwanderten oder sich abends am Feuer ausruhten, mit schmerzenden Beinen und im Kopf ganz leer von der Anstrengung, dachte sie, dass ihr ein solches Leben gefallen würde, ständig auf Achse, von Land zu Land ziehend und Abenteuer auf Abenteuer mit ihrem Schwert bestehend.

Sennar war vollkommen anderer Stimmung. Ganz eingenommen von seiner neuen Rolle, dachte er unablässig an die bevorstehende Aufnahmezeremonie. Er wusste nicht, was stärker war, sein Verlangen, bald schon Zauberer zu sein, oder die Furcht vor dem Ritus: Einerseits fürchtete er, der Aufgabe nicht gewachsen zu sein, andererseits konnte er es gar nicht erwarten, ein echter Magier zu werden.

Dann war da noch Soana, deren Verhalten wirklich sonderbar war. Sie, gewöhnlich so besonnen und undurchschaubar, gab sich nun plötzlich heiter, beschwingt, ja übersprudelnd vor guter Laune. Nihal hatte sie kennen und lieben gelernt, aber nur ganz selten miterlebt, dass sie so offen ihre Gefühle zeigte. Es hatte den Anschein, als verleihe ihr die Vorfreude auf irgendetwas einen besonderen Glanz, der auch ihre Schönheit noch heller erstrahlen ließ.

Am zehnten Tag ihrer Wanderung gelangten sie in die Nähe der Grenze.

Das Land des Windes wurde von den anderen Ländern, wenn auch mit Einschränkungen, immer noch als befreundet betrachtet: Daher wurde die Grenze noch nicht bewacht und der Verkehr von Menschen, in gewissem Rahmen auch von Waren, nicht kontrolliert.

So wanderten sie dahin, Nihal wie so oft auf das eigenartige Murmeln in ihrem Innern lauschend, als plötzlich ein riesengroßer Schatten ihre Aufmerksamkeit erregte, der zu schnell vorüberzog, als dass es sich dabei um eine Wolke handeln konnte. Unwillkürlich hob Nihal den Blick zum Himmel, und was sie dort sah, ließ sie wie angewurzelt stehen bleiben, den Kopf in die Höhe gereckt und die Augen vor Staunen weit aufgerissen.

Denn knapp über ihren Köpfen flog ein Drache. Das Tier drehte gemächlich seine Runde in der windstillen Morgenluft, während die Sonnenstrahlen durch die feine Haut seiner Flügel hindurchschimmerten. Er sah wirklich genauso aus wie der Drache, der ihr Schwert zierte: die gleiche prachtvolle Erscheinung voller Kraft und Schönheit. Sein Zaumzeug und sein Sattel waren vergoldet, und er wurde geritten von einem Mann, der von Kopf bis Fuß in einer glitzernden Rüstung steckte.

Nach einer etwas weiteren Runde setzte der Drache nun nicht weit von den dreien entfernt sanft im Gras auf. Nihal betrachtete ihn mit immer noch weit aufgerissenen Augen, fast so, als wolle sie sie mit diesem Anblick füllen. Dabei hatte sie gar nicht bemerkt, dass Soana mit ungewohntem Schwung dem Reiter entgegengelaufen war. Gewandt stieg der Mann von seinem Reittier, nahm den Helm ab, ergriff Soanas Hand und küsste sie lange.

Soana lächelte. »Mein Liebster.«

Der Ritter warf der Zauberin einen geheimnisvollen Blick zu. »Wir haben uns wohl eine Ewigkeit nicht gesehen.«

Und Soana, die sonst jedem Blick standhielt, ja, ihr Gegenüber zwang, den seinen zu senken, blickte zu Boden.

»Ein Drache! Hast du gesehen? Ein Drache!«

Sennars Begeisterung holte Nihal in die Wirklichkeit zurück. Entschlossen trat der junge Zauberer auf das mächtige Tier zu.

Nihal folgte ihm nach kurzem Zögern. Mit jedem Schritt, den sie näher kam, nahm sie mehr Einzelheiten wahr: Der Drache hatte durchdringende rote Augen, die sie wie aus längst vergessenen Zeiten musterten, seine Flügel waren jetzt angelegt und bedeckten seine majestätischen, von Leben pochenden Flanken. Reglos wie eine Statue stand er da, und so stolz wie eine Statue wirkte er auch. Sein Leib war von einem hellen Grün in vielerlei Abtönungen: An den Kopfseiten ging es in Rot über, verdunkelte sich an den Dornfortsätzen der Wirbelsäule und den Äderungen der Flügel, und auf der Brust wurde es noch heller.

Nichts auf der Welt, dachte Nihal, war so stark und so schön, nichts so grandios und so mächtig: Wie mochte es erst sein, auf ihm zu reiten, seinen Herzschlag zu spüren, mit ihm am Himmel Bahnen zu ziehen …?

Als Sennar begann, den Drachen am Maul zu streicheln, schrak der Ritter sofort auf: »Vorsicht, Junge!«

»Kein Sorge«, beruhigte ihn Sennar, ohne innezuhalten.

Skeptisch sah der Ritter ihm zu, bereit, beim kleinsten Anzeichen von Gefahr sofort einzugreifen, merkte jedoch bald, mit einer gewissen Überraschung, dass sich sein Drache ganz ruhig verhielt. Ja, dass er sich sogar sichtlich wohl fühlte.

Nihal konnte nicht widerstehen. Sie trat noch ein Stückchen näher heran und streckte ihrerseits die Hand aus, als Soanas Stimme sie zurückhielt.

»Nein, du nicht, Nihal! Ein Drache ist nur seinem Herrn ergeben und lässt sich nicht von Fremden berühren. Sennar ist eine Ausnahme, er kann zaubern.«

Enttäuscht ließ Nihal ihre Hand sinken: Wie gerne hätte sie dieses Geschöpf einmal berührt! Für sie verkörperten Drachenritter all das, was sie einmal zu sein wünschte. Sie waren die besten Krieger der Aufgetauchten Welt und kämpften auf Seiten der freien Länder gegen den Tyrannen. Zudem konnten sie auf ihren Drachen, mit denen sie zu einer Einheit verschmolzen, frei durch die Lüfte schweben.

»Das ist Fen, der General des Drachenordens aus dem Land der Sonne«, erklärte Soana jetzt. »Fen, darf ich dir meinen Schüler Sennar vorstellen? Und das ist Nihal ... Nihal?«

Nihal aber konnte den Blick nicht von dem prächtigen Tier abwenden. Verdattert stand sie da und hatte gar nicht gemerkt, dass Soana sie ansprach.

Erst ein Ellbogenstoß von Sennar brachte sie dazu, dem Ritter ihre Aufmerksamkeit zuzuwenden. Und der Anblick traf sie wie ein Blitz. Fen war ein junger Mann, wenn auch kein Jugendlicher mehr. Groß gewachsen und von imposanter Gestalt, war er von einer Schönheit, die Nihal nur bei einer Statue für möglich gehalten hätte. Unter der Rüstung erahnte man den muskulösen Körperbau eines Athleten, sein kastanienbraunes Haar war gelockt, sein Gesicht perfekt oval, und seine klar gezeichneten, vollen Lippen verzogen sich zu einem kecken Lächeln. Seine Augen aber waren von einem intensiven Grün; es war das Grün des Bannwaldes im Frühling, das Grün aller Smaragde der Aufgetauchten Welt.

So musste ein Held sein, dachte Nihal, schön, stark und mutig wie dieser Ritter. Plötzlich spürte sie, dass sie errötet war; sie stammelte einige wenige Worte, hatte dabei aber das Gefühl, als würde sie eine ganze Geschichte erzählen.

Fen lächelte die beiden Jugendlichen an. »Ich freue mich, euch endlich kennen zu lernen. Soana hat mir schon viel von euch erzählt«, sagte er. »Und ich muss wirklich zugeben, Sennar, ich habe noch nie erlebt, dass jemand Gaart wie ein Kätzchen streicheln konnte!«

Dann wandte er sich wieder Soana zu und ergriff sanft ihren Arm. »Es war sicher eine beschwerliche Reise.«

»Nein, gar nicht. Es war ein Vergnügen. Der Sommer ist so schön …«

»Eigentlich sehe ich es gar nicht gern, dass du in diesen Zeiten allein unterwegs bist«, unterbrach er sie.

»Unsinn«, erwiderte sie mit einer verächtlichen Handbewegung. »Du weißt doch, dass ich mich schon verteidigen kann.«

»Gut, wie dem auch sei, jedenfalls bringe ich dich jetzt zum königlichen Palast.«

Ohne ein weiteres Wort fasste er Soana, ihren amüsierten Protesten zum Trotz, fester unter, hob sie hoch und platzierte sie galant im Amazonensitz in Gaarts Sattel.

»Und für euch beide habe ich zwei Pferde besorgt: Einer meiner Knappen erwartet euch an der Grenze.«

Mit einem Mal fand Nihal die Sprache wieder. »Kann ich nicht auch auf dem Drachen mitreiten?«

»Tut mir Leid, Nihal, aber mehr als zwei Menschen kann Gaart nicht tragen.«

»Es ist nur …, weil er so schön ist …«, stammelte Nihal und verfluchte sich gleich darauf, weil sie sich nicht auf die Zunge gebissen hatte.

Fen lachte vergnügt. »Hast du gehört, Gaart? Heute ist dein Glückstag!« Dann fiel sein Blick auf die Waffe an Nihals Seite. »Aber sag mal, dieses Schwert …, das ist ja ein wunderschönes Stück.«

»Was … was für ein Schwert?«

»Na, das da«, erklärte der Ritter lachend, indem er das Heft der Waffe berührte.

Kaum hatte sie Fens Hand an ihrer Hüfte gespürt, begannen Nihals Ohren zu glühen.

»Soana hat mir erzählt, dass du ein Krieger werden willst: Verstehst du dich denn schon aufs Fechten?«

Mit verlorenem Blick sah Nihal den Ritter an. »Wer? Ich?«

Sennar verdrehte die Augen und versetzte der Freundin einen zweiten Stoß in die Rippen.

»Ja, schon, ein wenig«, antwortete das Mädchen endlich.

»Wunderbar. Dann können wir ja in Laodamea im königlichen Palast ein wenig die Klingen kreuzen. Ich würde gerne sehen, was du schon kannst.«

Mit diesen Worten bestieg Fen seinen Drachen, schlang die Arme um Soanas Leib und erhob sich in die Lüfte.

Nihal war, als komme sie nun, nach langer Zeit unter Wasser, endlich wieder zu Atem.

Sennar legte ihr einen Arm um die Schultern. »Wir sollten uns auf den Weg machen, die Pferde stehen für uns bereit.«

»Ja, sicher …«, murmelte Nihal, gab sich dann einen Ruck und versuchte, während sie ihm folgte, ihre Ruhe wiederzufinden.

Auf ihrem Ritt durch das Land des Wassers dachte Nihal unablässig an Fen, und dieser Gedanke stellte sogar noch die Erinnerung an Gaart in den Schatten.

Sie wusste gar nicht, was mit ihr los war: Herrje, hatte sie in ihrem Leben nicht schon viele Männer gesehen, sehr viel mehr als Frauen sogar? Und Fen war eben ein Krieger, mehr nicht. Und doch, wenn sie an seine Augen dachte …

»Der ist nichts für dich.« Sennar lächelte sie verschmitzt an.

»Was meinst du?«

»Ja, glaubst du denn, ich hätte nicht gemerkt, wie du Fen angeschaut hast? Mit einem wirklich, ich schwör's dir, schamlosen Blick«, fügte er weiter lächelnd hinzu.

Nihal errötete. »Aber … aber was redest du denn da? Wie kommst du nur auf solche Gedanken. Ich hatte doch nur Augen für den Drachen.«

»Ach, Nihal, du kannst doch deinem alten Busenfeind nichts vormachen …«

»Nein, ich habe Fen ganz normal angesehen«, erwiderte Nihal gekränkt. »Er ist eben ein Drachenritter, und ich will auch ein großer Krieger werden … Außerdem ist sein Drache wunderschön … und auch seine Rüstung … die Waffen …« Ihre pathetische Rechtfertigung lief in einem Stammeln aus.

»Lass nur, es ist ja nichts Schlimmes daran, wenn er dir gefällt: Schließlich ist er wirklich eine imposante Erscheinung, groß, stark ... Und er ist ein Ritter, also ein richtiger Held ... Was soll's, Nihal, ich wollte dich doch nur ein wenig auf den Arm nehmen.«

Nihal ließ sich nicht zu einer Antwort herab. Sie nahm die Zügel fester in die Hand und versuchte, an etwas anderes zu denken. Doch sobald sie die Augen schloss, sah sie wieder Fen vor sich, und ihr Herz begann schneller zu schlagen.

Nach einigen Minuten des Schweigens gab Nihal ihr Schmollen auf und fragte Sennar: »Dein Vater war doch Knappe bei einem Drachenritter: Was weißt du über den Orden?«

»Nun, der Ritter, dem mein Vater diente, ritt einen Blauen Drachen. Die sind anders, kleiner, wendiger, und erinnern an eine große Schlange. Fen gehört dem Drachenorden aus dem Land der Sonne an, der auf eine lange, lange Geschichte zurückblickt. Deren Drachen werden heute ausschließlich im Land der Sonne gezüchtet. Früher war das noch anders: Die Drachen kamen aus verschiedenen Ländern, und die Ritter waren keinem bestimmten Herrscher untertan. Sie waren nur für ihre Tiere verantwortlich, gehorchten allein ihrem Orden und verdingten sich zumeist als Söldner. Das heißt, sie stellten ihr Können in den Dienst desjenigen, der ihnen am meisten bot. So hatte während des Zweihundertjährigen Krieges praktisch jedes Heer zumindest einen Drachenritter in seinen Reihen.«

Nihal hörte ihm aufmerksam zu.

»Als der Frieden wiederhergestellt war, schien sich der Orden in alle Winde zu zerstreuen. Einige Ritter verblieben im Land der Sonne und gründeten dort die so genannte Akademie, in der neue Drachenritter ausgebildet werden, während andere die Aufgetauchte Welt hinter sich ließen, den Saar überquerten oder sich gar in die Große Wüste hineinwagten. Seit dem Ausbruch des Krieges gegen den Tyrannen, als alle freien Länder ihre Heere zu einer großen Armee vereinten, stehen die Drachenritter als Generäle und Kommandanten dieser Streitkräfte meistens in vorderster Front, wobei sie allerdings dem Rat der Magier verantwortlich sind. Das ist alles, was ich über sie weiß. Aber darf ich dir noch einen Rat geben? An deiner Stelle würde ich nicht zu viel an Fen denken …«

Doch diese letzten Worte waren in den Wind gesprochen.

Nihal hatte sich erneut im Bild des Drachenritters Fen verloren.

7

Im Land des Wassers

Erst langsam gerieten sie ins Staunen. Sie hatten bereits etliche Meilen im Land des Wassers zurückgelegt, aber die Landschaft war unverändert geblieben: weiterhin Steppe, vielleicht etwas grüner als jene, die Salazar umgab, aber dennoch nicht viel anders, als sie sie kannten, endlos, flach wie ein Ozean aus Gras.

Dann irgendwann fielen ihnen mehr und mehr Bäche auf. Wie Blut, das langsam aus einer Wunde rinnt, schienen sie der Erde zu entspringen. Zunächst waren es tatsächlich nur Bächlein, nicht breiter als ein Arm und nicht sehr tief, doch bald schon verbreiterten sie sich zu stattlichen Wasserläufen, schwollen mächtig an und strömten in großen Flüssen zusammen.

Mehr und mehr beherrschte Wasser das Bild der Landschaft: Überall waren Flüsse, klare Quellen und wiederum schmale Bäche, die die Erde wie laufende Tränen durchfurchten. Die Wasserläufe schienen wie aus Kristall, Fische in allen Farben tummelten sich zwischen den Binsen, und lange Algen bogen sich in der sanften Strömung. Das Gras war nun so sattgrün, dass es fast blendete. Dies war das Reich des Grüns und des Wassers: Alles wirkte rein, die Erde von unzähligen Wasserläufen gewaschen und verziert mit tausenderlei Bäumen.

Mit großen Augen blickte sich Nihal um. Ihr fiel das Bild wieder ein, das sie auf der Lichtung im Bannwald überkommen hatte: Vielleicht war dies das Land, in dem sich die Geister der

Natur in ihrer größten Herrlichkeit entfalteten, mit Wäldern, die sich bis ins Unendliche ausbreiteten.

»Mach den Mund wieder zu, Nihal«, foppte Sennar sie, aber auch er selbst war beeindruckt von der Pracht dieser Natur.

Nach und nach tauchten auch die ersten Dörfer auf: Sie erhoben sich auf Inselchen inmitten der Wasserläufe und erstreckten sich teilweise mit Pfahlbauten bis weit in die Flüsse hinein. Alles wirkte so, als habe hier der Mensch einen Weg gefunden, so harmonisch wie möglich mit der üppigsten Natur zusammenzuleben.

Die Naturwunder wollten kein Ende nehmen, doch das Beste stand den beiden erst noch bevor. Denn nach einem halben Tagesritt gelangten sie zu dem prächtigsten Palast, den sie je gesehen hatten.

Es handelte sich um eine trutzige Burg, aus mächtigen Quadersteinen errichtet, die sich am Rande eines tosenden Wasserfalls erhob. Das Wasser floss über ihr Strebewerk und teilte sich dann in unzählige Bäche, die in rasender Geschwindigkeit einem Abgrund entgegenströmten und sich dort bestimmt sechzig Ellen tief hinabstürzten, um schließlich in einen tiefblauen See einzumünden. Der Haupteingang befand sich genau über dem Wasserfall. Und dort, vor dem Palast, wurden sie schon von Fen und Soana erwartet.

Einige Pagen hießen die Besucher willkommen und geleiteten sie in ihre Kammern, die nebeneinander hoch über dem Wasserfall lagen.

Der Ausblick vom Fenster verschlug einem dem Atem: Nihal fragte sich, ob das, was sie dort unter sich sah, wirklich der See war oder etwa der Himmel, der sich, aus einer Laune der Götter heraus, umgedreht hatte und auf die Erde hinabgesunken war.

So stand sie ganz verzaubert da, bis Soana an ihre Tür klopfte, und ihr sagte, die Herrscher im Land des Wassers seien nun bereit, sie zu empfangen.

Soana führte Sennar und Nihal ins Herz des Palastes, in einen vollkommen runden Saal mit einem wie eine Halbkugel geformten Glasdach, über das die Wasser des Wasserfalls strömten.

Sie kamen sich vor wie in einer anderen Welt. Die Köpfe in den Nacken gelegt, wurden Sennar und Nihal nicht müde, dem Lauf der Wasserströme zu folgen, die die Umrisse der Dinge draußen verformten und neu entwarfen, so dass sie fast zusammenschraken, als Galla und Astrea ihren Einzug in den Saal hielten.

Nihal hatte noch nie eine Wassernymphe gesehen. Astrea bewegte sich wie auf den Schwingen einer leichten Brise und schien den Erdboden gar nicht zu berühren: Sie war barfuß und ihr schmaler Körper von einem hauchdünnen Gewand umhüllt. Ihr Haar war durchsichtig, klarem Wasser ähnlich, sehr lang und sanft geschwungen und schien fast in die sie umgebende Luft überzugehen. Es war offensichtlich, dass ihre Welt nicht die der Menschen war. Diese Königin aus dem Land des Wassers war ein direkter Abkömmling, eine Lieblingstochter der Natur.

Galla führte sie an der Hand. Der König war ein normaler Mensch: Seine feinen Gesichtszüge ließen ihn sehr jung wirken, doch am Arm der Nymphe sah er fast grobschlächtig aus, wie ein gewöhnlicher Bewohner des Festlandes eben.

Seit jeher schon lebten beide Völker im Land des Wassers. Lange Zeit aber hatten sie einander nur geduldet und ihre Kontakte auf ein Minimum beschränkt: Die Menschen wohnten in hübschen befestigten Dörfern auf den Lichtungen oder in Pfahlbauten und die Nymphen abgeschieden in den Wäldern.

Die Heirat von Astrea und Galla aber bedeutete die erste Mischehe der beiden Völker und leitete eine neue Ära ein, denn Galla gehörte zur königlichen Familie. Trotz ihrer gemeinsamen Heimat hatten die beiden Völker bis dahin keine gemeinsamen Einrichtungen besessen: Das Land des Wassers wurde von Menschen regiert, die dem Rat der Könige angehörten, während die Nymphen ihre eigene Königin hatten, die von den Menschen nur unter Vorbehalten anerkannt wurde. Bis es dem jungen Galla dann einfiel, sich in Astrea zu verlieben.

Von beiden Seiten wurde die Verbindung hintertrieben. Gallas Eltern klagten, noch nie habe man es erlebt, dass ein Mensch eines dieser diabolischen Geschöpfe ehelichte. Zudem war Astrea weder Königin noch Prinzessin. Sie war irgend so ein Mädchen aus dem einfachen Volk, das nichts anderes tat, als halbnackt durch die Wälder zu streifen.

Die Nymphen ihrerseits verboten Astrea jeglichen Kontakt zu diesem Mann: Er war doch nur ein Mensch, also eines jener ungeschliffenen Wesen, die es nicht fertig brachten, im Einklang mit den Urkräften der Natur zu leben.

Doch so leicht gaben sich Galla und Astrea nicht geschlagen. Allen Verboten zum Trotz trafen sie sich weiterhin, gaben ihre Träume von einem gemeinsamen Leben nicht auf und verstießen damit gegen alle ungeschriebenen Gesetze bezüglich des Zusammenlebens von Nymphen und Menschen.

Mit ihrer Hochzeit hatte sich dann vieles verändert. König und Königin ordneten an, dass es fortan keine Trennungen zwischen den Völkern mehr geben sollte und dass sie zu gegenseitiger Hilfeleistung verpflichtet wären. Zu diesem Zweck ließen sie nun einige Dörfer errichten, in denen Menschen und Nymphen zusammen leben sollten. Und das Experiment gelang: Hatten sich die Angehörigen der beiden Volksgruppen zunächst noch argwöhnisch beäugt, so brachte sie das Zusammenleben mehr und mehr dazu, sich gegenseitig zu respektieren und einander zu vertrauen.

Astrea wandte sich jetzt an Soana: »Meine Zauberin, ich freue mich, dich nach so langer Abwesenheit wieder einmal bei uns begrüßen zu können. Mein Volk und der Rat der Magier brauchen deine Weisheit: Entsetzliche Gerüchte gehen um, und im Herzen spüre ich, dass die Macht des Tyrannen immer noch weiter zunimmt.«

Bei diesen Worten drückte ihr der Gemahl die Hand und blickte sie mitfühlend an.

»Ich danke dir, Königin«, antwortete Soana, »aber du weißt selbst, dass mein Einfluss auf die Entscheidungen des Rates gering ist. Daher habe ich meinen besten Schüler, Sennar, mit auf diese Reise genommen. Ich hatte Gelegenheit, seine außerordentlichen Fähigkeiten zu beobachten und zu verfeinern. Und ich bin sicher, er wird unserer von der Tyrannei bedrängten Welt eine große Hilfe sein.«

Galla blickte Sennar freundlich an. »Vielleicht hast du Recht, Soana, vielleicht verkörpert dieser junge Mann das, worauf der Rat schon so lange wartet, seit jenem Tag nämlich, da Rais ihren Abschied nahm. Einen starken, sicheren Führer, der uns den Weg in die Freiheit weisen kann.«

Der junge Zauberer räusperte sich. »Zunächst einmal hoffe ich nur, meinen bescheidenen Beitrag leisten zu können im Kampf aller freien Länder gegen den Tyrannen. Ich weiß nicht, welche Pläne das Schicksal für mich bereit hält, fühle mich aber geschmeichelt durch das Vertrauen, das ihr alle mir entgegenbringt.«

Während Sennar sprach, war Astreas Aufmerksamkeit jedoch ganz auf Nihal gerichtet. Neugierig starrte sie sie an, so dass sich das Mädchen bereits unwohl zu fühlen begann.

»Sag, dieses Mädchen in deiner Begleitung, Soana ...« Die Königin brach ab, denn ein flehender Blick Soanas bat sie, ihre Frage nicht auszusprechen.

Nihal war verwirrt und überlegte, was die Königin wohl hatte sagen wollen und weshalb sie den Blick nicht von ihr wandte. Sie spielte bereits mit dem Gedanken, Soana darauf anzusprechen, doch da löste sich die Gruppe auf, und ein jeder nahm seinen Platz an der langen gedeckten Tafel in der Mitte des Saales ein.

Mit immer noch nachdenklicher Miene folgte Nihal den anderen, bis der Anblick der festlich geschmückten Tafel jeden anderen Gedanken hinwegfegte. Es war nur noch ein Platz frei geblieben, und dieser Platz war der neben Fen.

Nihal spürte, wie sich ihr Magen verkrampfte. Ihr Herz begann heftig zu pochen, und einen Augenblick lang fürchtete sie, ihr Herzschlag sei sogar von den anderen zu hören. Um Fassung ringend, näherte sie sich ihrem Platz, doch kaum hatte sie ihren Stuhl ein wenig verrückt, um sich zu setzen, als sie Fens strahlendes Lächeln traf.

Verdammte Ohren, dachte Nihal, denn sie fühlte, wie sie glühten. *Und verfluchte Knie. Was zittern die denn so?*

Sennar, der ihr gleich gegenüber saß, zwinkerte ihr, sie freundschaftlich neckend, zu.

Rechts von Fen hatte Soana Platz genommen. Das ganze Mahl über unterhielt sie sich mit Astrea und Galla über den Krieg und den Tyrannen. Nur gelegentlich wandte sie dem Ritter den Blick zu, und dennoch war dieser ihr gegenüber die Zuvorkommenheit in Person. Er füllte ihr den Becher, lächelte sie immer wieder an oder streifte ihr Knie unter der Tischdecke.

Nihal bemühte sich, Ruhe zu bewahren. Sie starrte in ihren Teller und schaufelte ihn so hastig leer, dass sie vom Geschmack der Speisen überhaupt nichts mitbekam. Sie beteiligte sich auch nicht am Gespräch. Was sie wahrnahm, war allein die Gegenwart des Ritters neben ihr. Nicht anders hätte sie sich gefühlt, hätte sie neben einem Feuer gesessen. Und dann sein Geruch, keine bestimmte Duftnote, nur der Geruch seiner Haut. Ja, wie neben einem Feuer, mit gesenktem Haupt.

Trotz aller Bemühungen gelang es Nihal nicht, das ganze Mahl über Fens Blick auszuweichen.

»Nun, willst du mir nicht dein Geheimnis preisgeben?«

Viel zu hastig schluckte Nihal den Bissen, den sie im Mund hatte, hinunter, goss mit reichlich Wasser nach und wandte sich dann mit der Miene eines Lämmleins, das dem Wolf entgegentritt, dem Ritter zu.

»Was … was denn für ein Geheimnis?«

»Nun, das deines Schwertes natürlich. Wo fertigt man bloß Waffen von solch erlesener Schönheit?«

»Wo man die fertigt?«

Fen lachte auf. »Hör mal, antwortest du immer auf jede Frage mit einer Gegenfrage?«

»Ja. Das heißt, nein. Nicht immer. Zuweilen.«

»Ich verstehe. Du willst mir den Namen deines Waffenschmieds nicht preisgeben. Aber du hast Recht. Jedem Krieger sein Geheimnis.«

Nihal stotterte etwas von »gewiss, genau ...«, bis Soanas fürsorgliche Stimme diese mühevolle Konversation unterbrach.

»Hör mal, Nihal. Ich glaube, du könntest Sennar heute Abend von Nutzen sein. Er wird sich ganz in seine Meditation zurückziehen, um sich auf die morgige Prüfung vorzubereiten, und könnte einen Menschen an seiner Seite gebrauchen, dem die Magie nicht völlig fremd ist. Ich habe dabei an dich gedacht. Was hältst du davon?«

Für Nihal konnte dieses qualvolle Mahl gar nicht früh genug zu Ende gehen. »Aber gewiss. Mit Vergnügen«, antwortete sie.

»Das heißt, wir werden uns sputen müssen mit unserem Zweikampf am Nachmittag«, warf Fen ein. Und erneut erreichte eine Hitzewallung Nihals Ohren.

Nach dem Essen verabschiedeten sich Astrea und Galla, und die Gäste zogen sich zurück. Auf dem Weg durch den langen Flur zu ihren Kammern begann Sennar, Nihal wieder ein wenig zu sticheln.

»Nun?«

»Was, nun?«

»Nun, bist du bereit für ein längeres Erholungsschläfchen?«

»Ja. Was soll die Frage?«

»Ach, ich meine ja nur. Heute Nacht werden wir ja viele Stunden wachen, und da wäre es ratsam, dass wir jetzt ein wenig zur Ruhe kommen. Nun befürchte ich aber, dass du bei den vielen Gedanken, die dich bedrängen ...«

Nihal reagierte verstimmt. »Was denkst du nur, ich werde so friedlich schlafen wie ein Lamm. Ich wüsste nicht, worüber ich mir den Kopf zerbrechen sollte.«

Sennar lächelte. »Umso besser. Und wenn du mich brauchst, weißt du, wo du mich finden kannst.«

Nihal öffnete die Tür zu ihrer Kammer und schlug sie ihrem Freund vor der Nase zu.

Hätte Nihal an diesem Nachmittag bei Sennar angeklopft, wäre das nichts Neues gewesen. Mehr als einmal bereits hatte sie, in den langen Nächten in dem Haus am Waldesrand, ihren Stolz fahren lassen und ihren Freund aufgesucht.

Es widerfuhr ihr häufig, dass Albträume, ähnlich jenen aus der ersten Nacht im Wald, sie heimsuchten und dass sie im Schlaf den Chor Tausender verzweifelt rufender Stimmen hörte. Schweißgebadet wachte sie jedes Mal aus diesen Träumen auf. Die ersten Male hatte sie lange im Dunkeln geweint, eines Nachts dann aber hatte sie ihren Stolz fahren lassen und war Trost suchend bei Sennar erschienen. Seitdem hatte sie sich immer wieder von dem Freund über diese entsetzlichen Momente hinweghelfen lassen, ihm dabei aber nie Näheres über diese Albträume erzählt.

An jenem Nachmittag aber war sie nicht auf Sennar angewiesen: ganz einfach, weil sie kein Auge zutat.

In Kürze würde sie Fen treffen, und es gelang ihr nicht, an etwas anderes zu denken. Sie würde sich mit einem Drachenritter, also einem der besten Kämpfer der Welt, im Schwertkampf messen: Dies war der Augenblick der Wahrheit. Es würde sich zeigen, ob sie überhaupt das Zeug zum Krieger hatte. Aber es war nicht dies allein, was sie quälte. *Und wenn Sennar tatsächlich Recht damit hat, dass ich mich verliebt habe?*, fragte sie sich. Nein, das wäre ihrer doch nicht würdig gewesen. Krieger hatten zu kämpfen und sich nicht in romantischen Träumereien zu verlieren.

Und doch dachte sie weiter an Fen und daran, wie er ihr zugelächelt hatte, als sie am Tisch neben ihm Platz nahm.

Obwohl sie nicht geschlafen hatte, war sie dann überrascht, als die Stunde des Kampfes gekommen war: Fens Knappe, der wohl ein wenig jünger war als sie selbst, klopfte bei ihr an und führte sie in den Waffensaal der Burg.

Der Ritter erwartete sie schon. Mit Ausnahme des Kopfes in seiner goldenen Rüstung steckend, hatte er sich in der Mitte des Saales aufgebaut. Seine Miene war vollkommen anders als noch einige Stunden zuvor. Das Lächeln war aus seinem Gesicht gewichen, und in seinen Augen nahm man höchste Konzentration wahr.

Verglichen mit ihm kam sich Nihal klein und deplatziert vor. Sie war sogar versucht, rasch wieder kehrtzumachen, widerstand aber, in dem sie sich einhämmerte, dass die hervorragendste Eigenschaft eines Kriegers doch Mut sei.

»Hast du nichts, um deinen Körper zu schützen?«, fragte Fen, als er sie erblickte.

»Nein. Und eigentlich habe ich auch bis heute noch nie gekämpft. So richtig, meine ich«, antwortete Nihal.

»Nun, vielleicht ein Vorteil. Umso beweglicher wirst du sein.«

Nihal nickte mit selbstsicherer Miene, doch sie spürte einen Kloß im Hals, der nicht weichen wollte, und tausend Gedanken schossen ihr durch den Kopf.

»Achtung!«, forderte Fen sie auf.

Doch Nihal wusste gar nicht mehr, was sie tun sollte.

Sie mahnte sich zur Ruhe, versuchte sich zu erinnern, was sie in ihrem kurzen Leben über die Kunst des Schwertkampfs gelernt hatte, und nahm Aufstellung.

Fens Angriff kam plötzlich und traf sie unvorbereitet. Offensichtlich legte er es darauf an, seinen Gegner sofort zu verwirren und zurückzudrängen. Und dabei hatte er leichtes Spiel. Nihal war eingeschüchtert, durcheinander und unkonzentriert. Und als wenn das noch nicht gereicht hätte, gelang es ihr zudem nicht, den Blick von Fens Gesicht abzuwenden. Dieser Mann, der mit präzisen Bewegungen, das Schwert in der Hand, auf sie eindrang, kam ihr wie der Nabel der Welt vor.

Gleich von Anfang an musste Nihal zurückweichen. Es gelang ihr noch nicht einmal, einen halbherzigen Angriff zustande zu bringen, und nach einem kurzen Schlagabtausch flog ihr das Schwert aus der Hand, und sie landete unsanft auf dem Hosenboden.

Fen blickte sie mit überraschter Miene an. »Was ist? Ich dachte, du wolltest kämpfen. Oder ist das etwa alles, was du zu bieten hast?«

Nihal spürte, dass ihr die Tränen zu kommen drohten.

»Soana meinte, du seist richtig gut. Hab keine Angst. Zeig mir nur, was du wirklich kannst.«

Denk an nichts. Kämpfe. Kämpfe, und lass alles andere beiseite! Nihal stand auf, fest entschlossen, jetzt Ernst zu machen. Sie schloss die Augen. Leerte ihren Geist. *Wen hast du vor dir, Nihal? Einen Feind. Nichts weiter als einen Feind. Er ist schön, gewiss, und vielleicht bist du dabei, dich in ihn zu verlieben. Doch das hat nichts mit dem Kampf zu tun. Zudem willst du ihm doch imponieren, oder nicht? Gut, dann zeig ihm auch, wie gut du mit dem Schwert umgehen kannst. Denn du bist gut, das weißt du. Du bist gut. Du musst es ihm nur noch zeigen.*

Nihal hielt die Augen geschlossen, bis sie den Schlag hörte, den Fen auf sie niedergehen ließ. Erst damit war sie bereit, wirklich anzufangen. Im letzten Moment wich sie mit einer seitlichen Bewegung aus und begann sich vertraut zu machen mit dem Raum, in dem sie sich bewegte. Sie parierte nicht, sie griff nicht an. Sie beschränkte sich darauf, jedem Hieb Fens geschickt auszuweichen.

Erneut schloss sie die Augen und lauschte auf seine Schritte. Bald erkannte sie einen festen Rhythmus und damit seinen typischen Bewegungsablauf. Dann begann sie anzugreifen.

Fens Schwachpunkt war seine Berechenbarkeit: Seine Technik war makellos, aber eben deswegen auch vorhersehbar. In kürzester Zeit war Nihal in der Lage, seinen Bewegungen zuvorzukommen. Dann wurde sie schneller. Sie parierte jeden Schlag. Und mit weit ausholenden Hieben von oben herab setzte sie Fen zu und zwang ihn zurückzuweichen. Mit einigen wenigen Täuschungen gelang es ihr, ganz nahe an ihn heranzukommen, so dass er sein Schwert anheben musste. Das war der Moment, auf den sie gewartet hatte. Sie ging tiefer in die Knie und setzte ihre Hiebe von unten an. Doch so naiv, wie sie gehofft hatte, war der Ritter nun doch nicht. Nihal hatte gar nicht bemerkt, dass er eine Weile schon sein Schwert mit einer Hand hielt. So hatte er die andere frei, und damit packte er unversehens ihren Arm und drehte ihr das Handgelenk um: Sie war entwaffnet.

Einige Augenblicke verharrten sie keuchend in dieser Stellung. Mit einem Male wurde sie sich bewusst, dass sie nur einen Hauch von Fens Lippen entfernt war. Sie errötete, machte sich los und ging mit einem Sprung wieder auf sichere Distanz.

Fen wischte sich den Schweiß von der Stirn. »Da hatte Soana also doch Recht!«

Nihal verkniff sich ein stolzes Lächeln. Es war herrlich, mit diesem Mann zu kämpfen. Und er war auch alles andere als berechenbar. Nein, er besaß nur die Fähigkeit, kühlen Kopf zu bewahren, und war gleichzeitig beherzt genug, alles für den Sieg zu tun.

»Noch eine Runde?«, fragte Fen.

Nihal hatte ihre Furcht überwunden. »Nichts lieber als das.«

Den ganzen Nachmittag fochten sie miteinander. Nihal fühlte sich frei und glücklich: Sie dachte an nichts, aber ihr Körper bewegte sich ganz automatisch, reagierte geschmeidig, mit präzisen Bewegungen. Sie war berauscht, und im Eifer des Gefechts merkte sie gar nicht, dass Sennar den Raum betreten hatte und ihnen von einer Ecke aus zusah. Als sie endlich genug hatten, setzten sie sich erschöpft auf den Boden, den Rücken gegen die Wand gelehnt, während ihnen der Schweiß übers Gesicht lief.

»Mit wem trainierst du sonst?«, wollte Fen wissen.

»Mit niemandem.«

»Was soll das heißen, ›mit niemandem‹?«

»Nun, weißt du ... mit dem Schwert ist Sennar die reinste Niete ...«

»Dann hör mal zu, Nihal. Ich will dir einen Vorschlag machen. Du verfügst über ein außergewöhnliches natürliches Talent, das keinesfalls brachliegen sollte. Soana kommt mich häufig besuchen. Ich würde mich freuen, wenn du sie mal begleitest, um bei mir zu lernen.«

Nihal glaubte, ihr Herz bliebe stehen.

Sie stellte sich vor, wie sie unzählige solcher Nachmittage wie diesen heute mit Fen verbrachte, und vielleicht auch noch weitere, an denen sie sich lange miteinander unterhielten. Trotz der überschäumenden Freude versuchte sie aber, ihre Gefühle zu verbergen, und setzte eine abgeklärte Miene auf. »Ja, schon ..., also mir wäre das recht.«

Fen lachte herzhaft. Dann reichte er ihr die Hand und half ihr auf.

So begann Nihals Laufbahn als Kriegerin.

Sie konnte es gar nicht erwarten, Sennar alles zu erzählen, und war überrascht, dass er schon vor ihr stand, als sie aus dem Saal kam. Er wirkte verärgert.

»Sennar, du kannst dir gar nicht vorstellen, was mir gerade ...«

Er ließ sie nicht ausreden. »Doch, ich weiß. Und erlaube mir, dir zu sagen, dass du dir da einen furchtbaren Schlamassel einbrockst.«

»Was redest du denn da?«

»Ach, Nihal, mach mir doch nichts vor ... Ich weiß doch, was du dir für Hoffnungen machst in Bezug auf Fen ...«

»O nein. Das schon wieder. Was hast du denn da für eine fixe Idee?«

»Nein, warte, wenn hier jemand eine fixe Idee hat, dann bist du das.«

Das Mädchen schnaubte. »Und wenn es so wäre?«

»Nihal ...«

»Du beklagst doch immer, dass ich mich wie ein Junge benehme. Nun gut, wenn ich mich jetzt vielleicht ein wenig verguckt habe, bedeutet das doch nur, dass ich mir meiner Pflichten als braves Fräulein immer noch bewusst bin ...«

»Nihal, hör mir mal zu ...«

»... nämlich jemanden zu finden, der mich heiratet«, schloss Nihal mit einem strahlenden Lächeln.

»Nein, pass auf, Nihal. Ich will ganz offen zu dir sein. Fen liebt Soana. Und Soana liebt ihn.«

Langsam wich das Lächeln aus ihrem Gesicht.

»Es tut mir Leid. Aber ich verstehe auch nicht, wie dir das entgehen konnte. Und es stimmt, glaub mir.«

Plötzlich kam sich Nihal unglaublich töricht vor. Ja, wie hatte ihr das bloß entgehen können? Es war doch so sonnenklar. Soanas aufgekratzte Stimmung auf der Reise. Ihr Wiedersehen. Fens Hand auf ihrem Knie während des Mittagessens.

Nihal sagte kein Wort. Sie nahm ihr Schwert fester in die Hand und begab sich erhobenen Hauptes in ihre Kammer.

Die Nacht vor Sennars Aufnahmezeremonie war lang.

Nihal sekundierte dem Freund so aufmerksam, wie es ihr möglich war, und versuchte, an nichts anderes zu denken, doch als es schon zu dämmern begann, konnte sie nicht länger widerstehen. »Sennar, darf ich dir mal eine Frage stellen?«

»Ja, schieß los.«

»Warst du schon mal verliebt?«

»Nun …, ich glaube, ja.«

»Und wie ist das?«

»Das ist nicht bei allen gleich, doch üblicherweise denkst du unablässig an den Menschen, der es dir angetan hat; sobald du ihn siehst, verkrampft sich dein Magen, dein Herz rast …, so in der Art eben. Wieso weißt du das denn nicht?«

»Sennar …«

»Nihal, bitte. Ich muss mich konzentrieren!«

»Ich glaube, du hattest Recht.«

Die Aufnahmezeremonie fand hinter verschlossenen Türen statt, zum besonderen Leidwesen Nihals, die zu gerne gewusst hätte, was dort drinnen vor sich ging. Stattdessen musste sie sich mit einem raschen Blick in den Versammlungssaal des Rates begnügen, als Sennar die Schwelle überschritt: Sie hatte kaum Zeit, einen großen, nur schwach beleuchteten Raum wahrzunehmen, sowie acht Personen – Zauberer und Zauberinnen – aus unterschiedlichen Völkerschaften, die in feierlicher Haltung auf acht Steinsesseln saßen.

Dann schloss sich die Tür, und Nihal blieb draußen, allein mit ihren quälenden Gedanken.

Sie wusste nicht, was sie tun sollte. Fen aufzusuchen, fand sie nicht den Mut. Und dieses Land war ihr völlig fremd, so dass sie noch nicht einmal wusste, wo sie einen Spaziergang hätte machen können. Schließlich kehrte sie in ihre Kammer zurück, wo sie sich, unausweichlich, weiter ihrem Liebeskummer hingab.

Der Gedanke, dass Fen bereits eine Frau hatte, schmerzte, und sie vergoss sogar einige Tränen aus verschmähter Liebe. Doch andererseits war dieser Schmerz auch unendlich süß, und Nihal aalte sich wohlig darin. Mit einem Male liebte sie die Liebe. Und sie liebte das Gefühl, verliebt zu sein.

Der Gedanke, Fen zu vergessen, weil er bereits Soanas Geliebter war, streifte sie in keinem Augenblick. Eifersüchtig verschloss Nihal an diesem Nachmittag diese Gefühle in sich und nährte sie mit Hoffnungen und Träumen, leichter Verzweiflung und vagen Verherrlichungen.

Sennars Aufnahmeprüfung war ein großer Erfolg. Die Mitglieder im Rat der Magier waren zutiefst beeindruckt von diesem großgewachsenen schlanken Jüngling und seinen außerordentlichen magischen Fähigkeiten.

Erschöpft, blass und schweißgebadet verließ Sennar den Raum. Jetzt durfte er sich Zauberer nennen. Man hatte ihm ein schwarzes Gewand zum Geschenk gemacht, das er seitdem praktisch nicht mehr auszog: Es war ähnlich geschnitten wie jenes, das er als Novize trug, jedoch mit roten Schnörkeln verziert, die ein riesengroßes, aufgerissenes Auge auf Bauchhöhe einrahmten.

Nachdem sie sich von Astrea und Galla verabschiedet hatten, brachen Soana, Sennar und Nihal noch am gleichen Nachmittag auf.

Vor dem Tor des Palastes, umgeben vom Rauschen des Wasserfalls, nahmen sich Soana und Fen zum Abschied in den Arm.

Sennar und Nihal hatten sich schon einige Schritte entfernt, als plötzlich die laute Stimme des Ritters das Rauschen übertönte.

»Nihal!«

Das Mädchen drehte sich um.

»Bis bald dann! Und übe fleißig weiter!«

Kaum zu Hause angekommen, begann Nihal die Tage zu zählen.

8

Das Ende eines Märchens

Nach der Rückkehr ins Land des Windes nahm ihr Leben wieder seinen gewohnten Rhythmus an: Nihal widmete sich eher lustlos der Magie, Sennar studierte Tag und Nacht.

Die acht Magier im Rat hatten beschlossen, dass der junge Mann noch ein Jahr bei Soana verbleiben sollte, um sich von ihr in den Aufgaben und Pflichten eines Ratsmitglieds unterweisen zu lassen. Nach dieser Zeit würde Soana über die Fortschritte ihres Schülers Bericht erstatten und Sennar die Aufnahme in den Rat selbst anstreben können.

Seit seiner Ernennung zum Magier ging er vollkommen in seiner neuen Rolle auf. Stunde um Stunde verbrachte er über den Büchern, und nachdem er alle Werke aus Soanas Beständen verschlungen hatte, begann er auf der Suche nach anderen Bänden durchs Land des Windes zu reisen.

Nach dem Ausflug ins Land des Wassers war Nihal das eintönige Leben in Salazar nur noch schwer erträglich, und sie sehnte sich danach, neue Länder kennen zu lernen. Und unter dem Vorwand, dass der Freund auf seinen kurzen Reisen durchs Land unbedingt Schutz brauche, ließ sie es sich nicht nehmen, ihn stets zu begleiten.

Nihal bewunderte Sennars Beharrlichkeit und wäre gerne selbst so gewesen: entschlussfreudig, stark, den Blick immer aufs Ziel gerichtet. Es stimmte wohl, für die Magie war sie nicht sonderlich begabt, aber sie nahm sich nochmals vor, wenigstens jene Zauber gut zu beherrschen, die ihr als Krieger nützlich sein konnten. So konzentrierte sie sich jetzt ganz besonders auf Heilzauber, falls sie einmal verwundet würde, und auf einige unkomplizierte Abwehrzauber, mit denen sie in der Not vielleicht ihre Haut würde retten können. Soana ließ sie gewähren, bestand jedoch darauf, dass sie sich noch eingehender darin übe, mit den Geistern der Natur in Verbindung zu treten.

Einmal im Monat erhielt Nihal von Fen Unterricht. Üblicherweise war sie es, die ihn mit Soana zusammen aufsuchte, doch hin und wieder kam der Ritter auch überraschend bei ihnen vorbei, und Nihal war jedes Mal hoch erfreut, wenn er plötzlich vor der Tür stand.

Je mehr Zeit verging, desto deutlicher spürte sie, dass sie ihn wirklich liebte. Sie bewunderte alle seine Gesten, kannte sein Mienenspiel bis in die kleinsten Regungen. Und sie war überzeugt, dass sie ihn bis zum Ende ihrer Tage lieben werde. Was machte es da schon aus, dass er nie der Ihre sein würde? *Liebe heißt nicht Besitzen*, sagte sie sich, *Liebe macht vor keinem Hindernis Halt. Und ich liebe ihn*.

Fen schien von der Hingabe seiner jungen Schülerin nichts zu merken. Eigentlich hatte er ihre Ausbildung nur übernommen, um Soana einen Gefallen zu tun, was ihn aber nicht hinderte, binnen kurzer Zeit selbst Gefallen daran zu finden. Mit diesem zierlichen, flinken Mädchen zu kämpfen war ein echtes Vergnügen. Und außerdem bot sich so immer eine zusätzliche Gelegenheit, die Zauberin zu treffen.

In diesen Stunden lernte Nihal außerordentlich viel. Fen schonte sie nicht, und begierig, wie ein Schwamm, nahm sie alles auf, was er sie lehrte. Ratschläge, Belehrungen, technische Korrekturen, alles nahm sie sich zu Herzen und verarbeitete es mit unerschöpflicher Phantasie: Sie erfand ungewöhnliche Bewegungen, übte neue Schlagfolgen ein, passte sehr wirkungsvoll die Fechtkunst ihrem Körperbau an.

Fen war beeindruckt und versäumte keine Gelegenheit, ihr Komplimente zu machen: Noch nie hatte er jemanden so fechten sehen. Für ihn war Nihals Kampfstil wie ein Tanz des Todes.

Sie fühlte sich natürlich geschmeichelt und hoffte dabei im Grunde ihres Herzens weiter, er würde eines Tage doch noch auch in einem anderen Sinne auf sie aufmerksam werden und erkennen, dass sie, obwohl sie besser kämpfte als ein Mann, doch eine Frau war und blieb. Zuweilen fühlte sie sich wie die unglücklichen Heldinnen vieler Balladen, die in den falschen Mann verliebt waren und doch heroisch ihrem Ziel folgten. Mittlerweile war ihr vollkommen klar, dass Sennar Recht hatte: Soana und Fen waren ein Herz und eine Seele. In Gegenwart des Ritters erstrahlten die Augen der Zauberin in einem anderen Glanz, während er sich ihr gegenüber so zuvorkommend zeigte, wie Nihal es sich für sich selbst erträumt hätte. Es schmerzte, sie zusammen zu sehen, und manchmal, wenn sie ganz allein war, kamen ihr die Tränen. Doch für nichts auf der Welt hätte sie auf diese Liebe verzichten wollen.

Nur einer war teilweise imstande, Fen seinen Platz in Nihals Träumen streitig zu machen, und das war Gaart.

Bei ihm hatte sie allerdings noch weniger Chancen als bei dem Ritter. Eines Nachmittags hatte sie versucht, sich ihm zu nähern: Zunächst zeigte sich der Drache nur belästigt, dann wurde er sichtlich nervös und ließ schließlich seinen Nüstern einen mächtigen Feuerstoß entweichen.

Da hatte Nihal begriffen, dass es ratsamer wäre, ihre Bemühungen einzustellen, gab aber den Gedanken nicht auf, selbst einmal einen Drachen zu reiten – vielleicht sogar ihren eigenen. Seit jenem Tag hielt sie Abstand zu Gaart, bewunderte ihn aber auf die Entfernung weiter und träumte davon, auf seinem Rücken durch die Lüfte zu fliegen.

»Warum zieht es dich zu diesem Mann? Was hat er so Besonderes? Reiche ich dir nicht mehr?«

Livon hatte auf die Kunde von Nihals Übungsstunden mit dem Ritter missmutig reagiert, und er kam auch nicht besser damit zurecht, wenn er sich sagte, dass er selbst es ihr ja freigestellt hatte, ihren eigenen Weg zu finden.

Wenn Nihal sich einige Tage in Salazar aufhielt, hatte der Waffenschmied den Eindruck, es sei nun wieder alles so, wie es immer war: Dann war seine Nihal wieder das kleine Mädchen, das, schwarz von Ruß und Staub, in der Schmiede neben ihm stand und ihm die Werkzeuge anreichte.

Kehrte seine Tochter dann aber zu Soana zurück, war ihm ganz weh ums Herz. Er vermisste das Mädchen, das er großgezogen hatte, und wünschte sich, die Frau, zu der Nihal jetzt wurde, könnte für immer bei ihm bleiben.

Ein Jahr nach Sennars Aufnahmezeremonie verlief der Alltag im Land des Windes weiter in ruhigen Bahnen. Die Händler boten ihre Waren feil, die Wirte schenkten ihren Wein aus, und die Kinder aller Völkerschaften tobten wie immer hinauf und hinunter durch die Turmstädte.

Einige Vorzeichen jedoch hätten die Bevölkerung nachdenklich machen können. König Darnel tat alles, um sich die Gunst des Tyrannen zu erhalten: Die Abgaben, die diesem zu entrichten waren, stiegen ins Unermessliche, ein Großteil der Ernten wanderte direkt in seine Getreidespeicher, und viele Felder lagen brach, weil der Tyrann nach kräftigen Männern verlangte, um seine Reihen im nicht enden wollenden Krieg gegen die freien Länder immer wieder mit frischem Blut aufzufüllen.

Während ihrer gemeinsamen Reisen mit Sennar fiel Nihal auf, dass das Volk immer mehr verarmte. Und dennoch waren die Menschen im Land des Windes überzeugt, der so servile König Darnel könne noch eine Weile für ihre Sicherheit garantieren, und sie weigerten sich, der Gefahr ins Auge zu blicken.

Bis sich eines Tages etwas zutrug, was alle beunruhigte.

Ein alter Bauer tauchte in Salazar auf und streifte mit irrer Miene, in Lumpen gehüllt, durch die Stadt und verkündete schreiend und unter Tränen, die Fammin hätten sein Dorf überfallen und geplündert, alle jungen Frauen geraubt und jeden Mann niedergemacht, der es wagte, sich ihnen dabei in den Weg zu stellen.

Als jemand versuchte, Genaueres zu erfahren, hatte der Alte nur in einem fort gejammert: »Lada, mein arme Lada ...«, so als verstehe er gar nicht, was man ihn da fragte.

Die meisten hielten ihn für übergeschnappt und schenkten ihm bald keine Beachtung mehr, doch Sennar und Nihal eilten los, um Soana zu benachrichtigen.

Die Zauberin überlegte nicht lange und fasste den Entschluss, sich zur Grenze aufzumachen, um sich dort mit eigenen Augen von der Gefährlichkeit der Lage zu überzeugen.

Zum ersten Mal, seit sich ihre Wege gekreuzt hatten, würde sie sich nun ohne Nihal auf den Weg machen.

»Es ist wichtig, dass jemand in der Stadt zurückbleibt, der im Notfall mit einer Waffe umgehen kann. Also vergiss nicht, Nihal«, sagte sie lächelnd, »das Schicksal Salazars liegt auch ein wenig in deiner Hand.«

Da sich Soana von Fen begleiten ließ, blieb Nihal gleichzeitig traurig und froh zurück: Die Vorstellung einer gemeinsamen Reise der Zauberin mit dem Ritter ihres Herzens behagte ihr zwar keineswegs, doch zur Schutzherrin der Stadt ausgerufen worden zu sein erfüllte sie mit großem Stolz.

Am Tag nach Soanas Abreise traf sie sich, wie so oft, mit Sennar oben auf der Terrasse von Salazar.

Sie hatten es sich zur Gewohnheit gemacht, wenn es sich ergab, dort abends zusammenzukommen, um sich von den Mühen des Tages auszuruhen und den Sonnenuntergang über der Steppe zu genießen. Dann saßen sie da und beobachteten, wie sich die gelbe Scheibe der Sonne langsam rötlich färbte und auch den Himmel in jenen blutigen Farbton tauchte, um schließlich in der schon dunklen Weite der Ebene zu versinken.

Dabei unterhielten sie sich über dies und das, tauschten ihre Ansichten und Erlebnisse aus und besprachen, was sich gerade ergab.

An diesem Abend jedoch schien Nihal anderer Stimmung als gewöhnlich. Sie war auffallend ernst und blickte immer wieder verstohlen zu Sennar hinüber. Als der Zauberer es bemerkte, verdrehte er die Augen.

»Ja, ich weiß, Nihal, sie sind zusammen los. Aber deshalb musst du doch nicht …«

Nihal ließ ihn nicht ausreden. »Habe ich dir eigentlich schon mal erzählt, dass ich, bevor wir uns kennen lernten, bereits regelmäßig hier heraufkam?«

»Nein, nicht so direkt. Wieso?«

»Sennar, es gibt da etwas, was ich dir immer verschwiegen habe. Ja, mit keinem Menschen habe ich je darüber gesprochen.«

Sennar horchte auf. »Und das wäre?«

»Nun, ich höre Stimmen.«

Einen Augenblick lang blieb Sennar stumm und brach dann in schallendes Gelächter aus.

»Hör doch auf, was gibt's denn da zu lachen?«, schimpfte Nihal. »Wenn es dich interessiert, dann hör wenigstens zu, wenn nicht, auch nicht schlimm. Dann ist die Sache eben erledigt.«

»Nein, nein, verzeih mir. Es war nur, weil du gesagt hast, ›ich höre Stimmen‹ … Aber erzähl, ich bin ganz Ohr.«

Nihal erzählte ihm alles: Von dieser seltsamen Wehmut, die sie immer schon überkam, wenn sie allein war, von den Stimmen aus der Ferne, die nach ihr zu rufen schienen, den Bildern des Todes, die sie so oft in ihren Träumen heimsuchten. Sie wusste nicht, warum es sie gerade jetzt drängte, davon zu erzählen. Schließlich war es ihr ganzes kurzes Leben lang ein Geheimnis gewesen, doch an diesem Abend hoffte sie vielleicht, Sennar würde ihr eine Antwort geben können.

Als sie geendet hatte, verharrte der Zauberer einige Augenblicke in nachdenklichem Schweigen und erklärte dann: »Ich bin wirklich verwirrt, Nihal. Und ich weiß auch gar nicht, was ich dir dazu sagen könnte. Vielleicht bist du eine Seherin, und deine Träume sind warnende Vorzeichen. Nun sieht es aber nicht so aus, als ob sich irgendetwas von dem, was du mir erzählt hast, bewahrheitet hätte. Deshalb ... na ja ..., ich weiß es nicht, vielleicht solltest du einmal mit Soana darüber reden.«

»Daran habe ich auch schon gedacht. Nur ...«

Nihal brach ab und blickte auf einen fernen Punkt in der Ebene. »Was mag das nur sein?«, murmelte sie.

Am Rande der Steppe erkannte man eine schmale dunkle Linie, als würde ein Bleistiftstrich den Horizont kennzeichnen. Diese Linie breitete sich aus und wurde langsam immer dicker, bis sie den Umfang eines Flecks angenommen hatte: Ja, es sah so aus, als würde sich ein Tintenfleck ausbreiten, ein schwarzes Tuch, das mehr und mehr von der Landschaft unter sich begrub.

Nihal und Sennar blickten gebannt zum Horizont, doch die untergehende Sonne blendete sie, und so konnten sie nichts Genaueres erkennen. Immer stärker aber beschlich sie eine diffuse, dumpfe Furcht. Dann plötzlich erkannten sie es.

Ein Heer. Ein vieltausendköpfiges Heer von pechschwarzen Kriegern.

Die beiden waren wie betäubt. Es war ein Bild wie vom Ende der Welt, und doch ging eine unerklärliche Faszination von ihm aus. Ein Schauspiel, schön und entsetzlich zugleich: Tausende von Ameisen stürmten auf die Stadt zu. Die schon im Halbdunkel liegende Ebene war getüpfelt vom Aufblitzen hunderttausender zur Sonne gerichteter Lanzen, und über dieser unübersehbaren Schar von Kriegern erhob sich eine geflügelte Gestalt: ein riesengroßer Drache, geritten von einem Mann in einer dunklen Rüstung, die ihn von Kopf bis Fuß verhüllte. In der friedlichen Atmosphäre des Sonnenuntergangs hallte wie ein fernes Echo Kriegsgeschrei aus Tausenden von Kehlen wider, die Tod und Verderben verkündeten.

Bei Nihal rief dieser Anblick erschreckende Erinnerungen wach. Ihr war, als habe sie dies alles nicht nur einmal, sondern gar schon tausende Male gesehen. Wie Donner hallten die

Stimmen in ihrem Geiste wider. Sie presste die Hände auf die Ohren und stöhnte auf vor Schmerz.

Dieser Klagelaut schien Sennar aufzurütteln. Er umfasste ihre Schultern und zwang sie, ihm zuzuhören. »Das ist das Heer des Tyrannen, Nihal. Der Tyrann rückt an, um sich auch Salazar zu holen! Wir müssen die Leute warnen, damit sie alle fliehen ...«

Nihal blickte ihn aus leeren Augen an. Immer noch hallten die Stimmen in ihrem Kopf wider. Das Kampfgeschrei des Heeres kam näher, klang immer bedrängender.

»Hast du mich verstanden, Nihal? Lauf!«

Und Nihal lief. Sie stürzte zur Falltür, die zum Dach heraufführte, und ließ sich hinunter. Während sie die Treppen hinabrannte, versuchte sie, aus ihrem Herzen die eisige Furcht zu vertreiben, die sie überkommen hatte. Und aus voller Kehle brüllte sie: »Der Tyrann! Der Tyrann ist da! Sein Heer steht vor den Toren.«

Doch die Nachricht hatte sich bereits verbreitet. Ein anderer hatte die Menschen schon gewarnt.

Es herrschte Panik. Salazar hallte von angsterfülltem Stimmengewirr wider, in den Gassen und auf den Treppen liefen die Menschen zusammen. Überall sah man Verzweifelte, die zu fliehen versuchten. Innerhalb kürzester Zeit hatten sich die Flure mit brüllenden Menschen gefüllt, die zu den schon versperrten Fluchtwegen drängten. Nihal hatte die Straßen ihrer Heimatstadt noch niemals so voller Menschen gesehen, noch nicht einmal damals, als der König persönlich Salazar besucht hatte. Doch dieses Chaos war nicht voller Leben. Es schmeckte bereits nach Tod. Die Schreie überlagerten sich, Stimmen von Frauen, Männern, Kindern, ein unwiderstehlicher Strom, der sich an den Mauern brach und alles mit sich riss, was sich ihm in den Weg stellte.

Gewiss, einige riefen auch zur Besonnenheit auf. Andere versuchten, alle Kampffähigen zusammenzutrommeln und einen Widerstand zu organisieren. Doch die traurige Wahrheit war, dass es keinen Ausweg gab. Was hätten sie auch tun können? König Darnel hatte bereits vor Jahren sein Heer in den Dienst des Tyrannen gestellt, und die Bewohner Salazars, vielfach Flüchtlinge, die hier vor den Grausamkeiten der Kriege in anderen Ländern Zuflucht gesucht hatten, waren zu schwach, um irgendetwas auszurichten. Ehrenhaft sterben hätten sie können, indem sie den Kampf aufnahmen. Aber wozu?

Und so suchte jeder sein Heil in einer aussichtslosen Flucht: Denn in einem wahnwitzigen Tempo hatte das Heer die Ebene durchquert, stand schon vor den Stadtmauern und schickte sich an, die Stadt einzuschließen.

Das Entsetzen beherrschte mittlerweile die ganze Turmstadt: Weinende Frauen drückten ihre Kinder an die Brust, Männer sprangen aus den Fenstern in die Tiefe, einige wenige Mutige bahnten sich mit Waffen in der Hand einen Weg durch die aufgebrachte Menge.

Nihal versuchte, sich zu Livon durchzuschlagen. Sie mussten zusammen fliehen. Sie kannte alle Schleichwege Salazars, hatte sie über Jahre im Spiel erkundet. Sie würden schon einen Fluchtweg finden. Ja, gewiss, sie würden sich retten können. Sie durfte keine Angst haben. Sie musste besonnen bleiben. Und konzentriert.

Die Werkstatt war nicht weit entfernt, doch Nihal steckte in der Menge fest. Sie vernahm Rufe von Soldaten vor den Mauern, und kurz darauf die Schläge eines Rammbocks, mit dem sie sich schon anschickten, das Haupttor Salazars zu durchbrechen.

Wir sind verloren, dachte sie, um sich im nächsten Augenblick diesen Gedanken zu verbieten und sich weiter unverdrossen durch die panische Menge zu kämpfen.

Wieder ein Schlag, und noch einer.

Nur noch wenige Meter. Ich sehe schon das Schild.

Ein mächtiger Donner: Das Haupttor hatte nachgegeben – wie Grashalme bogen sich seine schweren Angeln, das jahrhundertealte Holz barst und zersplitterte.

Und mit Kriegsgeheul drangen die Soldaten des Tyrannen in die Stadt ein.

Nihal stürzte in die Werkstatt. »Vater, wir müssen fliehen! Komm, schnell!«

Livon hatte bereits ein Bündel Kleider zurechtgelegt und war dabei, seine Schwerter einzusammeln. Er blickte Nihal nur flüchtig an und eilte in den hinteren Teil der Werkstatt.

»Warte, du musst was überziehen. Ich hole dir einen Umhang.«

»Aber was redest du denn da? Wir müssen los. Auf der Stelle!«

»Sie dürfen dich nicht erkennen, Nihal!«

Das Mädchen begann zu schreien. »Was soll das? Wir haben keine Zeit mehr. Verstehst du denn nicht? Wir müssen fliehen, wir müssen uns verstecken.«

»Du verstehst nicht! Wenn sie dich erkennen, ist es aus. Sie werden dich töten!«

Von draußen vernahm man Gebrüll, ordinäres Gelächter und unmenschliche kehlige Laute. Die Soldaten waren in der Stadt.

Nihal wusste nicht, was sie tun sollte. Livon schien den Verstand verloren zu haben. Sie beschloss, kurzen Prozess zu machen: Sie packte ihn und versuchte, ihn hinauszuschieben. »Jetzt komm schon, verflucht noch mal! Beweg dich!«

Es war zu spät. Krachend flog die Tür der Werkstatt auf.

Auf der Schwelle standen zwei Ungeheuer mit langen, nach oben gebogenen Reißzähnen und einem roten stacheligen Fell. Ihre Hände und Füße waren identisch und wiesen vier Zehen mit langen Krallen auf. Der eine trug eine Streitaxt, der andere ein ungewöhnlich langes, grob geschmiedetes Schwert. Ihre Stimmen schienen geradewegs aus der Hölle zu kommen.

»Schau mal einer an, welch nette Überraschung. Ein Alter und eine Halbelfe. Wieso lebst du eigentlich noch, du kleiner Bastard?«

Nihal hörte gar nicht, was sie sagten. Alle ihre Sinne waren auf den Angriff ausgerichtet. Sie legte die Hand ans Schwert und schickte sich an, sich auf den ersten Fammin zu stürzen, doch Livon ergriff ihren Arm und schleuderte sie herum.

Sie ging zu Boden und schlug mit dem Kopf auf. Einen Augenblick lang glaubte sie, das Bewusstsein zu verlieren, und ihr wurde schwarz vor Augen. Im Hintergrund hörte sie, wie Klingen gegeneinander schlugen. Als sie die Augen wieder öffnete, sah sie, dass Livon versuchte, die beiden Ungeheuer in Schach zu halten. Sie sprang auf und stürzte zu ihm.

Doch Livon stieß sie zurück. »Flieh, Nihal! Flieh!«

Es war nur ein Augenblick. Ein Wimpernschlag. Doch er reichte einem der Fammin, um Livon mit einem Stoß zu durchbohren, so dass die Klingenspitze am Rücken wieder heraustrat.

Nihal sah, wie der Körper ihres Vater wie ein leerer Sack in sich zusammenfiel.

Sie sah das Blut, das über den Boden rann.

Sie sah, wie der Dämon das Schwert aus Livons Körper riss.

Sie fühlte nichts, beobachtete nur mit weit aufgerissenen Augen und gelähmten Gliedern die Szene.

Dann überkam sie die Verzweiflung, und gleich darauf ein unbändiger Zorn, wie sie ihn noch nie gespürt hatte. Mit einem unmenschlichen Schrei warf sie sich auf den Mörder ihres Vaters. Ein Hieb, und sie hatte ihm sauber den Kopf abgeschlagen.

Einen Moment lang stand der andere Fammin wie versteinert da, besann sich aber rasch und schlug mit der Streitaxt nach ihr. Sie spürte den Luftzug, wich aus und sprang hinter die Werkbank in Deckung, doch schon kam der Fammin knurrend und seine Waffe schwingend auf sie zu. Ein weiterer Schlag, und die Holzplatte zersplitterte in tausend Stücke.

Jetzt stand das Ungeheuer über sie gebeugt da, doch Nihal war geistesgegenwärtig genug, zum Schmiedehammer zu greifen, den sie unzählige Male in Livons Hand gesehen hatte. Sie duckte sich ab und ließ ihn dann mit aller Kraft gegen die Knie des Ungeheuers krachen, das zu Boden stürzte. Sofort war sie über ihm und drosch mit aller Gewalt darauf ein, bis es tot war.

Erst jetzt bemerkte sie das seltsame Gefühl an ihrer linken Körperseite: eine metallische Kälte und eine feuchte Wärme, die sich den Schenkel entlangzog. Sie blickte an sich hinunter. Da klaffte eine tiefe Wunde, aus der das Blut strömte. Sie blickte zu Livon hinüber: Die Augen geschlossen, lag er auf dem Boden, als schlafe er.

Sich neben ihn legen. Die Augen schließen. Sich ausruhen. Dieser Gedanke nahm schon in ihrem verwirrten Geist Gestalt an, als sie ein hoher, herzzerreißender Schrei von der Straße her in die Wirklichkeit zurückholte: Sie musste fort, sie musste sich in Sicherheit bringen.

Denk nach, Nihal. Atme tief durch und denk nach. Ein Fluchtweg. Alles, was du jetzt brauchst, ist ein Fluchtweg.

Der Gang. Sie war noch ein kleines Mädchen, als sie ihn im Spiel entdeckt hatte. Er führte direkt hinter der Werkstatt entlang und wurde in früheren Zeiten für die Instandhaltung der Stadtmauer genutzt: ein düsterer, stickiger Stollen, der sich rings durch den Wall zog.

Sie nahm sich den größten Hammer, den sie in der Werkstatt fand. Er war so schwer, dass sie ihn kaum anheben konnte, aber als sie ihn mit aller Kraft gegen die hintere Wand schleuderte, gab diese leicht nach. Und tatsächlich: Der Gang existierte noch. Sie zwängte sich hinein und begann, so schnell es ihr möglich war, die Stufen hinunterzusteigen.

Es war finster. Nihals Blick war verschleiert, und ihr Herz raste. In Strömen rann immer noch das Blut ihr Bein hinunter, und jeder Schritt bedeutete eine enorme Anstrengung für sie. Durch die Wand hörte sie die Rufe der Soldaten, die gequälten Schreie der Frauen, das Weinen von Kindern, dumpfe Schläge, das Klirren von Streitäxten.

Bald schon wurden die Stufen immer holpriger. Und der Schmerz in ihrer Seite verstärkte sich und war kaum noch zu ertragen. Nihal begann zu weinen. Die Tränen flossen, ohne dass sie etwas hätte dagegen tun können. Die Treppe wand sich mal nach links, mal nach rechts, und je tiefer sie kam, desto wärmer wurde es.

Sie wusste schon lange nicht mehr, wo sie sich befand: Manchmal führten die Stufen wieder ein Stück hinauf, dann verlief der Weg eben weiter, um irgendwann wieder abzufallen. Sie bekam kaum Luft und meinte, jeden Moment das Bewusstsein zu verlieren. Die Versuchung, sich einfach hinzulegen und alles geschehen zu lassen, war stark. Bei jedem Schritt dachte sie, der nächste würde der letzte sein. Und doch schleppte sie sich humpelnd, ihr linkes Bein nachziehend, immer weiter durch die Finsternis.

Sie musste weiter, durfte nicht stehen bleiben, durfte nicht nachdenken. Livon war gestorben, um sie zu retten. Und sie musste leben.

Sie wusste nicht, wie lange sie schon in dem Gang unterwegs war. Stunden? Oder nur wenige Minuten? Als sie eine Brise frischer Luft im Gesicht spürte, beschleunigte sie instinktiv ihre Schritte. Noch einige Minuten, oder vielleicht doch wieder Stunden. Bis sie ihn fand.

In der Wand war ein Spalt, der ins Freie führte, der Rettung entgegen. Der Freiheit. Nihal trat heran und blickte hindurch: Unter ihr war ein breiter Kanal, in dem Abwässer flossen. Nihal nahm ihre letzten Kräfte zusammen. Sie kratzte mit den Fingern zwischen den Backsteinen und vergrößerte so den Spalt, bis sie sich hindurchzwängen konnte. Dann holte sie tief Luft und ließ sich einfach fallen.

Das Wasser war unangenehm kalt, und sie fühlte sich so schwach, dass sie sich kaum bewegen konnte, und glaubte, ertrinken zu müssen. Da ließ sie sich vollkommen gehen, und das Wasser zog sie mit sich, über eine Strecke, die ihr sehr lange vorkam. Hin und wieder merkte sie, dass das Ufer greifbar nahe war, aber all ihre Kräfte waren verbraucht. Sie wollte nur noch mit geschlossenen Augen dahintreiben. Schlafen. Vergessen.

Plötzlich spürte sie, wie jemand ihren Arm ergriff.

Das war's. Es ist aus, sagte sie sich. *Endlich ist es vorbei.*

Irgendjemand begann, sie aus dem Wasser zu ziehen. Aber sein Gesicht verschwamm vor ihren Augen.

»Nihal!«

Die Stimme schien von weit, weit her zu kommen.

»Nihal, ich bin's doch. Sennar!«

Das Mädchen schlug die Augen auf. »Livon ... Livon ist tot«, murmelte sie.

Der Rest war wie in ihrem Traum.

Sie sank zurück, und Dunkelheit umfing sie.

Kämpfen

Er war fast noch ein Junge, als er dem Rat der Magier beitrat. Im Land der Nacht geboren und mit einer außerordentlichen magischen Begabung gesegnet, erweckte er den Eindruck eines klugen, dem Guten und der Gerechtigkeit zugetanen jungen Mannes. Seine Aufnahme erfolgte einstimmig. Erst als er auf ein Jahr zum Vorsitzenden des Rates ernannt wurde, zeigte er seine wahre Natur und begann, die anderen Ratsmitglieder von den wichtigsten Entscheidungen auszuschließen.

(...) unehrenhaft wurde er davongejagt, doch der junge Magier hatte bereits alles perfekt geplant. Er selbst führte den Sturm auf den Ratssaal an, an der Spitze jener Männer und mit jenen Waffen, die ihm die von Nammen vertriebenen Könige zur Verfügung gestellt hatten. Denn diese brannten darauf, sich ihre verlorenen Ländereien zurückzuerobern.

Nur wenige Zauberer entkamen dem Blutbad und flüchteten sich ins Land der Sonne, doch jener, der sich bald zum Tyrannen aufschwingen sollte, ließ sie gewähren: Im Verlaufe nur weniger Stunden war er zum Herrscher über die halbe Aufgetauchte Welt geworden. Denn bald entmachtete er auch die Regenten, die ihn unterstützt hatten, so dass ihm vier Länder untertan waren: das Land der Tage, das des Feuers, das der Felsen und das der Nacht. Und der Krieg gegen die vier freien Länder begann und fand bis heute kein Ende mehr.

AUS DEN ANNALEN DES RATS DER MAGIER, FRAGMENT

9

Die Wahrheit

Sie war zu schwach, um auch nur den kleinsten Muskel zu bewegen, und wusste nicht, wo sie sich befand und was geschah. Undeutlich hatte sie eine Art Litanei im Ohr. Ihre Seite fühlte sich ganz warm an. Dann sah sie nur noch Licht. Nichts anderes mehr.

Der Morgen graute, als Nihal erwachte. Fahles Licht sickerte durch das Fenster hinter ihrem Lager. Sie konnte sich kaum an etwas erinnern. Eine lange Wanderung durch etwas Enges, Dunkles, auf der Flucht vor einer Bedrohung.

Erst langsam und stückweise kehrte ihr Gedächtnis zurück. Sie erinnerte sich, dass sie vor feindlichen Soldaten geflohen war und jemand sie ergriffen hatte, doch der Raum, in dem sie lag, sah nicht wie ein Gefängnis aus. Plötzlich merkte sie, dass jemand neben ihr saß, und bemühte sich, genauer hinzuschauen, um das Gesicht zu erkennen, denn ihr Blick war getrübt. Schließlich erkannte sie ihn.

»Nihal, bist du wach?«

Sennar sah bleich und erschöpft aus. Sie wollte ihn etwas fragen, doch ihrer Kehle entwich kein Ton.

»Schschsch. Du bist bei Soana, in Sicherheit. Ruh dich aus, wir reden später, wenn es dir besser geht.«

So schloss Nihal wieder die Augen und glitt hinüber in einen traumlosen Schlaf, der den ganzen Tag und die ganze Nacht währte.

Als sie am nächsten Tag die Augen öffnete, stand die Sonne schon hoch am Himmel. Nihal wunderte sich, dass das Licht so ungewöhnlich blass war. Dann begriff sie. In der Luft lag ein scharfer Geruch, und der Himmel war durch dichte Rauchschwaden verhangen: Nach der Plünderung hatten die Soldaten Salazar den Flammen überlassen.

Obwohl sie sich immer noch sehr schwach fühlte, erinnerte sie sich jetzt an alles.

Livon ist tot. Das war ihr erster Gedanke. In allen Einzelheiten stand ihr wieder das Bild vor Augen. Sein zu Boden sackender Körper, das Ungeheuer, das sein Schwert aus seinem Leib zog. Sie schloss die Augen, während in ihrer Brust der Satz hämmerte: *Livon ist tot. Livon ist tot.*

Sennar war wieder bei ihr. »Wie fühlst du dich?«

»Ich weiß es nicht«, antwortete Nihal und wunderte sich dabei, wie schwach ihre Stimme war.

»Du bist schwer verletzt worden. Ein Wunder, dass du überhaupt noch lebst.«

Nihal blickte den Freund an. »Wie konntest du denn dem Gemetzel entkommen?«

»Mithilfe der Magie, Nihal. Aber es war nicht leicht.«

Sennar erzählte, wie er sich durch einen Zauber unsichtbar gemacht hatte und dann durch die Gassen der Stadt gehetzt war. Salazar schien ein wild gewordener Ameisenhaufen: Überall waren die Soldaten des Tyrannen, und es gab nichts, was er gegen sie hätte ausrichten können. Überzeugt, dass Nihal zu Livon geeilt war, hatte er versucht, sich dorthin durchzuschlagen, doch der Zauber ließ zu rasch nach. So hatte er sich in einem Wirtshaus verborgen, wo er einen toten Soldaten fand. Er entkleidete ihn und schlüpfte in dessen Rüstung.

»Als ich zur Werkstatt kam, war es schon zu spät. Ich sah Livon am Boden liegen, daneben zwei Fammin ... Dann entdeckte ich das Loch in der Wand und hatte eine Eingebung. Ich rannte zum Wasser hinunter und fand dich tatsächlich dort. Als ich dich herauszog, hätte ich nicht für möglich gehalten, dass du noch lebst.« Sennar lächelte sie an. »Zum Glück bist du nicht schwer. Ich hüllte dich also in meinen Umhang, lud dich wie einen Sack auf meine Schultern und machte mich auf den Weg zu Soanas Haus. Unterwegs sind wir niemandem begegnet. Das Heer war aus östlicher Richtung herangezogen und hatte das Gebiet um den Bannwald noch nicht einmal gestreift.« Sennar rieb sich die vor Müdigkeit roten Augen. »Ich habe dann gleich alle mir bekannten Heilzauber versucht, um dir zu helfen. So verbrachte ich also die Nacht und hoffte dabei, das Heer würde bei Salazar lagern und nicht bis zu uns hier vorstoßen. Dann kehrte Soana zurück: Sie und Fen befanden sich in der Nähe der Grenze, als sie die vorrückenden Truppen entdeckten. Sie machten auf der Stelle kehrt, Fen, um seine Männer um sich zu scharen und unser Land zu verteidigen, Soana, um die Menschen zu warnen. Es war alles vergebens, aber das weißt du ja selbst nur zu gut ...«

»Wie lange war ich denn nicht bei Bewusstsein?«

»Drei Tage, Nihal. Drei Tage, ohne dass Zeichen der Besserung erkennbar gewesen wären.« Sennar hielt inne und blickte seine Freundin sehr ernst an. »Ich hatte wirklich Angst, dass du stirbst.«

Soana traf am Nachmittag ein. Von der schönen Zauberin früherer Tage war kaum noch etwas zu sehen. Ihre geschwollenen Augen verrieten, dass sie geweint hatte, ihre Haare waren rußverdreckt, ihre Kleider in Unordnung. Ihr ebenfalls schmutziges Gesicht wirkte mitgenommen von der Anstrengung, den magischen Schutzwall um das Haus aufrechtzuerhalten, der es für die Truppen des Tyrannen unsichtbar machte: Wären auch Soldaten in ihre Nähe gekommen, hätten sie nichts als das Laubwerk der Bäume erblickt und wären von einer unbekannten Kraft fortgetrieben worden.

Soana setzte sich zu Nihal ans Bett und versuchte, sie anzulächeln.

»Wie fühlst du dich?«

»Was sind Halbelfen?«, fragte Nihal kühl zurück.

»Ruhe dich nur richtig aus. Vielleicht wirst du dann bald wieder …«

Nihal hob die Stimme. »Warum haben mich die beiden Ungeheuer Halbelfe genannt?«

Soana atmete tief durch. Eine Träne rann ihr über die mit Asche beschmierte Wange. »In Ordnung. Du hast ein Recht, alles zu erfahren«, sagte sie und begann zu erzählen: »Vor sechzehn Jahren war ich noch nicht Mitglied im Rat, sondern lediglich Gehilfin eines seiner weisesten Mitglieder: der Zauberin Rais, vom Volk der Gnomen. Wir waren unterwegs in diplomatischer Mission im Land des Meeres und beschlossen, uns auf dem Rückweg ein Bild davon zu machen, was aus der Gemeinschaft der Halbelfen geworden war.«

Überall war Blut.

In der Luft lag ein metallischer Geruch und eine bleierne, vollkommene Stille.

Kein Windhauch, keine Stimme, noch nicht einmal das Rauschen von Blättern oder das Singen eines Vogels in der Ferne. Nur die Reglosigkeit des Todes.

Soana hatte vor Entsetzen eine Hand vor den Mund gelegt: »Er ist also tatsächlich auch hier gewesen …«

Rais' kleine Hände krallten sich in die Falten ihres langen Gewandes. In ihren Augen flackerte Hass. »Es wird nie ein Ende haben.«

Die beiden Zauberinnen hatten begonnen, zwischen den verstreut am Boden liegenden Leichnamen umherzustreifen, zwischen den Häusern dieses mit Schwertstreichen ausgelöschten Dorfes. Betäubt, wie in einem entsetzlichen Traum, wanderten sie umher, zwangen sich, Dinge zu betrachten, die ihr Blick fliehen wollte: Wohin sie auch schauten, überall sahen sie schmerzverzerrte Gesichter, vor Schreck geweitete Augen, Leichen am Boden.

Da plötzlich ein Geräusch, so schwach, dass es auch ihrer Einbildung entsprungen sein konnte.

Soana hatte sich ruckartig umgedreht. Doch einige Sekunden lang hörte sie nur wieder diese ohrenbetäubende Stille. Dann plötzlich wieder dieser leise Klagelaut. Sie kniete nieder und begann, zwischen den Leichen zu suchen, drehte sie um, suchte weiter.

»Was war das wohl?«, fragte Rais kühl.

»Eine Stimme! Da muss jemand überlebt haben.«

Je näher sie der Quelle dieses Geräusches kamen, desto deutlicher wurde es. Es war kein Wehklagen. Und ebenso wenig das unterdrückte, verzweifelte Schluchzen eines Überlebenden. Es war kräftig und voller Leben. Das Weinen eines Kindes.

Unter dem Leichnam einer Frau entdeckte Soana ein Tuch, das sich leicht bewegte. Behutsam drehte sie den leblosen Körper um. Es war eine junge Frau, fast noch ein Mädchen, die ein Axthieb in den Rücken getötet hatte.

In ihren Armen lag ein Kind, ein kleines Mädchen, ein Säugling noch. Es schrie in forderndem Ton, so wie es Neugeborene tun, wenn sie Hunger haben oder gewickelt werden wollen. Soana nahm das kleine Mädchen hoch und zog das blutdurchtränkte Tuch fort. Sein Kleidchen war unbefleckt: das Kind unverletzt.

Rais war zu ihr getreten. »Ist es verletzt?« Sie war immer so direkt, so kühl. Nur wenn es um den Tyrannen ging, erstrahlten ihre Augen in einem finsteren, beängstigenden Glanz.

Soana blickte das kleine Mädchen staunend an: Sie konnte es kaum glauben, wie das Leben hier, rein und unerschütterlich, aus dem Tode erstanden war. »Nein, es scheint wohlauf ...«

Rais ergriff Soanas Arm und zwang sie, sich bis auf ihre Augenhöhe niederzubeugen, und betrachtete eine Weile aufmerksam den Säugling, bis sich plötzlich ihre Miene änderte.

»Ist dir etwas aufgefallen?«, fragte Soana zögerlich.

»Nein, aber ein vollkommen unverletztes Kind zwischen lauter Leichen muss ein Zeichen sein. Ich werde meine Karten um Rat fragen, danach kann ich dir mehr sagen.«

Soana richtete sich wieder auf und begann, das kleine Mädchen in ihrem Arm hin und her zu wiegen und es mit leisen, sanften Worten zu beruhigen.

Rais blickte sich um. »Hier bleibt uns nichts mehr zu tun. Und wir sollten uns auch nicht zuviel Zeit lassen: Die Fammin können jederzeit wieder hier einfallen. Hülle das Kind gut ein, damit man es nicht sieht. Wir kehren zum Rat zurück.«

Soana gehorchte, und die beiden Zauberinnen verließen das zerstörte Dorf.

Soana hielt inne und betrachtete Nihal, die schweigend zugehört hatte. »Dieses Mädchen war die einzige Überlebende eines ganzen Volkes: die letzte Halbelfe der Aufgetauchten Welt. Wir beschlossen, sie ins Land des Windes mitzunehmen. Dort würde niemand ihrem Aussehen große Bedeutung beimessen ...«

Nihals Herz begann, schneller zu schlagen.

»Das Kind hatte große violette Augen, spitze Ohren und blaues Haar. Dieses Kind warst du, Nihal.«

Ein nicht enden wollendes Schweigen breitete sich im Raum aus.

Geduldig wartete Soana auf die Frage, die jetzt früher oder später kommen musste. Die Stimme des Mädchens war wie ein Hauch.

»Dann ... dann war Livon ...«

»Livon war ein ganz besonderer Mensch. Als ich dich zu ihm brachte, nahm er dich ohne Zögern bei sich auf und schwor, dass er dich immer, auch mit seinem Leben, beschützen würde. In der ersten Zeit haben wir dich gemeinsam großgezogen, doch dann gestaltete sich die Situation zunehmend schwieriger. Rais verließ den Rat. Und in Salazar begannen die Menschen über mich zu tuscheln, mit dem Finger auf mich zu zeigen und mich als Hexe zu verunglimpfen. So war ich gezwungen, mich in dieses Haus hier zurückzuziehen. Und Livon kümmerte sich allein um dich. Er hat dich geliebt. Du warst ihm eine wirkliche Tochter, Nihal. Das weißt du.«

Soana streckte die Hand aus, um dem Mädchen über die Wange zu streicheln, doch Nihal warf unwirsch den Kopf zurück.

»Warum habt ihr mir nie etwas davon erzählt? Warum habt ihr das alles vor mir verheimlicht?«

»Weil wir uns wünschten, dass du solange wie möglich frei und unbeschwert dein Leben führen kannst. Sechzehn Jahre wiegte ich mich in der trügerischen Hoffnung, du könntest ein ganz normales Leben führen. Rais hatte etwas in dir erkannt, etwas von außerordentlicher Bedeutung für die Zukunft der gesamten Aufgetauchten Welt. Doch was genau, hat sie mir nie verraten. Ich hoffte, dass sie sich täuschte, dass dir nichts vorherbestimmt sei … Doch Rais hat sich noch nie getäuscht … Ich wollte nicht, dass du es unter diesen Umständen erfährst. Es tut mir so Leid, Nihal.«

Doch Nihal hörte gar nicht mehr zu.

Sie dachte an Livon, der, ohne ihr Vater zu sein, sein ganzes Leben auf sie eingestellt und zum Schluss sogar für sie geopfert hatte.

Sie dachte daran, wie oft sie sich über ihre Mutter Gedanken gemacht hatte.

Sie dachte an ihr Volk, das es nicht mehr gab.

Sie dachte an die Auslöschung eines ganzen Stammes.

Das war also der Hintergrund dieser Stimmen, dieser Träume. Es waren Schreie, die nach Rache, die nach Blut verlangten. Und sie verlangten es von ihr: der letzten, der einzigen Überlebenden eines ganzen Volkes. Tausendmal lieber wäre sie mit Livon gestorben, als hier in diesem Bett zu liegen, wie vernichtet vom Schmerz.

Soana strich ihr eine Strähne aus der Stirn.

Dann stand sie auf und verließ wortlos den Raum.

10

Auf der Flucht

Die folgenden vier Tage verharrte Nihal in vollkommenem Schweigen. Sie lag in ihrem Bett, mit den Schmerzen in der Seite als ständiger Begleitung, blickte aus dem Fenster und sagte kein Wort.

Sie hatte viel nachzudenken, denn ihr war, als sei sie plötzlich ins Dasein eines anderen Menschen geschleudert worden. Bis zu diesem Zeitpunkt hatte es zu ihrem Leben gehört, morgens aufzuwachen, Livon zu hören, der mit seinem Hammer auf das Eisen einschlug. Soana aufzusuchen, bei ihr zaubern zu lernen und lange Gespräche mit Sennar zu führen. Das Schwert zur Hand zu nehmen, Krieger zu spielen und hoffnungsvoll in die Zukunft zu blicken. Und mit einem Mal war alles anders. Sie hatte getötet: Der Schwertkampf war kein Spiel mehr. Und Livon würde sie nie mehr wiedersehen, außer in ihrer Erinnerung, wie er leblos am Boden lag. Und das durch ihre Schuld.

Wer hatte ihn denn verwirrt mit ihrem Wahn, ständig kämpfen zu müssen? Sie. Wer hatte sich denn wie ein kleines Mädchen benommen und auch den Tod für ein Spiel gehalten? Sie. Und war sie nicht eine Gefahr, sie, die letzte Überlebende eines Volkes, das der Tyrann vom Erdboden vertrieben hatte? War sie es nicht, auf die es die Fammin abgesehen hatten, als sie in Livons Werkstatt eindrangen?

Nihal fühlte sich wie jemand, der allen nichts als Unglück bringt.

Die Besonderheiten ihres Aussehens hatte sie stets lediglich für Launen der Natur gehalten, doch in Wahrheit hatten sie eine schreckliche Bedeutung. Ihre Träume hatten ihr immer wieder gezeigt, was geschehen war, in brutaler Klarheit, so als wohne sie der Vernichtung als Zuschauerin bei. All das wusste sie jetzt durch Soanas Bericht. Sie hatte das Blutbad in ihren Träumen selbst erlebt.

In jeder Nacht dieser vier Tage quälten sie die zur Rache aufrufenden Stimmen ihres ausgelöschten Volkes.

In der letzten Nacht träumte sie von den Gesichtern der Brüder und Schwestern ihres Volkes: Jedes Gesicht kam ganz nah an sie heran, mit all seiner Verzweiflung, seiner Geschichte, und in jenen stummen Blicken erkannte Nihal die Endgültigkeit dessen, was geschehen war. Unter ihnen war auch Livon. In seinem Blick stand eine tiefe Traurigkeit, und mit leiser Stimme sprach er zu ihr: »Du hast mich sterben lassen, es ist deine Schuld, Nihal ...«

Schweißgebadet und schreiend wachte sie auf. Sennar war sofort bei ihr.

»Wieder ein Albtraum?«

Nihal nickte, schwer atmend. »Ich bin allein, Sennar. Mein Platz ist nicht hier, unter den Lebenden, sondern bei meinem Stamm.« Sie blickte aus dem Fenster. »Warum lebe ich noch? Warum ist Livon für mich gestorben?«

Bis zu diesem Zeitpunkt hatte es Sennar vorgezogen, sich nicht zu der Sache zu äußern. Er war überzeugt, Nihal müsse allein ihren Weg aus dem Schmerz finden. Denn er erinnerte sich noch an die leeren Worte, die er beim Tod seines Vaters von den Soldaten hörte, die versucht hatten, ihn zu trösten. Da war es noch besser zu schweigen. Doch als er sie so den Tränen nahe sah, konnte er nicht mehr an sich halten.

»Ich weiß es nicht, Nihal. Und ich weiß auch nicht, warum der Tyrann alle Halbelfen umbringen ließ. Doch nun bist du hier. Und du musst nach vorne schauen. Für dich selbst und für Livon, denn er hat dich geliebt und wollte dich glücklich sehen, und stark.«

Nihal schüttelte den Kopf. »Ach, es ist so schwierig ... Unablässig denke ich an ihn und daran, was er für mich getan hat. Vor allem aber an das, was ich nicht für ihn getan habe. Und in jedem Augenblick sage ich mir, dass es meine Schuld war. Er war gut mit dem Schwert, er hätte die Fammin besiegen, er hätte es schaffen können. Doch ich habe ihn abgelenkt, ich habe ihn umgebracht. Ich bin so dumm ... so ...«

Nihal brach in Tränen aus. Seit dem Tag des Überfalls hatte sie nicht mehr geweint. Sennar drückte sie an sich, so wie damals im Bannwald, an jenem Abend, der nun schon Jahrhunderte zurückzuliegen schien.

Am folgenden Tag sah Nihal hinter dem Fensterrahmen ein kleines, verschrecktes Gesicht hervorlugen. Es war Phos. Sennar ließ ihn herein, und er machte es sich auf Nihals Bettlaken bequem. Es dauerte eine Weile, bis sich der Kobold dazu durchringen konnte zu erzählen, was geschehen war.

Nach tagelangen Raubzügen im Land des Windes war das Heer des Tyrannen in den Bannwald eingedrungen, um Holz zu schlagen, hatte die Kobolde entdeckt und begonnen, Jagd auf sie zu machen. Es war entsetzlich. Viele wurde ergriffen, viele andere getötet.

Phos hatte so viele Kobolde wie möglich um sich versammelt und sie zum einzigen sicheren Ort geführt, der ihnen verblieben war: zum Vater des Waldes. Als dann die Fammin auf ihn zustürmten, hatte der mächtige Baum ihre Verteidigung übernommen. Mit seinen Ästen packte er vier, fünf dieser Ungeheuer an der Kehle und erwürgte sie. Die anderen suchten das Weite. Noch einige Tage hielten sich Phos und seine Gefährten dort versteckt, bis von den Fammin und den anderen Soldaten nichts mehr zu hören war. Als sie dann aus ihrem Versteck hervorkamen, sahen sie, was geschehen war: Der Bannwald war in weiten Teilen zerstört, von ihrer vielköpfigen Gemeinschaft nicht mal mehr die Hälfte übrig.

»Dann traf ich Sennar. Und er hat mir alles erzählt. So beschloss ich, dich aufzusuchen. Ich dachte mir, dass wir uns vielleicht besser fühlen, wenn wir zusammen weinen.«

Der Kobold begann zu schluchzen. Nihal hob ihn sanft mit beiden Händen an und führte ihn zu ihrer Wange.

»Nur Mut. Wenn ihr euch auf die Wanderung macht, werdet ihr sicher einen neuen Ort zum Leben finden.«

»Aber verstehst du denn nicht? Wir können nicht fort. Sie würden uns entdecken und ergreifen. Das wäre unser Ende.«

»Hör mal, Phos«, warf jetzt Sennar ein, der alles mitangehört hatte, »wir werden wohl bald aufbrechen müssen. Soana ist erschöpft und wird den Schutzwall nicht mehr lange aufrechterhalten können, und auch ich bin mit meinen Kräften am Ende. Wir ziehen ins Land des Wassers, wo Nihal in Sicherheit ist. Kommt doch mit uns, wir können euch verstecken. Dort gibt es viele Kobolde, und ihr könnt euch ein neues Leben aufbauen.«

Da flog Phos auf, warf sich Sennar an den Hals und umschlang ihn mit seinen Ärmchen. »Danke, danke ... Wie können wir euch das nur vergelten?«

»Wir brauchen Pferde. Und Ambrosia für die Reise. Andernfalls fürchte ich, dass ihr mich unterwegs zurücklassen müsst«, sagte Nihal, die allmählich ihre Geistesgegenwart zurückgewann.

So machten sie sich daran, ihre Flucht zu organisieren. Sie kamen überein, dass Sennar die Rüstung anlegen sollte, die er im zerstörten Salazar gefunden hatte – darin würde er keinen Verdacht erregen –, und dass die Gruppe einem verborgenen Pfad folgen würde, den Phos kannte. Jetzt blieb nur noch, den Zeitpunkt festzulegen.

Nihal war bisher noch kein einziges Mal aufgestanden: Wenn sie es schaffen wollte, musste sie sich zumindest ein wenig auf den Beinen halten können. Der Anfang war schwierig. Sofort wurde ihr schwindelig, und ihre Beine schienen sie nicht tragen zu wollen, doch sie zwang sich, stehen zu bleiben. Sennar hatte Recht: Sie mussten fort. Würden sie hier sterben, wäre alles sinnlos gewesen. Überlebende haben eine noch größere Verantwortung als andere.

Des Nachts, unter einer schmalen Mondsichel, brachen sie auf.

Es war fast vollkommen dunkel. Sennar trug die Rüstung. Nihal war in einen schwarzen Umhang gehüllt, Soana mit einem Jutecape bekleidet.

Mit einem Mal wurde die Dunkelheit von matten Lichtern ein wenig aufgehellt: Es waren die Kobolde. Nihal war überrascht, wie wenige es nur noch waren: vielleicht ein paar Dutzend, alle schlecht beisammen, mit Ringen um die Augen und verlorenen Blicken.

»Das war das Einzige, das ich finden konnte, die andern haben die Fammin fortgetrieben«, sagte Phos, indem er auf einen ausgemergelten, verschreckten Klepper deutete. Sennar drehte sich schwerfällig zu dem Tier um. Er sah wirklich komisch aus in dieser Rüstung, und Nihal fragte sich, wie er überhaupt das Gewicht tragen konnte.

»Damit kommen wir schon sehr gut zurecht. Danke, Phos.«

Die Kobolde versteckten sich in zwei am Pferd befestigten Taschen, und danach stieg Nihal in den Sattel. Obwohl schon abgeheilt, tat die Wunde immer noch höllisch weh. *Zum Teufel. Wir sind noch nicht einmal aufgebrochen, und mir geht's schon schlecht.* Sie nahm einen Schluck Ambrosia.

Und die Karawane setzte sich in Bewegung.

Phos, unter Nihals Umhang versteckt, wies ihnen den Weg über einen Pfad, der stets am Bannwald entlangführte. Es war finster und vollkommen still. Noch nicht einmal die Bäume rauschten. Nihal war, als schwiegen sie zum Zeichen der Trauer, als habe der Schmerz auch die Natur durchdrungen.

So waren sie die ganze Nacht unterwegs. Sennar an der Spitze, Soana und Nihal folgten ihm Seite an Seite. Ab und an hörte man Gemurmel aus den Taschen, oder es zeigte sich ein buntes Köpfchen. In den Taschen war es stickig, und die Kobolde lehnten sich hinaus, um Luft zu schöpfen.

Soana wanderte schleppend. Sie war mit ihren Kräften am Ende, denn in den letzten Tagen hatte sie nichts anderes getan, als Zauberformeln zu sprechen, und für Nihal war bereits der müde Trott des Pferdes eine Qual.

Beim ersten Tageslicht drangen sie ein Stück tiefer in den dichten Wald ein. Zur Sicherheit hatten sie beschlossen, nur nachts weiterzuziehen und sich tagsüber auszuruhen. Um nicht im Schlaf überrascht zu werden, hielten sie abwechselnd Wache, und als die Sonne unterging, setzten sie sich wieder in Marsch.

Erst in der folgenden Nacht erreichten sie den Saar. Der Große Fluss war so breit, dass man das andere Ufer nicht erkennen konnte, und laut rauschend strömte er an ihnen vorüber.

Nur wenige Wagemutige hatten ihn je zu überqueren versucht, und kaum jemand hatte es heil überstanden. Er war wie ein finsteres, bösartiges Wesen, das jeden verschlang, der sich in seine Fluten vorwagte.

In der Nähe des Ufers gab es praktisch keine Vegetation: Kein anderes Leben wollte sich dort entfalten, wo dieser Herrscher der Wasser sein Reich hatte. Auch wenn es eben jener Fluss war, von dem die malerischen Wasserläufe im Land des Wassers ihren Ausgang nahmen, hier zeigte er sich von seiner abweisendsten Seite.

»Hier haben wir keine Deckung. Wir müssen schneller vorankommen«, erklärte Phos kategorisch. »Wenn wir uns beeilen, können wir diese ödeste Gegend im Land des Windes in einer Nacht hinter uns bringen.«

Und die Gruppe machte sich bereit für einen strammen Marsch.

Sie waren schon ein weites Stück gewandert, als sie in der Ferne etwas brennen sahen: Inmitten der Flammen erkannten sie, dass es sich um einen Turm handelte, oder genauer, eine Turmstadt wie Salazar, die ebenfalls Opfer des Tyrannenwahns geworden war.

Mit Todesfurcht im Herzen beschleunigten sie ihre Schritte. Diese brennende Stadt konnte nur bedeuten, dass die Feinde ganz nahe waren. Doch die Einöde wollte kein Ende nehmen; das erste matte Tageslicht begann schon, die Ebene zu erhellen.

Sie waren erschöpft und mussten einen Unterschlupf finden, doch meilenweit war nichts zu erkennen, was ihnen Deckung hätte geben können. Dann, als die Sonne bereits über dem Horizont stand, erblickten sie ein Haus.

Sennar ging los, um die Lage zu erkunden. Als er zurückkam, war er blass im Gesicht.

»Hier sollten wir nicht bleiben. Lasst uns weiterziehen.«

Plötzlich trieb Nihal ihr Pferd an.

»Nein, Nihal, komm zurück!«

Doch das Mädchen galoppierte bereits, Sennars Rufe überhörend, auf das Haus zu.

Es war ein trostloses Bild: herumliegende Gerätschaften, ein verwüsteter Gemüsegarten, ein leerer Stall. Unter Mühen stieg Nihal vom Pferd und trat auf die Haustür zu. Sie war nur angelehnt und knarrte in den Angeln, als sie sie aufstieß.

Drinnen war es dunkel. Es roch nach Tod. Ein Mann baumelte an der Decke, während ein kleines Mädchen und eine Frau am Boden in ihrem Blut lagen.

Wie versteinert blieb Nihal stehen: Ihr war, als erschienen ihr in diesem Halbdunkel die Gesichter aus ihren Träumen, und plötzlich hatte sie auch wieder diese schreienden, klagenden Stimmen im Ohr. Die Geschichte wiederholte sich, ein Blutbad folgte dem anderen. Sie schrie und ließ sich auf die Knie niederfallen.

»Komm weg hier. Schau dir das nicht an.«

Soana war zu ihr getreten.

»Nein, das muss man sich anschauen! Man muss sich genau einprägen, was der Tyrann unserer Welt antut!«, schrie Nihal voller Zorn.

Die Zauberin fasste sie am Arm und führte sie hinaus.

Sie bestatteten die Leichen, aber so, dass von den Gräbern nichts zu sehen war, und legten sich dann im Heuschober des Anwesens schlafen. Keinem von ihnen fiel es leicht, in den Schlaf zu finden: Die Bilder des Todes verfolgten sie.

Sennars Einwänden zum Trotz übernahm auch Nihal eine Wache. Sie ergriff ihr Schwert und setzte sich auf die Schwelle. Beim Anblick der trostlos leeren Felder, denen diese Familie in schwerer Arbeit das tägliche Brot abgerungen hatte, schnürte es ihr die Kehle zu.

Der Tag verging ohne besondere Vorkommnisse.

Die Sonne stand schon sehr tief, als Nihal endlich etwas Schlaf fand; ihr Schwert umklammernd, schlief sie zum ersten Mal, seit sie von ihrer Abstammung als Halbelfe wusste, ohne Albträume. Stattdessen träumte sie, Fen sei gekommen, um sie mitzunehmen. Und vor dem Wasserfall bei Astreas und Gallas Palast gab er ihr einen langen, langen Kuss.

Jetzt wird alles gut, Nihal, jetzt bin ich für dich da, sagte er.

Als sie aufwachte, wunderte sie sich, dass sie in einer solch dramatischen Situation etwas so Schönes hatte träumen können. An den Ritter hatte sie lange nicht mehr gedacht, merkte aber jetzt, dass ihre Liebe noch nicht verflogen war. Wo mochte er jetzt sein, an welcher Front kämpfte er wohl, ob es ihm gut ging …?

So setzten sie ihre Wanderung fort. Bald erreichten sie einen niedrigen Wald, und im Schutz der Bäume fühlten sie sich etwas sicherer. Einige Kobolde kamen hervor und streckten ihre zerknautschten Flügel aus.

Phos jubelte, als er sah, dass dieser Wald keine Spuren von einem Durchmarsch der Fammin aufwies. »Vielleicht ist noch nicht alle Hoffnung verloren. Noch ist nicht alles zerstört!«

Sennar nahm seinen Helm ab und atmete aus vollen Lungen die frische Luft ein.

»Komm, Nihal, hier kann dich niemand sehen. Leg ruhig den Umhang ab.«

Das Mädchen schüttelte den Kopf. »Nein. Ich will euch nicht in Gefahr bringen.«

Bleich, abgemagert, ganz in Schwarz gekleidet, sah Nihal wie eine diabolische Gestalt aus. Für einen Augenblick bekam Sennar sogar Angst vor ihr. Sie war nicht mehr das Mädchen, das er in Salazar kennen gelernt hatte. Sie hatte sich verändert, aber noch hätte er nicht sagen können, in welche Richtung.

Auch in dieser Nacht blieb alles ruhig. Kurz vor Sonnenaufgang machten sie Halt, um zu rasten. Nach den Erfahrungen des Vortages war es herrlich, im frischen Gras zu schlafen.

Nihal beschloss, die erste Wache zu übernehmen, und nutzte die Gelegenheit, um ein wenig herumzugehen, denn sie wollte so schnell wie möglich wieder ganz auf die Beine kommen. Sie betrachtete die Landschaft und staunte über dieses kleine Paradies inmitten der Verheerungen des Krieges. Dabei fielen ihr die Tage der Prüfung im Bannwald wieder ein: Sie schienen ihr zu einem anderen Leben zu gehören.

Ein Rascheln riss sie aus ihren Gedanken, und ruckartig drehte sie sich um: Es war Soana. Seit der Enthüllung hatten sie sich nicht mehr miteinander unterhalten.

»Fühlst du dich besser?« Die Zauberin wirkte nun wieder mehr wie früher, schön und selbstsicher.

»Ja, schon.«

»Du kannst mir nicht verzeihen, nicht wahr«, kam Soana sofort zur Sache.

Und trocken und ehrlich antwortete Nihal: »Nein.«

Sie wollte sie nicht verletzen, aber gegen diesen Groll, der ihr die Kehle zuschnürte, war sie machtlos.

»Das verstehe ich. Ich kann mir vorstellen, wie es in dir aussieht. Ich weiß, welch unendlichen Verlust Livons Tod für dich bedeutet. Aber du musst wissen, dass ich diesen Schmerz mit dir teile. Livon war mein Bruder, Nihal.«

»Du warst nicht da, als er starb.«

»In deinen Augen sehe ich alles, was geschehen ist.«

Gegen ihre Tränen ankämpfend, schwieg Nihal lange. Dann sagte sie: »Ich möchte dir ja nicht böse sein, Soana, aber ich kann nicht anders. Ich bin zornig auf die ganze Welt. Ich bin zornig auf mich selbst. Ich hasse mich für das, was ich bin.«

Soana senkte den Kopf. »Wie gut ich dich verstehe, Nihal. Auch ich hasse mich: Ich war nicht in der Lage, das Land des Windes zu schützen, ich habe meinen Bruder sterben lassen, ich habe dir diesen Schmerz nicht ersparen können ... Weißt du, deswegen habe ich auch einen Entschluss gefasst. Wenn wir unser Ziel erreicht haben, werde ich aus dem Rat der Magier ausscheiden. Sennar soll meinen Platz einnehmen. Niemand wird mein Fehlen bedauern.«

Nihal horchte auf. »Aber wieso denn? Du bist so wertvoll für den Rat!«

»Nein. Meine Aufgabe war es, über das Land des Windes zu wachen, im Voraus alle Winkelzüge des Tyrannen aufzudecken und dem Rat darüber Bericht zu erstatten. Darin habe ich ganz einfach versagt, Nihal. Ich habe meine magischen Fähigkeiten überschätzt. Oder vielleicht auch die obskure magische Macht des Tyrannen unterschätzt; das bleibt sich gleich. Tatsache ist, meine Fehler sind unverzeihlich.«

»Und was hast du vor?«

»Ich werde mich auf die Suche nach Rais machen. Ich muss die Wahrheit herausfinden. Zum Wohle der Aufgetauchten Welt, vor allem aber für dich.«

Nihal blickte Soana fest in die Augen. »Du warst immer ein Vorbild für mich. Doch in mir ist etwas zerbrochen. Vielleicht wird unser Verhältnis nie mehr so sein können, wie es einmal war. Dennoch sollst du wissen, wie viel du mir noch bedeutest.«

Soana fuhr ihr liebevoll über den Kopf. »Du bist erwachsen geworden, Nihal.«

In der Nacht des vierzehnten Tages hatten sie immer noch nicht die Grenze erreicht, doch das Ende ihres Weges schien nahe. In der Ferne erblickten sie die Lichter eines feindlichen Lagers: Mehr als zwei Dutzend Zelte standen verstreut in einer kleinen Senke, in der Mitte ein größeres Zelt, wahrscheinlich das des Kommandanten.

»Anscheinend endet unsere Wanderung hier«, sagte Sennar, indem er den Helm abnahm. Keiner von ihnen hatte die leiseste Ahnung, wie sie die Front überwinden sollten.

Nur Soana ließ sich nicht entmutigen. »Wenn dort ein feindliches Lager liegt, können unsere Truppen nicht weit sein. Uns bleibt keine andere Wahl: Wir müssen versuchen, Verbindung zu ihnen aufzunehmen.«

Die Zauberin ließ sich auf dem Boden nieder. »Sennar, bring mir die Steine des magischen Kreises.«

Sennar war gezwungen, die Rüstung abzulegen. »Sie mag ja zu was nütze sein, aber damit herumzulaufen ist eine Qual.«

Nachdem er sich aus seinem Panzer befreit hatte, begann er in seinem Quersack zu kramen und holte sechs Steine mit eingravierten Runenzeichen daraus hervor. Soana legte sie an die Spitzen eines magischen Sterns, wie sie ihn auch schon bei Nihals Feuerprobe eingesetzt hatte, und kurz darauf schon züngelte eine blaue Flamme empor. Die Zauberin sprach eine Formel, und aus dem Stern stieg dichter blauer Rauch auf, der sich rasch in der Luft auflöste.

»Wenn wir nicht beisammen sind, stehen Fen und ich immer auf diese Weise in Verbindung. Ich weiß nicht, wo er sich gerade aufhält, aber es kann gut sein, dass er an dieser Front im Einsatz ist. Ich habe ihm mitgeteilt, wo wir uns befinden. Wenn wir das Lager passiert haben, weiß er, wo er uns abholen kann.«

Sennar riss die Augen auf. »Wenn wir das Lager passiert haben? Wie sollen wir das denn anstellen? Die werden doch überall Wachposten aufgestellt haben.«

»Auch die können ein Opfer des Schlafes werden, Sennar, und du weißt doch sehr genau, was dazu zu tun ist. Sobald sich Fen gemeldet hat, schlagen wir los. Das heißt, du schleichst dich unter dem Vorwand, eine Botschaft überbringen zu müssen, ins Lager und machst dich unverzüglich daran, die Soldaten einzuschläfern. Die Kobolde können den Bereich ja fliegend überwinden, Nihal und ich müssen zu Fuß hindurch.«

Sennar liebte die Heldenrolle nicht, aber er sah ein, dass ihnen keine andere Möglichkeit blieb.

Nach zwei Tagen des Wartens begannen alle die Hoffnung fahren zu lassen, Fen habe Soanas Mitteilung erhalten. Nur Soana selbst zweifelte nicht.

»Ihr werdet sehen, er wird antworten.«

Am Morgen des dritten Tages kam eine Taube zu ihnen geflogen. Sie trug ein Zettelchen am Fuß, auf dem in klarer Handschrift einige wenige Anweisungen standen, darunter eine Anzahl von Runenzeichen, die Nihal nicht kannte. Ihr drängte sich der Gedanke auf, Fen habe der Zauberin auch eine vertrauliche Botschaft zukommen lassen wollen. *Träume lügen tatsächlich*, sagte sie sich.

»Heute Nacht ist es so weit. Sennar, du weißt, was du zu tun hast.«

Sein ganzes Leben lang hatte sich der Zauberer immer mal wieder vorgestellt, wie er durch Heldentaten die Aufgetauchte Welt vom Joch des Tyrannen befreien würde, doch nun war ihm dabei viel mulmiger zumute, als er geglaubt hätte.

Doch nach einigem Zögern fasste er sich ein Herz und schwang sich in den Sattel.

»Sennar!« Nihal stand nur wenig entfernt. Zum ersten Mal seit Tagen lächelte sie. »Viel Glück! Und pass auf dich auf!«

Sennar zwinkerte ihr zu. »Das wird doch ein Spaziergang«, entgegnete er und entfernte sich.

Das Warten war alles andere als angenehm. Nihal quälte die Vorstellung, der Freund könne vielleicht nicht lebend zurückkehren, und es wäre ihr unerträglich gewesen, einen weiteren lieben Menschen zu verlieren. So saß sie den ganzen Tag grübelnd, besorgt und angespannt da.

Phos versuchte, sie auf andere Gedanken zu bringen. »Komm schon. Denk doch mal daran, dass wir bald hier wegkommen. Ich jedenfalls kann es gar nicht erwarten, ins Land des Wassers zu gelangen. Flüsse, endlose Wälder, andere Kobolde, Frieden ...«

Doch Nihal hatte kein Ohr für ihn, knabberte weiter an ihren Fingernägeln herum oder spielte nervös mit ihrem Schwert.

Vom Lager war kein Laut zu vernehmen, und das war ein gutes Zeichen. Denn wäre Sennar enttarnt worden, hätte es sicher Verwirrung gegeben.

Dann brach die Nacht herein.

Mit Fen war ausgemacht, dass sie sich im Morgengrauen jenseits des Lagers am Großen Fluss treffen würden. Die Kobolde flogen auf, und zwar so hoch, dass der Lichtschein, den sie ausstrahlten, kaum zu sehen war. Auch Soana und Nihal machten sich auf den Weg.

Als sie den Eingang des Lagers erreicht hatten, ließ Soana einen kleinen Blitz aufzucken: Es war das mit Sennar abgesprochene Zeichen, und mit klopfendem Herzen warteten sie auf eine Reaktion. Eine Ewigkeit schien Nihal zu vergehen, dann schlüpfte der Zauberer endlich heil und wohlbehalten aus einem der Zelte. Am liebsten wäre sie ihm entgegengelaufen, um ihn zu umarmen, doch sie flüsterte nur:

»Schlafen sie alle?«

»Ich denke schon. Es hat länger gedauert als gedacht, dieses Lager ist verdammt groß. Dafür habe ich mich aber auch mit ein paar nützlichen Dingen versorgen können ...«

Unter seinem Gewand zog er zwei lange Schwerter hervor, eins für sich und eins für Soana.

Obwohl alle schliefen, schlichen sie so lautlos wie möglich durchs Gras. Jetzt sah Nihal die verhassten Fammin wieder: Tief schlafend lagen sie um ein heruntergebranntes Lagerfeuer herum. Unter ihnen auch viele Männer und einige Gnomen. Alle schliefen friedlich, in den Händen noch Becher mit Obstwein, die Münder zu einem lauten Schnarchen aufgerissen. Sie hatten es sich gut gehen lassen: Diese Bestien hatten den Tod Tausender Unschuldiger aus dem Land des Windes gefeiert.

Nihal überkam das unbändige Verlangen, dieses Lager niederzubrennen und die ganze Brut in den Flammen umkommen zu lassen, doch ein Gedanke hielt sie davon ab: *Noch nicht. Es eilt nicht. Alles zu seiner Zeit.*

Das Lager schien kein Ende nehmen zu wollen. Ganz langsam schlichen sie sich hindurch, bis endlich der letzte Posten in Sicht kam. Noch dieses letzte Hindernis: dann Fen, und die Rettung. Nihal fand sogar Zeit für den Gedanken, dass sie richtig aufgeregt war, weil sie jetzt den Ritter nach all den schlimmen Ereignissen zum ersten Mal wiedersehen würde.

»Verfluchter Zauberer! Verräter!«

Ein Schrei zerriss die Stille der Nacht.

Aus dem Dunkel tauchten zwei Fammin auf. Sie waren noch ein gutes Stück entfernt, kamen aber rasch näher.

»Warum hast du denn nicht alle eingeschläfert?«, schrie Nihal.

Im Bruchteil einer Sekunde erfasste das Mädchen die Situation: Es hatte keinen Sinn, sich zu verstecken; die einzige Möglichkeit war, sie zu verwirren. Sie zog ihr Schwert und stürmte den Feinden entgegen.

Auch die beiden Fammin rannten auf sie zu, doch Nihal ließ sich nicht einschüchtern: So schnell es ihre Verletzung erlaubte, hastete sie weiter, und erst im letzten Moment, als der eine schon sein Schwert niederfahren ließ, duckte sie sich weg und durchbohrte ihn mit einem Stoß von unten.

Der zweite ließ sich nicht überraschen. Nach einigen Paraden musste Nihal zurückzuweichen. Die wenigen Kräfte, die sie hatte frei machen können, begannen bereits sie zu verlassen. *Ich schaffe es nicht.* Die Wunde in der Seite schmerzte heftig, und das Schwert schien ihr ungeheuer schwer. *Ich kann es unmöglich schaffen.*

Da plötzlich schoss ein grünlicher Blitz über ihren Kopf hinweg und verwandelte den Fammin augenblicklich in Asche. Nihal drehte sich um.

Sennar blickte sie grinsend an: »Überleg dir mal, wie du das wieder gutmachen kannst. Das ist jetzt schon das zweite Mal, dass ich dir das Leben rette!«

»Plapper nicht so lange, du großer Zauberer. Es kann sein,

dass hier noch mehr Überraschungen auf uns warten«, antwortete Nihal lächelnd.

Im Laufschritt verließen die drei das feindliche Lager.

Ohne anzuhalten liefen sie, bis sie das Ufer des Saar erreicht hatten, wo die Kobolde bereits eine Weile auf sie warteten. Nihals Wunde schmerzte so sehr, dass sie kaum noch Luft bekam.

»Lass mal sehen.«

Sennar hob ihre Jacke an. Der Verband war blutdurchtränkt.

Nihals Protesten zum Trotz bestand Sennar darauf, dass sie sich hinlegte, und begann, einige unverständliche magische Formeln zu sprechen. Sie entspannte sich, ihr Atem wurde regelmäßiger, und nicht lange, so durchströmte sie ein angenehmes, wohliges Gefühl.

»Danke, Sennar. Für alles.«

Durch die halbgeöffneten Lider blickte sie zum Himmel: Er verfärbte sich langsam rosa. Im fahlen Licht des Morgengrauens erblickte sie drei grüne Pünktchen, die rasch immer größer wurden. Drachen.

Fen und seine Leute hatten sie gefunden.

Sie waren gerettet.

Später flüsterte der Ritter Nihal etwas ins Ohr. Es hatte mit Gaart zu tun, aber sie war zu ermattet, um es zu verstehen. Und so erlebte sie ihn schlafend – ihren ersten Ritt auf einem Drachen.

11

Nihals Entscheidung

Nihal und ihre Gefährten wurden in ein Städtchen im Land des Wassers, nahe der Grenze, gebracht. Es war Soana, die auf einer bescheidenen Unterbringung bestanden hatte: Sie fühlte sich nicht mehr als Mitglied des Rates und wollte deswegen die Gastfreundschaft von Astrea und Galla in Laodamea nicht mehr in Anspruch nehmen.

Das Städtchen hieß Loos und zählte zu den wenigen, in denen Nymphen und Menschen zusammen lebten. Es war ein recht angenehmer Ort, der aus dem Gedanken heraus entstanden war, das Zusammenleben dieser so unterschiedlichen Völker zu fördern.

Die Menschen brauchten Häuser, während die Nymphen als Nachtlager Bäume vorzogen. Und so reihten sich in einigen Teilen der Stadt niedrige, ins Wasser gebaute Pfahlbauten aneinander, während in anderen die Bäume dicht an dicht standen. Kurzum, es war ein Ort, der vor Grün nur so strotzte.

Nihal und Soana waren im Haus eines Fischers untergebracht. Der Mann war sofort rührend um das Mädchen besorgt: Als er sie traurig und am Ende ihrer Kräfte vor seiner Tür stehen sah, erlegte er ihr zwei Tage strenge Bettruhe auf und erlaubte ihr nicht, im Haus auch nur einen Finger zu rühren. Doch nachts ließen ihr die Träume wieder einmal keine Ruhe, und morgens erwachten auch ihre Schmerzen von neuem. So setzte Nihal alles daran, rasch wieder zu Kräften zu kommen, und sobald ihre Beine sie einigermaßen sicher trugen, begann sie, draußen umherzustreifen und sich dieses berauschende Fleckchen Erde anzuschauen.

Dann war da noch Fen.

Sein Lager stand nicht weit von dem Städtchen entfernt, und so ergab es sich häufig, dass er sich in Loos aufhielt, um Soana zu besuchen. Nihal freute sich immer, wenn er da war. Und sie störte sich auch nicht daran, dass er nicht ihretwegen kam, sondern wegen der Frau, die er liebte. Ihr selbst blieben da nur ihre Phantasien, aber sie halfen ihr dabei, die entsetzlichen Erinnerungen von sich fern zu halten.

Der Ritter behandelte sie mit Feingefühl, unterhielt sich mit ihr und begann auch wieder, als es Nihal besser ging, mit ihr die Klingen zu kreuzen. Im Zweikampf wurde Nihals Kopf völlig leer. Das war noch wirkungsvoller, als sich in Phantasien zu verlieren. Wenn sie ihr schwarzes Schwert zur Hand nahm, in dem sie noch etwas von Livons Leben spürte, begann sich ihr Körper ganz von allein zu bewegen und ihrem Geist das Vergessen zu ermöglichen.

Sennar, der wieder wie ein Besessener studierte, hatte sich Soanas Entscheidung heftig widersetzt. Gewiss, es hätte ihn gefreut, jetzt schon in den Rat der Magier eintreten zu können, aber die Umstände behagten ihm nicht: Er hing an seiner Lehrerin und wollte um keinen Preis der Welt, dass sie für ihn ihren Platz räumte. Doch die Zauberin zeigte sich unbeirrbar, und so musste er sich schließlich fügen. Es war wohl sein Schicksal, Mitglied des Rates zu werden, doch wollte er dazu zumindest seine Möglichkeiten voll zur Entfaltung bringen.

Deshalb verbrachte er seine Tage zwischen Bergen von Büchern in der königlichen Bibliothek und kehrte erst abends, müde und hungrig, nach Loos zurück. Häufig war er dermaßen erschöpft, dass er noch nicht einmal mehr bei Nihal vorbeischaute. Ihre gewohnten Unterhaltungen bei Sonnenuntergang wurden immer seltener, doch das hieß nicht, dass Sennar sie vergaß.

Eines Nachmittags zog Nihal wie so oft, um sich mit dem Schwert zu üben, hinaus in das kleine Wäldchen, in dem Phos und seine Gefährten vorübergehend untergekommen waren. Für die Kobolde standen die Dinge nicht zum Besten.

»Die Nymphen behandeln uns wie ihre Diener: Sie wirken so schön und leichtlebig, doch glaub mir, in Wirklichkeit sind sie unerträglich. ›Bring mir dies, bring mir das ...‹ Wir sind doch nicht hierher gekommen, um ihre Pagen zu spielen!«, beklagte sich Phos. Kurzum, es war klar, dass die Kobolde bald auf der Suche nach einer neuen Heimat weiterziehen würden.

An jenem Tag aber war niemand im Wald, nur Nihal, die konzentriert, in mächtigen Schwüngen, Schwertstreiche ins Leere verteilte. Lautlos wie immer trat Sennar an sie heran, aber das Mädchen hatte gelernt, seine Gegenwart zu spüren.

»Musst du heute nicht studieren?«

»Nein, heute nicht.«

Der Magier reichte ihr eine Pergamentrolle, die er unter dem Arm getragen hatte.

»Die habe ich für dich auftreiben können. Ich hatte schon eine ganze Weile danach gesucht ...«

Es handelte sich um eine zerknitterte, an den Rändern angesengte Seite. Darauf war eine große Zeichnung zu sehen, von einer Stadt mit hohen Gebäuden, die von einem weißen Turm überragt wurden. Zwischen den Häusern sprangen dem Betrachter die blauen Haare zahlreicher Halbelfen ins Auge, die mit den alltäglichsten Verrichtungen beschäftigt waren. Unter der Zeichnung stand mit kunstvoll gemalten Buchstaben: »Die Stadt Seferdi im Land der Tage.«

»Schön, nicht wahr? Das einzige Zeugnis deines Volkes, das ich in der Bibliothek finden konnte. Ich dachte, es würde dir sicher Freude machen ...«

Nihal antwortete nicht. Stumm starrte sie auf das von der Zeit zerschlissene Blatt und konnte den Blick nicht davon abwenden. Ihre Augen füllten sich mit Tränen.

Als Sennar es bemerkte, wäre er am liebsten im Erdboden versunken. »Was bin ich nur für ein Hornochse! Verzeih mir, ich habe nicht bedacht, dass es dir wehtun könnte …«

Doch Nihal drückte das Pergament fest an ihre Brust und lächelte ihn durch die Tränen hindurch an.

An jenem Nachmittag unterhielten sie sich über dies und das: über Soanas Entscheidung, über Sennars bevorstehende Aufnahme in den Rat, über dieses so grüne Land, das sie beherbergte. Sie redeten miteinander, als wenn wieder alles so wie früher wäre, in jener Zeit, als Nihal noch ein Kind und bereits von dem Wunsch besessen war, ein Krieger zu werden, und Sennar ein vielversprechender Zauberlehrling.

Sennar jedoch kannte seine Freundin besser. »Nun, was hast du auf dem Herzen?«

»Wieso? Was meinst du?«

»Aber Nihal, mir kannst du doch nichts vormachen: Worüber zerbrichst du dir den Kopf?«

»Über gar nichts.«

»Hör mal: Du hast alles darangesetzt, so rasch wie möglich wieder auf die Beine zu kommen, hast keine Gelegenheit versäumt, dich mit Fen zu duellieren, und bringst deine Nachmittage damit zu, mit dem Schwert Löcher in die Luft zu schlagen. Darf man vielleicht mal erfahren, was in deinem Kopf vorgeht?«

Wieder einmal staunte Nihal, wie gut Sennar sie kannte. »Ich will kämpfen.«

Sennar schüttelte den Kopf. »Das hätte ich mir ja denken können …«

»Nein, warte. Ich will mich nicht einfach ins Getümmel stürzen und darin sterben: Wenn ich schon sterben soll, dann erst, wenn ich Livon und mein Volk gerächt habe.«

»Und wie willst du das, bitteschön, anstellen?«

»Ich habe beschlossen, ein Drachenritter zu werden.«

»Das ist doch nicht dein Ernst, oder?«

»O doch!«

»Nihal, der Orden der Drachenritter im Land der Sonne ist die Elitetruppe der Aufgetauchten Welt.«

»Ich weiß. Eben deswegen will ich ja auch dort eintreten.«

»Ja, aber verstehst du denn nicht? Ein so bedeutender Ritterorden wird doch niemals eine Frau aufnehmen.«

Nihal wusste, dass Sennar Recht hatte: Es würde nicht leicht werden. Der Orden der Drachenritter blickte auf eine ruhmreiche Vergangenheit zurück und stand immer noch in höchstem Ansehen.

Selbst für einen willigen und fähigen Mann war es nicht einfach, dort Aufnahme zu finden. Wie viel mehr dann erst für ein junges Mädchen wie sie! Und auch wenn ihr die Aufnahme in die Akademie glückte, würde es äußerst schwierig werden, die Ausbildung auch abzuschließen: Im ganzen Land der Sonne gab es nur einige hundert Drachenritter, und nicht mehr als vier oder fünf Bewerber konnten jedes Jahr ihren Traum verwirklichen. Doch ihr Entschluss stand fest, und sie würde ihr Ziel, eines Tages auf dem Rücken ihres eigenen Drachen in den Kampf zu ziehen, niemals mehr aufgeben.

»Ich bin keine Frau, Sennar. Und ich bin auch kein kleines Mädchen mehr. Ich bin ein Krieger. Ich muss der Tatsache, dass ich als Einzige überlebt habe, einen Sinn geben. Und diesen Sinn finde ich nur auf dem Schlachtfeld. Das ist keine Laune von mir, sondern eine Verpflichtung: Ich muss kämpfen, für alle Unschuldigen, die schon gestorben sind, und alle, die noch sterben werden.«

Sennar betrachtete seine Freundin. Dieses Mädchen vor ihm war tatsächlich ein Krieger, und das Funkeln in ihren Augen war das Feuer, das in Menschen brennt, die genau wissen, was sie zu tun haben. Der Zauberer seufzte, ergriff dann ihre Hand und drückte sie.

Nihal war mit ihrer Entscheidung nicht mehr allein.

Zehn Tage nach ihrer Ankunft in Loos war Nihal vollkommen wiederhergestellt. Sie hatten dort unbeschwerte Tage verlebt, doch für Sennar, Soana und Nihal war der Zeitpunkt gekommen, weiterzuziehen. Ihr Ziel war das Land der Sonne, wo in jenem Jahr der Rat der Magier residierte.

Alle drei machten sich in eine ungewisse Zukunft auf.

Soana würde ihr Amt niederlegen und sich auf die Suche nach Rais machen, also zu einer Wanderung aufbrechen, deren Ziel sie nicht kannte und deren Erfolgsaussichten gering waren. Sennar schickte sich an, Ratsmitglied zu werden, und fragte sich, ob er mit seinen kaum achtzehn Jahren dieser Aufgabe wirklich gewachsen sein würde. Und Nihal dachte nur an Krieg: an jenen, den sie auf dem Schlachtfeld austragen würde, aber auch an den anderen, den sie innerlich mit ihrer Verzweiflung auszufechten hatte.

Eines Morgens bei Sonnenaufgang machten sie sich auf den Weg.

Einige Tage Urlaub nutzend, hatte Fen sich erboten, sie zu begleiten. Kein Mensch wusste, wie lange Soana auf ihrer Reise ins Ungewisse fort bleiben würde, und so wollte er so viel Zeit wie möglich mit ihr verbringen.

Nihal freute sich darüber, denn so hatte sie Gelegenheit, Fen ihren Entschluss selbst mitzuteilen.

Das Land des Wassers lag bereits hinter ihnen, als Nihal sich endlich dazu durchrang, das Thema anzuschneiden. Sie hatten sich zu einer Rast an einem Waldesrand niedergelassen, aßen etwas, und die Atmosphäre war entspannt.

Nihal nahm all ihren Mut zusammen: »Ich …, nun, ich habe euch etwas mitzuteilen. Ich habe lange darüber nachgedacht und …, kurz und gut, ich habe den Entschluss gefasst, ein Drachenritter zu werden. Und ich möchte Fen bitten, dass er mich, wenn wir unser Ziel erreicht haben, zur Akademie begleitet.«

Ihre Worte wirkten wie ein Blitz aus heiterem Himmel.

Nach einigen Augenblicken eiskalten Schweigens war es Fen, der Ritter, ihr Lehrer und Förderer, der als Erster das Wort ergriff. »Dir ist wohl überhaupt nicht klar, was du da sagst. Solange es nur darum ging, sich im Schwertkampf zu üben, meinetwegen, warum nicht? Aber in der Akademie wird Ernst gemacht. Da geht es um Krieg, einen echten Krieg …«

Nihal spürte den Boden unter ihren Füßen schwanken. Sie hatte sich vorgestellt, der Ritter würde ihre Entscheidung freudig begrüßen, würde sie unterstützen und bewundern. »Für mich waren unsere Übungsstunden nie ein Spiel …«

Ein Blick von Soana, und Fen änderte seinen Ton. »Das wollte ich auch nicht gesagt haben.« Seine Gesichtszüge waren sanfter geworden und hatten sich sogar zu seinem vertrauten Lächeln verzogen, doch Nihal erkannte darin auch etwas Nachsichtiges, wie gegenüber einem launischen Kind, und ärgerte sich darüber.

»Ich werde dich nicht noch einmal bitten, mir zu helfen. Und deine Zustimmung brauche ich auch nicht«, sagte sie, während sich ihre Augen mit Tränen füllten.

»Nihal, hör mal zu, sei doch vernünftig …«

Doch sie sprang auf. »Ich schaffe es auch allein. Ich brauche niemanden.«

Damit ergriff sie ihr Schwert und lief in den Wald hinein. Niemand sollte ihre Tränen sehen. Während sie davonrannte, inständig hoffend, dass ihr niemand nachlaufen würde, fragte sie sich, wie Fen sie bloß so behandeln konnte, ausgerechnet er. Das war ein echter Verrat, ein Versuch, ihre Träume zu zerstören.

Sie setzte sich unter einem Baum nieder und vergrub den Kopf zwischen den Knien. Dabei stellte sie sich vor, Fen würde plötzlich hinter ihr stehen und ihr sagen, dass er aus reiner Sorge so reagiert habe, weil er sie liebe und an ihrer Seite leben wolle. *Ach, wem will ich hier etwas vormachen?* Langsam rannen ihr die Tränen über die Wangen. *Fen liebt Soana, und ich bin bloß ein dummes Mädchen.*

Als Fen tatsächlich zu ihr trat, hatte sie schon all ihre Tränen vergossen.

»Ich wollte dich nicht zum Weinen bringen.«

Sie blickte starr vor sich ins Gras.

»Ich als dein Lehrer weiß doch am besten, wie groß dein

Talent ist. Nun ist aber diese Ausbildung unglaublich hart. Und du bist ein Mädchen. Das ist das Problem.«

»Ich weiß, dass ich ein Mädchen bin. Daran müssen mich nicht alle ständig erinnern«, erwiderte Nihal, ohne aufzublicken.

»Ich will damit sagen, dass du mit unendlichen Schwierigkeiten zu kämpfen hättest.«

»Das weiß ich auch.«

Fen seufzte. »Bist du dir denn wirklich sicher, dass du das willst?«

Nihal nickte entschlossen.

»Also gut. Dann werde ich dich Raven, dem obersten General, vorstellen und ihn bitten, dich aufzunehmen. Zufrieden?«

Der Ritter beugte sich vor, um ihr zwischen den Knien eingeklemmtes Gesicht zu sehen. »Komm schon, ich kann keine Frauen weinen sehen.«

Nihal hob ihr gerötetes Gesicht und blickte ihn an: Aus seinem Lächeln war jene Spur von Mitleid gewichen. »Danke«, sagte sie leise.

Er reichte ihr die Hand, um ihr aufzuhelfen, und Nihal konnte nicht widerstehen: Kaum hatte sie sich erhoben, warf sie sich ihm an den Hals und drückte ihn ganz fest an sich.

Die Reise dauerte nicht mehr lange: Sie hatten gute Pferde, und binnen fünf Tagen erreichten sie das Land der Sonne. Der Name hatte bei Nihal die Vorstellung eines prachtvollen, an Herrlichkeiten reichen Landes geweckt. Dies bewahrheitete sich. Allerdings stellte sie bald fest, dass es in dem überaus dicht besiedelten Gebiet auch sehr chaotisch zuging. Es wimmelte von übervölkerten Städten, in denen sich in einem unentwirrbaren Labyrinth die Häuser übereinander türmten. Dazwischen gab es aber auch üppige Wälder, und Nihal dachte sofort, dass dies vielleicht ein guter Platz für Phos und die Kobolde sein könnte.

Es war ein opulentes Land, das seinen Reichtum nicht verbarg: Die Bewohner trugen prunkvolle Gewänder, und die Häuser waren mit Arabesken und Ornamenten überladen.

Jede Stadt, ob groß oder klein, war um einen mächtigen Palast mit quadratischem Grundriss herum errichtet. Hier war der Sitz der Stadtregierung, in dem die Delegierten zusammenkamen und der Gouverneur residierte. Vor diesem Palast erstreckte sich ein weiter Platz, der täglich einen Markt beherbergte, der von Waren überquoll. Dies war praktisch der einzige offene Raum, den man in den Städten im Land der Sonne finden konnte. Der Rest war ein Gewirr von Gassen, die sich ohne erkennbare Ordnung in alle Richtungen zogen, unterbrochen von gewundenen Sträßchen, die kaum breiter waren, und kleinen Höfen, die sich überraschend im Häuserlabyrinth öffneten. Überall sah man vergoldeten Stuck, Statuen, übervolle, sprudelnde Brunnen und traf auf ein hektisches Gewimmel von Menschen.

Nihal störte sich an dieser ganzen Pracht und Fülle, die sie in diesen Kriegszeiten vollkommen unpassend fand. Armut lugte nur aus den düstersten Gässchen hervor, dort, wo in elenden Baracken die Flüchtlinge hausten, die der Tyrann aus den von ihm unterworfenen Ländern vertrieben hatte. Bei ihrem Anblick dachte Nihal unwillkürlich an ihr Volk: Wahrscheinlich hatten auch die Halbelfen ein solches Leben führen müssen, bevor sie endgültig ausgerottet wurden, hatten um Almosen gebettelt bei Leuten, die ihren Reichtum ungeachtet aller Tragödien, die sich unter ihnen abspielten, hemmungslos zur Schau stellten.

Sie durchquerten eine Myriade solcher Städte, oder jedenfalls hatte Nihal den Eindruck, ihre Zahl sei unendlich, bis sie endlich nach Makrat gelangten, in die Hauptstadt, wo sowohl der Rat der Magier als auch die Akademie des Drachenordens ihren Sitz hatten.

Wie nicht anders zu erwarten, verfestigte sich hier noch der Eindruck, den Nihal bereits von diesem Land gewonnen hatte: Sie sah noble Paläste in einem Gewirr von Straßen und Gassen, Menschen, die vorüberhasteten, Flüchtlinge, die die Umhereilenden auf Schritt und Tritt belästigten. Das Ganze wirkte chaotisch und beengend.

Irgendwann deutete Fen auf ein Gebäude, das verglichen mit den anderen Bauwerken im Land der Sonne überraschend schmucklos wirkte: die Akademie. Nihal prägte es sich gut ein. Gleich am nächsten Tag würde sie bei Raven vorsprechen.

Sie kamen in einer Herberge unter, die nur über wenige Zimmer verfügte, und einen Augenblick lang hoffte Nihal, die Nacht in einem Raum mit Fen verbringen zu können.

Natürlich teilte sie dann aber das Zimmer mit Sennar. Da es nur ein Bett hatte, richtete sich der Zauberer sein Lager auf dem Fußboden.

Keinem der beiden gelang es, in den Schlaf zu finden.

Es war Sennar, der irgendwann das Schweigen brach. »Schläfst du?«

»Nein.«

»Ich kann auch nicht schlafen. Ich mache mir Gedanken, ob ab morgen alles anders sein wird. Ob sich unsere Wege von nun an trennen.«

Nihal lächelte. »Ich habe keineswegs die Absicht, meinen Lieblingsfeind zu verlieren. Aber du als Ratsmitglied wirst vielleicht zu beschäftigt sein, um mich mal mit deinem Besuch zu beehren.«

»Ach, zwischen dem einen oder anderen Zauberkunststück wird sich vielleicht noch ein wenig Zeit erübrigen lassen ...«

Und schon flog Nihals Kopfkissen in seine Richtung.

Bereits zu früher Stunde waren Nihal und Fen in den noch menschenleeren Gassen Makrats unterwegs zur Akademie.

Der Ritter schien nicht in seiner gewohnten Stimmung. Er wirkte angespannt, und Nihal spürte, dass sie, wäre es nach ihm gegangen, diese absurde Geschichte am besten ganz vergessen hätten. Hin und wieder blickte er sie aus den Augenwinkeln heraus an, doch sie schritt entschlossen weiter aus, vollkommen konzentriert auf das, was vor ihnen lag.

Sie trug ihren langen schwarzen Umhang, unter dem nur das Schwert hervorschaute, mit der Kapuze, die von ihrem Gesicht nicht viel erkennen ließ. Nicht weniger düster war die Kleidung, die sich unter dem Umhang verbarg: Leibchen und Beinkleider, beide aus Leder, und ebenfalls ganz in strengem Schwarz. Wie ein Rachengel fühlte sie sich, und sie hatte sich geschworen, diese Art Trauerkleidung erst wieder abzulegen, wenn die Schreckensherrschaft des Tyrannen überwunden wäre.

Über einen weiten Vorplatz erreichten sie das auf quadratischem Grundriss errichtete Akademie-Gebäude mit seinem hohen zweiflügeligen Portal, vor dem zwei junge, mit Hellebarden bewaffnete Soldaten Wache standen.

»Wir kommen zu einer Unterredung mit dem General des Ordens, dem hochverehrten Raven«, erklärte Fen.

Nihal hatte das Gefühl, dass das Abenteuer nun tatsächlich begann: Was würde sie alles einsetzen müssen, um das zu erreichen, was sie sich so fest vorgenommen hatte?

Eine der beiden Wachen verschwand, um sie anzumelden, und kehrte kurz darauf schon wieder zurück: »Der General ist bereit, euch zu empfangen. Ihr könnt im Audienzsaal auf ihn warten.«

Nihal fühlte sich befangen: An die kleinen Räume in Salazar gewöhnt, kam sie sich in diesem immensen Audienzsaal winzig wie ein Insekt vor. Zwei Säulenreihen unterteilten ihn in drei Schiffe, und hätte sie versucht, eine dieser Säulen zu umarmen, hätte sie wahrscheinlich nicht einmal die Hälfte umfassen können. Das ganze Ambiente schien darauf ausgerichtet, den Besucher, der zur Audienz empfangen wurde, so einzuschüchtern, dass er sich wie ein Nichts fühlte.

Fast eine Stunde warteten sie, und irgendwann begann Nihal, nervös zu werden: »Was ist dieser General eigentlich für ein Mensch?«

»Jähzornig, dünkelhaft, engstirnig«, antwortete Fen knapp.

»Nicht schlecht für den Anfang …«, versuchte Nihal zu scherzen. Aber weiter zu fragen hatte sie keine Gelegenheit mehr, denn endlich betrat der so lange erwartete Raven den Raum.

Er trug eine goldene Rüstung, die mit Edelsteinen übersät war. *Wie kann man bloß in einer solchen Rüstung kämpfen?*, fragte sich Nihal. Aber als wenn das noch nicht gereicht hätte, trug er auf dem Arm ein Hündchen mit langem Fell, das er in einem fort liebkoste und streichelte.

Der oberste General nahm auf einem Sessel im hinteren Teil des Saales Platz. »Mein lieber Fen«, begann er mit affektierter Stimme, »welch eine Ehre, dass mir ein Held wie du seine Aufwartung macht. Wie man mir berichtet, stabilisiert sich nun allmählich die Lage an der Front zum Land des Windes. Das ist erfreulich. Die Kunde von der Eroberung des Landes hat uns in große Sorge gestürzt. Zum Glück kann unser Orden auf solch tapfere Ritter wie dich zählen.«

Fen bedankte sich mit einer flüchtigen Verbeugung. Es schien ihm ratsam, sogleich zur Sache zu kommen. »Zu gütig, General. Doch Ihr überschätzt mich. Ich habe mir erlaubt, Euch zu stören, weil ein junger Schüler von mir mit der Bitte an mich herangetreten ist, in den Orden aufgenommen zu werden. Ich halte ihn für ein vielversprechendes Talent. Daher besaß ich die Kühnheit ...«

Raven sonnte sich offensichtlich in dieser Unterwürfigkeit. »Daran tatest du gut, mein lieber Fen. Denn wie du sehr genau weißt, kann ohne meine Zustimmung niemand darauf hoffen, zur Ausbildung in der Akademie zugelassen zu werden. Doch wenn dein junger Freund so begabt ist, wie du sagst ... Ich nehme an, der Bewerber ist jener maskierte Jüngling in deiner Begleitung ...«

Das war der Moment, die Karten offen zu legen. Nihal atmete tief durch, zog dann die Kapuze zurück und öffnete den Umhang.

In wenigen Augenblicken durchliefen die Miene des obersten Generals verschiedenste Regungen: Zunächst Erstaunen, plötzlich ein hageres Mädchen mit blauen Haaren und spitzen Ohren vor sich zu haben, dann Zweifel, ob das, was er da sah, nicht vielleicht eine Sinnestäuschung war, und schließlich nur noch unbändiger Zorn. »Das soll wohl ein Scherz sein«, zischte er an Fen gewandt, während seine Hände wie im Krampf das Hündchen pressten, das vor Schreck laut aufjaulte.

Der Ritter gab sich Mühe, gleichzeitig respektvoll und entschlossen aufzutreten. »Nein, das ist kein Scherz, General. Dieses Mädchen zählt du den gewandtesten Schwertkämpfern, die mir je begegnet sind.«

Wütend stand Raven auf. »Also, Fen, von dir hätte ich solch ein Dummheit wirklich nicht erwartet! Mir ein kleines Mädchen hier anzuschleppen und als Krieger anzupreisen. Ist dir denn die Ehre des Ordens gar nichts wert?«

Fen war versucht, um Verzeihung zu bitten, Nihal unterzufassen und eiligst zu verschwinden. Diese ganze Situation kam ihm in höchstem Maße albern vor, doch gleichzeitig lag ihm etwas an dem Mädchen, und von ihrem Können war er ja durchaus überzeugt.

Während er noch überlegte, hörte er plötzlich Nihal sprechen:

»Wendet Euch doch besser an mich, General.«

»Wer hat dir denn erlaubt, den Mund aufzumachen?«

»Ich bin der Bewerber. Ich bin es, deren Anliegen hier verhandelt wird. Daher wendet Euch besser an mich.«

Ravens Gesicht lief blutrot an. »Bring mir diese Intrigantin zum Schweigen. Ich ertrage ihre Unverschämtheiten nicht länger«, schrie er an den Ritter gewandt.

»Ihr könnt Fen Glauben schenken, wenn er sagt, dass ich eine gute Schwertkämpferin bin. Warum stellt ihr mich nicht auf die Probe?«

»Nein, mein Kind, hier bilden wir echte Krieger aus, jene Männer, die einmal die freien Länder verteidigen sollen. Einen Ort für deine Spielereien musst du dir woanders suchen. Hier ist dafür kein Platz.«

Nihal ließ sich nicht einschüchtern. Ihr Ziel war einfach zu wichtig, als dass sie es solch einem aufgeblasenen General hätte erlauben können, sich ihr in den Weg zu stellen. Sie blickte ihm in die Augen und erwiderte mit sicherer Stimme: »Ich bin kein Kind, sondern ein Krieger, und verlange, auf die Probe gestellt zu werden. Oder ist das hier üblich, dass man Bewerbern die Gelegenheit verweigert, zu zeigen, was sie können?«

Raven wandte sich ab und machte Anstalten, den Raum zu verlassen.

Nihal erhob ihre Stimme. »Ich bin eine Halbelfe. Die letzte Überlebende dieses Volkes. Und ich bin hier, um zu kämpfen und meinen Stamm zu rächen. Diese Chance könnt Ihr mir nicht verwehren.«

Raven drehte sich noch einmal zu ihr um und funkelte sie böse an. »Es interessiert mich nicht, wer du bist und woher du kommst. Unter den Rittern des Drachenordens gibt es keine Frauen. Ende der Unterredung.«

Der General hatte die Tür noch nicht erreicht, als Nihals letzte Worte durch den Saal hallten. »Ich werde diesen Raum nicht eher verlassen, als bis Ihr Euch ein Bild von meinem Können gemacht habt. Das schwöre ich!«

12

Zehn Krieger

Nihal rührte sich nicht von der Stelle. Da konnte sich Fen noch so mühen, sie zur Vernunft zu bringen, sie dazu zu bewegen, mit ihm den Saal zu verlassen.

»Ich habe eine Entscheidung getroffen«, erklärte sie nur.

Dann setzte sie sich mit gekreuzten Beinen auf den Fußboden, legte das Schwert vor sich hin und wartete.

Anfangs ließ man sie noch gewähren: Offensichtlich nahm Raven sie gar nicht ernst. Nach zehn Stunden aber tauchten zwei Wachen bei ihr auf und versuchten, sie hinauszuschleifen. Doch Nihal ließ sich keinen Fingerbreit fortbewegen: ein kurzes Scharmützel, und die beiden mussten unverrichteter Dinge wieder abziehen. In der Folgezeit trat immer mal wieder jemand zu ihr und wagte einen erneuten Versuch, doch das Ende der Geschichte blieb sich immer gleich: Ein paar Schwertstreiche, und die Wache war entwaffnet.

Nach dem vierten Versuch wurde es Nihal zu bunt: An einer Seite des Saales stand eine mächtige Kriegerstatue, und mit einem Satz schwang sie sich nun auf deren Fuß und kletterte behände bis zu dem großen Kopf hinauf. Dort oben konnte sie niemand mehr stören.

Kurz vor Mitternacht tauchte Raven auf. »Nun, Mädchen, immer noch nicht müde? Gut, wir werden sehen, was geschieht, wenn du Hunger bekommst.«

»Nein, Ihr werdet sehen! Und zwar zu was ich fähig bin, wenn ich einmal einen Entschluss gefasst habe!«

Tatsächlich aber war die Sache mit der Verpflegung ein echtes Problem, denn schon seit einer Weile knurrte ihr der Magen. Um den Hunger zu vergessen, lehnte sich Nihal gegen die Wand, zog die Beine an, umschlang sie mit den Armen und döste ein.

Ein seltsames Geräusch weckte sie. Rhythmisch, stetig.

Misstrauisch blickte sie sich um in dem düsteren Saal. Und dann sah sie ihn, einen jungen Falken, aus dem Nichts aufgetaucht, der zwischen den Säulenreihen der Längsschiffe entlangschwebte.

Nihal rieb sich die Augen, doch der Falke verschwand nicht. Ganz im Gegenteil flog er jetzt auf sie zu, und als er über ihr war, ließ er ein Bündel in ihren Schoß fallen, um gleich darauf so plötzlich zu verschwinden, wie er gekommen war.

Das Mädchen knüpfte das Tuch auf und fand darin: Brot, Käse, Obst, eine kleine Flasche Wasser. Und ein beschriebenes Blatt, darauf stand:

Sei gegrüßt, du große Kriegerin!

Als ich von deiner kleinen Auseinandersetzung mit dem obersten General erfuhr, habe ich mich fast totgelacht. Wenn ich mir sein verdutztes Gesicht vorstelle … Auf alle Fälle sollst du wissen, dass ich auf deiner Seite stehe: Halte durch und erobere dir deinen Platz!

Dein angebeteter Fen war zwar mächtig verdattert, aber auch sehr beeindruckt von deinem Auftritt. Ich schreibe dir das, weil ich weiß, dass du immer noch mächtig in ihn verknallt bist und dich darüber freuen wirst. Soana hat gar nichts dazu gesagt, aber es war zu merken, wie wenig sie der Sache abgewinnen konnte. Was willst du machen, nur ich alleine verstehe dich eben …

Da man dich wahrscheinlich aushungern will, schicke ich dir ein paar Kleinigkeiten, um die Belagerung durchzuhalten.

Guten Appetit und gute Nacht wünscht dir dein Zauberer.

Anstelle einer Unterschrift fand sich unter der Nachricht die nette kleine Zeichnung eines Zauberers. Nihal musste lächeln und war ihrem Freund sehr dankbar. Und noch dankbarer wäre sie ihm gewesen, hätte sie gewusst, dass sich Sennar zu diesem Zeitpunkt eigentlich um andere, für ihn wichtigere Dinge zu kümmern hatte.

Am selben Tag, da Nihal bei Raven war, hatte Soana dem Rat der Magier ihre Pläne unterbreitet. Zu ihrer Überraschung hatte die Mehrheit der Mitglieder versucht, sie von ihren Rücktrittsgedanken abzubringen. Doch Soana war unerschütterlich geblieben: Immer wieder betonte sie, dass sie sich nicht mehr in der Lage fühle, ihre Aufgaben wahrzunehmen, und dass sie die Suche nach Rais zum jetzigen Zeitpunkt für sehr viel wichtiger halte. Und als ihren Nachfolger schlug sie dann ihren besten Schüler vor. Die Versammlung reagierte mit fassungslosem Gemurmel, und Dagon, das älteste Mitglied, bat sofort, mit ihr unter vier Augen sprechen zu können.

»Sennar ist zu jung, Soana«, sagte er. »Zweifellos sind seine magischen Fähigkeiten beachtlich, das möchte ich gar nicht bestreiten, doch er ist noch nicht so weit. Er muss noch reifen. Ihm bleibt ja alle Zeit der Welt, um ein großer Magier zu werden und dem Rat dann nach besten Kräften zu dienen. Du weißt doch sehr gut, dass sich die überstürzte Aufnahme eines neuen Mitglieds als fatal erweisen kann.«

Doch Soana ließ nicht locker. »Er selbst mag ja noch Zeit haben. Die Aufgetauchte Welt aber nicht mehr. In der jetzigen Situation sind wir gezwungen, alle uns zur Verfügung stehenden Kräfte in die Waagschale zu werfen, und du wirst sehen, Sennar ist ein Trumpf für uns. Der andere Trumpf ist die junge Halbelfe: Daher bitte ich dich, Sennar in euren Kreis aufzunehmen und mich auf die Suche nach Rais gehen zu lassen. Nur sie allein wird das Rätsel, das Nihals Leben umgibt, lösen können.«

Dagon dachte über die Worte der Zauberin lange nach. »Nun gut«, sagte er dann, »ich werde deinen Schüler von allen Ratsmitgliedern, mich eingeschlossen, prüfen lassen. Und nur wenn ihn alle einstimmig für geeignet halten, soll er uns willkommen sein. Was dich betrifft, so bleibt mir nichts anderes übrig, als, wenn auch schweren Herzens, deiner Bitte zu entsprechen: Betrachte dich hiermit als von allen Pflichten entbunden.«

Noch am selben Nachmittag begannen für Sennar die Prüfungsgespräche. Erst zwei der Ratsmitglieder hatten ihn examiniert, und dennoch war er am Abend völlig erschöpft. Sie hatten ihn zu seiner Herkunft befragt, zu seinen Erwartungen und Zielsetzungen. Vor allem aber waren seine in monatelangen einsamen Studien erworbenen Kenntnisse durchleuchtet worden. Mit Zaubern aller Art hatte er seine magische Begabung unter Beweis zu stellen. So war er also todmüde nach Hause gekommen, doch auch in dieser Verfassung dachte er an seine Freundin und hatte ihr mit letzten Kräften, bevor er erschöpft auf sein Lager sank, diesen Brief geschrieben und mit einem Zauber den jungen Falken zu ihr ausgesandt.

Auch die nächsten drei Tage waren für die beiden sehr hart.

Sennar wurde weiter pausenlos befragt und geprüft, während Nihal auf dem Kopf der Statue hockte und sich dabei hin und wieder sogar gegen Pfeile wehren musste, die die Wachen auf sie abschossen. Mittlerweile tat ihr jeder einzelne Knochen im Leibe weh, aber sie hielt durch: Sie war entschlossen, ihr Ziel zu erreichen, und der Preis, den sie dafür zu bezahlen hatte, interessierte sie nicht.

In Makrat hatte sich die Neuigkeit schnell herumgesprochen: Ein junges Mädchen mit blauen Haaren und seltsam spitzen Ohren habe sich aus Protest gegen Raven hoch oben auf einer Statue niedergelassen, und niemandem gelinge es, sie von dort herunterzuholen. Und ebenso rasch hatte sich auf dem Platz vor der Akademie eine Schar Neugieriger eingefunden, die dieses bizarre Schauspiel mit eigenen Augen miterleben wollten.

Am vierten Tage schien Bewegung in die festgefahrene Situation zu kommen. Gegen Mittag bahnte sich Raven persönlich, in vollem Pomp und sein unvermeidliches Hündchen im Arm, einen Weg durch die Menge und hielt Einzug in den Saal.

»In Anerkennung deiner Beharrlichkeit habe ich beschlossen, dir deinen Willen zu erfüllen. Morgen früh sollst du in der Kampfbahn der Akademie auf die Probe gestellt werden. Und nun komm herunter. Das ist ein Befehl.«

Nihal verzog keine Miene: »Wie lauten die Bedingungen?«

»Du musst zehn unserer besten Schüler im Zweikampf besiegen. Alle zehn. Keinen weniger.«

Ein Raunen ging durch die Menge: Das war ein unmögliches Unterfangen.

Doch die Halbelfe reagierte anders als erwartet: Behände kletterte sie von der Statue hinunter, baute sich vor Raven auf und blickte ihm fest in die Augen. »Einverstanden. Doch schwört mir zuvor im Angesicht all dieser Leute, dass ich, sollte ich sie wirklich alle besiegen, als Schüler aufgenommen werde.«

Raven lachte höhnisch. »Darauf gebe ich dir mein Wort.«

Den Nachmittag verbrachte Nihal allein in der Kammer ihrer Herberge. Sie lag auf dem Bett, das Schwert neben sich, und starrte an die Decke. Es war ihr nicht danach, sich vielleicht Makrat anzusehen, gern aber hätte sie sich ein wenig mit Sennar unterhalten. Doch der Magier steckte immer noch in seinen Prüfungen.

Lange dachte sie an den nächsten Tag. Auch Fen würde bei den Zweikämpfen anwesend sein und danach endlich aufhören, in ihr ein kleines Mädchen zu sehen.

Dann holte sie wieder einmal die Pergamentrolle mit der Zeichnung hervor und betrachtete sie so eingehend, bis sie das Gefühl hatte, Teil der dargestellten Szene zu sein. Wie sehr wünschte sie sich, einen anderen Halbelf zu treffen, um gemeinsam das von ihrem Volk hinterlassene Erbe zu tragen. Wie gern hätte sie gewusst, wie ihre Vorfahren gelebt hatten, ob sie so liebten und litten wie sie selbst.

Noch nie im Leben hatte sie sich so einsam gefühlt. Es war entsetzlich zu wissen, dass von ihrem Volk nicht mehr erhalten war als dieses zerschlissene Pergament, sowie sie selbst, ein ganz auf sich allein gestelltes Mädchen in einem fremden Land.

Ihre Träume riefen sie zur Rache auf, zum Krieg, vor allem aber zum Hass. Und Nihal hasste: Sie hasste den Tyrannen, der ihren Stamm ausgelöscht hatte, sie hasste die Fammin, und sie hasste sich selbst, weil sie überlebt hatte.

Sennar und Soana kehrten gegen Abend zurück. Von ihnen erfuhr sie, dass Fen schon lange abgereist war: Sein Urlaub war zu Ende gewesen, und er hatte an die Front zurückkehren müssen. Sie fühlte sich niedergeschlagen.

Sennar sah mitgenommen aus, aber er tröstete sich mit dem Gedanken, dass er anderntags, nach der Befragung durch Dagon, diese Tortur überstanden haben würde.

»Kämpfen ist gewiss sehr hart. Aber auch das Leben eines Zauberers hat seine Tücken«, meinte er scherzend, merkte aber sogleich, dass seine Freundin nicht in der Stimmung war, darauf einzugehen.

Sennar ahnte, was in Nihals Herzen vor sich ging, und sorgte sich um sie, spürte aber gleichzeitig auch, dass er ihr nicht helfen konnte: Sie hatte sich vor einem Abgrund zu retten, und diese Aufgabe konnte ihr niemand abnehmen. Bevor er ging, nahm er sie noch einmal in den Arm.

»Hals und Beinbruch für morgen.«

»Danke. Und Dank auch für alles, was du für mich getan hast«, antwortete Nihal lächelnd. »Und dir auch viel, viel Glück.«

Sie war ihm tatsächlich unendlich dankbar: weil er sie verstand, weil er ihr half, weil er für sie da war. Er war ihr Freund und zählte zu dem wenigen, was ihr überhaupt geblieben war.

In jener Nacht schlief Nihal ruhig und traumlos. Zu früher Stunde erwachte sie, fühlte sich erholt und voller Selbstvertrauen. Sie warf sich ihren Umhang über, ergriff ihr Schwert und machte sich allein auf den Weg zur Akademie.

Dort angekommen, wunderte sie sich, dass so viele Leute Einlass begehrten. Zunächst ließen die Wachen nur sie selbst vorbei, doch eine Stunde später drängte sich eine derartige Menschenmenge vor dem Portal, dass Raven Befehl gab, die Tore zu öffnen.

Der General persönlich hatte die zehn Schüler ausgesucht, die zum Zweikampf gegen sie antreten sollten. Sie alle hatten ihre Ausbildung bereits weitgehend abgeschlossen und würden in Kürze mit allen Rechten und Pflichten in den Ritterstand aufgenommen werden: Er zweifelte nicht daran, dass sie mit diesem dreisten Geschöpf kurzen Prozess machen würden.

Nihal betrat die Kampfbahn, einen weiten runden Platz mit festgestampftem Boden. An einer Seite war ein Gestell mit allen nur möglichen Waffen aufgebaut, während sich jetzt um sie herum allmählich die Zuschauer versammelten. In der ersten Reihe saßen die Ritter in ihren blitzenden Rüstungen, umgeben von einer Schar junger Burschen, die alle mit einer Art Kutte aus braunem Stoff bekleidet waren. Dahinter das gewöhnliche Volk, das die Neugier, aber auch Bewunderung für dieses Mädchen, von dem man so außergewöhnliche Dinge hörte, angelockt hatte. Dann sah Nihal ihre Gegner in die Arena einlaufen. Sie waren auffallend groß und kräftig und auch älter als die Jungen in den braunen Kutten: Raven hatte sie danach ausgesucht, dass sie ihr körperlich alle weit überlegen waren.

Der General ließ auf sich warten. Als er endlich das kleine, zu diesem Anlass errichtete Podest betrat, nahm er mit einem nachsichtigen Lächeln den Beifall der Menge entgegen. Er genoss bereits seinen Sieg. Sich an Nihal wendend, die in die Mitte der Arena getreten war, sprach er:

»Wie versprochen, gebe ich dir hiermit Gelegenheit, uns zu zeigen, was du kannst, damit niemand behaupten kann, ich hätte jemandem ohne Grund die Aufnahme in die Akademie verweigert. Hoffentlich bist du dir bewusst, wie weit ich dir damit entgegenkomme.«

Nihal beschränkte sich darauf, sich mit einem spöttischen Lächeln im Gesicht vor ihm zu verbeugen.

»Die Regeln sehen folgendermaßen aus: Jeder kämpft mit den eigenen Waffen. Die einzelnen Duelle werden nacheinander ohne Pause ausgetragen. Um zu bestehen, musst du alle zehn Gegner besiegen. Gewonnen hat, wer den anderen entweder zu Fall bringt oder entwaffnet oder verwundet. Es ist dir nicht gestattet, deine Gegner zu töten.«

Offensichtlich legte es Raven darauf an, ihr Angst einzujagen. Ohne Pause gegen zehn starke Krieger anzutreten, und das ohne Rüstung und nur mit einem Schwert bewaffnet, schien tatsächlich eine unlösbare Aufgabe zu sein.

Nihal legte ihren Umhang ab und antwortete mit fester Stimme. »Ich, Nihal aus der Turmstadt Salazar, die letzte Halbelfe auf dieser Welt, nehme Eure Bedingungen an, General.«

Das Publikum verstummte.

Der erste Gegner war gleich ein Hüne, der jetzt mit entschlossener Miene die Arena betrat. Er war mit einem Schwert bewaffnet, und ein großer Teil seines Körpers war mit einer leichten Rüstung geschützt.

Raven hob den Arm, ließ ihn wieder sinken, und der Kampf begann.

Sofort riss der Hüne sein Schwert in die Höhe, um Nihal einen Streich von oben zu versetzen und ihre Waffe zu zerschmettern, doch der Versuch ging ins Leere. Mit einem Sprung zur Seite wich sie aus und ging dann sofort zum Angriff über. Doch ihr Gegner ließ sich nicht überraschen und versuchte es gleich mit dem nächsten Hieb in die Seite. Nihal reichte es, sich abzuducken. Und als der Jüngling dann einen Moment verharrte, um zum nächsten Schlag auszuholen, war Nihal sofort bei ihm und traf ihn mit einer blitzschnellen Bewegung ein Stück unter dem Arm. Der Harnisch, der seine Brust geschützt hatte, glitt sanft zu Boden. Der Streich hatte die Lederriemen durchtrennt. Und bevor er sich von seiner Überraschung erholt hatte, flog ihm beim nächsten Hieb das Schwert aus der Hand. Verwundert stand er da und betrachte ungläubig den roten Streifen seitlich auf seiner Brust.

Nihal ergriff sein Schwert und rammte es in den Boden. »Das war der Erste!«

Ein bewunderndes Raunen ging durchs Publikum. Der Kampf hatte kaum eine Minute gedauert.

Raven jedoch verbarg seine Verblüffung. Er hatte nicht geglaubt, dass das Mädchen wirklich so geschickt sein würde, redete sich aber ein, dass ihr Sieg nur einem Glückstreffer zu verdanken war.

Auch ihr zweiter Gegner war mit Schwert und Rüstung ausgestattet. Angesicht des unrühmlichen Endes seines Vorgängers gedachte er, nicht seine Kraft, sondern seine Schnelligkeit und Technik auszuspielen. Und so begann er den Kampf, als befolge er buchstabengetreu alle Anweisungen eines Lehrbuchs. Zunächst schien sein Plan aufzugehen. Offensichtlich war Nihal derart damit beschäftigt, Schlag auf Schlag zu parieren, dass sie gar nicht dazu kam, selbst zur Attacke überzugehen. In Wahrheit aber studierte sie die Taktik ihres Widersachers. Und nach einigen Minuten konnte sie seine Züge vorhersehen. Sie ließ es zu, dass er sie eine Weile unter Druck setzte, so dass er sich klar im Vorteil wähnte. Als er aber, im Gefühl des sicheren Sieges, zu einem letzten Hieb von oben ansetzte, sprang die Halbelfe nur zur Seite. Das Schwert fuhr nieder, und im nächsten Augenblick hatte sie schon ihren Fuß darauf gestellt, blockierte es und richtete gleichzeitig ihre Schwertspitze auf den Hals des Jünglings. Dann trat sie von unten gegen seine Waffe, das Schwert flog hoch, sie fing es mit der freien Hand auf und rammte es als zweite Trophäe in den Boden.

Aus dem Publikum erhob sich schüchterner Applaus.

Raven begann nervös zu werden. Das Mädchen hatte Klasse, daran gab es nichts zu deuteln. Zwei tüchtige Kämpfer hatte sie bereits besiegt, während er darauf gewettet hätte, dass sie gleich beim ersten den Kürzeren ziehen würde.

Dem dritten Gegner erging es nicht anders, und den drei folgenden ebenso wenig. Ohne größere Probleme gab sie allen das Nachsehen. Sechs Schwerter staken bereits nebeneinander im Boden der Arena. Und die Begeisterung der Zuschauer nahm ständig zu: Anfeuerungsgeschrei, Applaus, bewundernde Zurufe. Doch davon bekam Nihal gar nichts mit: Sie dachte nur an den Kampf, an ihren Körper, der geschmeidig allen Hieben und Attacken auswich.

Dass sie die Rechnung ohne ihre Erschöpfung gemacht hatte, spürte sie erst beim siebten Gegner. Dieser war fast ein Erwachsener, und seine Technik wies praktisch keinerlei Mängel auf. Gewiss, er war nicht der Schnellste, aber auch Nihals Bewegungen waren deutlich langsamer geworden. Und so zog sich der Kampf, mit wechselnden Attacken und Paraden, ohne offensichtlichen Vorteil für die eine oder andere Seite hin. Da plötzlich passierte es. Ein unglücklich aufgesetzter Fuß, Nihal stolperte, und während sie sich noch auffing, sah sie etwas aufblitzen, die Klinge eines Dolches, die auf ihren Unterleib vorstieß. Im letzten Augenblick konnte sie ausweichen, und der Dolch zeichnete einen langen Riss in ihr ledernes Oberteil. Und ihr Widersacher setzte nach und drang jetzt mit beiden Waffen, Schwert und Dolch, auf sie ein. Nihal merkte schnell, dass sie es so nicht mit ihm aufnehmen konnte. Daher bewegte sie sich zu der Stelle, wo sie die Schwerter aufgereiht hatte. Mit zwei Schwertern gleichzeitig hatte sie noch nie gefochten, doch mit der Linken hatte sie sich schon mehr als einmal geübt.

Und es gelang. Schweigend beobachtete das Publikum dieses Mädchen, das zu tanzen schien, wie hypnotisiert durch die wirbelnden Bewegungen der Schwerter. Auch Sennar, der unterdessen in der Arena eingetroffen war, hatte seine Freundin noch niemals derart kämpfen sehen. Schön und stark wie nie zuvor sah sie aus. Parade und Attacke, Parade und Attacke, alle Muskeln ihres Körpers bis aufs Äußerste angespannt. Er war hingerissen.

Nihals Gegner hatte zu sehr auf seinen Dolch vertraut, und nun, mehr und mehr in die Defensive gedrängt, wusste er nicht mehr, wie er sich helfen sollte. Er wich zurück, und plötzlich entglitt der Dolch seinen Händen. Sogleich warf Nihal das zweite Schwert zu Boden und setzte ihm solange weiter zu, bis sie ihn ganz entwaffnet hatte.

Im Jubel der Menge hob Nihal die beiden Schwerter auf und bohrte sie neben die anderen in den Erdboden.

Plötzlich tönte Ravens Stimme: »Hiermit erkläre ich die Prüfung für beendet. Du bist verwundet, Mädchen. Geh deiner Wege!«

Sofort wurden Pfiffe und Buhrufe laut.

Doch Nihal ließ sich nicht aus der Fassung bringen. Mit dem Schwert in der Hand trat sie auf Ravens Sessel zu und zeigte ihm den Riss in ihrem ledernen Leibchen. »Wie Ihr seht, General, wurde ich selbst nicht getroffen.«

Raven kochte. Dieses seltsame Geschöpf hatte es übernommen, seine besten Schüler lächerlich zu machen: Sie konnte nicht nur kämpfen, sondern war auch mit allen Wassern gewaschen und schien alle Tricks zu kennen.

Ihr achter Gegner trat mit einer Streitaxt bewaffnet auf sie zu.

Nihal blickte ihn herausfordernd an. »Der letzte, der mit einer Streitaxt auf mich los ging, war ein Fammin. Dem habe ich den Kopf abgeschlagen.«

Der Jüngling ließ sich nicht einschüchtern. »Dazu wird es nicht kommen. Ich mach dich vorher fertig!«

Der Kampf begann, und schon bei seinen ersten Hieben spürte man – er wollte sie töten. Seine Körperkraft war beachtlich, doch auch an Geschicklichkeit und Technik mangelte es ihm nicht. Nihal merkte sofort, dass sie nicht allzu viele Axthiebe würde parieren können, und so konzentrierte sie sich darauf, ihm nur auszuweichen. Doch ihr Widersacher zeigte Geduld: In alle Richtungen ließ er seine Waffe niederfahren und zwang sie, in einem fort hin und her zu springen. Solch ein Gefecht, das spürte sie, würde sie nicht lange durchstehen können. Nur um Haaresbreite zischte die Klinge links und rechts an ihrem Körper vorbei, und sie wusste, der kleinste Blutstropfen, der zu Boden rann, hätte all ihre Hoffnungen, in die Akademie aufgenommen zu werden, für immer zunichte gemacht. Da kam ihr eine Idee.

Noch aufmerksamer studierte sie nun die Bewegungen ihres Rivalen, und als der richtige Moment gekommen war, umklammerte sie ihr Schwert mit beiden Händen und aller Kraft, die ihr noch verblieben war, und ließ es auf den Griff der Axt niederfahren. Der Rückschlag auf ihre Handgelenke war heftig, doch sie biss die Zähne zusammen, umfasste ihre Waffe noch fester und duckte sich gleichzeitig nach unten weg. Denn schon flog die Streitaxt ihres Gegners rotierend über ihren Kopf hinweg und landete einige Meter hinter ihr im Staub. Ihr linkes Handgelenk schmerzte, doch das Publikum feierte sie und rief rhythmisch ihren Namen.

Da trat ihr schon der nächste groß gewachsene, kräftige, mit Schild und robustem Brustharnisch ausgestattete junge Kämpfer entgegen und stürzte sich auf sie, ohne ihr überhaupt Zeit zur Vorbereitung zu lassen. Unablässig bestürmte er sie, so dass Nihal kaum zum Luftholen kam.

Das Publikum war verstummt. Zu keinem Gegenangriff mehr fähig, wurde Nihal unerbittlich zurückgedrängt. Schon war sie nur noch wenig von dem Waffengestell entfernt. Da beschloss sie, alles auf eine Karte zu setzen: Sie wich noch einen Schritt zurück und blieb dann reglos vor dem Gestell stehen. Überzeugt, den Sieg schon in Händen zu haben, legte ihr Gegner alle Kraft in seinen letzten Schlag. Blitzschnell ging Nihal in die Knie und zielte sofort auf den Unterleib ihres Feindes, der dort für einen kurzen Augenblick von seinem Brustharnisch entblößt war.

Der Plan ging nicht ganz auf: Zwar fuhr das Schwert des Jünglings krachend in das Gestell, doch auch Nihals Schwertspitze bohrte sich nur in seinen noch rechtzeitig gesenkten Schild. Für einen Moment standen beide an einem toten Punkt.

Doch als ihr Gegner sich anschickte, seine Waffe aus dem Holz zu ziehen, traf Nihal ihn mit einem kräftigen Tritt. Der Jüngling stürzte zu Boden, während sich der Schild von Nihals Schwertspitze löste und seinen Händen entglitt. Unter dem begeisterten Applaus der Menge rammte sie auch das vorletzte Schwert in den Boden.

Nihal fühlte sich wie erschlagen: Alle Körperkräfte waren erschöpft, und auch im Kopf wurde sie immer langsamer. Nie hätte sie sich vorgestellt, dass Kämpfen sie derart an ihre Grenzen bringen könnte. Da wurde sie sich plötzlich des Geschreis aus der Menge bewusst: Im Eifer des Gefechts hatte sie gar nicht darauf geachtet, was um sie herum vor sich ging. Nun aber begriff sie, dass das, was ihr bis dahin wie ein konfuses Stimmengewirr vorgekommen war, rhythmische Anfeuerungsrufe für sie waren. Alle Zuschauer brüllten ihren Namen.

Sie war stark, unbesiegbar, nichts konnte sich ihrem Willen in den Weg stellen: Das rief ihr die Menge zu, und sie glaubte ihr. Sie reckte ihr Schwert in die Höhe, und das Publikum reagierte mit einem Begeisterungsschrei.

Während sie wieder in die Mitte der Kampfbahn trat, erblickte sie Sennar unter den Zuschauern. Auch jetzt war der Freund bei ihr, er würde sie nie verlassen, es würde alles gut werden. Sie lächelte ihm zu, und für einen Augenblick war ihr, als antworte er ihr.

Als ihr letzter Herausforderer mit entschlossener Miene auf sie zukam, spürte Nihal plötzlich einen Anflug von Furcht. Seine Gestalt war gewiss nicht imposanter als die der anderen, doch sein Blick hatte etwas Beängstigendes. Seine Augen waren so hell, dass die Iris fast nicht mehr zu erkennen war, und ihre Farbe ging ins Weiß des Augapfels über.

Nihals Handgelenk schmerzte, als sie wieder mit festem Griff ihr Schwert umfasste. Der andere blieb vor ihr stehen. Seltsam, er schien unbewaffnet. Doch da schnellte sein Arm vor, und eine lange schwarze Peitsche schlängelte sich über den Boden. Dass mit einer solchen Waffe gekämpft wurde, hatte Nihal noch nie erlebt. Und während sie sich noch zum Kampf bereit machte, zischte die Peitsche plötzlich schon in nächster Nähe an ihrem Gesicht vorbei, um dann wieder unschuldig zu Boden zu fallen. Nihal erbleichte.

»Ich kann dich zerfetzen, wann ich will, Kleine.«

Und wieder zischte der Riemen um Haaresbreite an ihr vorbei. Er kam zu schnell. Sie konnte ihn nicht kommen sehen. Er spielte um ihren Körper herum, machte sich einen Spaß daraus, sie zu streifen, ohne sie wirklich zu treffen.

»Merk dir meinen Namen: Thoren, aus dem Land des Feuers. Denn ich werde dich zerfetzen, in viele kleine Stückchen.«

Der Kreis, den der Peitschenriemen um ihren Körper beschrieb, zog sich immer mehr zu.

Nihal schloss die Augen.

Einen Augenblick lang herrschte vollkommene Dunkelheit, doch bald schon füllte sich diese Leere mit dem Zischen der Peitsche, und so waren es ihre Ohren, nicht mehr durch die Augen behindert, die ihr zu Hilfe kamen. Sie hörte die Schläge. Nahm wahr, aus welcher Richtung sie kamen. Begann, sie mit mechanischer Präzision zu parieren.

Der Bursche zielte auf ihre Beine und versuchte, sie aus dem Gleichgewicht zu bringen, doch sie parierte und sprang hoch, wich aus und drehte sich hierhin und dorthin und schaffte es auf diese Weise, jeden Treffer zu vermeiden. Doch der Quell der Bedrohung war zu weit entfernt. Nihal war in der Defensive festgenagelt und hatte keine Chance, selbst zum Angriff überzugehen.

Irgendwann merkte sie, dass der Riemen dichter vor ihrem Feind tanzte. Seine Reichweite schien nachzulassen. Nihal kam es wie ein Wunder vor. Immer näher wagte sie sich heran, bis sie schon seinen Geruch in der Nase hatte. Er roch nach Kampf, nach Krieg.

Ein Schlag reichte ihr, um den Peitschenriemen zu durchtrennen. Doch im nächsten Moment erstarb das triumphierende Lächeln auf ihren Lippen: Eine Eisenkette hatte sich um ihr Schwert gewickelt. Der Jüngling warf den Peitschenstiel zu Boden und bedachte sie mit einem kalten Grinsen.

»Dir fehlt es an Erfahrung, Kleine. Und deshalb wirst du sterben.«

Nihal fühlte sich verloren, doch den Triumph des Sieges wollte sie dem Feind nicht gönnen. »Du redest zuviel! Nur wer gewonnen hat, kann es sich erlauben, Zeit mit Geschwätz zu vergeuden.«

»Ich habe gewonnen.« Thoren zog ein Schwert aus einer Scheide an seinem Gürtel. »Muss ich dich holen, oder kommst du von alleine, um zu sterben?«

Nihal versuchte, ihr Schwert zu heben, doch die Eisenkette hatte es fest im Griff.

»Aha! Das Fischlein an der Angel sträubt sich noch …«

Thoren war stärker, als Nihal gedacht hätte. Sie legte alle Kraft in die Beine, um nicht weggezogen zu werden. Ihr Handgelenk schmerzte entsetzlich, während sie sich gegen ihn stemmte. Aber es war ausweglos.

Von seinem erhöhten Sessel aus genoss Raven jeden Moment des dramatischen Tauziehens, das Nihal dem Tod immer näher brachte.

»Verschont sie! Sie hat fair gekämpft! Nehmt sie in die Akademie auf!«, rief man aus dem Publikum.

Doch Thoren dürstete nach Blut. »Machen wir diesem lächerlichen Spiel ein Ende.«

Nihal sah sich bereits tot am Boden liegen. Ihre Augen füllten sich mit Tränen, und ein unbändiger Zorn stieg in ihr auf. Jetzt dort zu sterben, war völlig sinnlos. Ja, ihr ganzes Leben bis zu diesem Tag wäre sinnlos gewesen, und mit ihm das Leben eines ganzen Volkes.

Mit aller Gewalt riss Thoren an der Kette.

In diesem Moment holte Nihal zum Gegenschlag aus. Sie nutzte die Kraft dieses Rucks und warf sich mit dem Mute der Verzweiflung nach vorn. Einen Moment war Thoren verwirrt. Sofort war die Halbelfe über ihm, und ihr schwarzes Schwert durchbohrte seinen Arm.

Beide fielen der Länge nach zu Boden, und eine Blutlache breitete sich unter ihren Leibern aus. So schnell es ihre geschundenen Glieder erlaubten, rappelte sich Nihal auf. Sie musste stehen, sonst würde ihr Sieg nicht zählen.

Mit weichen Knien schleppte sie sich in die Mitte der Arena, hob ihr staubbedecktes Gesicht Raven entgegen und blickte ihn voller Stolz an.

Diesem Mädchen war nicht beizukommen, und seine Exzellenz, General Raven, war zur Kapitulation gezwungen. »Hiermit nehme ich dich in die Akademie auf.«

Die Spannung im Publikum löste sich in Jubelgeschrei.

»Doch freu dich nicht zu früh. Der wahre Kampf beginnt damit erst.«

Im nächsten Moment war Nihal von Menschen umringt. Hunderte von Händen wollten sie berühren, ihr anerkennend auf die Schultern klopfen. Doch sie konnte sich nicht mehr auf den Beinen halten. Völlig erschöpft sackte sie in sich zusammen.

Als Sennar sich einen Weg durch die Menge gebahnt hatte und endlich bei ihr war, drückte sie sich ganz fest an ihn, und ein Lächeln erhellte ihr müdes Gesicht.

13

Die Akademie der Drachenritter

Sennar trug Nihal auf seinen Armen zu ihrer Herberge und wachte ohne Unterlass an ihrem Lager: Die Erinnerung an die Tage, in denen sie in Lebensgefahr geschwebt hatte, war noch frisch, und er machte sich große Sorgen.

Doch Nihal schlief friedlich und träumte, mal von ihrem Leben als Drachenritter, mal von ihrem Fen.

Am nächsten Morgen wachte sie erst auf, als schon die Strahlen einer kräftigen Sonne ihr Gesicht auf dem Kopfkissen kitzelten. Sie streckte sich, setzte sich auf und fühlte sich, nach langer Zeit noch einmal, fast unbeschwert.

»Also ich kann dir sagen: Mit dir befreundet zu sein ist schon mächtig anstrengend. Mittlerweile setzt du ja praktisch tagtäglich dein Leben aufs Spiel!«

Nihal lächelte Sennar an, bevor sie ein schmerzhafter Stich im Unterleib in die Wirklichkeit zurückbrachte.

»Ich hab's doch geschafft, oder?«

»Ja.«

»Und ich bin wirklich aufgenommen?«

»Ja, sag ich doch.«

»Bin ich verwundet?«

»Nicht der Rede wert. Dein Handgelenk ist angebrochen, und um ein Haar hättest du dir den Bauch durchlöchern lassen. Kleinigkeiten. Und jetzt kusch dich wieder, du große Kriegerin. Ich muss dich noch mal behandeln.«

Nihal ließ es geschehen, dass Sennar ihr Gewand anhob und seine Hände auf ihren Unterleib und ihr Handgelenk legte.

Es war nicht das erste Mal, dass Sennar ihr mit heilenden Zaubern half, doch der Kontakt mit ihrer Haut war neu und ungewohnt für ihn.

»Sennar, was ist denn los? Du wirst ja rot?«

Der Magier versuchte abzulenken. »Ich habe mich ein wenig umgehört und erfahren, dass unser General mit gezinkten Karten gespielt hat. Dein letzter Gegner war kein Schüler, sondern ein Söldner, den Raven gekauft hatte. Aber nur zu deiner Information: Du hättest ihm fast den Arm abgeschlagen.«

Nihal blieb gleichgültig. Plötzlich sehnte sie sich nur noch danach, so bald wie möglich mit der Ausbildung zu beginnen: Jede anders verbrachte Minute schien ihr vertane Zeit.

»Wann soll ich denn in die Akademie kommen?«

»Wann du willst. Auch wenn ich nicht glaube, dass Raven besonderes Verlangen danach verspürt, dich zu sehen.«

Nihal schnaubte. »Das ist sein Problem.«

Sennar beendete seine Behandlung und blickte sie ernst an. »Nihal, ich muss dir noch etwas sagen ...«

»Was denn?«

»Nun, ich ... ich bin jetzt Mitglied im Rat der Magier.«

Nihal sprang vor Begeisterung fast aus dem Bett.

»Wunderbar, Sennar. Phantastisch! Wir sind ein echtes Siegerpaar! Noch nicht mal richtig erwachsen, haben wir uns doch schon unsere Träume erfüllt!«

»Warte, warte. So phantastisch ist es gar nicht.«

Sennar erzählte ihr, wie ihn nach unzähligen Prüfungen, den Gesprächen, den praktischen Beweisen seiner Zauberkünste und einer nicht enden wollenden Unterredung zwischen Soana und Dagon, dieser schließlich zu sich gerufen hatte. Der Ratsälteste empfing ihn in seinem Studierzimmer, einem großen runden Raum ganz aus Stein und vollgestopft mit Büchern jeder Art, und wies ihm den marmornen Sessel in der Mitte des Raumes zu.

Mit einem Male kam sich Sennar wie ein kleiner Junge vor, und er dachte sich, dass dies wahrscheinlich auch bezweckt war: Er sollte sich klein und kümmerlich fühlen. Doch er irrte sich.

»Nachdem wir uns so ausführlich ein Bild von deinen Fähigkeiten und Zielen gemacht haben«, begann Dagon, »haben wir nun zu einer Entscheidung gefunden.«

Sennar merkte, wie seine Hände zitterten.

»Sennar, wir erachten dich für würdig, dem Rat der Magier beizutreten. Du wirst Soanas Platz einnehmen.«

Sennar hatte schon den Mund geöffnet, um sich zu bedanken und zu erklären, was für eine große Ehre dies für ihn sei und dass er nach besten Kräften den Interessen der Aufgetauchten Welt dienen werde, und was der formellen Floskeln, die ihm zu dieser Gelegenheit in den Sinn kommen mochten, mehr waren, da brachte ihn Dagon mit einer Handbewegung zum Schweigen.

»Aber du musst wissen: Ein Mitglied dieses Rates ist mehr als ein Zauberer, auch mehr als ein sehr mächtiger Zauberer. Er ist ein Weiser, ein Politiker, ein Herrscher. Das heißt: Von deinen Entscheidungen hängt die Zukunft vieler Menschen ab. Was dir aber jetzt noch fehlt, ist praktische Erfahrung. Vor dir fand nur einer in solch jungen Jahren Aufnahme in den Rat. Der Tyrann. Daher habe ich auch so lange gezögert, dir dieses Amt zu übertragen. Um dich nun auf deine Aufgaben besser vorzubereiten, wirst du ein Jahr lang ein Mitglied des Rates begleiten, das dich in praktischen Dingen unterweist und dem Rat über deine Arbeit Bericht erstattet. In den ersten sechs Monaten werde ich dieser Lehrer für dich sein: Wir werden uns an die Front im Land des Windes begeben, wo du lernen kannst, welche Aufgaben auf ein Ratsmitglied im Kriege zukommen. Das zweite Halbjahr sollst du im Frieden hier im Land der Sonne verbringen, denn auch das Wirken eines Ratsmitglieds in ruhigerem Gewässer will gelernt sein. Hier ist dann Flogisto für dich zuständig und wird dich anleiten. Schließlich wirst du noch allmonatlich an den Ratsversammlungen teilnehmen. Das ist alles. Willkommen im Rat der Magier.«

»Dann wirst du also … fortgehen …?«, murmelte Nihal.

Sennar senkte den Blick. Wie gern hätte er ihr gesagt, dass auch ihm diese Trennung schwer fiel, dass er sich nichts sehnlicher wünschte, als mit ihr zusammen zu sein, für immer, und ihr dabei zu helfen, sich von den bösen Geistern, die sie quälten, zu befreien. Doch kein einziges dieser Worte kam ihm über die Lippen. »Es ist meine Pflicht.«

»Und Soana?«

»Sie hat eigens mit ihrer Abreise gewartet, um sich noch von dir zu verabschieden. Sie wird wohl heute Nachmittag aufbrechen.«

Er hatte kaum ausgesprochen, da sprang Nihal auf und ergriff ihr Schwert.

»He, was ist in dich gefahren …?«

»Ich muss noch üben.«

Kurz darauf war sie schon auf der Straße. Eigentlich wusste sie selbst nicht, wohin sie wollte, und im chaotischen Gewimmel dieser Stadt fühlte sie sich noch verlorener. So lief sie durch die Straßen, bis sie zu einem Aussichtspunkt gelangte, von dem der Blick auf einen Wald fiel. Über der Horizontlinie zeichneten sich klar die bedrohlichen Umrisse der Tyrannenfeste ab.

Sie setzte sich auf die Mauer über dem Abgrund. Immer wieder hämmerte sie sich ein, wie töricht dieses Gefühl der Verlassenheit doch war, das mehr und mehr von ihr Besitz ergriff: Sennar an der Front im Schlachtengetümmel, Soana irgendwo in der Ferne auf den Spuren von Rais, und sie selbst in diesem lärmenden, prunksüchtigen Land, allein mit ihrem Schwert.

Sie betrachtete die Festung: Sie war wie ein schwarzes Ungeheuer, das langsam ihr Leben verschlang.

Du darfst keine Angst haben! Was macht es, dass du allein bist? Du bist jetzt ein Krieger. Du hast nur noch ein einziges Ziel: Den Tyrannen zu bekämpfen und zu vernichten.

Eine Weile saß sie dort oben und blickte nachdenklich in die Ferne.

Und sie beschloss, noch am selben Tag ihr Leben in der Akademie zu beginnen.

Als sie in die Herberge zurückkam, war Soana fertig zum Aufbruch. Sie hatte auf sie gewartet, und Nihal kam sie so schön und strahlend wie immer vor.

Die Zauberin drückte sie an sich. »Auch für dich mache ich mich auf diese Reise. Ich weiß, wie stark du bist, und dass du allen Hindernissen zum Trotz deinen Weg gehen wirst.«

Obwohl sie ja selbst nicht fortging, fühlte sich Nihal wie eine Tochter, die ihr Zuhause verlässt und in die Ferne zieht. Sie spürte, dieser Abschied war mehr ein Lebwohl als ein Auf-Wiedersehen.

»Danke, Soana«, war alles, was Nihal herausbrachte.

Dann umarmte Soana ihren Schüler. »Ich hoffe, du erfüllst deine Aufgabe besser als ich, Sennar.«

»Und ich hoffe, dass wir uns bald wiedersehen. Und dass ich dann deinen hohen Erwartungen gerecht geworden bin.«

Soana schenkte den beiden noch ein letztes Lächeln und ging dann, ohne sich noch einmal umzudrehen, davon. Ein Teil von Nihals und Sennars Leben entfernte sich mit ihr.

Als Soana nur noch ein Pünktchen am Horizont war, wandte sich Nihal an ihren Freund. »Begleitest du mich zur Akademie, Sennar?«

»Jetzt schon? Warte doch zumindest noch bis zu meiner Abreise, dann können wir heute Abend noch zusammen …«

Doch Nihals Entschluss stand fest. »Nein, tut mir Leid. Aber das würde ich nicht schaffen, mir auch noch anzusehen, wie du fortgehst. Außerdem hat es keinen Sinn, die Sache aufzuschieben.«

So durchquerten sie Makrat, das ihnen noch chaotischer als sonst vorkam. Obwohl sie nebeneinander her gingen, fühlten sie sich schon meilenweit voneinander entfernt. Sie wechselten kein Wort, bis sie vor dem Portal standen. Nihal hatte nur einen Quersack dabei mit ein wenig Kleidung sowie der Pergamentrolle mit der Darstellung ihres Volkes darin. An ihrer Seite funkelte das schwarze Schwert.

»Es ist ja kein Abschied für immer, Nihal. Soweit ist das Land des Windes doch auch nicht entfernt. Ich werde dich jeden Monat besuchen, das schwöre ich dir.«

Nihal antwortete nicht.

Wieder entstand ein betretenes Schweigen. Eine Weile standen die Freunde so voreinander, die Blicke starr auf den Boden gerichtet, bis Sennar wieder das Wort ergriff und fast hastig sagte:

»Halt durch, Nihal. Gib nicht auf. Ich weiß, was du zur Zeit durchmachst. Aber du darfst den Mut nicht sinken lassen. Mag ich noch so fern sein, im Herzen bin ich immer bei dir. Immer.«

»Auch ich bin immer bei dir.« Die Stimme versagte ihr. »Vergiss mich nicht.«

»Nein, ganz gewiss nicht.«

Sie gab Sennar einen flüchtigen Kuss auf die Wange und trat auf das Portal zu.

Die Wache erkannte sie auf Anhieb. »So früh haben wir dich gar nicht erwartet. Komm herein.«

Dann wurde das Tor aufgezogen, und kurz darauf schon hatte die Dunkelheit sie verschlungen.

Nihal folgt dem Mann bis zum Audienzsaal. Sie hatte nicht erwartet, vom General persönlich empfangen zu werden. Mit einem Schlag ins Kreuz bedeutete ihr die Wache niederzuknien. Nihal verzog das Gesicht.

»Gewöhn dich gleich daran. Von nun an hast du dich stets gehorsam und ergeben zu zeigen«, belehrte sie der Mann.

Raven erhob sich aus seinem Sessel und begann, wie stets mit seinem Hündchen auf dem Arm, im Saal auf und ab zu wandern. »Nun gut, du hast es geschafft. Ich kann mir vorstellen, mit welchem Stolz dich das erfüllt, wie groß und bedeutend du dir jetzt vorkommst … Aber du täuschst dich, dein Triumph wird nur von kurzer Dauer sein. Glaub mir, das Leben hier drinnen wird alles andere als einfach für dich. Ich vergesse niemanden, der mich einmal in Verlegenheit gebracht hat. Leider kann ich dir gewisse Fähigkeiten im Umgang mit dem Schwert nicht absprechen. Aber das wird es dir nicht leichter machen. In jedem Augenblick deines Aufenthalts hier bei uns wirst du deinen Wert erneut unter Beweis stellen müssen. Und du sollst wissen, wenn du am Boden liegst, werde ich da sein, um dir noch ein Tritt zu verpassen.«

Raven schwieg einen Moment.

»Lahar wird dich durch die Anstalt führen und dir alles erklären, was du wissen musst«, schloss er dann eilig, wandte sich von Nihal ab und verließ den Raum.

Sie stand auf. *Glaub bloß nicht, dass du mir Angst machen kannst*, dachte sie.

Wie aus dem Nichts war hinter ihr ein spindeldürrer Mann aufgetaucht.

»Folge mir, Mädchen.«

Sie durchquerten einen langen Korridor, dessen Gewölbe in schwindelerregender Höhe spitz zulief. Er schien endlos und finster wie der Tod. Schließlich betraten sie einen riesengroßen leeren Saal.

Jetzt erst richtete Lahar wieder das Wort an sie. Er tat das von oben herab, und die Feindseligkeit in seiner Stimme war unüberhörbar.

»Das ist die Kampfbahn für die Anfänger. Alle Neulinge lernen hier zunächst einmal, mit dem Schwert umzugehen, bevor sie sich mit anderen Waffen befassen dürfen. Wir haben hier eine ganze Reihe solcher Säle, und jeder ist für bestimmte Kampftechniken eingerichtet: Wer Drachenritter werden will, muss jede Waffe gleich gut beherrschen. Der Saal ist heute leer, weil man den Schülern einen Ruhetag in der

Woche gönnt. Nur bei dir ist das anders: Du hast kein Anrecht darauf.«

Durch ein weiteres Labyrinth von Korridoren gelangten sie zu einer Kampfbahn im Freien.

»Hier machen sich die älteren Schüler mit ihren Drachen vertraut. Aber du wirst vielleicht niemals so weit kommen.« Lahar lachte höhnisch auf.

Aber Nihal ließ sich nicht einschüchtern. »Und darf man, bitteschön, vielleicht auch mal erfahren, wieso?«

»Mäßige deinen Ton! Aber wenn du es unbedingt wissen willst ... Nach den ersten Monaten haben die Schüler als Fußsoldaten in ihrer ersten Schlacht unter Beweis zu stellen, was sie gelernt haben. Und ich kann dir versichern: Die Fammin machen keinen Unterschied zwischen kleinen Mädchen und echten Männern.«

»Ich kenne die Fammin. Ich habe schon welche getö ...«

»Ruhe. Gewöhne dich daran, nur zu sprechen, wenn du gefragt wirst.«

Anschließend warfen sie einen Blick in den Speisesaal, wo in regelmäßigen Abständen Dutzende von Tischreihen aufgestellt waren, und gelangten dann zu einer langen Flucht von Sälen mit jeweils rund zwanzig Betten. Diese Schlafsäle waren spartanisch eingerichtet: Neben jeder Pritsche stand nur ein plumpes Tischchen, auf dem die Schüler ihre persönliche Habe ablegen konnten.

Endlich führte Lahar sie zu einem düsteren, schimmelig riechenden Räumchen. Auf dem Boden war mit ein wenig Stroh ein Lager angedeutet. Durch eine Öffnung, nicht breiter als eine Schießscharte, fiel ein Streifen Tageslicht ein.

»Du bist eine Frau, deswegen wirst du hier schlafen.«

Mit einer Mischung aus Ekel und Verzagtheit blickte Nihal sich um. »Hier bekommt man ja keine Luft ...«

»Was hast du erwartet? Einen Palast? In die Akademie kommt man, um kämpfen zu lernen, nicht zur Sommerfrische. Und nun hör mir mal gut zu. Denn ich sag's nicht zweimal. Wir stehen hier jeden Morgen bei Sonnenaufgang auf und beginnen mit dem Waffentraining. Nach dem Essen pünktlich zur Mittagszeit steht Unterricht in Strategie und Taktik auf dem Programm. Abendessen bei Sonnenuntergang. Nach dem Essen ziehen sich alle zurück. Danach ist es nicht mehr gestattet, sich frei im Haus zu bewegen. Dir wird ein Ruhetag im Monat zugestanden. Bis zur Beendigung der Grundausbildung hast du dein Schülergewand zu tragen. Danach wird man dich einem Drachenritter zuordnen. Von diesem Zeitpunkt an gelten dann die Regeln, die dieser Lehrmeister für dich aufstellt. Das ist alles. Bis morgen früh hast du keine Verpflichtungen, aber ich rate dir, brav in deiner Kammer zu bleiben. Einen schönen Aufenthalt.«

Lahar wandte sich zum Gehen.

»Ach, ich vergaß. Waffenbesitz ist den Schülern untersagt. Also gib mir dein Schwert.«

Nihal legte die Hand ans Heft. »Ich bin sicher, für mich wirst du ein Auge zudrücken.«

»Für so ein kleines halbblütiges Flittchen? Warum sollte ich?«

Einen Augenblick später spürte er schon die kristallene Klingenspitze an der Kehle. »Vielleicht hast du es nicht mitbekommen: Meine Aufnahme in die Akademie habe ich mir durch einen Sieg über die zehn besten Schüler verdient ... und mein Recht weiterzuleben, durch die Tötung zweier Fammin im Land des Windes.«

Dem Mann brach der Schweiß aus. Zu gut kannte er die ganze Geschichte. Voller Hass blickte er sie an, spuckte vor ihr aus und verschwand dann, indem er die Türe hinter sich zuschlug.

Nihal steckte das Schwert zurück. Ihr war, als müsse sie ersticken.

Sie trat an die Fensteröffnung, doch durch die Scharte war nicht mehr als ein winziger Ausschnitt vom chaotischen Gewimmel in Makrat zu erkennen.

So warf sie sich auf das Strohlager und starrte zur Decke.

Zunächst versuchte sie, sich die vor ihr liegenden phantastischen Abenteuer als Kriegerin auszumalen, doch der Versuch fiel kümmerlich aus.

Also dachte sie an Livon – und erreichte den Tiefpunkt der Verzweiflung.

Von lauten Geräuschen geweckt, schrak sie auf. Sie hatte gar nicht gemerkt, dass sie eingeschlafen war. Der Lärm kam aus den Schlafsälen.

Nihal setzte sich auf und bemerkte plötzlich, dass sich die Tür des Kämmerchens langsam öffnete.

Um sie herum war es noch dunkler als zuvor, denn mittlerweile war die Sonne untergegangen. Und erst als die Tür ganz offen stand, erkannte sie eine gedrungene Gestalt, die hinkend auf sie zukam.

»Wer da?«, rief sie, plötzlich hellwach.

Die Gestalt blieb stehen. »Ich nicht böse, ich nicht böse. Hier finster, willst du Licht. Ich komm rein, bringe Licht. Lahar mich geschickt. Keine Angst, keine Angst.«

Die Gestalt hatte eine kreischende, klagende Stimme. Sie trat näher und begann, Nihals Arm zu streicheln.

Das Mädchen sprang auf. »Was willst du von mir?«

»Nichts Böses, ich bringe Licht für dich, dann kannst du sehen. Und ich dich rufen, zum Abendessen.«

Endlich konnte Nihal den Mann besser sehen.

Nichts Menschliches war an ihm: Er war klein und beleibt, der Kopf vollkommen kahl, ein Bein war aus Holz. Sein Körper, dem alles Symmetrische fehlte, sah wie eine alte zerschlissene Flickenpuppe aus. In seiner Miene wechselten sich Schalk und Unterwürfigkeit ab. Und in der Hand hielt er eine Lampe.

»Nichts Böses, nichts Böses …«

»Ich hab verstanden, hör auf damit! Wer bist du?«

»Malerba, ich diene hier. Nichts Böses, keine Angst …«, und schon streckte er wieder die Hand nach ihr aus.

Erschrocken wich Nihal zurück. Die Vorstellung, von diesem Individuum berührt zu werden, widerte sie an. »Danke für das Licht. Mehr brauche ich nicht. Geh jetzt.«

Malerba setzte eine zerknirschte Miene auf und zog sich, wie ein Krebs rückwärts laufend und sie dabei unverwandt anstarrend, aus dem Kabuff zurück.

Nihal hängte die Lampe an die Wand. Das Licht beruhigte sie. Denn diese unvermutete Erscheinung hatte sie aufgewühlt: Ihr war, als klebte noch immer der Blick dieses missgestalteten Wichts auf ihrer Haut. Und so beschloss sie doch, sich in den Speisesaal zu begeben, um dieses unangenehme Gefühl loszuwerden.

Der Saal war voller junger Burschen, die lärmend an den Tischen saßen.

Beim Anblick dieser Gleichaltrigen hob sich Nihals Stimmung ein wenig, und sie dachte, dass sie im Grunde doch nicht so allein war. Sie trat näher, um sich einen freien Platz zu suchen.

Doch kaum hatte man sie erblickt, verstummte augenblicklich der ganze Saal.

Nihal verlangsamte ihren Schritt. Was war nur los?

Alle Augen waren auf sie gerichtet: Die Blicke wirkten verwundert, erschrocken, bedrohlich, misstrauisch. Noch nie im Leben hatte sie sich so durchdringend gemustert gefühlt.

Sie entdeckte einen freien Platz und hielt darauf zu. Doch als sie sich setzen wollte, legte der Junge daneben flugs seine Hand darauf: »Besetzt.«

Nihal suchte weiter, doch wohin sie auch kam, die Reaktion war immer gleich: »Besetzt.«

Da plötzlich hallte eine Stimme durch die Stille im Speisesaal. »Was ist das für eine Aufmachung, Halbelfe?«

Nihal blickte sich um. Auf einem Podium, von den Jungen getrennt, saßen die Lehrer.

»Ja, was ist denn damit?«

»Du bist doch Schüler, oder zumindest sagt man das«, erklärte mit einem sauren Lächeln der Mann, der sie angesprochen hatte, »das heißt also, du hast Schülergewänder zu tragen.«

Nihal spürte, dass sie in diesem riesengroßen Saal, wo ihr von allen Seiten Feindseligkeit entgegenschlug, all ihre Kraft verloren hatte. »Es tut mir Leid, man hat mir keine ausgehändigt ...«, entschuldigte sie sich.

»Dann durftest du hier auch nicht erscheinen. Hat Lahar dich nicht über die Regeln unterrichtet?«

»Doch, aber ich ...«

»Du wirst dein Fehlverhalten mit einem zusätzlichen Wachdienst abbüßen. Und was deine Kleidung betrifft, so wird dich Malerba später mit dem Nötigsten versorgen.«

Einer der Jungen lachte.

»Und nun nimm Platz und iss.«

Auch die Jungen aßen weiter.

Nihal trat auf den letzten Platz zu, der ihr frei zu sein schien. Doch man ließ ihr noch nicht einmal Zeit zu fragen.

»Keine Frauen und keine Ungeheuer«, beschied ihr grimmig einer der Jungen.

Nihal entfernte sich. Was sollte diese Bemerkung bedeuten? In der Aufgetauchten Welt wimmelte es von verschiedenen Rassen: Nymphen, Kobolde, Gnomen, Menschen. Was sollte das heißen, da sei kein Platz für Ungeheuer?

In einem Land aufgewachsen, wo Mischlinge zum üblichen Bild gehörten, hatte sich Nihal nie etwas daraus gemacht, dass sie anders war. Doch hier, unter der Elite der Menschen, kam sie sich wie ein Scherz der Natur vor.

Ganz allein, abseits der anderen, setzte sie sich nieder und nahm schweigend, voller Verbitterung, ihre Mahlzeit ein.

Und kaum hatte sie fertig gegessen, schlich sie sich eilig zu ihrem düsteren Kabuff zurück. Auf der Schwelle wartete bereits Malerba auf sie, mit einem unförmigen Bündel in Händen und einem schwachsinnigen Lächeln im Gesicht.

Ohne ihn anzublicken, nahm Nihal die Kleider entgegen und wollte eintreten, aber der hässliche Zwerg trat mit ihr über die Schwelle.

»Du kannst gehen«, herrschte Nihal ihn an, woraufhin der Diener wieder eine zerknirschte Miene aufsetzte und abzog.

Nihal schloss sich ein. Der Gedanke, dass dieses unansehnliche Geschöpf vor ihrer Kammer herumschlich, brachte sie schier um den Verstand. Mit Wut im Bauch klemmte sie ihr Schwert so in den Türrahmen, dass niemand hineinkam, sei es nun Malerba oder einer dieser aufgeblasenen Schüler, die sie gedemütigt hatten.

Sie war allein. Im flackernden Licht der Lampe zeichneten sich die Konturen jetzt schärfer ab, in diesem Räumchen, das ihr nun tatsächlich wie eine Zelle vorkam.

Sie nahm die Kleider zur Hand und schaute sie sich kurz an: Es handelte sich um ein Beinkleid und einen langen leinenen Waffenrock. Dann warf sie sie in eine Ecke und streckte sich in ihrer Kleidung auf dem Strohlager aus. Jenseits der Tür hörte sie Lärm und Gelächter der anderen Schüler. Sie war davon ausgeschlossen.

Zum ersten Mal war sie sich ganz bewusst, dass sie kein Mensch wie die anderen war. Sie war eine Fremde. Niemand sonst war so wie sie. Sie war die letzte Überlebende, etwas Überholtes, das einer vergangenen Epoche angehörte.

Was wollte sie eigentlich hier? Alle Halbelfen waren tot, und ihr Platz war nicht unter den Lebenden. Das war kein neuer Gedanke, aber nun war er gekoppelt an ein Gefühl, das sie noch nie so deutlich wie an diesem Abend verspürt hatte. Sie war anders als alle anderen.

Lange weinte sie, wobei sie immer wieder versuchte, ihres Schluchzens Herr zu werden, und sich wütend mit dem Handrücken die Tränen aus dem Gesicht wischte. Weinend schlief sie ein.

Es war noch nicht hell, als jemand mit Macht gegen die Tür pochte. Nihal schrak aus dem Schlaf auf. »Wer da?«, rief sie ängstlich.

Von draußen erreichte sie Malerbas undeutliche Stimme, der etwas von Wacheschieben faselte. Jetzt erinnerte sich Nihal an die Bestrafung und spürte zugleich, dass das Gefühl der Erniedrigung noch nicht gewichen war.

In aller Eile zog sie sich an. Der Waffenrock war sehr lang

und kleidete sie unvorteilhaft, ließ sie klein und gedrungen wirken. Sie griff zu Schwert und Umhang und verließ den Raum.

Malerbas Augen erstrahlten, als er sie sah, und sogleich legte er ihr wieder eine Hand auf den Arm. »Portal, da warten ...«

»Fass mich nicht an.« Nihals wütende Stimme ließ Malerba zusammenzucken.

Am Eingangsportal der Akademie traf Nihal auf eine müde Wache, die bereits auf sie wartete.

»Du hast Glück, es sind nur noch zwei Stunden bis zum Morgengrauen«, sagte der Junge und gähnte laut.

Er war fast freundlich, aber kaum hatte er sie im Schein der Fackel erkannt, bedachte er sie mit einem abweisenden Blick.

Nihal nahm die Lanze ihres Vorgängers entgegen. Es war schneidend kalt. Die absurden Kleider, die sie tragen musste, wärmten kein bisschen, und ohne ihren Umhang wäre sie erfroren. Ein Schauder durchlief sie. Die Augen fielen ihr zu. Der Tag fing ja gut an.

Und auch der Rest des Tages wurde nicht besser.

Wie am Vorabend aß sie allein und ging dann in den Saal hinüber, wo das Waffentraining stattfinden sollte. Viele Jungen hatten bereits begonnen, und ihr fiel auf, dass sie in Gruppen aufgeteilt waren. Während sie sich umblickte, um herauszufinden, welcher sie wohl zugeordnet war, sah sie einen Mann, der sie zu sich winkte.

»Du musst die neue Schülerin sein. Ich bin Parsel, dein Lehrer. Komm.«

Nihal folgte ihm bis zu einer abgetrennten Fläche, bei der einige Jungen ungefähr in ihrem Alter versammelt waren.

»Das ist unsere Anfängergruppe. Hier erlernen wir die ersten Grundlagen und wichtigsten Grundtechniken des Schwertkampfes.«

Nihal blickte ihn ungläubig an. »Was soll das heißen, die ersten Grundlagen? Ich wurde hier aufgenommen, weil ich die zehn besten Schwertfechter dieser Schule besiegt habe!«

»Tatsächlich? Nun, jedenfalls wurdest du mir zugewiesen, und daher wirst du auch schön bei uns bleiben.«

Doch so leicht gedachte sich Nihal nicht geschlagen zu geben. »Nun gut. Dann kämpfen wir eben. So werdet Ihr schnell erkennen, was ich kann und in welche Gruppe ich gehöre.«

Sie machte Anstalten, ihr Schwert zu ziehen, doch Parsel hielt sie zurück. Langsam wurde er ungeduldig. »Hör mal zu, Mädchen. Für mich ist es bereits befremdlich genug, dass eine Frau den Umgang mit dem Schwert erlernen soll. Und deshalb rate ich dir, dich bedeckt zu halten und das zu tun, was ich hier anordne.«

Nihal fügte sich.

Den ganzen Morgen hatte sie nun Dinge zu tun, die ihr längst vertraut waren, und sich wie eine blutige Anfängerin in den einfachsten Übungen mit den anderen zu messen, wobei sie das Bübchen, das man ihr gerade gegenüber stellte, jeweils auf Anhieb mit Leichtigkeit entwaffnete.

Sie dachte daran, wie sie sich das Leben in der Akademie ausgemalt hatte.

Sie verglich diese Träume mit der Wirklichkeit.

Und eine tiefe Traurigkeit überkam sie.

14

Die Rekrutin Nihal

Jener Tag war nur der erste in einer langen Reihe trauriger Tage, die bestimmt waren von Einsamkeit und vom Grau des Winters, das sich auch über das Land der Sonne gelegt hatte.

Auch die Gewöhnung änderte nichts am Verhalten der anderen Schüler Nihal gegenüber. Sie war eine Frau, sah bizarr aus, und über kurz oder lang begannen alle, sie auch zu fürchten.

Je mehr Zeit verging, desto öfter hatte Nihal Gelegenheit, ihre außerordentlichen Fähigkeiten unter Beweis zu stellen, und falls jemand nicht mitbekommen hatte, wie sie sich ihre Aufnahme in die Akademie erstritten hatte, so wusste er jetzt längst davon.

Man begann zu munkeln, sie sei eine Art Hexe, der Abkömmling einer üblen, nur auf Gewalt und Verderben eingestellten Rasse. Einer unterstellte sogar, sie sei ein Spitzel im Auftrag des Tyrannen und Teil eines Plans, die Akademie von innen heraus zu zerstören. Die Folge dieses Geredes war, dass sich alle noch mehr von Nihal fern hielten: Kam sie ihnen im Flur entgegen, bildeten die Jungen sogleich eine Gasse und bedachten sie, während sie hindurchging, mit feindseligem Gemurmel und ablehnenden Blicken.

Die Furcht vor ihr verstärkte sich noch nach einem nächtlichen Zwischenfall:

Häufig geschah es, dass sich die Jungen des Nachts vor ihrer Tür versammelten, um sie zu stören, dann aber rasch, sobald sie sich drinnen regte, das Weite suchten.

An einem Abend nun hatte Nihal, wie so oft von ihren Albträumen geplagt, nicht bemerkt, dass jemand in ihre Kammer vorgedrungen war. Während sie schlief, kamen die flehenden Gesichter, die sie in ihren Träumen bedrängten, immer näher, immer näher, so dass sie fast schon zu ersticken glaubte.

Da spürte sie, wie jemand sie berührte.

Mit einem entsetzlichen Lächeln im Gesicht hatte sich Malerba über sie gebeugt und, einen unverständlichen Singsang brummend, damit begonnen, sie zu streicheln.

Nihal schrie auf, griff zu ihrem Schwert und setzte es ihm an die Kehle. Der Diener brach in Tränen aus und flehte um Gnade, doch Nihal war außer sich vor Zorn. Sie packte ihn und schleifte ihn auf den Flur, wo sich wieder mal eine kleine Schar schlafloser Jungen versammelt hatte. Beim Anblick dieser Furie mit dem erhobenen Schwert wichen alle zurück.

»Jetzt passt mal gut auf, ihr Bastarde! Was ihr jetzt seht, widerfährt jedem, der es noch einmal wagt, mir zu nahe zu kommen!«

Und damit zog sie die Klinge über Malerbas Kehle, der wie ein Schwein in Todesangst schrie. Es war nur ein Kratzer, doch seit jener Nacht hatte es mit den Versammlungen vor ihrer Kammer für immer ein Ende.

Dennoch wurden Nihals Nächte nicht ruhiger.

Die Einsamkeit und die Feindseligkeit um sie herum ließen sie immer tiefer in ihren Albträumen versinken. Keine Nacht verging, ohne dass die Gesichter der Halbelfen sie bedrängten. Dann wachte sie mit pochendem Herzen auf, und der Anblick ihrer Kammer beruhigte sie nicht etwa, sondern steigerte noch ihre Erregung, denn sie fühlte sich eingeschlossen wie in einem Sarg. Sie setzte sich auf und hockte dann, die Arme um ihre Knie geschlungen, nur so da, blickte auf jenen schmalen Streifen Himmel, der durch die Schießscharte zu erkennen war, und bemühte sich, ihre Beklemmung loszuwerden.

Doch in der nächsten Nacht begann wieder alles von vorn.

Der Gedanke, einmal ihren Vater und ihr Volk zu rächen, beherrschte sie täglich mehr. Der Schmerz machte sie hart. Hatte sie zu Beginn noch unter dem Hass ihrer Gefährten gelitten, so gewöhnte sie sich mit der Zeit daran und freute sich schließlich sogar darüber. Es verschaffte ihr Genugtuung, dass die anderen sie fürchteten.

Im ersten Monat kam Sennar sie nicht besuchen. Auch nicht im zweiten, und im dritten auch nicht.

Dabei hatte sie ein verzweifeltes Bedürfnis, mit ihm zu reden, von ihm zu hören, dass alles gut würde, dass die finsteren Nächte vorübergingen. Doch sie erhielt nur eine lakonische Mitteilung, die ihr der Falke, den sie ja bereits kannte, überbrachte: »Ich bin völlig erschöpft, man gönnt mir keinen Moment Pause, aber sonst geht es mir gut. Ich habe dich nicht vergessen.«

Und so wurde Nihal zu einem finsteren, schweigsamen Wesen.

Körper und Seele waren allein darauf ausgerichtet, ihre Fechtkunst zu verfeinern.

Ihr Kampfstil wurde immer aggressiver und brutaler.

Und sie selbst immer geschickter, schneller und erbarmungsloser.

Nihals Lehrer Parsel blieb ihr Talent natürlich nicht verborgen, und er litt darunter, mit ansehen zu müssen, wie es unter diesen Bübchen, die kaum mit der Waffe umgehen konnten, vergeudet wurde.

Eines Tages nahm er sie beiseite. »Ich sehe, wie du dich bewegst, wie du kämpfst. Du bist wirklich sehr gut, Nihal.«

Sie blickte ihn argwöhnisch an: Sie wusste nicht, inwieweit sie ihm trauen konnte. Diese Worte konnten auch leeres Gerede sein.

»Hast du schon echte Kampferfahrung?«

Nihal erzählte ihm von ihren Unterrichtsstunden bei Livon und Fen, und dass sie bereits drei Fammin getötet hatte, zwei in Salazar und einen im Grenzgebiet zum Land des Windes.

»Wusst ich's doch. So ist es wahr, was man von dir erzählt!«

Der Fechtlehrer lächelte sie an, und Nihal, die sonst stets so stolz und unnahbar auftrat, senkte den Blick.

Parsel erklärte, es wäre sinnvoller, wenn sie sich nun im Gebrauch jener Waffen übe, mit denen sie bislang noch keine Erfahrung hatte.

»Ich habe Raven vorgeschlagen, dass du in eine andere Gruppe kommst, damit du andere Kampftechniken kennen lernst. Leider hat er meinem Antrag bis heute noch nicht entsprochen.«

Nihal seufzte. Binnen weniger Augenblicke hatten sich die Tore ihres Gefängnisses einen Spalt geöffnet und sofort wieder geschlossen.

»Der Mann hasst mich eben ...«

»So solltest du über den obersten General nicht reden. Du hast ihn nie im Kampf erlebt. Er war einer der Besten. Die Aufgabe als Befehlshaber dieser Ausbildungsstätte hat ihn schlaff gemacht, aber glaub mir, im tiefsten Innern ist er auch heute noch ein tapferer, aufrechter Mann. Er sieht, wenn jemand ein wahrer Krieger ist. Sobald du ihm gezeigt hast, was du im Kampf wert bist, wird er seine Meinung ändern. Denn der Krieg ist etwas vollkommen anderes als das, was hier drinnen vor sich geht.«

Als Parsel ihr vorschlug, sie außerhalb der Unterrichtszeiten im Gebrauch der Lanze auszubilden, fühlte sich Nihal wie aus einer langen Gefangenschaft befreit. Fast jeden Abend kämpften sie nun, und dabei konnte sie nun endlich ihre Geschicklichkeit voll und ganz ausspielen. Zudem begeisterte sie der Umgang mit der Lanze: Sie erlernte den Nahkampf und den Angriff zu Pferd. Durch all das Neue fühlte sie sich nun endlich wieder lebendig.

Parsel seinerseits nahm Anteil an ihrem Schicksal: Er bewunderte ihre unerschütterliche Hingabe und Zähigkeit und staunte immer wieder über ihr außerordentliches Talent.

Gleichzeitig spürte er in ihr aber auch eine tiefe, für eine Person dieses Alters ungewöhnliche Traurigkeit. Und er, dem immer die Zuneigung einer Familie fehlte, weil er sich ganz dem Kriegshandwerk verschrieben hatte, empfand gegenüber diesem Mädchen fast väterliche Beschützerinstinkte.

So entstand zwischen den beiden eine seltsame Nähe.

Denn die einzige Kommunikationsform, die sie verband, war der Kampf.

Sie unterhielten sich durch ihre Waffen: Nihal war verschlossen, scheu, und die einzigen Situationen, in denen sie Gefühle zuließ, waren die bewaffneten Auseinandersetzungen.

Und ihr Lehrer lernte, aus ihren Bewegungen den Gemütszustand seiner Schülerin herauszulesen, und er antwortete ihr, indem er versuchte, den Wall aus Groll und Kränkung niederzureißen, den Nihal um sich herum errichtet hatte.

Sie wurden keine echten Freunde. Nur einmal schüttete Nihal ihm ihr Herz aus. Und das war, als eines Abends das Gespräch auf Malerba kam. Sie gestand ihm, dass sie sich vor ihm fürchtete, und erzählte ihm von dem nächtlichen Vorfall in ihrer Kammer.

Parsel hörte zu und schüttelte schließlich den Kopf: »Du solltest ihn nicht hassen. Er hat Schreckliches durchmachen müssen.«

Nihal horchte auf.

»Er ist ein Gnom, aber wir wissen nicht, aus welchem Land er eigentlich kommt. Vor einigen Jahren befreiten wir ihn aus einem Kerker, in dem er lange geschmachtet hatte. Damals war es uns gelungen, einen wichtigen Vorposten des Tyrannen im Land der Tage zu erobern. Er war entsetzlich zugerichtet, und sein ganzer Leib von der Folter gezeichnet. In demselben Kerker lagen auch andere Gnomen beiderlei Geschlechts, die in ebenso kläglicher Verfassung waren. Wir nahmen sie alle mit, in der Hoffnung, ihr Leben retten zu können. Aber vergebens. Sie erholten sich nicht mehr. Der Einzige, der überlebte, war Malerba. Er half sogar noch bei der Pflege seiner ehemaligen Zellengenossen, und die Hingabe, mit der er das tat, sowie der Schmerz, den ihm ihr Hinscheiden bereitete, legte den Gedanken nahe, dass es Angehörige von ihm waren. Eine Zeitlang war uns Malerba ein Rätsel. Was war im Kerker mit ihm geschehen, und wieso hatte man ihn so brutal gefoltert? Damals wussten wir noch nichts von dem Grauen, mit dem der Tyrann stets unterworfene Völker überzieht. Als wir später dann aber auf viele ähnliche Fälle stießen, wurde uns alles klar: Die Fammin sind keine, wie soll ich sagen, natürliche Rasse. Es sind Geschöpfe des Tyrannen, er hat sie geformt mit seinen magischen Künsten. Und nun arbeitet er daran, andere Arten von Lebewesen dazu abzurichten, ihm mit derselben blinden Ergebenheit zu dienen. Dazu experimentiert er mit Gefangenen. Malerba war der lebende Beweis: Sein gequälter Körper entspringt den Versuchen des Tyrannen, das Volk der Gnomen in perfekte Krieger umzuformen. Wir wissen nicht, wie viele in seine Gewalt geraten oder auch schon gestorben sind. Es könnte sich um ganze Völker handeln.«

Nihal erschauderte.

»Wahrscheinlich hat dich Malerba aufrichtig ins Herz geschlossen, vielleicht, weil du ihn an jemanden erinnerst. In seiner Zelle war damals nämlich auch ein junges Mädchen. Möglicherweise seine Tochter … Er will dir nichts tun, und du solltest versuchen, ihn mit Nachsicht zu behandeln. Er hat schon so viel Grausames erleben müssen.«

Zwar gelang es Nihal nicht, ihre Furcht vor Malerba ganz zu überwinden, doch sah sie ihn nun mit anderen Augen. Sie bemühte sich, ihren Abscheu zu unterdrücken und freundlich zu ihm zu sein, indem sie sich für seine Dienste bedankte und sein abstoßendes Lächeln erwiderte, in dem sie nun so etwas wie Dankbarkeit wahrnahm. In gewisser Weise waren sie sich ähnlich: zwei Wesen, gehasst, weil sie anders waren, gefürchtet und zutiefst einsam.

Fünf Monate nach ihrem Eintritt in die Akademie wurde Nihal zu Raven bestellt. Auf das übliche entnervende Warten gefasst, begab sie sich in den Audienzsaal, doch der General hatte bereits in seinem Sessel Platz genommen.

»Wie man mir berichtet, stellst du dich sehr geschickt an und machst große Fortschritte, Mädchen.«

Nihal traute ihren Ohren nicht.

»Dein Lehrer hatte mich schon wiederholt darum gebeten, dich zur nächsten Ausbildungsstufe zuzulassen und in den Kreis der Fortgeschrittenen aufzunehmen. Nun halte ich selbst auch den Moment für gekommen. Kurzum, du darfst den Umgang mit den anderen Waffen erlernen. Das war alles.«

Die Schleppe seines weiten Umhangs hinter sich herziehend, schritt Raven aus dem Raum und ließ eine ungläubige, aber glückliche Nihal zurück.

In der neuen Gruppe fühlte sie sich auf Anhieb wohl.

Zwar waren die neuen Kameraden ebenso abweisend wie die Anfänger, doch musste sie nun nicht mehr mit nur halber Kraft kämpfen. Zudem war, seit Parsel sie im Umgang mit der Lanze unterrichtet hatte, auch ihr Interesse an anderen Waffen geweckt worden. Die Übungsstunden vergingen wie im Fluge, und alles Neue war wieder ein zusätzlicher Anreiz für sie.

Sie lernte, wie vielseitig ein Dolch im Nahkampf einzusetzen war, verfeinerte ihre Technik im Kampf mit der Lanze und befasste sich, obwohl sie immer noch recht zierlich war, sogar mit dem eisernen Morgenstern und der Streitaxt.

Mit ersterem kam sie kaum zurecht. Die Waffe war so schwer, dass es ihr schon Schwierigkeiten bereitete, sie nur anzuheben, und erst recht, gezielt damit zuzuschlagen. Der Umgang mit der Streitaxt hingegen machte ihr Spaß und erinnerte sie in gewisser Hinsicht an das Schwert: Es war eine einfache, aber sehr wirkungsvolle Waffe, wie dazu gemacht, mit ihr alle Wut herauszulassen.

Auch die Peitsche gab man ihr in die Hand, jene Waffe, mit der sie der berüchtigte Thoren fast getötet hatte, und nun merkte sie, wie schwierig sie richtig zu handhaben war.

Schließlich machte sie sich auch noch mit Pfeil und Bogen vertraut.

Dabei war der Beginn nicht sehr vielversprechend: Nihal liebte den Furor des Nahkampfs, Schweiß und Anstrengung. Das Bogenschießen hingegen verlangte Konzentration und Kaltblütigkeit, zwei Eigenschaften, mit denen sie nicht unbedingt gesegnet war.

»Eben deswegen musst du dich darin üben,«, erklärte ihr der Lehrer, als Nihal schon die Geduld zu verlieren begann.

Sie hielt durch, und nach den Anfangsschwierigkeiten wurde ihr diese ungewohnte Waffe immer vertrauter, nicht zuletzt, weil keine Kraft vonnöten war, um damit erfolgreich zu sein. Nach den vielen Fehlschüssen zu Beginn merkte sie irgendwann auch, dass sie eigentlich ein sehr gutes Auge hatte, eine Gabe, die nur ganz wenige in der Gruppe mit ihr teilten, und bald übte sie sich darin, auch aus der Bewegung heraus zu schießen.

Ihre Lieblingswaffe aber blieb das Schwert. Auf keinem anderen Gebiet brillierte sie so wie im Fechtkampf, und nur wenn ihre Faust das Heft mit der schwarzen Klinge umfasste, war sie ganz sie selbst.

Nihal lernte schnell. Es dauerte nicht lange, bis sie den meisten ihrer Gefährten voraus war: Ihre Fähigkeiten trugen ihr immer mehr Bewunderung ein, und bei nicht wenigen machte das anfängliche Misstrauen mehr und mehr dem Respekt Platz.

Die anderen Schüler waren durchweg älter als sie, die in der Akademie siebzehn geworden war, mit Ausnahme eines schmächtigen Jungen mit einem blonden Lockenkopf und Pausbacken.

Nihal war er kaum aufgefallen, denn sie hatte es schon längst aufgegeben, Kontakt zu den anderen zu suchen, bis er eines Morgens im Speisesaal zu ihr trat.

Wie gewöhnlich verzehrte Nihal ganz allein ihre Mahlzeit, als sie plötzlich ein dünnes Stimmchen hörte: »Verzeihung, ist hier noch frei?«

Das war derart ungewöhnlich, dass sich Nihal, bevor sie antwortete, zu dem unbekannten Frager umblickte, um sicher zu gehen, dass sie richtig verstanden hatte. *Wer, zum Teufel, ist das denn? Gesehen habe ich ihn schon ... Aber wo?*

»Nun, wenn hier niemand sitzt, bin ich so frei ...«

Ihren Löffel auf halber Höhe haltend, starrte Nihal ihn weiter ungläubig an.

Der blonde Jüngling nahm Platz, führte einen Löffel Gemüsesuppe zum Mund, dann noch einen, brach sich ein Stück Brot ab, räusperte sich dann und begann plötzlich, wie ein Wasserfall zu plappern. »Du bist Nihal, die Halbelfe, stimmt's? Ich beobachte dich schon, seit du hier bist. Oder genauer, seitdem sie dich zu uns in die Gruppe gesteckt haben. Ach, ganz genau genommen eigentlich, seit ich dich kämpfen sah, damals in der Arena, gegen diese zehn schweren Kerle. Oh, du warst einfach phantastisch! Wie du gekämpft hast, unglaublich ... Ich schwör's dir, so was habe ich noch nie gesehen ... Ich war wie in Trance, ja ehrlich. Und dann erst dein Schwert! Woraus besteht das eigentlich? Sieht aus, als könne es gar nicht zerbrechen! Aber ach, was bin ich für ein Flegel, ich habe mich ja noch gar nicht vorgestellt: Ich bin Laio, aus dem Land der Nacht.«

Der Junge reichte ihr die Hand, und Nihal drückte sie, bekam aber auch jetzt keine Gelegenheit, selbst mal den Mund aufzumachen.

Ohne Unterlass redete Laio das ganze Mittagessen über, überschüttete sie mit Komplimenten, erzählte aus seinem Leben und stellte hin und wieder eine Frage, auf die Nihal gerade mal mit Ja oder Nein antworten konnte, bevor er wieder das Wort ergriff. Seine Begeisterung hatte etwas Kindliches, und Nihal ging darin unter.

Er erzählte, er sei fünfzehn und seit anderthalb Jahren in der Akademie. Dann kam er auf sein Geburtsland zu sprechen, das er selbst kaum gesehen hatte, da seine Familie, wie er sagte, von dort wegzog, als er erst ein paar Jahre alt war. Dafür kannte er aber dessen ganze wunderliche Geschichte.

Während des Zweihundertjährigen Krieges hatte ein Magier eine auf den ersten Blick geniale Idee: Und zwar bewirkte er mit einem Zauber, dass ewige Nacht über sein Land herabkam, womit er die feindlichen Heere in größte Verwirrung stürzte, nicht aber die Bewohner des Landes, denen er gleichzeitig die Fähigkeit verlieh, auch in der Finsternis sehen zu können. Dann jedoch war der Zauberer plötzlich verstorben, und als der Krieg zu Ende war, gab es niemanden mehr, der den Zauber hätte aufheben können.

»Denn es war kein normaler Zauber, verstehst du?, sondern ein Siegel! Weiß du, was ein Siegel ist? Nun, das ist ein unwiderruflicher Zauber, eine Sache für die Ewigkeit. Das heißt, nein, nicht unbedingt. Für die Ewigkeit nur, wenn der Zauberer stirbt. Denn allein der Zauberer, der es geschaffen hat, kann es auch wieder auflösen. Jetzt verstehst du mich doch, oder?«

Der Junge beendete seinen Wortschwall mit einem zufriedenen Seufzer. Da begann Nihal zu lachen. Zunächst noch schüchtern, dann immer stärker. Von ihrem Lachen ließ sich auch Laio anstecken, und es dauerte nicht lange, bis beiden Tränen in den Augen standen.

So begann ihre Freundschaft.

Laio folgte ihr auf Schritt und Tritt. Nihal wusste nicht so recht, was sie von diesem Übermaß an Verehrung halten sollte, und tat nichts dazu, um sie weiter zu fördern. Aber es ließ sich auch nicht leugnen, dass sie sich über die Verbindung freute. Er war der erste Schüler, der sie nicht fürchtete, nicht hasste und noch nicht einmal missachtete. Zwar hatte diese Beziehung nichts mit jener tiefen Freundschaft gemein, die sie mit Sennar verband. Dennoch wärmte Laio ihr mit seiner Unbekümmertheit und seiner übertriebenen Bewunderung das Herz.

Immer häufiger fand er sich abends in ihrem Kabuff ein, um mit ihr zu plaudern. So erfuhr Nihal, dass Laio nach dem Willen seines Vaters in die Akademie eingetreten war, eines großen Generals, der darauf hoffte, dass aus seinem Sohn einmal ein tapferer Krieger würde.

Laio jedoch hatte andere Ziele im Kopf. »Reisen, verstehst du? Die Aufgetauchte Welt in alle Richtungen durchqueren, neue Gegenden erkunden, fremde Länder ... Das würde mir Spaß machen. Glaub mir, ginge es nach mir, würde ich auf der Stelle die Waffen hinter mir lassen.«

Nihal verstand nicht, wie man gegen seinen eigenen Willen zu etwas gezwungen werden konnte.

»Wenn du nicht gerne kämpfst, so lass es doch sein. Das Leben eines Kriegers ist voller Entbehrungen. Es hat keinen Sinn, sich darauf einzulassen, wenn man nicht wirklich davon überzeugt ist.«

Laio zuckte mit den Achseln. »Was bleibt mir denn anderes übrig? Einen Sohn, der bloß in der Welt herumreist, könnte mein Vater nie akzeptieren. ›Vagabund‹ würde er mich nennen. Es war schon immer sein Wunsch, dass ich das Kriegshandwerk erlerne.«

Für Nihal waren dies unbekannte Verhältnisse: Sie hatte ihre Entscheidungen immer allein getroffen, hatte selbst ihren Weg gewählt und war überzeugt, bei anderen müsse es auch so sein. Nun entdeckte sie jedoch, dass es Menschen gab, deren Leben von anderen bis in Kleinste vorgezeichnet wurde und die nicht entscheiden durften, was sie aus ihrem Leben machen wollten.

Als sie sich nun darüber ereiferte, antwortete Laio ganz lakonisch. »Wir haben doch alle ein Schicksal. Bei manchen deckt es sich mit den eigenen Träumen, bei anderen nicht. So ist das eben. Was willst du dagegen tun?«

Wenn Laio nach solchen Unterhaltungen zum Schlafen in den Gemeinschaftssaal hinübergegangen war, fragte sich Nihal häufig, wie wohl ihr eigenes Schicksal aussehen mochte.

Natürlich wollte ihr junger Freund auch mehr über sie wissen. Als er sie zum ersten Mal nach ihrer Vergangenheit fragte, setzte Nihal ihn unsanft vor die Tür und verschanzte sich einige Tage lang hinter eisigem Schweigen.

Es dauerte eine Weile, bis sie Laio von ihrer Herkunft zu erzählen begann, von ihrer Kindheit an der Seite von Livon. Es kostete sie unsägliche Mühe: Die Trauer über den Verlust des Vaters und die Auslöschung ihres Volkes brannte immer noch heftig, und sie fühlte sich nicht weniger schuldig als am ersten Tag.

Nihal erzählte ihm auch von Sennar, wie sehr sie an dem jungen Zauberer hing, wie sehr er ihr fehlte. Und in einem besonders vertraulichen Moment gestand sie ihm sogar, seit langem schon in einen ganz außerordentlichen Mann verliebt zu sein, der ihre Gefühle jedoch nicht im Entferntesten erwidere.

Laio schüttelte den Kopf. »Das freut mich ja für dich. Aber ich selbst bin an der Liebe nicht interessiert. Frauen nörgeln gerne, sind widerspenstig ... Ach, was soll ich sagen, ich finde einfach nichts Begehrenswertes an ihnen.«

»Aber ich bin doch auch eine Frau – falls du das noch nicht gemerkt haben solltest.«

»Ja, sicher, aber du bist eine Kriegerin. Das ist doch etwas ganz anderes.«

Nihal wusste nicht so recht, ob sie sich durch diese Bemerkung geschmeichelt oder in ihrer Weiblichkeit gekränkt fühlen sollte.

Sieben Monate waren nunmehr seit Nihals Aufnahme in die Akademie vergangen, als Sennar sich darum zu bemühen begann, seine Freundin dort zu besuchen.

Aber das war sehr viel schwieriger, als er gedacht hatte. General Raven verweigerte ihm beharrlich eine Besuchserlaubnis, und so beschloss Sennar irgendwann nach unendlich langem Warten und einer ganzen Reihe fruchtloser Unterredungen, seinen Meister um Hilfe zu bitten.

Dagon lag zwar daran, die politische und die militärische Macht streng voneinander getrennt zu halten, doch Sennar war ihm ans Herz gewachsen, und er wusste, wie wichtig es ihm war, Nihal wiederzusehen.

Und so suchte der Ratsälteste eines Morgens in Begleitung seines Schülers General Raven auf. »Wie ich hörte, hat das Mädchen seit ihrem Eintritt die Akademie noch kein einziges Mal verlassen. Glaubst du nicht, es ist an der Zeit, sie das Tageslicht sehen zu lassen?«

Der General ging nicht darauf ein und verbat sich empört diese Einmischung in seinen Kompetenzbereich.

»Raven, dieses Mädchen ist sehr wichtig: Sie ist die einzige Überlebende des Volkes der Halbelfen, und Rais sah damals schon etwas ganz Bedeutendes in ihrem Schicksal. Sie ist so etwas wie eine Waffe für uns. Und mit deinen Waffen gehst du doch auch pfleglich um, nicht wahr?«

Die Audienz zog sich hin, doch Dagon hatte Geduld.

Nach einigen Stunden Verhandlung gab Raven endlich nach und öffnete die Tore der Akademie für dieses verfluchte Mädchen, das wieder einmal das bessere Ende für sich hatte.

Als Nihal ihm auf dem Vorplatz der Akademie entgegenkam, hätte Sennar sie beinahe nicht wiedererkannt: Abgemagert, in die sackartige Schüleruniform gehüllt, marschierte sie entschlossen, in militärisch anmutendem Schritt auf ihn zu.

Sennar wünschte sich nichts sehnlicher, als dass seine Freundin ihren Schmerz überwunden hätte und wieder das Mädchen von früher wäre. Und als sie vor ihm stand, lächelte er sie gerührt an und machte Anstalten, sie in den Arm zu nehmen. Doch Nihal wich zurück und entzog sich seiner Berührung.

»Was willst du?«

Sennar starrte sie verwirrt an. »Wie, wieso fragst du …? Ich komme dich besuchen …«

»Du hast gesagt, du würdest jeden Monat kommen. Das hattest du mir versprochen.«

»Ich weiß, aber ich hätte nicht gedacht, dass es so schwierig ist. Ich habe keine …«

»Auch für mich war es hart. Damit du es weißt. Aber mehr habe ich dir nicht zu sagen.«

Nihal wandte sich zum Gehen, doch Sennar hielt sie am Arm fest und ließ sie nicht fort. Sie riss sich los und herrschte ihn plötzlich mit Tränen in den Augen an:

»Du hast ja keine Ahnung, wie die letzten Monate hier drinnen für mich waren! Wie einsam ich war, wie verlassen ich mir vorkam. Was ich nicht alles gedacht habe! Dass du tot bist, dass du in fernste, unerreichbare Weiten aufgebrochen bist, dass du mich einfach vergessen hast!«

Sennar drückte sie an sich. »Verzeih mir.«

Sie wand sich, doch die Arme des Zauberers ließen sie nicht los.

»Verzeih mir. Jetzt bin ich ja bei dir.«

Erst jetzt gab sich Nihal der Umarmung des Freundes hin. »Ich hasse dich«, flüsterte sie. »Du hast mir so gefehlt.«

Als sie ihr Kämmerchen betraten, schämte sich Sennar, dass er Nihal, seine Nihal, unter solch unwürdigen Bedingungen allein zurück gelassen hatte.

Sie machten es sich, so gut es ging, bequem. Denn sie hatten sich ja so viel zu erzählen.

»Wie gerne hätte ich dich gleich zu Anfang, nach einem Monat, besucht«, begann Sennar, «aber ich war unablässig auf Trab. Hier in Makrat blieb mir gerade mal die Zeit, an den Versammlungen des Rates teilzunehmen, dann musste ich gleich wieder zurück an die Front, denn im Land des Windes wird die Situation immer dramatischer.«

Nihal wollte eigentlich gar nichts darüber hören. Sie hätte lieber nicht gewusst, was aus dem einst blühenden Land, ihrer Heimat, geworden war.

Doch Sennar schonte sie nicht und begann zu erzählen: »Am ersten Tag traute ich meinen Augen nicht. Es wollte mir nicht in den Kopf, dass jene trostlose Gegend unser Land des Windes sein sollte. Es tat so weh, und ich wollte sogleich wieder fort. Doch Dagon stand mir bei. Ich fühlte mich wieder wie in meiner Kindheit: Krieg, Verödung, der Tod als ständiger Begleiter, Verzweiflung. Es war, als sei ich um Jahre zurückversetzt worden und wieder genauso wehrlos und verlassen wie damals. Aber am schlimmsten war die Erinnerung daran, wie dieses Land einmal war. Die frische Morgenluft, das Leben, von dem die Turmstädte erfüllt waren … Diese Sonnenuntergänge … weißt du noch?«

Und ob sie noch wusste. »Ja, sie waren magisch. Eine leichte Brise erhob sich, die Sonne tauchte ein ins Gras der Steppe, die Ebene färbte sich rot und …« Die Stimme versagte ihr.

Mit ernster Miene fuhr Sennar fort. »Nichts ist davon übrig, Nihal. Alles ist von Rauch umhüllt und von Ruß geschwärzt. Überall brennt es. Von der Sonne ist praktisch nichts mehr zu sehen. Es ist eine ganz unwirkliche Atmosphäre. Nach den Schlachten sieht man plötzlich Wesen der unterschiedlichsten Rassen von irgendwoher auftauchen. Wie Geister irren sie durch die Trümmer. Sie haben alles verloren und streifen umher und suchen Rettung. Oder vielleicht auch den Tod. Wer weiß. Und dann diese unglaubliche, bedrückende Stille, wenn die Waffen schweigen. Weiß du noch, dass man in Salazar nirgendwo seine Ruhe hatte? Das Hämmern aus den Werkstätten, das Stimmengewirr der Menschen auf den Straßen, die Musik aus den Wirtsstuben … Jetzt hört man keinen Laut mehr, der nach Leben klingt.«

Der Zauberer holte Luft.

»Das Land ist geteilt: Auf der einen Seite steht unser Heer, das Gebiet auf der anderen Seite hat der Tyrann an sich gerissen. Genau wissen wir nicht, was dort vor sich geht, aber einigen Glücklichen gelang es, heil die Front zu passieren. Von diesen hören wir, dass sich dort Schreckliches zuträgt. Offenbar wurde dort die gesamte Bevölkerung versklavt und arbeitet nur noch, um die Truppen des Tyrannen zu ernähren. Dieser Hund hat damit begonnen, den Bannwald abzuholzen: Das Holz braucht er für seine Armee, und das gerodete Land lässt er von Sklaven bestellen. Tag und Nacht schuften sie: Wer zusammenbricht, verschwindet einfach, und man hört nie mehr etwas von ihm. Regiert wird das Gebiet jetzt von einem gewissen Dola, einem Despoten, der sich am Leiden des Volkes ergötzt. Er ist auch der Befehlshaber der Armee, ein offenbar unbesiegbarer Feldherr. Man sieht ihn häufig in der ersten Linie auf dem Rücken eines schwarzen Drachen, und es heißt, der Tyrann habe ihm Unsterblichkeit verliehen: Denn nichts kann ihm etwas anhaben, obwohl er stets an vorderster

Front kämpft und unseren Truppen große Verluste zufügt. Sein Heer ist sehr stark und besteht aus Fammin, Menschen, Gnomen, die ohne Skrupel kämpfen und nicht einmal Achtung vor dem eigenen Leben zu haben scheinen. Wenn wir bis jetzt noch standhalten konnten, so haben wir das allein dem aufopferungsvollen Kampf der Drachenritter zu verdanken. Leider ist es uns aber in den letzten sechs Monaten nicht gelungen, auch nur ein paar Ellen Boden zurückzugewinnen.«

»Und was ist mit Salazar?«, fragte Nihal jetzt mit zitternder Stimme.

»Salazar gibt es nicht mehr. Es ist ausgelöscht. Nach dem ersten Angriff hat Dola alle seine Gefangenen dort eingeschlossen und die Stadt niedergebrannt. Tagelang sah man das Feuer in weitem Umkreis. Es heißt, zuvor habe er den Gefangenen befohlen, sich in einer Reihe aufzustellen, und sie aufgefordert, sich ihm zu Füßen zu werfen und um Gnade zu flehen. Nur wer sich ihm unterwerfe, könne sein Leben retten. Alle, die nicht auf der Stelle gehorchten, wurden in die Turmstadt geschickt. Von den anderen wurde ein Dutzend, die man wahllos aus den Reihen herausgriff, dennoch dem Tod überantwortet. So ist Dola.«

Sennar richtete den Blick durch die Schießscharte auf das Stückchen Himmel.

»Lange glaubte ich, dem Tyrannen gehe es um die Macht. Es sei sein Ziel, über die gesamte Aufgetauchte Welt zu herrschen. Aber nach dem, was ich dort sehen musste, habe ich begriffen, dass es ihm gar nicht um die Macht zu tun ist. Er will die Zerstörung um ihrer selbst willen.«

Nihal ballte so krampfhaft die Fäuste, dass ihre Fingerknöchel schon weiß wurden. Der Zauberer nahm sie in seine Hände und drückte sie sanft.

»Ich weiß, was du jetzt fühlst.«

Sennar berichtete auch von sich selbst und seinen Aufgaben im Land des Windes.

»Ich arbeitete im engsten Kontakt mit dem Heer. Und rat mal, wer mein Verbindungsmann war. Fen! Gemeinsam mit ihm haben Dagon und ich eine ganze Reihe von Angriffsplänen ausgearbeitet, um verlorenes Gelände zurückzugewinnen und den Feind zu schwächen. Leider vergeblich. Immer wieder hatte ich auch meine magischen Fähigkeiten einzusetzen, hatte mit Zauberei einzuwirken auf Waffen oder ganze Truppenteile. Es war unglaublich anstrengend. Das ging morgens bei Sonnenaufgang los und zog sich bis tief in die Nacht. Und nicht selten mussten wir dann nachts noch überstürzt unser Lager abbrechen oder flugs eine neue Verteidigungslinie aufbauen. Glaub nicht, dass ich nicht an dich gedacht hätte, Nihal. Jedes Mal, wenn ich nach Makrat kam, hoffte ich, Zeit für einen Besuch bei dir zu finden. Doch der Rat, die Versammlungen, die anderen Zauberer ... und vor allem der Krieg ließen mich einfach nicht los ..., das Einzige, was meine Augen noch sahen, war der Tod.«

Nihal hörte ihm schweigend zu. In Sennars Gegenwart fühlte sie sich wie vier Jahre zuvor, damals im Wald. Sie war nicht mehr allein. Die traurigen Gedanken, die sie die ganze Zeit über belastet hatten, schienen wie weggeblasen. Sie erzählte ihm von den eintönigen Tagen in der Akademie, von Ravens Hass gegen sie, von der Freundschaft zu Parsel, von den neuen Waffen, mit denen sie zu kämpfen gelernt hatte.

Doch vor allem erzählte sie von den Träumen, die sie weiterhin quälten.

»Verstehst du, Sennar? Es sind Brüder und Schwestern, sie haben einmal gelebt, es gab sie, und sie sind eines gewaltsamen Todes gestorben! Wie könnte ich da ihr Wehklagen überhören?«

Sennar hatte gehofft, die Zeit würde sie von ihren Albträumen erlösen, doch nun sah er, dass Nihal noch lange nicht frei war.

Irgendwann hörten sie jemanden klopfen.

Und schon lugte ein lächelndes Gesicht hinter der Tür hervor. Als Laio sah, dass ein junger Mann in Nihals Kammer war, erstarrte er. »Ach ..., du hast Besuch ..., dann gehe ich wohl lieber wieder.«

Sennar war nicht weniger überrascht: Sicher, er hatte damit gerechnet, dass Nihal neue Freundschaften schließen würde, aber das Auftauchen dieses Bürschleins verhagelte ihm dennoch die Stimmung.

»Nein, nein, komm ruhig rein. Das ist Sennar, von dem ich dir schon so viel erzählt habe.«

Nihal stand auf und führte ihn herein. »Und das ist Laio, mein Freund und Waffengefährte.«

Laio und Sennar gaben sich misstrauisch die Hand.

Die Gedanken des Zauberers begannen zu rasen. Wieso konnte es sich dieses Knäblein erlauben, einfach so Nihals Unterkunft zu betreten? Wie eng war ihre Beziehung wirklich? Nihal hatte ihn als Freund bezeichnet. Gut, aber wie weit mochte das gehen? Und je länger er ihn betrachtete, desto mehr missfiel Laio ihm.

Eine Weile herrschte eisiges Schweigen im Raum. Und plötzlich spürte Nihal etwas ganz Seltsames: ein starkes Unbehagen, das aber eigentlich gar nicht ihr eigenes Gefühl war. Es war, wie wenn man die eigene Stimme hört: Man weiß, dass es wirklich die eigene ist, und doch kommt sie einem völlig fremd vor.

Und um der bedrückenden Situation zu entkommen, sagte sie irgendwann: »Was haltet ihr davon, wenn wir ein wenig rausgehen? Schließlich habe ich heute meinen einzigen freien Tag im Monat.«

Den ganzen Nachmittag über waren sie im Lärm von Makrat unterwegs.

Nihal hatte nichts übrig für dieses Chaos und fühlte sich darin noch genauso fremd wie am ersten Tag. Sennar verhielt sich weiterhin sehr zurückhaltend, und Laio kam sich irgendwie überflüssig vor.

Es war kein angenehmer Nachmittag.

Als es für Sennar Zeit wurde, sich zu verabschieden, standen er und Nihal vor dem großen Portal der Akademie.

»Dann bleibst du also erst einmal eine Weile hier …«, begann Nihal.

»Ja. In der nächsten Zeit habe ich zu lernen, welche Aufgaben auf ein Ratsmitglied abseits der Front zukommen. Das heißt, ich werde dich häufiger besuchen können …«

»Gut, dann also bis bald.«

Nihal verabscheute lange Abschiede. Sie gab ihm einen Kuss auf die Wange und machte Anstalten, hineinzugehen, doch in einem plötzlichen Anflug von Mut hielt Sennar sie noch zurück.

»Sag mal …, wie stehst du jetzt eigentlich zu diesem Laio?«

Nihal blickte ihn verblüfft an und brach dann in Gelächter aus. »Was fragst du denn? Hast du Angst, ersetzt zu werden? Nein, Laio ist doch nur ein Bübchen. Aber er bewundert mich. Und ich fühle mich durch ihn weniger allein. Zudem interessiert es ihn auch nicht, ob ich ein Mensch oder eine Halbelfe bin. Und das will schon etwas heißen, glaub mir.«

»Ja, nein, gewiss … Ach, ich war einfach nur neugierig. Mehr nicht.«

Nihal schüttelte, immer noch lachend, den Kopf, und gut gelaunt nahmen sie Abschied voneinander.

In den folgenden Monaten wurde Nihals Leben beträchtlich einfacher.

Nach dem gründlich misslungenen Auftakt wuchs ihr Malerba jetzt langsam ans Herz. Er war aber auch sehr nett zu ihr: legte im Speisesaal die leckersten Bissen für sie zurück, räumte ihre Kammer auf und brachte ihr hin und wieder sogar ein paar Wildblumen, die Nihal mit einem Lächeln auf den Lippen in Empfang nahm. Seit langem hatte sie niemand mehr so rührend umsorgt.

Manchmal unterhielten sie sich auch. Um Worte ringend, erzählte er ihr unter Tränen von furchtbaren Gräueln, die jenen ganz ähnlich waren, die Nihal in ihren Träumen erlebte. Und sie ließ sich darauf ein, gestand ihm ihrerseits ihre Ängste und ihr Verlangen nach Rache. Sie hatte den Eindruck, dass Malerba, trotz seiner geistigen Beschränkungen, ihren Schmerz und dieses Gefühl der Entwurzelung, das sie quälte, mit dem Herzen sehr gut verstand. Zudem schaffte sie es gar nicht mehr, all ihr Leid für sich zu behalten.

Auch Laios Gesellschaft war wichtig geworden. Sie empfand es als beruhigend, jemanden neben sich zu wissen, der ihr jederzeit zuhörte und sie in den düstersten Augenblicken trösten konnte.

Die Zeit der Ausbildung und die strenge Disziplin in der Anstalt hatten den Jungen nicht verändert. Laio war immer noch ein Kind, das mit weit aufgerissenen Augen in eine Zukunft blickte, die er sich in den schönsten Farben ausmalte. Seine Nähe erinnerte Nihal an die glücklichen Tage damals in Salazar, als sie noch mit Livon zusammenlebte.

Sie bildeten ein seltsames Gespann: sie, der begabteste Schüler der ganzen Einrichtung, und er, der schwächste und untalentierteste. Aber man sah sie ständig zusammen.

Einmal im Monat schaute, sehr verlässlich, auch Sennar in der Akademie vorbei.

Einige Male hatte sich ihm Fen angeschlossen, was jedes Mal Nihals weiblichste Seite wachrief, und so schwelgte sie dann in den Gefühlen ihrer ewigen, unglücklichen Liebe.

Der Drachenritter war stolz auf sie: Je mehr Zeit verging, desto klarer wurde ihm, dass sie zu großen Taten bestimmt war.

Wenn die Hauptarena leer war, kreuzten sie auch mal die Klingen, was sich dann über Stunden hinziehen konnte. Nihal dürstete danach, in seiner Nähe zu sein, und ihm bereitete es ein ungewöhnliches Vergnügen, sich mit diesem Mädchen zu messen.

Ein Jahr war vergangen, seit Nihal die Pforte der Akademie des Drachenordens im Land der Sonne durchschritten hatte.

Mittlerweile beherrschte sie ziemlich perfekt alle Waffen, an denen sie sich versucht hatte, und im Schwertkampf war sie allen Gefährten meilenweit voraus.

Sogar Raven musste klein beigeben, angesichts der Urteile der verschiedenen Lehrer, die schworen, einen solchen Krieger erlebe man nicht alle Tage, und es sei angeraten, sie so bald wie möglich ihre erste Schlacht schlagen zu lassen.

Früher als eigentlich im Ausbildungsplan vorgesehen, war Nihal nun soweit. Ihre wichtigste Prüfung stand bevor: der Kampf auf dem Schlachtfeld.

15

Endlich in der Schlacht

Insgesamt waren sie rund dreißig Soldaten. Sie würden noch in kleinere Gruppen aufgeteilt und den verstreut an den verschiedenen Frontabschnitten stationierten Trupps zugewiesen werden.

Jedes Grüppchen würde unter dem direkten Kommando eines Veteranen stehen, dem die Aufgabe zukam, ihr Verhalten auf dem Schlachtfeld zu beurteilen und jene, die in die Klemme gerieten, wieder herauszuhauen.

Um dies zu erleichtern, sollten sie alle Westen in grellen Farben tragen, an denen sie sogleich als Schüler der Akademie erkennbar wären.

Jetzt, vor der entscheidenden Prüfung, liefen die letzten Vorbereitungen auf Hochtouren.

Schon im ersten Morgengrauen versammelten sich die angehenden Ritter in der Arena und gingen noch einmal alles durch, was sie gelernt hatten, vertieften die Kampftechniken mit jeder einzelnen Waffe, korrigierten die kleinsten Fehler und arbeiteten emsig am Auftreten, das in der Schlacht von ihnen erwartet wurde.

Wenn die Sonne unterging, waren sie mit ihren Kräften am Ende. Alle, bis auf Nihal.

Allein in ihrer Kammer, drehte sie sich unter den Bettdecken von der einen auf die andere Seite und konnte nicht einschlafen. Mit ihren Gedanken war sie schon ganz im Krieg.

Endlich würde ihr Traum Wirklichkeit werden, endlich würde sie ihren Teil zur Vernichtung des Tyrannen beitragen können. Sie konnte noch kaum glauben, dass sie es nun tatsächlich so weit gebracht hatte. Und sie brannte darauf, endlich zu den Waffen zu greifen. Denn es kam ihr so vor, als würde ihr Leben erst in jener bevorstehenden Schlacht seinen wahren Sinn erhalten. Im Kampf würde sie sich endlich von der Schuld befreien können, als Einzige die Auslöschung ihres Volkes überlebt zu haben, von der Schuld, Livon nicht genug geliebt und seinen Tod zugelassen zu haben. Sie zählte die Tage.

Nicht alle teilten ihre freudige Erwartung.

Auf Druck seines Vaters war auch Laio zu der Prüfung zugelassen worden, blickte ihr aber mit Angst und Schrecken entgegen. Bis zu diesem Zeitpunkt hatte er noch recht gleichmütig das Schicksal akzeptiert, das ihm seine Familie zugedacht hatte: Der Tag, da er sich auf dem Schlachtfeld bewähren sollte, schien ihm stets so weit entfernt, dass er sich keine großen Sorgen darum machte. Aber nun hallte ihm des Nachts bereits das Klirren der sich kreuzenden Klingen im Ohr. Und würde er auch nicht durch die Hand des Feindes sterben, so mit Sicherheit aber an seiner Furcht.

Nihal versuchte, ihm Mut zu machen, jedoch mit kläglichem Erfolg. Und da sie sah, dass er einfach nicht zum Helden taugte, schlug sie ihm eine Abmachung vor: »Jetzt hör mir mal zu, Laio. Solltest du auf dem Schlachtfeld in Bedrängnis geraten, werde ich da sein, um dir herauszuhelfen. Aber du musst mir versprechen, dass du mit deinem Vater redest und ihn dazu bringst, dass er dich dein Leben so leben lässt, wie es dir entspricht.«

Laio nickte und hoffte dabei aus ganzem Herzen, dass Nihal ihren Schwur halten würde.

Sennar war in Sorge um Nihal, doch die Nachricht, dass sie in den Kampf ziehen würde, traf ihn nicht unvorbereitet: Seit jeher wusste er, dass Nihal erst dann zufrieden sein würde, wenn sie vom Staub des Schlachtfelds gekostet hatte.

Die letzten, im Land der Sonne verbrachten Monate hatten ihm gut getan. Nach den Schrecken des Krieges war es eine Wohltat für ihn, endlich wieder im Frieden leben zu können. Fast schon begann ihm dieses chaotische Land zu gefallen. Zudem war Flogisto, jener Zauberer, unter dessen Anleitung er seine Künste weiter verfeinert hatte, ein ganz außergewöhnlicher Mensch: ein alter Mann unbestimmbaren Alters, gebeugt von vielerlei Gebrechen und mit einem Hang zur Vergesslichkeit. Die Jahre hatten ihn gezeichnet, ihm aber auch die Gabe einer großen Weisheit verliehen, sowie die Fähigkeit, sich in andere Menschen einzufühlen.

Sennar lernte von ihm Geduld, diplomatisches Geschick, Verständnis und Empathie.

Dann war er so weit, offiziell seinen Platz im Rat der Magier einnehmen zu können.

Zu diesem Anlass plante man eine feierliche Zeremonie im königlichen Palast des Landes der Sonne, mit pompösen Riten, öffentlicher Präsentation in den höchsten Kreisen der Gesellschaft sowie einem abschließenden Festbankett. Alle Köche im Palast waren tagelang mit den Vorbereitungen beschäftigt, und der große Saal wurde prachtvoll geschmückt mit kostbaren Stoffen, antiken Wandteppichen und goldenen Füllhörnern, aus denen sich Früchte aus den entlegensten Winkeln der Aufgetauchten Welt ergossen.

Die Ernennung eines neuen Ratsmitglieds war ein bedeutendes gesellschaftliches Ereignis, und so kamen in Makrat nicht nur die angesehensten Persönlichkeiten aus dem Land der Sonne zusammen, sondern auch die verschiedenen Vertreter der Regenten anderer Länder. Es war eine bunte Festgesellschaft: Generäle in blitzenden Uniformen, andere Würdenträger in vollem Ornat oder einfach Schaulustige, ebenfalls mit größtem Prunk bekleidet, die sich kein gesellschaftliches Ereignis entgehen ließen.

Nach langem Bitten konnte Nihal Raven die Erlaubnis abringen, ebenfalls teilnehmen zu dürfen. An diesem Festtag trug sie endlich wieder ihre eigenen Kleider: Wie hatte sie sie vermisst! Ohne diese entsetzliche Kutte fühlte sie sich jetzt so schön wie nie zuvor.

Sie polierte ihr Schwert, bis es funkelte, flocht sorgfältig ihr Haar und begab sich mit einem Lächeln auf den Lippen zum Palast.

Als sie den von einem Lichtermeer erhellten und mit Stuck und Fresken überladenen Festsaal betrat, waren es nicht wenige Gäste, die plötzlich verstummten.

Unter den eleganten Damen, Zauberern in Festgewändern und Edelleuten jedes Ranges konnte ein Mädchen in lederner Kampfmontur, mit blauen Haaren und militärischem Schritt nicht unbeobachtet bleiben.

Während sie die verwunderten Blicke auf sich spürte, kam sich Nihal plötzlich völlig deplatziert vor. Zum ersten Mal in ihrem Leben hätte sie gerne ein richtiges Kleid getragen, einen langen Rock, Schmuck und ein verführerisches Dekolletee. *Herrje! Was will ich eigentlich hier?*

Dann jedoch erblickte sie Sennar.

Sein Haar war lang und ungekämmt, und er hatte sich nicht rasiert. Zudem trug er sein altes schwarzes Gewand, jenes von seiner ersten Aufnahmefeier mit dem auf die Brust gestickten roten Auge. Man hatte alles Mögliche versucht, ihn dazu zu bringen, sich davon zu trennen.

»Warum sollte ich?«, hatte er geantwortet. »Das ist kein gewöhnliches Gewand, das ist meine zweite Haut. Und ich bin doch keine Schlange, die ihre alte Haut ablegt!«

Also beschwor man ihn, sich zumindest das Haar zu binden und den Bart zu stutzen, damit er nicht wie ein Schiffbrüchiger aussah, doch er lachte nur: Gegen sinnlose Konventionen zu verstoßen machte ihm einfach Spaß.

Zur Begrüßung zwinkerte er Nihal zu und ließ dann eine absurd pompöse Zeremonie über sich ergehen.

Den Reigen eröffnete einer der Höflinge, den man zu diesem Anlass zum Kammerherrn ernannt hatte und der mit einer langen, hohlen Rede die Bedeutung dieses Ereignisses herausstellte.

Dann waren die Ratsmitglieder an der Reihe: Nacheinander erhoben sie sich, um ein Loblied auf Sennar anzustimmen und alle Beweggründe aufzulisten, die sie dazu veranlasst hatten, ihn dieses hohen Amtes für würdig zu befinden.

Beim dritten Ratsmitglied begannen die ersten Gäste bereits vor Langeweile zu gähnen. Es schien kein Ende nehmen zu wollen: Reden, Katzbuckeleien, weitere Ansprachen, Hochachtungsbezeugungen, und wieder eine neue Rede.

Gelangweilt schaute Nihal sich um und musterte die Anwesenden.

Ihre besondere Aufmerksamkeit erregte dabei ein junges Mädchen, das wohl noch ein paar Jahre jünger sein mochte als sie selbst und wie ein Kind in Frauenkleidern aussah: Sie war wunderschön, ernst, würdevoll. Da sie auf einer Art Thron saß, dachte sich Nihal, sie müsse wohl die Tochter des Königs sein, den sie allerdings nirgendwo erblicken konnte.

Aber wie groß war ihr Erstaunen, als sich das Mädchen auf dem Höhepunkt der Zeremonie erhob, auf Sennar zuschritt und mit einem Medaillon in Händen vor ihm stehen blieb.

»Ich, Sulana, Regentin des Landes der Sonne, zeichne dich hiermit aus als Diener der Freiheit und des Friedens in der Aufgetauchten Welt, damit du von heute an niemals vergisst, wem dein Einsatz gelten soll«, sprach sie.

Es folgte Applaus, und Sennar kniete nieder und küsste die Hand der Regentin, die daraufhin graziösen, gemessenen Schritts zu ihrem Thron zurückkehrte.

So war also ein Mädchen die Herrscherin dieses Landes.

Nihal war fassungslos.

Ihr Tischnachbar, eine Art gepuderter Pfau, bemerkte das Staunen in ihrem Gesicht. »Überrascht vom Alter der Königin?«

»In der Tat …, ich dachte immer, hier gäbe es einen König, oder etwas in der Art …«

Der Höfling seufzte und setzte eine pathetische Miene auf. »Ja, wir hatten einen König, aber der ist in der Schlacht gefallen. Ach, was für ein edler Herrscher. Wehrhaft, aber auf Frieden bedacht, stark, aber auch diplomatisch … Ach, ein großer Verlust!«

Dieser Mensch hatte eine unangenehm gespreizte Art, aber Nihal war neugierig geworden und fragte weiter.

»Gab es denn niemanden sonst, der die Regentschaft hätte übernehmen können?«

»O doch, gewiss. Für einige Zeit übte der Bruder des Königs die Macht aus, doch als Sulana dann vierzehn war, erklärte sie vor allen Würdenträgern des Hofes, die sich zur Audienz beim König versammelt hatten, nun selbst den Thron besteigen zu wollen. Der Onkel bemühte sich, sie davon abzubringen, doch sie ließ sich nicht umstimmen: Im Gegenteil warf sie ihm sogar vor, das Volk auszuhungern und am Krieg zu verdienen.«

»Und entsprach das der Wahrheit?«

Der Höfling beugte sich vor und begann zu flüstern, so als gebe er ihr ein Geheimnis preis: »Offen gestanden, ja.«

Dann verfiel er wieder in sein affektiertes Gehabe. »Die Königin erklärte, sie fühle sich zur Herrschaft bereit. Ihr Vater sei ihr im Traum erschienen und habe sie aufgefordert, zum Wohle des Landes der Sonne die Macht zu übernehmen. Und in der Tat lässt sich nicht leugnen, die Königin regiert auf vorbildliche Weise.«

Nihal war voller Bewunderung: ein so junges Mädchen, das weise und reif genug war, um über ein ganz Land zu herrschen!

»Und Ihr? Ihr scheint ein Krieger zu sein. Zudem von einer unbekannten Rasse …«

»Ja, ja, aber das ist ein lange Geschichte. Doch nun bitte ich Euch, mich zu entschuldigen, ich werde erwartet …«

Schnell wie der Blitz hatte sich Nihal verdrückt. Sie trat auf Sennar, das frischgebackene Ratsmitglied, zu und umarmte ihn lächelnd.

»Meinen Glückwunsch, du großer Zauberer. Nun ist dein Traum endlich Wirklichkeit geworden!«

»Ja, schon. Auch wenn nichts wirklich so ist wie im Traum.«

»Was willst du damit sagen?«

»Nun, der Rat ist doch ganz anders, als ich gedacht hätte. Auch dort gibt es Leute, denen es nur um ihre Macht und ihre eigenen Interessen zu tun ist. Nicht alle natürlich. Aber manchmal kann einen die beschränkte Sichtweise einiger Ratsmitglieder schon erschrecken ... Aber egal, im Moment möchte ich mir keine Gedanken darüber machen. Jetzt erwartet mich zunächst wieder die Front im Land des Windes. Da gilt es, die Ärmel aufzukrempeln. Alles zu seiner Zeit. Mit den Machenschaften im inneren Kreis werde ich mich später auseinander setzen.«

Nihal verstand nicht ganz, worauf er hinauswollte. Für sie waren alle Mitglieder des Rates Helden, die sich der Rettung der Aufgetauchten Welt verschrieben hatten. Doch Sennars Worte ließen ein vages Gefühl der Sorge in ihr aufkommen.

In der folgenden Woche erfuhr Nihal, dass sie und Laio bereits in den nächsten Tagen ins Land des Windes aufbrechen würden. Fast hatte sie den Verdacht, Sennar habe hier seine Finger im Spiel und vielleicht darauf gedrängt, dass sie in sein Gebiet geschickt würden. Die Sache missfiel ihr durchaus nicht: So bestand vielleicht die Möglichkeit, dass sie unter Fens Kommando kämpfen würde, und diese Aussicht verlieh ihr Flügel.

An einem Morgen im Spätsommer setzten sie sich in Marsch.

Sie bestiegen einen breiten hölzernen Karren, der mit einer großen, auf vier Eisenstützen ruhenden Plane überspannt war, die sie gegen die Wetterunbilden schützen sollte.

Dieser Karren reihte sich in einen langen Zug ein, der Versorgungsgüter und Soldaten zur Front brachte. Und die Reise begann.

Sie durchquerten Landschaften und Dörfer. Wo sie vorüberkamen, liefen die Menschen neugierig aus ihren Häusern, und die Kinder winkten ihnen zu. Ihre Mienen wirkten arglos, so als wüssten sie nicht, dass jener Zug ein Vorbote des nahen Krieges und nicht einfach eine interessante Abwechslung war.

Sie kamen durch die Wälder im Land des Meeres und die sattgrünen Felder im Land des Wassers. Nihal umklammerte ihr Schwert und dachte an Livon.

Sie erinnerte sich, wie er in seiner Werkstatt stand, damals, als er ihr noch wie ein Riese vorkam, schwarz vom Ruß und von Funken umschwirrt, die von den glühenden Eisen aufflogen. Sie dachte zurück an die Abende, wenn er ihr, dem kleinen Mädchen, Geschichten aus dem Krieg erzählte. Und sie dachte an ihre Zweikämpfe, durch die sie das Schwert zu lieben gelernt hatte. Schließlich hatte sie auch wieder die Szene seines Todes vor Augen, und unterwegs zu den unbekannten Risiken der Schlacht, klammerte sie sich fest an ihrer Wut.

Irgendwann gingen die sanften Landschaften im Land des Wassers in Steppe über.

Einen Augenblick lang glaubte Nihal, ihr Heimatland erwarte sie so, wie sie es mehr als ein Jahr zuvor zurückgelassen hatte, doch dann hallten Sennars Worte in ihrem Kopf wider: *Am ersten Tag traute ich meinen Augen nicht. Es wollte mir nicht in den Kopf, dass jene trostlose Gegend unser Land des Windes sein sollte. Aber am schlimmsten war die Erinnerung daran, wie dieses Land einmal war …*

Bald schon verstand Nihal, was er damit gemeint hatte.

Der erste Eindruck war: Leere und Stille. Meile um Meile verödete Ebene, überzogen mit gelbem, wie von der Sonne gedörrtem Gras. Auch um die Mittagszeit wurde es nicht richtig hell, und mühsam kämpfte sich die Sonne durch die dichten Rauchschwaden.

Dann tauchten die ersten Ruinen auf. Von Flammen geschwärzte Turmstümpfe, eingestürzte Mauern, und zwischen den Trümmern verlorene Blicke, die verschreckt die Karawane beobachteten. Aufgegebene, den Krähen überlassene Felder, niedergebrannte Äcker und Gärten, aus denen verkohlte Baumstümpfe hervorragten.

Und schließlich die Leichen. Meistens Bauern, Kinder und Frauen. Manchmal auch Soldaten. Und zwischen den Toten stöberten die Lebenden herum und plünderten alles, was sie finden konnten.

Die Ebene, die Nihal so häufig vom höchsten Punkt Salazars aus bewundert hatte, lag jetzt unter einer schweren Glocke des Todes.

Kaum hatte der Zug das Kriegsgebiet erreicht, waren die angehenden Ritter auf dem Karren verstummt.

Auch Laio blickte sich immer erschrockener um. Diese ganze Zerstörung war für ihn überhaupt nicht zu begreifen.

»Und hier hast du gelebt?«

Nihal nickte nur stumm.

Sie hatten schon viele Meilen zurückgelegt, als sie die ersten Befestigungsanlagen und Lager der Armee erreichten. Um sie herum waren kleine Zeltstädte entstanden, in denen Überlebende hausten. Zerlumpte Kinder sprangen auf, wenn sie die Karawane sahen, rannten ihnen nach und bettelten um Essen.

Beim ersten Mal warfen die jungen Krieger auf dem Karren noch ein wenig von ihrer Verpflegung hinunter, doch einer der Offiziere fuhr sie sogleich barsch an.

»Lasst das! Bis zu unserem Lager werdet ihr noch von Tausenden bestürmt werden. Darum dürft ihr euch nicht kümmern. Wer hier ein weiches Herz hat, hat seinen Beruf verfehlt.«

Bis dahin hatten sie nachts auf ihrem am Wegesrand abgestellten Planwagen geschlafen. Doch hier im Kriegsgebiet fuhren sie solange, bis sie ein Lager erreichten, von dem sie dann im ersten Licht des Tages gleich wieder aufbrachen.

Es war eine zermürbende, entsetzliche Reise.

Zu Beginn hatten die angehenden Ritter sie noch als eine Art Ausflug betrachtet: Sie hatten sich gut gelaunt unterhalten und über die bevorstehende Prüfung geredet, so als handele es sich nicht um eine Sache auf Leben und Tod, sondern um ein Spiel.

Aber da sie nun das Grauen des Krieges sahen, war allen der Mut zu scherzen vergangen.

Einige blickten gar nicht mehr hinaus.

Andere versuchten, sich durch belangloses Geplauder abzulenken.

Nur Nihal mochte den Blick nicht abwenden von diesem Bild der Zerstörung. *Fülle deine Augen mit diesem Grauen*, sagte sie sich, *und denke immer daran, wenn du in der Schlacht bist.*

Eines Abends bei Sonnenuntergang erreichten sie ihr Lager in der Therorn-Ebene. Der Anblick war nicht eben erbaulich: Die heruntergekommen wirkenden Zelte standen in der Nähe einer zerstörten Turmstadt, und es gab schon recht viele Verletzte.

Sennar war nicht da: Nihal fragte nach ihm und erfuhr, dass er sich im Hauptlager aufhielt, das noch ein gutes Stück entfernt war. Dafür standen aber die Trupps unter Fens Kommando ganz in der Nähe, und mit diesen gemeinsam sollte der Angriff am nächsten Tag unternommen werden. Als sie das hörte, begann ihr Herz heftiger zu schlagen, aber sie hatte keine Zeit, sich länger darüber Gedanken zu machen: Sie und die fünf anderen aus ihrer Gruppe wurden sogleich ins Zelt des Generals geführt, der für diesen Frontabschnitt verantwortlich war.

Der General war ein rauer Mensch, der es offenbar darauf anlegte, ihre Angst noch weiter zu schüren: »Das ist kein Spiel hier«, sagte er. »Die Dinge, die man euch in der Akademie gelehrt hat, sind bloß Torheiten für Stutzer. Der Krieg ist etwas ganz anderes: Da ist kein Platz für Höflichkeiten, und auch eure Lehrbücher für den Schwertkampf könnt ihr hier vergessen. Seid ihr im Getümmel, zählt nur noch der Befehl eures Vorgesetzten und wie viele Feinde ihr niedermacht. Und denkt bloß nicht, wir würden hier eure Ammen spielen. Eure oberste Pflicht ist Gehorsam. Missachtet ihr einen Befehl und geratet dadurch in die Klemme, müsst ihr selbst sehen, wie ihr da wieder rauskommt. Und verlasst euch nicht zu sehr auf den Veteranen, der euch beobachtet: Im Gefecht seid ihr für euch selbst verantwortlich. Was nun die morgige Schlacht betrifft, wird es darum gehen, eine Befestigung zu stürmen, die wir schon eine Weile belagern. Die Wasser- und Nahrungsvorräte der Eingeschlossenen gehen zur Neige, es ist also der richtige Zeitpunkt, um loszuschlagen. Eine Stunde vor dem Morgengrauen greifen wir an. Zunächst sorgen die Bogenschützen für ein wenig Verwirrung, und gleich darauf greifen die Drachenritter aus der Luft an, und die erste Linie der Fußsoldaten stürmt die Mauern. Ihr gehört zur zweiten Linie: Ist der Durchbruch gelungen, habt ihr nichts weiter zu tun, als mit den anderen in die Burg einzudringen. Die Einzelheiten erfahrt ihr kurz vor dem Angriff. Wecken ist zur dritten Stunde nach Mitternacht. Ich rate euch also, vorher noch mal richtig zu schlafen. In zwei Stunden ist Essenfassen. Zuvor seht ihr noch euren Prüfer, dann könnt ihr euch die Zeit vertreiben, wie ihr wollt. Ich rate euch aber dringend davon ab, das Lager zu verlassen. Und ich möchte auch nicht sehen, dass ihr hier überall herumschnüffelt.«

Der General schlug die Hacken zusammen und ließ sie sprachlos und entmutigt im Zelt zurück. Laio war den Tränen nahe.

»Es wird schon«, flüsterte ihm Nihal zu.

Der Veteran war noch jung genug, um die Gefühle eines Schülers der Akademie vor seiner ersten Schlacht nicht ganz vergessen zu haben.

Er erläuterte noch einmal den Schlachtplan und erklärte ihnen, sie sollten sich mit allem an ihn wenden, denn er sei für ihr Überleben verantwortlich. Dann zeigte er ihnen die Waffen und Rüstungen, mit denen sie kämpfen würden, und verabschiedete sie schließlich alle, bis auf Nihal.

»Du bist eine Halbelfe?«

Nihal nickte.

»Das heißt, der Feind darf auf keinen Fall von deiner Existenz erfahren. Vermumm dich also gut, bevor es losgeht.«

»Warum? Ich kann mir nicht vorstellen, dass den Tyrannen meine Anwesenheit hier besonders interessiert.«

»Der Tyrann hat aber dein Volk auslöschen lassen. Wir wissen nicht, warum, aber wir wissen, dass du die letzte Überlebende bist. Erfährt er von dir, könnte das ganze Lager in Gefahr geraten. Es war ein großer Fehler, deinen Namen überall herumzuposaunen, so wie du es meinen Informationen nach in Makrat getan hast. Im Krieg darf man einen Soldaten verlieren, aber nicht eine ganze Einheit.«

Nihal kam sich wieder wie eine Bedrohung vor. Es stimmte also, was sie nach Livons Tod gedacht hatte: Ihre bloße Existenz brachte die Menschen um sie herum in Gefahr.

Der Veteran reichte ihr einen Helm, der ihren Kopf ganz einschloss, so dass weder ihre Haare noch ihre Ohren zu erkennen waren.

Dieser Helm war das erste Problem, denn er saß so eng, dass er schmerzte.

Das zweite war die Rüstung: Die Brustpanzer, die an alle verteilt wurden, passten nicht zu Nihals zierlicher Figur. Kein einziger war darunter, der tragbar gewesen wäre.

Irgendwann verlor der Veteran die Geduld. »Ach, Frauen! Es hat schon seinen Grund, dass sie eigentlich zu Hause bleiben und die Kinder hüten sollen!«

Nihal warf den Brustpanzer zu Boden.

»Ich brauche das alles nicht.«

»Ach, tatsächlich? Gut, ich verstehe. Du gehörst zu den Helden, die mit stolzgeschwellter Brust hier eintreffen, in der Überzeugung, sogleich große Taten vollbringen zu können. So jemand ist in jeder neuen Gruppe, die man uns aus der Akademie herschickt. Und soll ich dir mal was sagen? Das sind die, die am schnellsten wieder fort sind: Entweder fallen sie in der Schlacht, oder sie bekommen beim ersten Angriff schon das große Flattern und verkriechen sich in irgendein Mauseloch.«

»Aber ich bin nicht zum Spielen hier, sondern zum Kämpfen«, entgegnete Nihal.

»Umso besser, aber sieh zu, dass du die anderen nicht in Gefahr bringst.«

Als Nihal durch das Lager schlenderte, stellte sie fest, dass sich selbst an einem solchen Ort des Krieges so etwas wie ein Alltag einstellte. Einige Soldaten schrieben Briefe, andere schliefen, wieder andere wuschen ihre Kleider aus. Über allem lag eine seltsame Stille, so als halte alles die Luft an. Sie kam sich vor wie an einem Ort, der der Zeit entrückt war und wo man auf irgendetwas wartete, von dem man nicht wusste, was es sein mochte.

Das Essen war karg und wurde schweigend eingenommen. Nihal fragte sich, ob dies vor einer Schlacht wohl immer so war. Dachten alle an morgen? Oder gewöhnte man sich auch daran, immer wieder sein Leben aufs Spiel zu setzen, und hatte irgendwann keine Angst mehr davor? Was sie selbst betraf, so konnte sie es gar nicht erwarten, endlich in den Kampf zu ziehen.

Nach der Verpflegung zogen sich alle in ihre Zelte zurück. Nihal wartete, bis Laio eingeschlafen war, und erst als sie hörte, dass seine Atemzüge regelmäßig kamen, legte sie sich auch nieder. Es war gar nicht so leicht, in den Schlaf zu finden: Sobald sie die Augen schloss, wirbelten Schlachtenbilder in ihrem Kopf herum, Bruchstücke ihrer Albträume, Erinnerungen aus ihrer Kindheit. Bald war ihr, als platze ihr der Schädel. Irgendwann stand sie wieder auf und verließ die Unterkunft.

Draußen kroch ihr sofort die Kälte in die Glieder. Sie hüllte sich in ihren Umhang und wanderte durch das schlafende, im Dunst liegende Lager. Es herrschte eine vollkommene, unwirkliche Stille. Eine friedliche Atmosphäre, die so gar nicht zu den Verwüstungen, die sie auf der Fahrt hierher gesehen hatte, passen wollte.

Nihal wanderte ein Stück, bis aus der Dunkelheit die Umrisse der zerstörten Turmstadt auftauchten. Und ihr war, als würden die Steine jener unbekannten, nunmehr erloschenen Stadt nach ihr rufen. Sie ging näher heran und begann dann, eine Treppe hinaufzusteigen, die wie durch ein Wunder die Zerstörungen überstanden hatte, wenn auch einige Stufen wackelten und andere ganz fehlten. So gelangte sie fast bis zum höchsten Punkt der Turmstadt. Erst etwas unterhalb der Spitze, dort, wo einmal die Aussichtsterrasse gewesen sein musste, kam sie nicht mehr weiter: Die Stockwerke darüber waren fast ganz eingestürzt.

Während sie so umherwanderte, schienen ihr die Steine der Turmstadt von ihrem eigenen Leben im Land des Windes zu erzählen. In jenen durch das Feuer und die Zerstörungswut der Menschen entstellten Mauern erkannte sie Geschäfte, Häuser, Versammlungssäle.

Sie fand auch eine Werkstatt, die der von Livon ganz ähnlich war. Einige Räumlichkeiten waren noch intakt, viele andere waren ausgeweidet und fielen ins Leere ab. Irgendwann betrat sie einen Raum, den eine eingestürzte Wand in zwei Teile gespalten hatte. Als sie hinausblickte, sah sie die Reste des inneren Turmgartens, in dem die Bewohner früher einmal ihre Gemüsegärten bestellt und im Schatten hoher Bäumen die Sommerfrische genossen hatten. Der Garten war fast vollständig zerstört. Doch in der Mitte erhob sich noch ein einzelner Olivenbaum. Sein knorriger Stamm erzählte die Geschichte eines langen, mühseligen Lebens. Aber er hielt stand. Für Nihal war er so schön wie eine Skulptur.

Auch dieser Anblick rief wieder Erinnerungen wach. Sie dachte an ihre Aufnahmeprüfung im Bannwald, als sie das Herz der Erde hatte schlagen hören. Und auch jetzt hatte sie wieder diesen verborgenen Herzschlag im Ohr, wie zum Beweis, dass ihr Band zur Natur, obwohl sie sich für den Krieg entschieden hatte, noch nicht zerrissen war.

Und plötzlich wurde sie überschwemmt von einem ganzen Ozean von Gefühlen: Sehnsucht, Wehmut, Reue. Sie sehnte sich zurück in ihre Kindheit, mit ihren Spielen, ihrer Unschuld, ihrem Frieden. Mit einem Male kam ihr das Leben bis zu diesem Zeitpunkt ganz wunderbar vor. Sie hatte Angst zu sterben, all das zu verlieren, was ihr das Leben schon gegeben hatte.

Bis zu dieser Nacht hatte sie ihr Leben mit Trauer betrachtet: Die Verluste und Verletzungen des vergangenen Jahres, ihre Albträume, die Strafe, Letzte eines ganzen Volkes zu sein.

Doch nun wollte sie nicht sterben.

Sie betrachtete den Vollmond, so strahlend hell, dass er fast blendete, und dachte, wie schön es wäre, den Krieg zu vergessen und wieder jenes Mädchen zu sein, das sie im Grunde aber vielleicht niemals war. Was wäre schlecht daran? Schluss mit den Waffen, dem Drill, der Allgegenwart des Todes. Sie hätte sich ein Leben im Land der Sonne aufgebaut, hätte vielleicht angefangen, an die Liebe zu denken, einen Mann gefunden, mit dem sie hätte leben können, mit dem sie Kinder bekommen hätte und, auf ein glückliches Leben zurückblickend, alt geworden wäre.

Was wäre falsch daran? Gar nichts.

Und doch konnte sie nicht. Wie hätte sie in Frieden leben können in dem Wissen, dass alle Angehörigen ihres Volkes, Männer, Frauen, Kinder, einfach hinweggefegt worden waren von einem wilden, unbegründeten Hass? Wie hätte sie ein glückliches Leben führen können, während in der Aufgetauchten Welt immer noch die schlimmsten Gräuel verübt wurden?

Dann wurde vor ihren Augen alles wieder so, wie es tatsächlich war: Der Turm wurde wieder eine Ruine, der Olivenbaum ein gewöhnlicher Baum im hohen Unkraut.

Der Traum von einem normalen Leben war ausgeträumt.

Nihal wusste, dass sie noch in dieser Nacht zum Krieger würde.

Sie löste ihren langen blauen Zopf, der über Jahre keine Schere gesehen hatte, und betrachtete diesen Strom von Haaren, der ihr bis über die Hüften reichte. Es war das Haar einer Königin, wie es Minnesänger besangen, in dem Geliebte sanft versanken.

Sie griff zu ihrem Schwert.

Und Büschel um Büschel fiel langsam zu Boden.

Als sie fertig war, war ihre Frisur nur noch eine kurze, zerzauste Mähne.

Sie warf die Haare in den Garten hinunter.

Laio erwachte, als zum zweiten Mal ins Horn gestoßen wurde. Er schlug die Augen auf und sah sie vor seiner Pritsche stehen. Mit offenem Mund starrte er sie an.

»Nihal! Was ist denn mit dir passiert?«

»Lange Haare sind unpraktisch in der Schlacht. Nun steh aber auf, sonst bist du nicht fertig zum Appell.«

Dann setzte sie sich in eine Ecke. Sie fühlte sich seltsam heiter: Sie hatte eine Entscheidung getroffen, und niemand würde sie mehr davon abbringen können. Sie griff zu einem langen schwarzen Tuch und stellte sich vor den Schild, den sie in der Schlacht benutzen würde. Wenn auch ein wenig verzerrt, konnte sie doch ihr Spiegelbild darin erkennen, und als sie sich sah, schnürte es ihr die Kehle zu. *Unsinn. Jetzt hör auf, dich wegen der paar Haare so anzustellen,* wies sie sich selbst zurecht.

Sie wickelte sich das Tuch so um den Kopf, dass man keine Einzelheiten mehr erkennen konnte. Mit Sicherheit würde sie auffallen, weil sie maskiert und eine Frau war, aber niemand würde merken, dass sie eine Halbelfe war.

Laio saß noch immer auf der Pritsche und sah ihr mit großen Augen zu.

Nihal blickte sich noch einmal im Spiegel an: Ihre Augen stachen aus dem Schwarz des Stoffes hervor. Es war ihr nie aufgefallen, wie schön sie waren. *Jetzt reicht's aber, Nihal. Schluss mit den Eitelkeiten.*

Es war noch stockdunkel, als sich die Truppen in Marsch setzten.

Zunächst marschierten sie zu jenem Lager, das man direkt unter der feindlichen Festung, die eingenommen werden sollte, errichtet hatte. Für Nihal hieß das nur eins: zu Fen unterwegs zu sein.

Sie bewegten sich in vollkommener Stille, und binnen einer Stunde kam schon das Lager in Sicht: Es war um einiges größer und besser eingerichtet als das, in dem sie die Nacht verbracht hatten. Die Vorbereitungen waren im vollen Gange, und die Anspannung überall spürbar. Nihal bemühte sich sogleich, unter den vielen Männern, die dort umherliefen, Fen zu entdecken.

Schließlich sah sie ihn in seiner goldenen Rüstung und mit sehr ernster Miene aus einem Zelt treten. Möglichst unauffällig schlich sie sich aus ihrer Reihe und ging zu ihm. »Fen?«

Argwöhnisch wandte der Ritter dieser maskierten Gestalt, die da plötzlich vor ihm stand, den Blick zu. Einen Augenblick lang hatte Nihal gehofft, er würde sie auch in diesem Aufzug erkennen. Sie schob den Umhang zurück und zeigte ihm die Weste, die sie als Rekrutin auswies.

»Ich bin's …«

»Nihal!«

Der Ritter reichte ihr die Hand und hielt die ihre lange fest. »Deine erste Schlacht, nicht wahr?«

Das Mädchen nickte und spürte dabei, wie ihr die Knie weich wurden.

»Setz dich keiner unnötigen Gefahr aus, Nihal. Du wirst in der Zukunft noch vielfach Gelegenheit haben, deine Fähigkeiten ins rechte Licht zu rücken. Ich denke an dich, dort oben in den Lüften.«

Nihal glaubte zu träumen, doch ein barscher Ruf ihres Offiziers brachte sie rasch wieder in die Wirklichkeit zurück. »Ich muss gehen …«

Fen ließ ihre Hand los. »Viel Glück.«

Die Rekruten wurden den anderen Fußsoldaten der zweiten Linie zugeordnet.

Es war ein bunt gemischter Haufen: Männer, Gnomen, sogar Kobolde, die als Spione dienten. Es waren Krieger jeden Alters; junge Milchbärte, aber auch gestandene Männer und solche, die den Zenit ihres Lebens bereits überschritten hatten.

Noch einmal wurde ihnen der Schlachtplan erläutert: Sie sollten den ersten Ansturm abwarten und erst nach dem erfolgreichen Durchbruch der ersten Linie in die Burg eindringen.

Nihal war hoch konzentriert. Langsam leerte sich ihr Kopf, und bald gab es nur noch einen Gedanken: die Schlacht. Sie hatte keine Angst mehr, sie war weder aufgeregt noch ungeduldig: Sie dachte nur noch an das, was sie zu tun hatte.

Dann nahmen sie Aufstellung.

Unterhalb der Horizontlinie zeigte ein ganz schwacher Schimmer das baldige Morgengrauen an. Gleich hinter den Bogenschützen sah Nihal die Ritter auf ihren Drachen, die reglos auf das Signal zum Angriff warteten.

Die Festung war im Grunde eine kleine Turmstadt, die besser erhalten war als die meisten anderen der Gegend. Man hatte das Mauerwerk verstärkt und alle Eingänge gesichert, was ihr insgesamt etwas Trutziges und Bedrohliches gab. Kein Laut drang nach außen. Über allem lag eine angespannte Stille, die die beiden feindlichen Heere verband.

Da plötzlich ließen die Bogenschützen gleichzeitig ihre Pfeile von den Sehnen schnellen, und kurz darauf stiegen schon die Drachenritter auf.

Die Augenblicke, bis die Pfeile sowie die Ritter die Festung erreicht hatten, schienen nicht enden zu wollen.

Aber plötzlich flogen ihnen von der Burg riesengroße, von Katapulten geschleuderte brennende Geschosse entgegen, die direkt vor der ersten Linie einschlugen.

Und gleich darauf erhob sich ein Schwarm fliegender Wesen von der Festungsmauer.

»Diese verdammten Drecksvögel«, fluchte der Soldat neben Nihal.

»Was sind denn das für Vögel?«

»So genau wissen wir das auch nicht. Wir nennen sie Feuervögel. Sie sind zwar nicht besonders gefährlich, aber sie spucken Feuer und machen unseren Bogenschützen zu schaffen. Und wenn dann die Fußsoldaten losschlagen, haben sie weniger Deckung.«

Sogleich wurde der Schlachtplan geändert: Der General, der sie am Vorabend in Empfang genommen hatte, befahl der ersten Linie, unverzüglich anzugreifen. Die zweite Linie hielt er noch zurück.

Der Lärm war fast unerträglich geworden. Da plötzlich schien sich an unzähligen Stellen die Erde zu verformen und gleich darauf anzuheben, und wie Riesenkakerlaken krochen Hunderte brüllender Fammin aus den Löchern hervor. Im Nu hatten die Bestien das Gelände vor dem Turm eingenommen und fielen den Soldaten in den Rücken.

Vom Schlachtenlärm umtost, stand Nihal mit pochendem Herzen da und verspürte den unbändigen Trieb, sich in den Kampf zu stürzen. Das Warten zerrte an den Nerven, doch ohne Befehl konnte sie nicht eingreifen. Dies war das Erste, was man ihnen beigebracht hatte: allen Befehlen zu gehorchen. Sie beobachtete die kämpfenden Ritter auf ihren Drachen und meinte gar, Fen ausmachen zu können. Dann blickte sie zu Laio, der zitternd neben ihr stand und sich auf die Lippen biss, dass sie fast bluteten.

»Bleib ganz ruhig, hab keine Angst«, redete sie ihm zu, doch auch sie selbst bekam diese Mischung aus Angst, Kampfeslust und Erregung kaum in den Griff.

Dann plötzlich kam der Befehl.

Ein Schrei, und ihr Trupp ging zum Angriff über.

Wie von Sinnen rannte Nihal auf die Befestigung zu.

Etwas verschwommen sah sie Hunderte von Menschen im Kampf vor dem Turm.

Sie sah die Fammin, die immer näher kamen.

Und augenblicklich war sie ganz erfüllt von Hass, Wut und Rachedurst. Sie begann zu kämpfen.

Nihal wusste sehr gut, dass man im Zweikampf alles vergaß, doch hier auf dem Schlachtfeld war es noch einmal etwas vollkommen anderes.

Sie hatte gar kein Zeit zu irgendeinem Gedanken: Wie eine Maschine bewegte sie sich und ließ sich nur noch vom Zorn lenken. Alles, was sie war, schmolz zusammen auf ihre körperliche Existenz, auf die Tatsache, dort zu stehen und zu töten. Aus allen Richtungen stürmten Fammin auf sie ein. Und in alle Richtungen schwang sie das schwarze Schwert und traf genau. Nihal wusste in jedem Augenblick, was um sie herum geschah, wen sie zu treffen hatte und auf welche Weise.

Den ersten Feind streckte sie mit Schwung aus vollem Lauf nieder. Dann ohne Unterbrechung unzählige weitere.

Sie vergaß sich ganz, rückte nur noch vor, Schritt für Schritt, tötete Feind auf Feind. Es war ein infernalisches Getümmel. Männer, die auf andere Männer stürzten, Fammin, die Soldaten an den Hals sprangen. Und diese Bestien gaben sich nicht damit zufrieden, mit Schwertern und Äxten zuzuschlagen. Nein, sie zerfleischten ihre Gegner auch mit den Zähnen, zerrissen sie mit ihren Klauen, vergingen sich sogar noch an jenen, die gefallen am Boden lagen.

Überall Hunderte von Leichen: Männer, Fammin, Gnomen. Das Gras war rot und glitschig. Ströme von Blut gingen wie Regen aufs Schlachtfeld nieder. Doch Nihal dachte nur daran zu kämpfen, zu töten, zusammen mit den anderen Soldaten Elle für Elle des Geländes zu erobern. Immer wieder trat sie gegen Leichen, besudelte sich mit Blut.

Sie hatte keine Angst, sie war nicht entsetzt über das, was sie sah, den Tod, der sie umgab, das Leid der Verwundeten. Um sich schlagen und Feinde niedermachen – nur das zählte.

Dann irgendwann begann sie auch das wahrzunehmen, was im weiteren Umkreis vor sich ging. An den Schatten auf dem Boden erkannte sie die Stellung der Drachenritter und dieser vogelähnlichen Wesen, die aus der Festung geflogen kamen. Und aus dem Schlachtenlärm hörte sie immer deutlicher die Befehle heraus, die der General ihnen zubrüllte.

Irgendwann hatte sie sich bis zur Turmmauer vorgekämpft, als ein Guss siedenden Öls ihren Arm streifte.

Da sie einen Moment lang von hinten Deckung hatte, konnte sie hinaufblicken: Auf den Zinnen standen Fammin und gossen in regelmäßigen Abständen riesige Kessel mit siedendem Öl auf die Angreifer hinunter. Sie fühlten sich sicher, denn der Pfeilhagel war lichter geworden, weil den Bogenschützen allmählich die Munition ausging. Nihal rannte ein Stück um den Turm herum, bis sie eine Art Nische gefunden hatte, die ihr Deckung bot. Sie atmete einmal tief durch und lehnte sich dann aus ihrem Versteck hervor.

Einen Fammin konnte sie erkennen, aber nur einen zu töten, war zu wenig: Um die Mauer überwinden zu können, musste zumindest eine ganze Turmseite vom Feind entblößt werden.

Fieberhaft blickte sie sich um.

Nicht weit von sich sah sie einen Soldaten, der vom Turm gestürzt war. Neben ihm einen Bogen. Nihal rannte aus ihrem Versteck, wich dabei geschickt den heißen Ölgüssen aus und suchte dann wieder Deckung.

Eine Reihe von Pfeilen lagen auf dem Boden verstreut oder staken in den Mauerritzen. Nihal sammelte einige ein und steckte sie in ihren Gürtel. Dann legte sie den ersten an die Sehne und sprang aus ihrem Versteck. Der Pfeil schnellte los, und schon sank ein Fammin getroffen nach hinten zurück.

Und gleich wieder spannte sie den Bogen.

Auch der zweite Schuss traf, doch Nihal hatte keine Zeit, sich darüber zu freuen. Hinter ihr näherte sich grunzend und seine blutbesudelte Streitaxt schwingend ein Fammin. Hastig hängte sie sich den Bogen um und tastete hektisch nach ihrem Schwert.

Und schon im nächsten Moment war das Ungeheuer über ihr, ließ ihr keine Zeit, selbst anzugreifen. Nihal begann zurückzuweichen. Einen Hieb nach dem anderen parierend stolperte sie zurück.

Da plötzlich schwebte der General auf seinem Drachen heran, durchbohrte das Ungeheuer mit der Lanze, packte Nihal am Arm und hob sie in den Sattel.

Sofort schlug das Tier wieder mit den mächtigen Schwingen, und sie stiegen auf.

Sich am Satteldorn festklammernd, atmete Nihal kräftig durch und beobachtete von oben das Schlachtfeld: Die Fammin hinderten die Angreifer immer noch daran, näher an die Mauer heranzukommen, und der Pfeilregen wurde ständig dünner.

»Ich drehe eine weite Runde um den Turm, und du versuchst, sie zu beschießen«, sagte der General zu ihr.

»Gut. Ich bin bereit.«

Nihal legte an und zielte. Der Schuss saß.

Sie legte wieder an, und noch einmal, und zwei weitere Feinde stürzten von der Mauer in die Tiefe.

Plötzlich spürte sie ein Brennen an einem Bein. Ein Pfeil hatte sie gestreift, aber nur die Haut aufgerissen.

»Verdammt, sie haben begriffen, was wir vorhaben! Beschäftige sie weiter. Ich kümmere mich um das siedende Öl.«

Nihal zog die letzten beiden Pfeile aus ihrem Gürtel und schoss sie nacheinander ab.

Der Ritter verlor keine Zeit. Mit aller Gewalt schleuderte er seine Lanze gegen einen der Kessel, der sofort umkippte und sich ins Innere des Turmes ergoss. Gleich darauf hörte man verzweifelte Schmerzensschreie.

Der Drache drehte ab und hielt auf andere Fammin zu.

»General …«, rief Nihal.

»Was ist?«

»Ich hab keine Pfeile mehr …«

Der Militär fluchte. »Also gut, ich bringe dich wieder auf den Boden hinunter.«

Bald befand sich Nihal wieder vor der Turmmauer, mitten in der Schlacht. Sie zog das Schwert und stürzte sich erneut in den Kampf.

Jetzt schloss sie sich dem Haufen an, der immer noch um den Durchbruch rang. Einige Soldaten hatten einen Rammbock zu Hilfe genommen, wurden aber immer wieder von den Fammin zurückgeworfen.

Als Nihal gerade wieder mit einer dieser Bestien die Klingen kreuzte, vernahm sie plötzlich einen Laut, den man auf einem Schlachtfeld nicht vermutet hätte: Es klang wie das Weinen eines Kindes.

»Laio!«

Auch ihr junger Freund befand sich vor der Mauer.

Zu Beginn der Schlacht hatte er mit allen anderen den Angriff vorgetragen, sich bald aber zurückgezogen und zitternd hinter einem Gebüsch verkrochen. Ihr Prüfer, der Veteran, hatte ihn jedoch entdeckt und gezwungen, sich wieder zu den anderen Fußsoldaten in die Angriffsreihe einzuordnen. Und nun stand er da, vollkommen wehrlos. Das Schwert war ihm aus den Händen geglitten.

»Renn los!«, rief Nihal ihm zu, während sie sich zu ihm durchkämpfte.

Laio rührte sich nicht.

»Renn doch endlich!«, brüllte sie noch lauter.

Erst jetzt kam Laio zu sich, nahm die Beine in die Hand und rannte auf ihr Lager zu. Er wäre dort wohl nie lebend angekommen, hätte der Veteran nicht Mitleid mit diesem Jungen gehabt, den man gegen seinen Willen ins Kriegsgetümmel geworfen hatte. Er flog heran, packte ihn und setzte ihn auf seinen Drachen.

»Ist ja gut. Du bist gerettet. Es ist vorbei.«

Laio drückte sich an ihn und begann hemmungslos zu schluchzen.

Nihal hatte das Schwert ihres Freundes aufgehoben und focht jetzt mit zwei Klingen. Sie war erschöpft und mit Wunden übersät.

Da hörte sie einen Schlag. Das Tor begann nachzugeben. Gleich würde ihnen der Durchbruch gelingen. Überall auf dem Schlachtfeld lagen gefallene Fammin, und der Sieg schien nahe.

Sie riss sich noch einmal zusammen, doch unterdessen hatten ihre Augen merkwürdig zu brennen begonnen. Plötzlich schien es, als sei dichter Nebel herabgesunken. Und eine infernalische Hitze umfing sie. Die Luft roch stark nach Rauch, und sie begann zu husten. Man bekam kaum noch Luft.

»Was zum Teufel ...«

Ein letzter Stoß mit dem Rammbock, das Tor gab nach, doch durch die Öffnung loderte ihnen ein Flammenmeer entgegen.

Die Soldaten in der ersten Linie verbrannten bei lebendigem Leibe, ebenso wie die Männer, die den Rammbock trugen.

Die Besatzer hatten die Turmstadt lieber in Brand gesteckt, als sie dem Feind in die Hände fallen zu lassen.

Das Heer trat den Rückzug an.

Von den Feuerkugeln der Katapulte bedrängt, zogen sich nacheinander auch die Drachenritter zurück.

Während sie mit den anderen zum Lager zurückrannte, sah sie, dass einige von ihnen, von Feuerkugeln getroffen, jenseits des Turmes ins Trudeln gerieten und abstürzten.

16

Ein neuer Schmerz

Wie ein lebendiges Wesen wand sich das Feuer um die Turmstadt, umschlang sie immer enger und eroberte sie schließlich ganz. Wie Fangarme hoben sich die Flammen zum Himmel. Die Steine gaben nach, und in einer Wolke aus Rauch und Staub fiel der ganze Turm in sich zusammen.

Vom Lager aus beobachtete das Heer die Szene, und als der Turm einstürzte, erhob sich Siegesgeschrei. Auch Nihal reckte ihr Schwert zum Himmel. Beim Anblick dieses Bildes der Zerstörung stahl sich ein Lächeln in ihr Gesicht.

Der General trat zu ihr. »Du hast deine Aufgabe voll erfüllt«, erklärte er knapp, und Nihal wusste, dass sie es geschafft hatte. Nun würde sie ihren eigenen Drachen erhalten, würde ihn zu reiten lernen und sich mit Haut und Haaren dem Krieg verschreiben. In diesem Moment hatte sie nur die Feinde, die sie getötet hatte, und ihren Triumph im Kopf: Sie dachte weder an Sennar in der Ferne, noch an Laio, der dem Tod entronnen war, und ebenso wenig an Fen. Sie dachte an Rache: Heute hatten die Halbelfen ihre erste Revanche genommen.

Auch der Veteran trat an sie heran. »Du kannst dich freuen, du hast deine Prüfung bestanden. Ja, du hast dich wirklich gut geschlagen. Dein Freund jedoch, nun …, er ist noch nicht wieder richtig bei sich. Schau doch mal nach ihm.«

»Zu Befehl«, antwortete Nihal eilig und lief schon los.

Sie fand Laio in einer Ecke des Zeltes kauernd vor. Er schluchzte und zog die Nase hoch. Behutsam trat sie an ihn heran, doch er schrak dennoch auf. Sie setzte sich neben ihn und begann, ihm zärtlich über den Kopf zu fahren.

»Es ist ja vorüber, mein Kleiner. Du brauchst keine Angst mehr zu haben. Nun wirst du wohl mit deinem Vater sprechen. Erklär ihm einfach, wie es in dir aussieht. Es wird schon alles gut.«

Er wandte ihr den Blick zu: Seine Augen waren verquollen und gerötet vom Weinen. »Es war so entsetzlich. Das hätte ich nicht für möglich gehalten: Die vielen Leichen, die Fammin, die plötzlich überall waren, unsere Kameraden, die getroffen zu Boden sanken … Es war so schrecklich, Nihal. Schrecklich!«

Nihal wusste nicht, was sie antworten sollte. Es stimmte ja alles. Es war wirklich entsetzlich: der Tod, das Blut, die Fammin. Aber so war eben der Krieg.

»Warum muss das alles sein? Warum hasst uns der Tyrann? Warum hasst er auch alle, die ihm nichts getan haben?«

»Darauf gibt es keine Antwort. Er hasst uns, Schluss, aus. Deswegen kämpfen wir.«

»Wir kämpfen …? Sag lieber, ihr kämpft, denn mir fehlt der Mut dazu. Ich hatte solche Angst und habe damit auch dein Leben in Gefahr gebracht … Ich hasse mich! Ich weiß, dass wir kämpfen müssen, aber ich weiß auch, dass ich dem nicht gewachsen bin. Ich bin eben ein Feigling! Wie soll ich nur in Frieden weiterleben, nach all dem, was ich heute gesehen habe?«

»Wir müssen doch nicht alle in den Krieg ziehen, Laio. Man kann unsere Welt auf vielfältige Weise unterstützen. Denk nur an die Ratsmitglieder oder die Regenten der freien Länder. Auch wenn sie nicht zu den Waffen greifen, setzen sie doch ihre ganze Kraft für die Freiheit der Aufgetauchten Welt ein. Auch du wirst eine Aufgabe finden, in der du nützlich sein kannst.«

Laio kamen wieder die Tränen, und er weinte leise weiter.

Plötzlich kam Unruhe ins Lager.

Nihal merkte es an den hektischen Schritten gleich vor dem Zelt. Sie blickte hinaus. Alle Soldaten waren aus ihren Zelten gelaufen.

»He du, was ist da los?«

Der junge Knappe, den sie angesprochen hatte, blieb nicht einmal stehen.

»Wir haben einige Ritter verloren«, erklärte er atemlos und rannte weiter.

Ein Gedanke schoss Nihal durch den Kopf: Fen. Sie hatte ihn nach der Schlacht nicht mehr gesehen. *Das ist doch lächerlich. Ihm ist sicher nichts passiert.* Doch eine eigenartige Unruhe ergriff sie. Sie verließ ihr Zelt und streifte durch das Lager, in dem immer erregteren Hin und Her von Soldaten und Knappen, bis sie auf eine kleine Schar stieß, die sich vor dem Zelt des kommandierenden Generals versammelt hatte.

Sie trat näher heran und betete dabei, unter den Stimmen, die aus dem Zelt drangen, auch die von Fen zu hören. Sie vernahm undeutliche Worte, erregte, sich überschneidende Stimmen, doch keine darunter besaß die Klangfarbe, die sie von Fen kannte.

Sie wandte sich an einen der Rekruten. »Weißt du, was geschehen ist?«

»Sie debattieren über die Schlacht. Offenbar ist nicht alles so erfreulich verlaufen, wie es zunächst den Anschein hatte. Viele Fußsoldaten sind gefallen, ein Drachenritter ist schwer verwundet, weitere vier werden noch vermisst.«

Nihal pochte das Herz bis zum Hals.

»Weißt du die Namen der Ritter?«

»Ja, einer ist ein gewisser Dhuval … ein anderer heißt, glaube ich, Pen, Ben, so was in der Art … und vermisst werden auch …«

Nihal packte den jungen Burschen am Kragen und ließ ihm keine Zeit, den Satz zu beenden. »War der Name Fen?«

»He! Was ist denn in dich gefahren?«

»Hieß er Fen?«, schrie sie.

»Mag sein, ich weiß es nicht genau.«

Nihal ließ ihn los und rannte wie von der Tarantel gestochen zum Feldlazarett.

Sie wusste gar nicht genau, wo es sich befand, doch sie lief einfach weiter, denn sie spürte, wenn sie stehen blieb, würde sie den Verstand verlieren.

Sie klapperte alle Zelte ab, bis sie zu einem großen Rundzelt gelangte, und trat ein. Ein Magier sprach Heilformeln am Lager eines Schwerverletzten. Nihal unterbrach ihn unsanft, indem sie ihn an der Schulter packte.

»Wer ist der verwundete Ritter?«

»Bist du von Sinnen?«

»Wer ist es? Ich flehe dich an, sag mir, wer es ist.«

Der Zauberer starrte sie an: Dieses Mädchen hatte offenbar den Verstand verloren. »Es ist Dhuval, ein Veteran. Aber er liegt im Sterben. Die Zauber zeigen leider gar keine Wirkung.«

Nihal ließ ihn einfach stehen und lief hinaus. Sie wusste nicht, ob sie jubeln oder verzweifeln sollte. *Solange man ihn nicht findet, gibt es Hoffnung. Er wird aus irgendeinem anderen Grund noch nicht zurück sein …, vielleicht weil Gaart verwundet ist und ihn nicht tragen kann … Nein, nein, ihm ist nichts passiert.* Keuchend rannte sie weiter. Sie lief und betete, dass Fen nicht tot sei. Als sie das Kommandozelt erreichte, war der General gerade dabei, einen jungen Rekruten zu befragen.

»Und wann hast du ihn gesehen?«

»Als das Tor barst und sich bald darauf das Heer zurückzog. Da waren über uns Ritter, die den Turm umflogen.«

»Und du bist dir ganz sicher?«

»Ja. Ich glaube, das haben auch viele andere gesehen. Ein Feuergeschoss traf ihn, und er stürzte ab in den brennenden Turm.«

»Und du weißt genau, dass er es war?«

»Ja, Herr. Ich habe ganz deutlich seinen Drachen erkannt. Es war Fen.«

Nihal, die alles mit angehört hatte, schrie auf und stürmte, die umstehenden Soldaten zur Seite stoßend, nach vorn. »Nein, das ist unmöglich. Fen hat unzählige Schlachten geschlagen und ist immer mit heiler Haut davongekommen. Er ist nicht tot. Er kann nicht tot sein! Vielleicht ist er in Gefangenschaft geraten. Ja, sie haben ihn ergriffen, wir müssen ihn suchen. Er ist mein Meister. Er ist nicht tot! Er ist nicht tot!«

Immer wieder von Schluchzern unterbrochen, schrie sie weiter, während ihr die Tränen über die Wangen liefen.

Der General packte sie an den Schultern und schüttelte sie.

»Komm zu dir. Beruhige dich!«

Da sank Nihal auf die Knie und weinte hemmungslos. Der General sah sie mitleidig an, dann ließ er sie von einem jungen Soldaten zu ihrem Zelt bringen, mit dem Auftrag, bei ihr zu wachen.

Nihal weinte, ohne sich um irgendjemanden zu kümmern. Als sie sich ein wenig beruhigt hatte, kauerte sie sich in einer Ecke zusammen und saß, den Kopf zwischen den Knien, nur schweigend da. Sie wollte sich in sich selbst zurückziehen, an nichts mehr denken. Doch die Bilder von Fen quälten sie: Sie hatte sein Lächeln vor Augen, seine Stimme im Ohr. Die Stunden, die sie zusammen verbracht hatten, kamen ihr wieder in den Sinn, die Worte, die er zu ihr gesagt hatte, bevor er zu seiner letzten Schlacht aufbrach, ihre erste Begegnung, ihre Duelle und eine Unzahl alltäglicher Momente.

Der Soldat, der bei ihr war, betrachtete sie voller Mitleid.

Er hatte von ihr gehört: eine Art Hexe, die einem ausgelöschten Volk angehörte und wie ein Mann kämpfte, anmutig wie eine Nymphe und todbringend wie ein Skorpion. Als er sie zum ersten Mal sah, war er beeindruckt, wie grazil sie war. Sie war ein wunderliches Geschöpf, aber auch tatsächlich so schön, wie man sich erzählte. Als er sie dann auf dem Schlachtfeld sah, schien es ihm denkbar, dass sie auch tatsächlich eine Hexe war: Ein normales Mädchen konnte doch unmöglich so mit dem Schwert um sich schlagen.

Doch als sie jetzt so verzweifelt vor ihm saß, kam sie ihm einfach wie ein wehrloses Mädchen vor.

Eine Weile beschränkte er sich darauf, sie anzusehen, doch dann drängte es ihn mehr und mehr, sie zu trösten, mit ihr zu reden. »Er war dein Lehrer, nicht wahr?«

Keine Antwort.

»Das habe ich jedenfalls gehört. Es tut mir wirklich Leid um ihn. Und auch für dich. Eine traurige Sache.«

Nihal hob noch nicht einmal den Kopf.

»Ich hatte keinen richtigen Lehrer, aber ich glaube, ich verstehe, was in dir vorgeht. Ich bin jetzt zweiundzwanzig und kämpfe, seit ich sechzehn bin. Viele Freunde habe ich sterben sehen. Bei den ersten ging es mir so wie dir jetzt. Dann habe ich mich daran gewöhnt. Der Tod ist immer da, und Tränen nützen leider gar nichts.«

Nihal blieb stumm, rührte sich nicht. Es gab keine Worte, um sie zu trösten, und sie wollte auch gar nicht getröstet werden. Sie wollte nur noch im Boden versinken und nichts mehr hören, sehen und fühlen.

»Ich glaube ja, was die Priester sagen: dass uns nach diesem Leben eine Welt ohne Kriege und ohne Leid erwartet. Meine Freunde sind jetzt alle schon dort, das spüre ich. Und dort wird jetzt auch dein Lehrer sein und stolz auf dich herabblicken. Ich hab dich kämpfen sehen. Du wirst einmal ein phantastischer Drachenritter werden. Doch nun darfst du nicht verzagen: Ich bin sicher, dein Lehrer würde …«

Nihal konnte diese Flut gut gemeinter Banalitäten nicht länger ertragen. Sie hob den Kopf und blickte ihn aus ihren violetten Augen ungnädig an. »Lass mich endlich in Frieden!«

Fassungslos senkte der Soldat den Blick. »Nur Mut«, murmelte er. Mehr fiel ihm nicht mehr ein.

Am Abend erbot sich Laio, den Soldaten abzulösen.

Ein Kamerad, der Nihals Zusammenbruch miterlebt hatte, hatte ihm berichtet, was vorgefallen war. Und Laio wusste sofort, dass der Tote jener mysteriöse Ritter war, von dem sie ihm so oft erzählt hatte. Daher beschloss er, ihr in der Nacht beizustehen, so wie sie ihm in der Schlacht beigestanden hatte.

Als er das Zelt betrat, traute er seinen Augen nicht: War dieses auf der Pritsche kauernde Mädchen wirklich die starke Frau, die er gekannt hatte?

Sie war bleich, ihr Blick leer. Sie schien wie tot.

Laio sagte kein Wort. Er legte sich neben sie, nahm sie in den Arm und glitt langsam in den Schlaf.

Nihal hatte noch nicht aufgegeben. Nachdem die erste Verzweiflung überwunden war, nahm in ihrem Kopf ein Gedanke mehr und mehr Gestalt an. Fen war nicht tot. Er war vermisst. Gewiss, dagegen sprach die Aussage dieses Soldaten, aber auf diese Entfernung hatte er ihn unmöglich genau erkennen können. Er hatte sich geirrt. Fen lebte. Fen musste leben, als Gefangener in der Hand des Feindes oder verwundet in der Turmstadt, und mit jeder Stunde, die verging, verschlechterten sich die Aussichten, ihn noch zu retten.

Ein wahnhaftes, unbezähmbares Verlangen, ihn zu suchen, ergriff sie. Sie würde ihn finden, würde ihn heil und gesund ins Lager zurückbringen und am nächsten Tag mit ihm gemeinsam über dieses Abenteuer lachen und über ihre absurde Angst, von der sie sich hatte ins Bockshorn jagen lassen.

Ein verzweifeltes Lächeln umspielte ihre Lippen.

Fen lebt, und ich werde ihn retten.

Die Nacht war stockfinster. Aus der Dunkelheit ragten die Umrisse des Turmes hervor, immer noch erhellt von der Glut des Feuers, das ihn zerstört hatte.

Nihal störte sich nicht daran, dass das Feuer noch nicht ganz erloschen war. Und es interessierte sie auch nicht, dass feindliche Soldaten sie hätten sehen können, wenn sie die Ebene durchritt. Fen war alles, was ihr geblieben war, er war ihr Leben, und nichts und niemandem würde sie erlauben, sich ihr in den Weg zu stellen. Sie schlich sich aus dem Lager und erreichte die Pferdekoppel. Und schon einen Augenblick später sprengte sie in wildem Galopp auf den Turm zu.

wundet im Gehölz um den Turm. Der vierte Ritter war spurlos verschwunden. Wahrscheinlich hatte man ihn gefangen genommen, ein Schicksal, das schlimmer sein mochte als der Tod: Die wenigen Gefangenen, denen die Flucht aus Dolas Kerkern geglückt war, hatten von den entsetzlichsten Folterungen berichtet.

Auch von Nihal fand man keine Spur.

Im Lager schloss man daraus, dass sie einfach das Weite gesucht hatte.

Vom Tode Fens in Kenntnis gesetzt, hatte Sennar ein Pferd bestiegen und war umgehend aufgebrochen. Die ganze Reise über dachte er nur daran, was dieser Tod für Nihal bedeuten mochte. Im Lager angekommen, erfuhr er, wie berechtigt seine Befürchtungen waren.

»Was zum Teufel soll das heißen, sie ist fort?«

»Das heißt, dass sie am Abend nach dem Tod des Ritters ihre Habe zusammengepackt und ein Pferd gestohlen hat und auf und davon ist. Ganz einfach«, antwortete ihm ein Soldat.

Sennar eilte zum General. Er war außer sich. »Ich erfahre gerade, dass die junge Rekrutin verschwunden ist.«

Der betagte Soldat nickte. »Das ist richtig.«

»Nichts ist richtig, verflucht noch mal! Ja, wart Ihr denn nicht darüber unterrichtet, dass sie die letzte Halbelfe der Aufgetauchten Welt und ihre Existenz von großer Bedeutung ist?«

Der General ließ sich nicht aus der Ruhe bringen. »Was mich betrifft, so war sie lediglich eine Rekrutin. Sie hat ihre Prüfung bestanden, was sie danach tut, geht mich nichts mehr an.«

»Aber Ihr seid für das Leben der Rekruten verantwortlich, General.«

»Ganz recht: Für ihr Leben. Und dieses Mädchen hat ihre Probe heil überstanden. Erst danach ist sie fort. Und dafür bin ich nicht mehr verantwortlich.«

»Schon, aber sie gehört doch zu Eurem Heer. Lasst Ihr denn vermisste Soldaten etwa nicht suchen?«

Der General wurde ungeduldig.

»Jetzt passt mal auf: Ihr seid jung und noch nicht lange dabei. Erzählt mir also nicht, wie ich meine Arbeit zu tun habe. Einen ganzen Tag lang habe ich sie suchen lassen. Mehr konnte ich wirklich nicht tun. Und wenn Ihr's genau wissen wollt, habe ich ein Auge zugedrückt, weil ich mich in ihre Lage versetzen konnte. Hätte ich mich an die Vorschriften gehalten, wäre Eure Freundin jetzt schon aus der Akademie ausgeschlossen.«

Sennar gab sich noch nicht geschlagen. »Ich verlange, dass auf der Stelle eine Suchmannschaft zusammengestellt wird. Vielleicht hält sie sich noch in der Umgebung auf. Wir können sie noch finden. Sie wird verwirrt sein, deswegen ist sie auch davongelaufen, und ...«

»Ich will ganz offen sein: Ich habe keinesfalls die Absicht, meine Männer noch länger mit der Suche nach Eurer Freundin zu beschäftigen. Überlasst das Kriegführen lieber Leuten, die etwas davon verstehen. Und nun entschuldigt mich«, erklärte der General kurz angebunden und verließ das Zelt.

Sennar ließ krachend die Faust auf den Tisch vor sich niederfahren.

Der General hatte Recht.

Sennar zog sich in das Zelt zurück, das man für ihn eingerichtet hatte. Dort stellt er ein kleines mit Wasser gefülltes Becken auf den Boden und setzte sich davor.

Ein Lokalisierungszauber verlangte äußerste Konzentration, und so begann der junge Magier, alle Geräusche um sich herum auszuschalten: die Stimmen der Soldaten, das Hämmern der Schmiede, die die in der Schlacht ramponierten Rüstungen reparierten, die Rufe und Befehle, die immer wieder durchs Lager hallten. Er atmete tief durch und versuchte, ganz zur Ruhe zu kommen. *Wo bist du, Nihal?* Langsam bewegte er die Hände über dem Becken. *Zeige dich mir!*

Nach einigen Augenblicken begann sich die Wasseroberfläche zu kräuseln. Eine Gestalt in einem schwarzen Umhang ritt durch eine Ebene. *Gib mir ein Zeichen. Wo bist du?* Das Bild verschwand für einen Moment. *Nihal*! Noch einmal erschien das tränenüberströmte Gesicht der jungen Halbelfe auf dem Wasserspiegel, um gleich darauf ganz zu erlöschen. *Nihal*!

Sennar fluchte, weil es ihm nicht gelang, seine Erregung in den Griff zu bekommen. Die Sorge um die Freundin hinderte ihn daran, seinen Geist zu leeren und die magischen Ströme frei fließen zu lassen. Die Wasseroberfläche zeigte nichts mehr.

Noch am selben Abend war ein Treffen mit den Lagerkommandanten und den Drachenrittern vorgesehen, um darüber zu beraten, wie die nächsten Angriffe gegen Dolas Heer vorzutragen wären.

Sennar, ohnehin noch sehr mitgenommen, empfand solche Beratungen als äußerst quälend. Gleich am ersten Tag schon hatte er begriffen, dass seine Ansichten aufgrund seiner jungen Jahre von den Offizieren kaum ernst genommen wurden. Er ärgerte sich schon allein über ihre Blicke: Wie einen Grünschnabel sahen sie ihn an, und sobald er das Wort ergriff, zog unweigerlich mindestens einer der Anwesenden eine spöttische Miene.

So auch an diesem Abend: Es gab eine endlos lange Debatte, in der seine Worte folgenlos verpufften.

Sennar sprach zunächst die Fehler auf dem Schlachtfeld an und schlug eine Reihe taktischer Neuerungen vor. Er hatte noch nicht zu Ende gesprochen, da unterbrach ihn schon ein Oberst, kopfschüttelnd und mit einem überheblichen Lächeln auf den Lippen.

»Verzeiht, verehrter Rat, aber Ihr wart ja nicht anwesend und kennt daher nicht den genauen Ablauf der Ereignisse. Zudem habt Ihr bislang in keinem anderen Krieg Erfahrungen sammeln können. Und Ihr seid kein Stratege. Daher halte ich es für angeraten, dass Ihr Euch mit Euren Vorschlägen zurückhaltet und uns die Entscheidungen überlasst.«

Dies war erst der Anfang einer langen Auseinandersetzung, die zunächst noch in höflichem Ton begann, dann aber dermaßen an Sennars Nerven zerrte, dass er irgendwann die Geduld verlor.

Da konnte er noch so oft betonen, dass er sich eingehend mit den strategischen Fragen beschäftigt und sich ein klares Bild von der Situation an der Front gemacht hatte, seine Änderungsvorschläge also das Ergebnis eingehender Studien waren: Was er auch vorschlug, wurde systematisch abgeschmettert. Schließlich reichte ein Tropfen, um das Fass zum Überlaufen zu bringen.

»Sicher seid Ihr im Moment auch einfach nicht in der Verfassung, die Lage richtig einzuschätzen. Die Flucht Eurer Freundin muss Euch doch arg zugesetzt haben«, unterstellte einer der Anwesenden arglistig.

Sennar sprang auf. »Jetzt reicht's aber. Für mich ist die Versammlung hiermit beendet.«

Grußlos ging er hinaus.

Er verabscheute diese Situation. Zwischen der militärischen Führung und den Ratsmitgliedern gab es ständig Auseinandersetzungen. Und immer deutlicher hatte Sennar den Eindruck, dass es sich dabei im Grunde um einen Machtkampf handelte: Die Militärs machten ihren Führungsanspruch geltend, indem sie betonten, ohne sie hätte der Tyrann die gesamte Aufgetauchte Welt schon längst erobert, während die Räte ihre Position darauf stützten, dass sie mit ihren strategischen Überlegungen, und häufig auch Zaubern, schon zahlreiche wichtige Schlachten entschieden hatten.

Sennar selbst wünschte sich nur, die Unterdrückten zu befreien, die Aufgetauchte Welt zu befrieden und selbst auch in Frieden leben zu können. Und die Engstirnigkeit einiger Ratsmitglieder und vieler Militärs war ihm zuwider.

Er zog sich in sein Zelt zurück und setzte sich an den Tisch.

Man hatte ihm zu essen gebracht, aber er bekam keinen Bissen hinunter. Unablässig dachte er an Nihal. Er stellte sich vor, wie sie die Nacht im Freien verbrachte. Wie gerne hätte er sie wieder so erlebt, wie sie nur ein Jahr zuvor noch gewesen war:

zufrieden, ausgeglichen, voller Leben und voller Hoffnungen. Und er fragte sich, wieso das Schicksal gerade ihr so übel mitspielte. Und seine Stimmung verfinsterte sich noch mehr bei dem Gedanken daran, wie schwierig es sein würde, sie wiederzufinden.

Irgendwann steckte jemand den Kopf zum Zelteingang herein. Sennar erkannte ihn auf Anhieb. *Was wollte der denn jetzt hier?*

»Darf ich?«, fragte Laio unsicher.

Der Magier versuchte, die Abneigung zu unterdrücken, die er diesem Bürschlein gegenüber empfand. »Ja, komm rein. Wie ist es dir mit deiner Prüfung ergangen?«

Schüchtern trat Laio an den Tisch. »Schlecht. Ich bin durchgefallen. Dass ich überhaupt noch lebe, verdanke ich nur Nihal.«

Sennar verstand nicht, was dieser Junge von ihm wollte. Eine Empfehlung etwa? »Mit anderen Worten, du hast es nicht zum Krieger geschafft. Das tut mir Leid. Aber ich kann nichts daran ändern.«

Laio holte tief Luft. »Ich bin schuld, dass Nihal fort ist.«

Sennar stand so ruckartig auf, dass der Stuhl umkippte, auf dem er gesessen hatte. »Was willst du damit sagen?«

»An dem Abend, als sie von Fens Tod erfahren hatte, war ich bei ihr. Sie war so niedergeschlagen, sprach kein Wort, rührte sich nicht. Mir fehlte die Kraft, etwas zu ihr zu sagen. Dabei hätte sie so sehr einen Menschen gebraucht, der sie tröstete. Ich habe es noch nicht einmal geschafft, wach zu bleiben. Und als ich am Morgen aufwachte, war sie nicht mehr da.«

Sennar schwieg lange und erklärte dann seufzend: »Ich glaube, das war nicht deine Schuld, Laio. So ist Nihal eben: Wenn es ihr schlecht geht, zieht sie sich ganz in sich selbst zurück. Sicher hätte sie gar nicht zugehört, wenn du versucht hättest, mit ihr zu reden. Und sie wäre auch davongelaufen, wenn du nicht eingeschlafen wärst. Glaub mir.«

»Aber ich war ihr Freund, und Freunde sollten zumindest fähig sein, Trost zu spenden!«

»Ich kann dir nur noch einmal sagen: Dich trifft keine Schuld. Geh wieder in dein Zelt, Laio, versuch zu schlafen.«

Als Laio sich gesenkten Hauptes dem Ausgang zuwandte, wurde sich Sennar bewusst, dass dieser Junge sehr viel Zeit mit Nihal verbracht hatte. Und sehnsüchtig erinnerte er sich der Tage, da er und seine Freundin alles teilten und unzertrennlich waren. Er konnte ihn nicht so einfach gehen lassen.

»Nein, warte!«, hielt er ihn zurück. »Erzähl mir noch mehr von Nihal. Wie war sie, bevor sie wegging ...?«

Laio erzählte ihm alles: von der Schlacht, von ihrem Mut, wie sie ihm das Leben gerettet und ihn nach der Schlacht getröstet hatte, als er sich wie ein Versager vorgekommen war.

»Sie ... sie ist etwas Besonderes, Sennar. Deswegen spüre ich auch, dass sie zurückkommen wird. Denn sie ist stark und würde nicht einfach so den Schwanz einziehen. Es war doch immer ihr Wunsch zu kämpfen. Nein, sie wird zurückkehren, da bin ich mir ganz sicher.«

Als er so von Nihal hörte, hatte Sennar fast den Eindruck, sie wäre bei ihnen. »Was wirst du jetzt tun?«, fragte er, als Laio geendet hatte.

»Darüber habe ich viel nachgedacht in den letzten Tagen. Wenn ich schon in der Schlacht nicht dienlich sein kann, so will ich zumindest jenen dienen, die für uns kämpfen: Deshalb habe ich beschlossen, Knappe zu werden.«

Sennar lächelte. »Ich bin sicher, du wirst ein hervorragender Knappe werden.«

Die beiden schüttelten sich die Hand, dann verließ Laio das Zelt.

Ja, sagte sich der Zauberer, Nihal würde zurückkommen: nicht seinetwegen oder für sonst irgendjemanden, sondern weil dieser Verlust ein weiterer Grund für sie sein würde, den Kampf aufzunehmen.

Am folgenden Morgen machten sich Sennar und die Rekruten aus der Akademie wieder auf den Weg nach Hause und führten dabei die Leichname von Dhuval und Fen mit sich.

Bevor sie losritten, blieb Sennar noch einige Augenblicke vor dem Lager stehen, in der Hoffnung, dass Nihal auf ihn aufmerksam würde: Vielleicht war sie ja doch noch in der Nähe und würde sich zu erkennen geben, wenn sie merkte, dass man Fens Leiche überführte.

Doch Nihal blieb verschwunden.

Die ganze Reise über hielt Sennar Ausschau nach ihr, zunächst in der Steppenlandschaft, dann in den Wäldern im Land des Wassers und schließlich in den dichtbesiedelten Gebieten im Land der Sonne. Er konnte nicht glauben, dass Nihal kapituliert hatte. Denn eine Flucht wäre eine Kapitulation gewesen.

Sie erreichten die Akademie, ohne ein Lebenszeichen von ihr entdeckt zu haben.

Der Zauberer hoffte nur, dass die Kunde von ihrem Verschwinden die Stadt noch nicht erreicht hatte. General Raven würde sicher nicht so verständnisvoll reagieren wie der Kommandant an der Front.

Sennar bat sogleich um eine Unterredung mit dem Leiter der Akademie, bevor dieser ihm zuvorkommen konnte.

»Ich freue mich, dass Ihr Euch zu mir bemüht habt, werter Rat. Es ist wirklich unerlässlich, sogleich das weitere Vorgehen miteinander abzustimmen ...«

»Das hatte ich eigentlich nicht vor.«

Raven blickte ihn überrascht an. Er war bereits drauf und dran, ungehalten zu werden.

»Das heißt, ich bin jetzt nicht aus diesem Grunde hier. Natürlich hatte ich vor, in den nächsten Tagen Euren Rat zu suchen. Eure Meinung ist mir immer sehr kostbar.«

Die Miene des Generals entspannte sich. Sennar überlegte, dass es wohl unvermeidlich war, dass dieser jähzornige Mensch die wenig diplomatische Nihal so sehr hasste.

»Es geht darum, dass sich während der Prüfung der Akademieabsolventen in meinem Kompetenzbereich ein bedauerlicher Zwischenfall zugetragen hat. Vielleicht hat man Euch ja schon darüber unterrichtet«, erklärte der junge Magier und hielt dann die Luft an.

»Ich weiß gar nicht, wovon Ihr redet.«

»Ihr werdet Euch wohl an die junge Halbelfe erinnern ...«

Raven schnaubte verächtlich und bedeutete Sennar dann fortzufahren.

»Nun, als ich im Lager eintraf, erfuhr ich, dass sie verschwunden sei. Davongelaufen, um genauer zu sein.«

»Verfluchtes Mädchen! Ich wusste doch, dass sie ...«

»Nicht so voreilig, General. Ich habe Beweise, dass es sich nicht um eine Flucht handelte. Sie hat mir eine Nachricht hinterlassen, des Inhalts, dass sie allein in die Akademie zurückkehren wird. Wie Ihr wisst, war Fen ihr Lehrmeister. Und sein Tod hat sie furchtbar getroffen. Man wird es ihr nachsehen müssen, dass sie ...«

Der General stand auf. »Diese Frau macht mir nichts als Ärger! Ich verfluche den Tag, da sie zum ersten Mal die Akademie betrat. Sie mag ja ein tüchtiger Krieger sein, aber sie kann doch nicht immer tun, was ihr gerade passt. Ich jedenfalls werte ihr Verhalten als Befehlsverweigerung. Ist sie schon eingetroffen?«

»Nein, noch nicht. Ich fürchte, sie könnte sich verirrt haben oder auf Feinde gestoßen sein. Es wäre eine sehr großherzige Geste von Euch, eine Mannschaft auszuschicken, um ...«

Der alte General hob die Augen zum Himmel, und Sennar wurde klar, dass er da zuviel verlangte.

»Wenn sie zurück ist, werde ich eine angemessene Strafe für sie finden. Aber nun habe ich keine Zeit für solche Nichtigkeiten. Zwei meiner besten Männer sind gefallen. Ich bitte Euch, lasst mich nun allein.«

Hin und her gerissen zwischen Sorge und Genugtuung verließ Sennar den Raum. Zwar hatte er Raven nicht dazu bringen können, sie suchen zu lassen, aber immerhin war Nihal weiterhin Schülerin der Akademie.

Die Trauerfeier für Dhuval und Fen fand am Nachmittag desselben Tages statt.

Die höchsten Würdenträger des Landes der Sonne nahmen daran teil, alle Schüler der Akademie und der gesamte Orden der Drachenritter.

Die Leichname der Ritter wurden in voller Rüstung auf zwei mächtige Scheiterhaufen gelegt. Auf dem von Fen lagen auch die Überreste von Gaart.

Raven schlug bei seiner Rede ungewöhnlich leise Töne an.

Er gedachte Fens mit besonderer Zuneigung und erinnerte daran, wie sehr ihn alle geschätzt hatten, innerhalb und außerhalb des Heeres, wegen seiner Tüchtigkeit als Krieger, seiner moralischen Integrität, seiner Besonnenheit.

Sennar wohnte der Feier mit aufrechter Trauer bei.

Zwar war ihm der Ritter als Mensch anfangs nicht besonders sympathisch gewesen – er hatte ihn als zu starr empfunden, zu streng, zu stark auf den Krieg konzentriert –, doch er konnte nicht leugnen, dass er in den Monaten seiner Lehrzeit an der Front gut mit ihm zurechtgekommen war. Fen hatte seine Ansichten immer in Betracht gezogen, ohne sich von der Tatsache beeinflussen zu lassen, dass Sennar noch so jung und zudem ein Schüler der Frau war, die er liebte. Und zudem war er in den schwierigsten Momenten auch für Nihal dagewesen. Der Zauberer dachte auch an Soana, die durch die Welt reiste und nicht ahnte, dass ihr Geliebter in der Schlacht gefallen war.

Dann wurden die Scheiterhaufen entzündet, und die Flammen verzehrten die sterblichen Überreste der beiden Ritter. Der Wind verteilte den aufsteigenden Rauch in alle Himmelsrichtungen.

Es war Brauch, dass alle, die dem Verstorbenen nahe standen, am Scheiterhaufen eine Fackel entzündeten. Sennar hatte das Gefühl, diese Geste übernehmen zu müssen: für Soana, für Nihal, und im Grunde auch für sich selbst. Und so trat er an das Feuer heran, zusammen mit zahlreichen anderen: Soldaten, Rittern, Zivilisten.

Es geschah in diesem Moment, dass er eine Gestalt in einem schwarzen Umhang erblickte. Sie hielt einen Zweig in der Hand, an dessen Spitze ein Flämmchen glomm.

Sofort keimte Hoffnung in seinem Herzen, und er bahnte sich einen Weg durch die Menge, doch im nächsten Augenblick schon war die Erscheinung verschwunden, und es wäre unmöglich gewesen, sie unter diesen vielen Menschen zu finden.

Erst als die Scheiterhaufen fast niedergebrannt waren und sich die Leute zu zerstreuen begannen, machte sich Sennar auf die Suche. Zwei-, dreimal erblickte er kurz etwas von einem schwarzen Umhang, der aber dann sogleich wieder aus seinem Blickfeld verschwand. Doch diese Gestalt war da, ganz in seiner Nähe.

Er beschleunigte seine Schritte, umkurvte Schüler und Soldaten und erreichte sie. Er berührte ihre Schulter. »Nihal.«

Sie war es tatsächlich, blass, verdreckt, so als habe sie eine lange Reise hinter sich. Einen Augenblick lang schauten sie sich an.

»Nicht hier, folge mir«, sagte sie zu ihm.

Schweigend standen sie nebeneinander auf der Aussichtsterrasse von Makrat und blickten zur Feste des Tyrannen in der Ferne. Sennar streichelte ihr sanft über die kurzen Haare. *Wie ein Küken*, dachte er.

»Willst du reden?«

Nihal schüttelte den Kopf.

»Sagst du mir wenigstens, wo du gewesen bist?«

»Ich brauchte Zeit zum Nachdenken.«

»Das verstehe ich ja. Aber wo warst du? Was hast du gemacht?«

Nihal antwortete nicht.

»Und was hast du jetzt vor?«

»Ich will in die Akademie zurück. Schließlich habe ich die Prüfung bestanden und damit ein Recht auf einen eigenen Drachen. Hast du mit Raven gesprochen?«

»Ja. Er hat gesagt, er würde eine Strafe für dich finden. Mehr nicht.«

Nihal stand auf und machte sich ohne ein weiteres Wort auf den Weg zur Akademie.

Sennar lief ihr nach. Es war zum Verzweifeln. Er fühlte sich vollkommen machtlos. »Warum willst du denn nicht reden? Warum machst du dir nicht mal Luft? Weine, lache, tu irgendetwas, zeig mir, was dir durch den Kopf geht!«

Nihal ging schnurstracks weiter.

»Tu was, Nihal, lass dich nicht vom Hass auffressen. Sag etwas, ich bitte dich.«

Das Mädchen blieb stehen und sah dem Freund in die Augen. »Es gibt nichts zu sagen, Sennar. Fen ist tot, das ist alles. Und jetzt muss ich zur Akademie.«

Raven hatte sich auf das Gespräch vorbereitet.

Er würde brutal sein und aggressiv, höhnisch und bedrohlich, doch Nihals Auftreten nahm ihm sofort den Wind aus den Segeln.

»Ich weiß, dass ich gefehlt habe und erbitte Eure Vergebung. Jede Strafe, die Ihr mir auferlegt, ist mir recht. Ich schwöre Euch, dass es nie wieder vorkommen wird. Das Einzige, woran mir liegt, ist, meine Ausbildung in der Akademie fortsetzen zu können.«

Sie kniete vor seinem Sessel nieder und beugte das Haupt. »Ich bitte Euch inständig, General.«

Raven war beeindruckt von Nihals Verhalten, und mehr noch von ihrem Blick. In ihm erkannte er die ganze Entschlossenheit, zu der dieses Mädchen fähig war. Sie hatte ihren Weg gewählt und tat alles, um zu ihrem Ziel zu gelangen: sogar, sich vor ihm erniedrigen.

Doch er sah dort auch die Verzweiflung eines Menschen, der sein Gleichgewicht verloren hat, der sich mit einem Verlust nicht abfinden will. Und für einen Moment lang gewann der Mann, der er früher war, noch einmal die Oberhand. Er stieg von seinem Sessel und ging, zum ersten Mal überhaupt, auf sie zu und legte ihr eine Hand auf die Schulter. »Die Sache mit Fen tut mir sehr Leid. Vor Jahren war er mein Waffenbruder. Auch für mich ist sein Tod ein schwerer Verlust.« Dann zog er die Hand zurück und fügte im üblichen Ton hinzu:

»Du kannst deine Ausbildung bei uns fortsetzen, aber eine Woche wirst du in der Arrestzelle verbringen. Ein Krieger muss in der Lage sein, seine Gefühle unter Kontrolle zu halten.«

Nihal ballte die Fäuste. »Ich danke Euch, General.« Dann stand sie auf, verneigte sich noch einmal und ging hinaus, um ihre Strafe abzubüßen.

Die Rettung der Seele

Vor dreihundert Jahren wurde die Aufgetauchte Welt durch eine nicht enden wollende kriegerische Auseinandersetzung schwer erschüttert, in der die acht Länder gegeneinander um die Oberherrschaft stritten: Dies war der so genannte Zweihundertjährige Krieg.

Zu jener Zeit war das Land der Tage von Halbelfen bewohnt, die aus der Verbindung der Ureinwohner der Aufgetauchten Welt, der Elfen also, mit den Menschen entstanden waren. Diese Halbelfen waren ein friedliebendes, nur der Gelehrsamkeit und Wissenschaft zugetanes Volk, das lange Zeit nicht in die Feindseligkeiten eingriff. Und das, obwohl sie aufgrund ihrer Gewandtheit auch ganz besonders für die Kunst des Waffenführens befähigt waren. Erst Leven, der äußerst ehrgeizige König dieses Volkes, war es dann, der, um den eigenen Herrschaftsbereich auszudehnen, beschloss, diese Fähigkeiten nutzbringend anzuwenden.

Die Halbelfen hatten seit Jahrhunderten nicht gekämpft, doch ihr König war ein ausgezeichneter Stratege: In wenigen Jahren machte er sein Heer zum mächtigsten der ganzen Aufgetauchten Welt und besiegte nach und nach alle anderen Länder. Leven war es jedoch nicht vergönnt, die gewonnene Macht zu genießen: Kurz nach dem entscheidenden Sieg verstarb er und hinterließ das neue Reich seinem Sohn Nammen.

Nach seiner Krönung bestellte Nammen die Herrscher der Aufgetauchten Welt zu sich. Die besiegten Könige, die sich an seinen Hof begaben, hatten sich bereits damit abgefunden, sich ihm unterwerfen zu müssen, doch der junge Souverän verblüffte alle. »Mir liegt nichts an der von meinem Vater mit Blut gewonnenen Macht«, verkündete er. »Mein Wunsch ist, dass die acht Länder frei seien.« Dann diktierte er seine Bedingungen.

Jedes Land der Aufgetauchten Welt hatte einen Teil seines Gebietes abzutreten; durch Zusammenlegung dieser Teile sollte das so genannte Große Land entstehen. Dort würde der Rat der Könige seinen Sitz haben, der über eine gemeinsame Politik der Aufgetauchten Welt entscheiden, sowie der Rat der Magier, der sich um die Entwicklung von Künsten und Wissenschaften kümmern sollte. In den beiden Räten würden die Vertreter jedes einzelnen Landes ihren Sitz haben. Darüber hinaus hatte jedes Land ein bestimmtes Kontingent zum gemeinsamen Heer der Aufgetauchten Welt beizusteuern. Schließlich erklärte Nammen noch alle damals regierenden Könige für abgesetzt, um dem Volk jedes Landes die Möglichkeit zu geben, sich nach seinem Willen eine neue Regierung zu wählen.

Alle seine Vorhaben wurden in die Tat umgesetzt.

ANONYMER BERICHT AUS DER ZERSTÖRTEN BIBLIOTHEK DER STADT ENAWAR, FRAGMENT

Unter den zahlreichen Untaten des Tyrannen war gewiss die Ausrottung des Volkes der Halbelfen die allergrausamste. Einen Monat dauerte es, danach war vom Land der Tage nur noch eine Einöde übrig. Die Überlebenden der Massaker suchten Aufnahme in anderen Ländern (...)

Zu Ende des Jahres waren nur noch einige hundert Halbelfen am Leben. Sie errichteten eine Kolonie im Land des Meeres, doch als das Heer der freien Länder dieses Gebiet aufgeben musste, (...) sorgten die Fammin für ihre endgültige Auslöschung.

AUS DEN ANNALEN DES RATS DER MAGIER, FRAGMENT

17

Ido

Eine Woche verbrachte Nihal in der Zelle. Sie dachte an nichts, fühlte nichts. Sie schlief, versuchte wieder zu Kräften zu kommen. An dem Tag, als sie entlassen wurde, war sie bereit, ihren Weg weiter zu gehen.

Sie wunderte sich, dass man sie aus der Akademie hinausführte. »Sollte mir nicht ein Drache zugewiesen werden?«, fragte sie ihren Begleiter, einen Jungen, der nur ein wenig älter war als sie selbst.

»Zunächst einmal sollst du deinen neuen Lehrer kennen lernen, jenen Drachenritter, mit dem du von nun an leben wirst. Er wird dich in allem unterrichten, unter anderem auch darin, wie man mit einem Drachen umgeht.«

»Aber eigentlich sind doch die Drachenritter, die nicht an der Front im Einsatz sind, in der Akademie tätig, oder?«

»Ganz recht. Jene, die nicht an der Front sind. Aber nicht alle Schüler werden einem Drachenritter abseits des Kriegsgeschehens zugewiesen. Gerade seit der Schlacht von Therorn haben wir in der Akademie nicht mehr genügend Lehrer, weil viele zur Front einberufen wurden.«

Nihal und ihr Begleiter gelangten zu den Ställen, bestiegen zwei Pferde und brachen auf.

Sie durchquerten das Land der Sonne südwärts. Nihals Begleiter liebte offensichtlich die wilde Hatz zu Pferd. Mit verhängten Zügeln galoppierten sie lange durch ein großes Waldgebiet. Ihr selbst lag weder etwas am rasanten Reiten noch an der Landschaft, durch die sie kamen: Wälder hatte sie schon zur Genüge gesehen, und Reiten konnte sie nur noch dann begeistern, wenn es auf dem Rücken eines Drachen geschah. Sie überlegte, dass es letztendlich ein großer Vorteil war, dass ihr neuer Lehrer an der Front im Kampf stand: So würde sie wahrscheinlich eher selbst wieder Gelegenheit bekommen, in die Schlacht zu ziehen. Nichts anderes wünschte sie sich.

Nach einem halben Tagesritt rasteten sie: Die Tiere waren erschöpft und das Ziel noch weit. An einem Bachufer ließen sie sich nieder, um etwas zu essen, und die Mahlzeit machte ihren Begleiter gesprächig.

»Du bist doch die Halbelfe, die in der letzten Schlacht so viele Fammin niedergemacht hat, oder?«

Nihal verspürte keinerlei Lust zur Unterhaltung und blickte unverwandt auf ihre Essensration.

»Hast du deine Zunge verschluckt?«

Das Mädchen erhob sich. »Sei mir nicht bös, aber ich muss mir ein wenig die Beine vertreten.«

»Tu nur, was du nicht lassen kannst«, murmelte der Junge vor sich hin.

Nihal begann, ein wenig durch den Wald zu streifen.

Seitdem sie das Land des Windes verlassen hatte, war es nun das erste Mal, dass sie wieder in einem Wald spazierte: Der Herbst färbte schon die Blätter an den Bäumen, und es kam ihr nun doch alles wunderschön vor. Sie stapfte durch den Laubteppich am Boden und nahm ganz bewusst wahr, wie weich er sich anfühlte. Wie herrlich wäre es gewesen, sich in diesem Blättermeer zu tummeln, wieder ganz in die Natur einzugehen …

Plötzlich ein Geräusch. Ruckartig drehte sie sich um. Etwas bewegte sich zwischen den Zweigen. Lautlos zog sie ihr Schwert, schlich an ein Gebüsch heran und hieb entschlossen hinein.

Ein erschrockener Kobold sprang hervor.

»He! Was ist in dich gefahren? Willst du mich umbringen? Euch Fechter könnte ich alle …« Der Kobold brach ab. »Nihal?«

»Phos!«

Voller Freude begann Phos, um sie herumzuhüpfen, zu jubeln und ihren Namen zu rufen. Nihal lächelte ihn an, doch nach ein paar Purzelbäumen hielt der Kobold plötzlich inne und blickte ihr in die Augen. »Was ist mir dir los?«

»Gar nichts.«

»Ach was, man sieht doch auf eine Meile, dass es dir schlecht geht.«

Nihal setzte sich auf einen Baumstumpf.

»Was machst du denn im Land der Sonne, Phos?«

Der Kobold hüpfte ihr in den Schoß. »Ach, im Land des Wassers haben wir es nicht mehr ausgehalten. Diese dummen Nymphen haben uns doch die ganze Zeit nur herumkommandiert! Da haben wir irgendwann unser Bündel geschnürt und sind fort.«

»Es ist schön hier.«

»Das haben wir uns auch gesagt. Die Natur ist üppig und lebendig, und sogar einen Baum wie den Vater des Waldes gibt es hier, dafür aber keine hochnäsigen Nymphen. Dann aber …«

»Was dann …?«

»Dann fingen hier die Soldaten an, uns zu fangen und als Spione einzusetzen. Anfangs sind einige von uns ja noch freiwillig in die Armee eingetreten. Sie wollten einfach helfen, verstehst du? Doch als die Offiziere dann merkten, wie gut wir zu gebrauchen sind, stellten sie uns gezielt nach. Deswegen bin ich jetzt auch auf dem Weg nach Makrat. Ich will vor dem Rat der Magier sprechen. Es ist nicht recht, dass wir Kobolde dort gar keine Stimme haben.«

Nihal hörte zu, schaffte es aber nicht, sich wirklich betroffen zu fühlen.

Sie kam sich taub vor, so als seien alle Emotionen von ihr abgefallen.

»Sennar ist dort Mitglied, wende dich an ihn. In diesen Tagen bereitet er seine Abreise ins Land des Windes vor, doch wenn du dich beeilst, triffst du ihn noch in Makrat an.«

Phos klatschte begeistert in die Händchen. »Du bist eine echte Freundin!« Dann schwang er sich in die Lüfte und näherte sich ihrem Gesicht.

»Warum willst du mir nicht sagen, was mit dir los ist?«

Nihal stand auf. »Ich muss weiter, Phos. Bis zum nächsten Mal.«

»Warte! Kann ich dir nicht irgendwie helfen?«

Doch Nihal hatte sich schon entfernt.

Sie ritten noch den ganzen Nachmittag, und am Abend beobachteten sie, wie sich die Sonne im Meer der Bäume zur Ruhe bettete. Es war bereits stockdunkel, als sie den Eingang eines Lagers erreichten. Sie stiegen ab und traten auf einen Soldaten, der Wache hielt, zu.

»Wo finden wir Ido? Das ist seine Schülerin«, erklärte Nihals Begleiter.

»Das Lager ganz durch«, antwortete die Wache.

Der Junge wandte sich an Nihal. »Mein Auftrag ist hiermit erledigt. Du hast ja gehört, wo er zu finden ist. Viel Glück, Halbelfe.«

Nihal reichte ihm die Zügel ihres Pferdes und trat ohne ein Wort des Abschieds ein.

Das Lager war riesengroß. Es handelte sich um das Hauptlager im Land der Sonne, in dem die Generäle und andere hohe Militärs residierten, kein provisorisches Feldlager, sondern eine gut befestigte Zitadelle. Ein robuster Palisadenzaun aus grobem Holz umgürtete sie, so weit das Auge reichte. Die Mehrzahl der Unterkünfte waren richtige Hütten aus Holz, und es gab sogar eine Kampfbahn wie in der Akademie.

Nihal musste mehrmals nach Idos Unterkunft fragen, bis man ihr ein Häuschen zeigte, das verwahrlost und verfallen wirkte. Entschlossenen Schritts hielt sie darauf zu, doch als sie vor der Tür stand, geriet ihre Kühnheit ins Wanken. Sie war aufgeregt: Gleich würde sie ihren Meister kennen lernen, jenen Mann, der ihr all das beibringen würde, was ihr noch zur perfekten Kriegerin fehlte.

Sie zögerte einen Moment, schluckte einmal und klopfte dann an.

Niemand antwortete, doch kaum hatte Nihal die Hand auf das Holz gelegt, gab die Tür knarrend nach.

Innen sah das Häuschen noch schlimmer aus als von draußen. Kleider türmten sich in jeder Ecke, Waffen lagen wahllos herum, und Tisch und Fußboden waren mit Essensresten übersät.

Aus dem Halbdunkel erhob sich eine mürrische Stimme: »Wer da?«

»Ich … ich bin … der neue Schüler.«

»Der was?«

Nihal trat zögernd vor. »Der Schüler, den man Euch zugewiesen hat …«

Ein Blick genügte, um sie verstummen zu lassen.

Auf einem ungemachten Bett, hinter einer weiteren, offen stehenden Tür, lag inmitten zusammengeknüllter Decken ein Gnom und rauchte lässig seine Pfeife.

Er hatte einen langen Bart, einen Schnurrbart, der in zwei dicken Zöpfen auslief, und eine zerzauste Mähne, die von einigen Zöpfen hier und da – wenn man so will – verschönt wurde. Nihal schätzte, dass er ihr im Stehen ungefähr bis zur Brust reichen mochte. Sie war fassungslos.

Der Gnom gähnte und streckte sich dann so unbändig, dass ihm die Pfeife aus dem Mund fiel und ihr Inhalt sich auf dem Boden verteilte. Er sprang auf und trampelte fluchend die Glut aus.

Es dauerte etwas, bis Nihal ihre Stimme wiedergefunden hatte. »Ich suche Ido …, den Drachenritter …«

«Den hast du schon gefunden. Wer bist du noch mal?«

Das sollte ein Drachenritter sein?

»Euer Schüler, Herr.«

Der Gnom musterte sie. Er schien verwundert. »Ein Schüler? Eigentlich hatte man mir gesagt, heute würde ein Knappe eintreffen, kein Schüler. Und außerdem – bist du nicht ein Mädchen?«

Nihal hob stolz das Kinn. »Ja, ich bin ein Mädchen! Warum auch nicht?«

»Nun, zum Teufel, zu meiner Zeit haben Mädchen weder gekämpft, noch waren sie Knappen. Und so alt bin ich auch wiederum nicht!«

Er setzte sich aufs Bett und zündete sich noch mal die Pfeife an.

»Und wenn man dich so ansieht, würde ich sagen, du bist kein Mensch. Von welcher Rasse stammst du ab? Du siehst aus … wie eine Halbelfe.«

»Ja, ich bin die letzte Halbelfe der Aufgetauchten Welt, Herr. Und ich darf wohl schließen, dass Ihr ein … Gnom seid.«

»O verflixt, lass doch die Formalitäten. Da komme ich mir schon richtig senil vor. Duze mich ruhig und erzähle mir mal, was es mit dieser Sache mit dem Schüler auf sich hat. Ach, und nimm nur Platz. Irgendwo müssen hier Stühle sein, gut getarnt, aber es gibt sie.«

Nihal blickte sich um und entdeckte einen Hocker unter einem Berg von Kleidungsstücken. Sie setzte sich, ohne sie zur Seite zu räumen.

»Nun, was ist? Jetzt erzähl schon«, drängte sie der Gnom.

Und Nihal begann: »Ich komme von der Akademie. Vor einiger Zeit habe ich meine Prüfung in der Schlacht bestanden und will jetzt meine Ausbildung abschließen. Man hat mich hierher geschickt, weil in dieser Schlacht, an der ich teilnahm, zwei Ritter im Kampf fielen und einige weitere verwundet wurden. Und deshalb bin ich …, nun, Euch …, das heißt, dir anvertraut worden. Glaube ich zumindest.«

Ido hörte ihr zu und ließ dabei weiße Wölkchen aus seiner Pfeife aufsteigen. Irgendwann schlug er sich gegen die Stirn: »Ach ja, die Schlacht von Therorn! Jene, in der Fen ums Leben kam, habe ich Recht?«

Nihal nickte.

»So kommst du also aus der Akademie. Jemand hat mir ja erzählt, dass dort ein Mädchen aufgenommen wurde. Aber ich wollte es nicht glauben!« Ido kicherte. »Schau mal einer an, dieser aufgeblasene Raven genehmigt solch eine unerhörte Neuerung. Tja, die Zeiten ändern sich wohl tatsächlich. Aber was soll ich dir sagen? Ich muss gestehen, mich nicht erinnern zu können, ob mir jemand erzählt hat, dass ich einen Schüler bekommen soll. Aber kann schon sein. Doch egal, so hat es mich wohl getroffen. Wie heißt du denn?«

»Nihal.«

»Ein seltsamer Name für eine Halbelfe.«

»Wieso? Kanntest du denn Halbelfen?«

»Nein, nicht so direkt«, antwortete Ido knapp. »Aber woher dieser absurde Name?«

»Mein Vater hat ihn mir gegeben.«

»Seit wann trainierst du denn?«

»Schon immer: Mein Vater war Waffenschmied. Bis ich sechzehn war, habe ich dann mit Fen trainiert, und vor einem Jahr wurde ich in die Akademie aufgenommen.«

Ido musterte sie aufmerksam. »Tut mir sehr Leid um Fen: Wir haben einige Male zusammen gekämpft. Ein großer Krieger.«

Nihal antworte nicht.

Das Gespräch nahm mehr und mehr die Form einer Befragung an. Nihal antwortete nur das Allernötigste, und Ido hakte nach in dem Versuch, mehr von diesem seltsamen Mädchen zu begreifen.

»So hast du also die Schlacht vollkommen heil überstanden.«

»Ja, und man sagt, dass ich mich wacker geschlagen habe.«

»Glück gehabt, nichts weiter. Ich habe viele tüchtige junge Männer in ihrer ersten Schlacht sterben sehen, Jünglinge, denen man eine strahlende Zukunft vorhersagte, die wirklich auf Zack waren.«

Ido leerte seine Pfeife, indem er sie geräuschvoll am Kopfende des Bettes ausklopfte.

»Hinzu kommt, dass man meistens nur durch Glück eine Schlacht heil übersteht. Auf dem Schlachtfeld spielt der Tod Würfeln mit dem Schicksal jedes einzelnen Soldaten.«

Nihal fühlte sich gekränkt durch diese Worte, erwiderte aber nichts.

Die ganze Situation kam ihr absurd vor. Dieses Männlein, das da vor ihr saß, dieses Chaos im Zimmer ... Nichts war so, wie sie es erwartet hatte.

»Pass auf, heute Abend kannst du machen, wozu du Lust hast. Dreh vielleicht mal eine Runde durchs Lager, wenn dir danach ist. Ich frage unterdessen mal beim Kommando nach und überlege mir, wo du schlafen kannst. Und jetzt geh!«

Mit einem Gefühl der Befreiung verließ Nihal die Hütte.

Während sie durchs Lager schlenderte, eilte Ido mit großen Schritten zum Lagerkommando.

»Was ist los mit euch, seid ihr noch ganz bei Trost?«

Nelgar, der Kommandant des Zitadelle, war bester Dinge.

»Ja, Ido. Sie ist deine Schülerin.«

»Jetzt hör mir mal gut zu. Ich kann keinen Schüler gebrauchen, und erst recht nicht solch einen wie dieses ... kleine Mädchen! Richte Raven aus, wenn er glaubt, dass ich die Amme für sie spiele ..., nun, so ist er wohl übergeschnappt!«

»Was soll ich dir sagen, Ido? Die Halbelfe wird dein erster Schüler sein. Ich habe dich lieber im Unklaren darüber gelassen, weil ich schon wusste, wie du reagieren würdest. Aber damit du es weißt: Um die Sache kommst du nicht herum.«

»Zum Teufel, ganz schön schlau, dieser Raven. Er will zwei Fliegen mit einer Klappe schlagen! Indem er mir diesen Ballast mit den Spitzohren aufbürdet, setzt er mit einem Schlag zwei unbequeme Leute matt. Das hat er sich wirklich fein ausgedacht ...«

Ido kehrte in seine Unterkunft zurück. Er kochte vor Wut: Die Vorstellung, sich um einen Schüler kümmern zu müssen, behagte ihm ganz und gar nicht. Er war der einzige Drachenritter aus dem Volk der Gnomen und hatte lange gebraucht, um sich seinen Platz in der Armee zu erobern … Und nun wurde plötzlich alles anders. Und dann auch noch eine Halbelfe. Würde diese Geschichte denn niemals ausgestanden sein?

Er überlegte, was zu tun wäre. Sie einfach zurückzuschicken war ausgeschlossen. Raven war kein Mann, der mit sich spaßen ließ.

Zudem hatte dieses Mädchen, wie er sich eingestand, auch etwas, das ihm gefiel. Warum sollte er eigentlich nicht ihre Ausbildung übernehmen? Das konnte doch vielleicht ganz vergnüglich werden.

Dieses Mädchen kam ihm sehr willensstark vor, und in ihren Augen war ein seltsamer Glanz. Vielleicht Schmerz. Auf alle Fälle interessierte sie ihn. Es würde am besten sein, zunächst einmal herauszufinden, was für ein Typ sie war, und dann zu entscheiden, ob er sich um ihre weitere Ausbildung kümmern sollte. Schlimmstenfalls konnte er immer noch behaupten, seiner Einschätzung nach sei sie nicht gut genug, um sich weiter mit ihr zu beschäftigen.

Er wollte ihr seine Entscheidung gleich mitteilen, konnte sie aber im Lager nicht sofort finden. Schließlich sah er sie auf einem Felsblock am Rand des Waldes sitzen, der die Zitadelle umgab.

»Du magst die Einsamkeit.«

Es war keine Frage.

Nihal drehte sich um.

»Komm, wir gehen was essen. Auf!«

Nihal folgte ihm ohne ein Wort.

Schweigend aßen sie zu Abend in dem großen Zelt, das als Speisesaal für das ganze Lager diente.

Auf dem Weg zurück zur Hütte des Gnomen kamen sie an der Kampfbahn vorbei, einer großen runden Fläche aus gestampftem Lehm. Ringsherum erhoben sich die hölzernen Ränge. Das Wasser eines Trinkbrunnens gluckerte im Dunkeln.

Nihal blieb stehen, um einen Blick in die Arena zu werfen, während Ido ungerührt weiterging.

»Wann bekomme ich meinen Drachen?«, fragte sie. Es waren seit Stunden ihre ersten Worte.

Ido blieb stehen und strich sich über den Bart. »Deinen Drachen? Ich hab nicht die leiseste Ahnung.«

Als Ido für sie auf sein Bett deutete, reagierte Nihal überrascht.

»Und wo schläfst du?«

»Keine Sorge. Ich habe mir vorne ein Lager auf dem Boden gemacht.«

Nihal schüttelte den Kopf. »Nein, das ist deine Hütte und dein Bett. Du bist der Ritter und ich die Schülerin. Ich werde auf dem Boden schlafen.«

»Kommt nicht in Frage. Uns Gnomen geht Gastfreundschaft über alles.«

»Aber …«

»Nichts aber, Schülerin. Das ist ein Befehl.«

Ido ging hinaus und schloss die Tür hinter sich.

Nihal blieb allein zurück. Sie zog sich die Kleider aus und überlegte, dass sie anderntags Gelegenheit haben würde, sie zu waschen. Dann setzte sie sich aufs Bett und wippte ein paarmal darauf auf und ab: Seit Ewigkeiten hatte sie schon nicht mehr in einem richtigen Bett geschlafen. Sie legte sich lang, ihr Schwert neben sich, schloss die Augen und genoss das Gefühl der weichen Wollmatratze unter ihrer Haut.

Langsam glitt sie in einen Schlaf, in dem Fens heiteres Gesicht mit ihr war.

Am nächsten Tag sah die Zitadelle wie eine riesige Sumpflandschaft aus.

Als Nihal erwachte, glaubte sie im ersten Moment, es sei noch dunkel draußen, aber dann hörte sie, wie der Regen aufs Dach trommelte. Sie blickte aus dem Fenster: Der Himmel war von schwarzen Wolken verhangen. Das hieß, sie würde den ganzen Tag in der Hütte in Gesellschaft dieses seltsamen Zwerges verbringen müssen, der ihr wenig Vertrauen einflößte und vor dem sie wenig Respekt empfand. Sie überlegte, dass sie sich in dem Räumchen einschließen und vielleicht ihren Umhang auswaschen würde, doch wurden ihre Pläne durch Idos tönende Stimme hinter der Tür über den Haufen geworfen.

»Kann ich reinkommen?«

»Nein!«

»Mach dich fertig. Wir gehen raus.«

Raus? In aller Eile zog sich Nihal an und stürzte aus dem Raum. »Wo wollen wir denn hin? Es regnet doch!«

»Na wenn schon. Ich habe noch nie davon gehört, dass ein Krieg wegen Regen abgebrochen wurde. Auf dieser Welt schlachten sich die Leute bei gutem und bei schlechtem Wetter ab«, sagte Ido, drehte sich um und trat auf den Tisch zu, auf dem ein Frühstück bereitstand.

»Iss. Einen anstrengenden Tag sollte man nicht mit leerem Bauch beginnen«, sagte er, indem er ein Stück schwarzes Brot in eine Schüssel tunkte. »Wenn du gegessen hast, kannst du mir mal zeigen, wie du mit dem Schwert zurechtkommst.«

Nihal war verblüfft: Da schickte man sie zur Ausbildung zu solch einem Zwerg, der im Regen trainieren wollte und offenbar noch gar nichts von ihrem Drachen wusste.

»Ich weiß nicht, ob heute der richtige Tag zum Kämpfen ist«, erwiderte sie in gereiztem Ton.

Ido blickte Nihal über die Schüssel hinweg an, legte dann in aller Ruhe das Stück Brot zur Seite, nahm lautstark noch einen Schluck und wischte sich über den Schnurrbart. »Ich weiß, was du denkst, Mädchen: Was soll mir so ein Zwerg schon beibringen können? Aber da liegst du falsch, und das wirst du bald merken. Aber wie auch immer – mehr bekommst du hier nicht geboten. Wenn dir das nicht reicht, kannst du auch wieder gehen. Wenn du jedoch bleibst, so merk dir, dass ich Respekt verlange: Ich bin ein Ritter, und du bist niemand. Entscheide dich.«

Ido wandte sich wieder seinem Frühstück zu. Nihal hingegen stand einige Augenblicke reglos da und setzte sich dann endlich: Wollte sie weiterkommen, musste sie gute Miene zum bösen Spiel machen. Sie griff zu ihrer Schüssel und kostete. Auch wenn sie nicht wusste, was es war, es schmeckte so lecker, dass sie im Nu alles leer geschaufelt hatte.

Als sie nach dem Frühstück hinausgingen, fiel dichter Nieselregen.

Nihal hüllte sich in ihren Umhang, zog die Kapuze über und folgte Ido, der von dem Wasser, das ihm bald über Gesicht und Bart rann, keine Notiz nahm.

Die Arena war leer.

»Womit kämpfen wir?«, fragte der Gnom.

Widerwillig legte Nihal ihren Umhang ab und deutete auf ihr Schwert.

»Schwarzer Kristall. Keine schlechte Waffe.«

»Mein Vater hat sie für mich geschmiedet.«

»Ein begnadeter Waffenschmied ...«, bemerkte Ido und zog blank. Die Klinge seines Schwertes war flach und besonders lang, oder vielleicht wirkte sie auch nur so, weil Ido so klein war. Das Heft wies Verzierungen und Symbole auf, von denen einige mutwillig weggekratzt worden waren.

Ido schwang sein Schwert ein paarmal durch die Luft, und Nihal dachte, er prüfe noch, ob es auch richtig in der Hand lag, doch plötzlich sah sie einen Hieb von oben auf sich zukommen. Sie konnte ihm noch ausweichen, verlor dabei aber das Gleichgewicht und stürzte zu Boden.

»Nun, war das schon alles?«

Wütend stand Nihal auf. »Ich dachte, du lässt mir Zeit, mich vorzubereiten!«

»Ach so. Aber wir machen hier kein Tänzchen, wie ihr es in der Akademie gewöhnt seid. Ich will sehen, wie du in der Schlacht kämpfst, also vergiss deine Anstandsregeln.«

Der Gnom hatte noch nicht zu Ende gesprochen, da setzte er auch schon seine Angriffe fort.

Nihal begann zurückzuschlagen, aber es war, als hätte man sie auf dem falschen Fuß erwischt: Sie fühlte sich schwerfällig, der Regen störte sie, und sie kämpfte ohne Elan. Plötzlich spritzte ihr Schlamm in die Augen, und instinktiv führte sie die

Hände zum Gesicht. Das nutzte Ido aus, um ihr ein Bein zu stellen. Als Nihal die Augen wieder öffnete, lag sie am Boden und spürte Idos Schwertspitze an der Kehle. »Das ist unfair!«, stieß sie hervor.

»Offenbar habe ich mich nicht klar genug ausgedrückt: Ich mache Ernst, du nicht. Hier gibt es keine Regeln, die einzuhalten wären: Das hier ist Krieg! Also kämpfe richtig, so, wie es sich gehört, denn glaub mir, so wahr ich hier stehe, wenn du nicht aufpasst, habe ich dich beim nächsten Stoß durchbohrt. Steh auf!«

Ido war es wirklich ernst, Nihal sah es an seinem Blick. *Wofür hält sich dieses Männlein?* Sie sprang auf und stürzte sich ins Gefecht.

Ido ließ sich nicht aus der Ruhe bringen. Er hatte eine erstaunliche Art zu kämpfen: Er rührte sich kaum vom Fleck und wich nur hin und wieder mit seitlichen Körperverlagerungen aus. Was er bewegte, war nur die Hand, die das Heft umklammerte. Das war seine Kunst: Er focht mit präzisesten Bewegungen, spielte mit der Klinge des Gegners, foppte sie, traf sie. Und dann, im richtigen Moment, stieß er völlig unerwartet zu.

Nihal begann die Geduld zu verlieren. Dieser Zwerg schien alle ihre Züge vorauszuahnen. Mit Kraft hatte das nichts zu tun, was ihn auszeichnete, war allein die Gewandtheit seines Handgelenks. Versuchte Nihal, ihm näher zu kommen, hielt er sie auf Distanz. Attackierte sie, parierte er ohne Mühe.

Nachdem ihr Vorrat an Angriffsvarianten erschöpft war, stürzte sich Nihal, einen wütenden Schrei ausstoßend, auf ihn und versuchte auf anderen Wegen, die Klinge des Gnomen zu umgehen.

Plötzlich bewegte sich auch Ido: Er duckte sich ab, huschte zwischen ihren Beinen hindurch und brachte sie zu Fall.

Nihal saß erneut im Schlamm.

»Schon besser, aber das reicht mir noch nicht. Du musst dir fest vornehmen, mich zu verletzen. Also, auf ein Neues.«

Nihal stand wieder auf. Der Regen behinderte ihre Sicht, und im Schlamm hatte sie keinen festen Stand. Sie schloss die

Augen. Jetzt gelang es ihr besser, sich ganz auf das regelmäßige Klirren zu konzentrieren, wenn ihre Waffen aufeinander trafen. Dann versuchte sie, diesen Rhythmus zu brechen, indem sie bewusst verzögerte, aber der Gnom stellte sich unverzüglich auf den Tempowechsel, den sie ihm aufzwang, ein. Also versuchte sie, ihn aus dem Gleichgewicht zu bringen, doch Ido war geschickt genug, um sie stets weit genug von sich fernzuhalten. Schließlich erwischte sie doch den richtigen Moment: Sie blockierte seine Waffe und verdrehte sie mit dem Ziel, sie ihm aus der Hand zu reißen. Damit erreichte sie immerhin, dass die gegnerische Klinge nach oben gerissen wurde, und sogleich nutzte sie diesen Augenblick und stürzte sich auf ihn. Da merkte sie, dass ein Messer auf ihren Bauch gerichtet war.

»Bist du schon mal so aufs Kreuz gelegt worden?«, fragte Ido lächelnd, während er seine Waffen zurücksteckte. »Aber ich muss zugeben, du bist nicht schlecht. Gegen die Fammin und einfache Soldaten reicht deine Technik bei weitem aus. Nun kämpft ein Drachenritter aber häufig gegen andere Ritter, und da würdest du schnell den Kürzeren ziehen. Aber mach dir nichts draus, das lernst du schon noch.«

Nihal ballte die Fäuste.

»Und dann hast du noch eine weitere große Schwachstelle«, fuhr Ido fort. »Du kämpfst wie ein verwundetes Tier. Im Kampf darfst du nie die Übersicht verlieren. Du aber lässt dich vom Zorn hinreißen. Denk immer daran: Zorn blendet den Krieger und verleitet ihn zu den dümmsten Fehlern. Zorn führt ins Grab.«

Ido wrang seinen nassen Bart aus. »Dieser Regen wird langsam unangenehm. Gehen wir lieber rein. Später kannst du dich dann um meinen Vesa kümmern und dich so langsam mit Drachen vertraut machen.«

Durchnässt und schlammbesudelt stand Nihal in der Arena und blickte dem Gnom nach, der sich entfernte.

Vielleicht hatte sie ihn doch falsch eingeschätzt.

Fast den ganzen Nachmittag brachte sie damit zu, in den Regen hinauszublicken.

Als sie in der Akademie lebte, hatte sie durch die Schießscharte in ihrem Kabuff nur ein Fitzelchen vom Himmel sehen können, doch nun, während sie in der Hüttentür stand, umfasste ihr Blick ihn ganz.

Eigentlich mochte sie Regen. Unter den Wassertropfen kam ihr alles ruhiger vor, geordneter, sauberer. Sie überraschte sich bei dem Gedanken, dass Fen Teil der Wolken war, die sie dort oben über sich hinwegziehen sah. In jenen Regentropfen steckte etwas von ihm, das zur Erde zurückkehrte. Und dann malte sie sich aus, aufzufliegen und ebenfalls sanft davongetrieben zu werden, so wie Rauch im Wind.

Ido hingegen lag auf dem Bett, rauchte und dachte nach, unter anderem auch über seine ersten Eindrücke von Nihal. Ja, sie hatte vielleicht das Zeug, um wirklich ein außerordentlicher Krieger zu werden, doch er nahm auch etwas in ihr wahr, was er einfach nicht einordnen konnte, und er fragte sich, welches Geheimnis sie wohl mit sich herumtragen mochte.

Die Drachenstallungen waren in einem breiten, imposanten Gebäude untergebracht, das sich im Zentrum der Zitadelle, unweit der Arena, erhob.

Schon auf der Schwelle spürte Nihal den Atem all dieser gigantischen Tiere, die dort drinnen gehalten wurden. Sie war aufgeregt.

Als sie eintrat, bot sich ihr ein unvergleichliches Bild.

In der ganzen Halle reihten sich an allen Wänden Dutzende weiträumiger Nischen aneinander, in denen jeweils ein Drache untergebracht war. Man sah sie in allen Größen und den verschiedensten Grüntönen. Manche Tiere waren riesengroß und maßen an die zwanzig Ellen, andere waren kleiner und kompakter.

Nihal verschlug es den Atem: Wie sehr wünschte sie sich, solch einen Drachen zu besitzen.

Entschlossenen Schritts ging Ido voraus, während sie ihm fast zögernd folgte, so als fürchte sie, mit ihrem Eintritt eine heilige Stätte zu schänden.

Durch den langen Mittelgang gelangten sie zum hinteren Teil der Halle, wo der Gnom vor der letzten Nische stehen blieb.

Es war die eines Drachen von ungewöhnlicher Farbe: Er war rot, und seine gelben, grün umrandeten Augen hoben sich prächtig von seiner scharlachfarbenen Haut ab. Er war wunderschön.

Als er die Unbekannte erblickte, richtete sich der Drache sofort misstrauisch auf, doch Ido trat zu ihm und streichelte ihm übers Maul. »Brav, Vesa, keine Angst. Das ist meine Schülerin. Du wirst dich an sie gewöhnen.«

Der Drache schien sich zu beruhigen, blickte aber Nihal weiter unverwandt an und schnaubte dabei aus den Nüstern. Sie blieb auf Abstand.

»Geh ruhig näher ran, er ist bloß auf der Hut.«

Nihal trat ein paar Schritte vor. Vesa reagierte nicht. So traute sie sich noch näher heran und streckte sogar die Hand zu ihm aus. Empört wandte sich das Tier ab.

Ido brach in Gelächter aus. »Nun übertreib mal nicht. Das ist doch kein Hündchen. Er ist ein Krieger, und so will er auch behandelt werden.«

Einen Moment lang sah Nihal eine große Ähnlichkeit zwischen Ido und seinem Drachen.

Während sie das Tier ansah, war ihr, als verstehe sie sehr genau, was es fühlte: Misstrauen, gepaart mit Neugier. Obwohl dies eigentlich nicht ihre Gefühle waren, meinte sie plötzlich, sie am eigenen Leibe zu verspüren. Es war ganz ähnlich wie damals, als Laio und Sennar sich zum ersten Mal sahen.

»Wieso trägt er diesen Namen?«, fragte sie Ido.

»Weil es mein Drache ist, der Drache des einzigen Gnomen unter den Drachenrittern. ›Vesa‹ ist ein Wort aus dem Dialekt meiner Heimat, aus dem Land des Feuers. Es bedeutet ›schnell‹.«

Mit einem Sprung saß Ido auf, doch Vesa schien spielen zu wollen und versuchte, ihn abzuschütteln. Er bäumte sich mächtig auf, doch der Gnom hielt sich problemlos auf seinem Rücken. Und irgendwann gab das Tier nach.

»Ich weiß ja, du willst immer deinen Willen durchsetzen«, sagte er, indem er ihm einen schallenden Klaps auf die Flanke versetzte. Dann wandte er sich an Nihal: »Ich möchte, dass du ihm heute zu essen bringst. Futter findest du dort drüben.«

Nihal war eingeschüchtert. Sie erinnerte sich noch sehr gut, wie Gaart damals versucht hatte, sie mit seinem Feueratem zu rösten. Wie angewurzelt blieb sie stehen und blickte unsicher zwischen Vesa und Ido hin und her.

»Also wenn du Angst hast, lässt er dich nicht in seine Nähe. Er muss dich akzeptieren. Und um dich zu akzeptieren, muss er dich dessen für würdig halten. Merk dir das gut, auch für später, wenn du deinen eigenen Drachen bekommst.«

In einer Ecke des Stalls stand eine Reihe von Schubkarren voller blutiger Fleischbrocken.

Nihal nahm eine und schob sie mühsam zu Vesas Nische, doch der Drache schien kein Interesse an dem Futter zu haben. Er starrte sie nur weiter misstrauisch an und schnaubte aus seinen breiten Nüstern.

In der Schlacht hatte Nihal keine Angst verspürt, und auch nicht, als sie zum ersten Mal einem Fammin Auge in Auge gegenüberstand. Doch jetzt war sie verängstigt.

Mit verschränkten Armen stand Ido da und sah ihr zu. »Du musst ruhig bleiben. Es ist wie eine Schlacht. Zeig ihm, dass du dich sicher fühlst.«

Nihal schluckte und rückte ein paar Schritte vor.

Der Drache ließ ein dumpfes Knurren vernehmen, das sich, als Nihal Anstalten machte, noch näher heranzukommen, zu einem Fauchen steigerte.

Nihal erstarrte. Sie hatte einen Heidenbammel.

Da stellte sich Vesa auf die Hinterbeine, und es hatte den Anschein, als könne er sie jeden Moment anspringen.

»Lass die Schubkarre nicht los; du musst sie ihm direkt unter die Nase schieben.«

Und so wagte sich Nihal noch einen Schritt vor, dann noch einen, und wieder einen, während Vesa, laut fauchend, eine Pfote zu ihr ausstreckte. Als sie glaubte, nahe genug zu sein, ließ sie die Schubkarre los und stob mit pochendem Herzen davon.

»Für den ersten Tag war das ganz annehmbar.«

Ido trat auf Vesa zu.

»Mein armer, armer Drache«, redete er ihm in spöttelndem Ton zu, während er ihm die Schnauze tätschelte.

Gegen Abend hörte der Regen auf, rechtzeitig genug, dass Nihal einen wunderschönen, strahlenden Sonnenuntergang genießen konnte. Draußen vor der Hütte sitzend, mit dem Rücken an die Holzbretter gelehnt, blickte sie blinzelnd in die Sonne, die ihr Gold über die Baumwipfel ergoss, und fühlte sich erleichtert.

Dieser Ido war ja doch gar nicht so übel. Und Vesa war ein herrliches Tier. Vielleicht würde der Aufenthalt in diesem Lager sie doch voranbringen.

Die Stimmen kamen ganz plötzlich.

Instinktiv rieb sich Nihal die Schläfen.

Die Glut des Sonnenuntergangs verwandelte sich in die Feuersbrunst von Salazar.

Sie hatte wieder Livons leblosen Körper vor Augen. Den Scheiterhaufen mit Fens brennendem Leichnam.

Und ihr war, als platze ihr der Schädel.

Nein, nein, bitte nicht.

Es war Ido, der sie aus diesem Albtraum riss. »Komm rein, für heute hast du deine Pflicht getan. Es ist Zeit fürs Essenfassen.«

Nihal gab sich einen Ruck, die Stimmen verstummten, und, den Kopf wieder frei, folgte sie ihrem Lehrer.

Die nächsten Tage verliefen ruhig, ohne besondere Vorkommnisse: Morgens übte sich Nihal zusammen mit Ido im

Schwertkampf, nachmittags versuchte sie, Vesas Vertrauen zu gewinnen, und abends polierte sie die Waffen ihres Lehrers.

Ido seinerseits schien nicht sehr viel zu tun zu haben. Meistens hielt er sich in seiner Hütte auf, und nur hin und wieder bestieg er Vesa und flog mit ihm davon. Manchmal nahm er auch mit den anderen Rittern an einer der Besprechungen beim Lagerkommandanten teil, auf denen strategische Pläne ausgearbeitet wurden.

Tatsächlich aber hatte er die ganze Zeit seine Schülerin im Auge.

Wenn sie kämpften, nahm er ihre Wut ganz deutlich wahr und erkannte etwas darin, das ihm in früheren Zeiten auch einmal zu eigen gewesen war.

Die Aufgabe, sie auszubilden und ihr all das mitzugeben, was ihn jahrelange Kriegserfahrung gelehrt hatte, stimulierte ihn.

Umso mehr, da sie Halbelfe war.

Zwar erlegte er sich Zurückhaltung auf, aber diese Arbeit begann, ihm richtig Spaß zu machen.

Nihal hatte sich längst ein genaueres Bild von dem Ort gemacht, an dem sie sich befand. Die Zitadelle war eine Art Vorposten, von dem aus kriegerische Unternehmungen gegen den Feind im Land der Tage vorgetragen wurden.

Die Entdeckung, sich in nächster Nähe zu ihrem Geburtsland zu befinden, beschäftigte sie sehr.

Einmal hatte Ido sie auf einen Hügel geführt, von dem aus sich vor ihnen, so weit das Auge reichte, ein Panorama der Trostlosigkeit entfaltete.

»Siehst du? Das ist das Land deiner Ahnen und deines Volkes. Oder vielleicht müsste ich eher ›war‹ sagen. Leider.«

Nihal hatte nur schweigend den Blick schweifen lassen, sich jedoch innerlich gesagt, dass eines Tages ihr Hass überborden würde.

Und dann würden alle Toten gerächt werden.

Mehr als zwanzig Tage waren seit ihrer Ankunft im Lager vergangen, und von einem Drachen für sie war bis dahin noch nirgendwo die Rede gewesen.

Aber Nihal hatte auch fast keine Zeit, sich darüber Gedanken zu machen. Den größten Teil des Tages verbrachte sie im Gefecht mit Ido. Sie hatte eine hohe Meinung von ihm gewonnen: zum einen sicher wegen seiner Meisterschaft im Umgang mit dem Schwert, aber auch wegen seines Charakters. Fast unmerklich war aus ihrem Misstrauen Bewunderung geworden.

An einem Abend verspürte Nihal, erschöpft vom langen Fechten, das Bedürfnis, sich noch ein wenig an der frischen Luft aufzuhalten. Draußen vor der Hütte streckte sie sich im Gras aus und blickte hinauf zu den Sternen. Es waren Tausende. Sie dachte an Sennar: Er liebte es, wenn die Nacht heraufzog. Als sie noch jünger waren, hatten sie viele solcher Abende gemeinsam auf der Aussichtsterrasse von Salazar oder auf der Wiese hinter Soanas Haus verbracht. Das schien eine Ewigkeit her. Dann begannen ihre Gedanken umherzuschweifen: Fen, Livon, die Halbelfen … Aber nur schwach hallten jetzt die Stimmen in ihrem Kopf wider.

»Ein schöner Sternenhimmel, nicht wahr?« Ido setzte sich neben sie, die unvermeidliche Pfeife zwischen den Zähnen. Nihal fühlte sich durch seine Gegenwart keineswegs gestört.

»Beantworte mir mal eine Frage.«

Nihal wandte ihm das Gesicht zu.

»Du bist ein anmutiges Mädchen, mit Sicherheit wäre es dir nicht schwer gefallen, einen Ehemann zu finden …« Ido nahm einen langen Zug aus der Pfeife. »Der Krieg ist grausam, Nihal. Wieso hast du beschlossen, in den Kampf zu ziehen?«

Nihal zog eine Augenbraue hoch. »Und du? Wie war es bei dir?«

Ido lächelte und stieß eine weiße Rauchwolke aus.

»Bei mir? Nun, eines Tages wurde mir eben klar, wo der Unterschied zwischen richtig und falsch liegt, und dass die Menschen der Aufgetauchten Welt ein Recht auf Frieden haben. Und so ergriff ich mein Schwert und schloss mich unserem Heer an. So einfach ist das.«

Aus irgendeinem Grund hatte Nihal an diesem Abend Lust zu reden. »Ich wusste sehr früh schon, wo das Gute und wo das Böse liegt. Daher hatte ich nie etwas anderes im Sinn, als ein Krieger zu werden.«

»Wenn ich etwas gelernt habe in den Schlachten vieler Jahre, Nihal, dann, dass Gut und Böse nie nur auf einer Seite zu finden sind.«

Nihal setzte sich ruckartig auf. »Ach nein? Ich weiß nur, dass der Tyrann unsere Welt zerstören will. Und ich weiß, was er uns angetan hat. Dort liegt das Böse. All das vergossene Blut muss gerächt werden!«

Der Gnom stieß die Luft aus und legte sich im Gras nieder. »Du redest wie so manch ein aufgeblasener General ...«

»Ich rede so, wie es mich mein Vater gelehrt hat. Für ihn kämpfe ich in erster Linie.«

»Und er wollte wirklich, dass du ein Krieger wirst?«

»Sein Tod verlangt es.«

Ido erwiderte nichts, aber Nihal ließ sich nicht aufhalten. Ein Damm war gebrochen, und sie wollte nichts als reden, sich alles von der Seele reden, was sie ihm nie erzählt hatte: vom plötzlichen Ende ihrer Kindheit, von jenem Tag in Salazar, von der Entdeckung ihrer Herkunft, von ihrem Verlangen nach Vergeltung ...

Der Gnom hörte weiter rauchend zu.

Nihal war sich sicher, dass er sie verstand: Er war ein Krieger, unmöglich, dass er ihre Gefühle nicht teilte.

Unablässig kamen ihr die Worte über die Lippen, und in der Dunkelheit strömte ihre Geschichte dahin wie ein voller Bach nach langen Regenfällen.

»Der Tyrann hat mein Volk ausgelöscht, Ido. Und ich wurde als Säugling zwischen den noch warmen Leichen meiner Angehörigen gefunden. Das Blut der Toten hat meine Seele getränkt, und diesem Blut will ich jetzt zu seinem Recht verhelfen.«

Als Nihal geendet hatte, nahm Ido die Pfeife aus dem Mund und setzte sich auf. »Weißt du, Nihal, es ist unmöglich, den Tod eines Menschen wieder gutzumachen. Kein Schatz der Welt ist so kostbar, dass er auch nur ein einziges Menschenleben aufwiegen könnte. Und nun lass uns reingehen, man merkt, der Winter steht vor der Tür, und es beginnt kalt zu werden.«

18

Der Drache

In einem riesengroßen Käfig traf der Drache, unter den staunenden Blicken der ganzen Lagerbesatzung, in der Zitadelle ein. Üblicherweise waren die Drachen für Neulinge noch recht jung und wurden von Rittern herbeigeflogen, die das Tier schon beherrschten.

Dieser hier aber wurde, eskortiert von drei Soldaten, auf einem Karren transportiert.

Während sich Nihal voller Bewunderung dem Käfig näherte, stand Ido etwas abseits und beobachtete sie aufmerksam. Es war ein prächtiges Tier: stark und imposant, mit flammend roten Augen und einer Haut von einem satten Smaragdgrün wie die ersten neuen Blätter im Frühling. Aber …

»Wieso steckt er in einem Käfig?«, fragte er.

»Ach, diese verdammte Bestie«, antwortete einer der Soldaten, »die lässt niemanden an sich heran. Es fehlte nicht viel, und sie hätte einen Ritter umgebracht, der versuchte, sie zu besteigen.«

»Hat der Drache Narben?«

»Gewiss hat er die. Er war ja schon in der Schlacht«, antwortete ein anderer Soldat. »Sein Herr ist vor einiger Zeit gefallen: Es war dieser Dhuval, Ihr erinnert Euch wohl an ihn.«

Ido verzog das Gesicht und schüttelte den Kopf. »Nihal …«

Das Mädchen konnte den Blick nicht von dem Karren abwenden. »Ja?«

»Kannst du mir mal erzählen, was du Raven angetan hast?«

Mit fragender Miene drehte sich Nihal zu ihm um. »Wieso?«

»Dieser Drache hatte bereits einen Herrn, und der ist im Kampf gefallen: Weißt du, was das bedeutet?«

Doch Nihal war mit den Augen und den Gedanken schon wieder ganz bei dem Drachen. »Wie heißt er?«, fragte sie einen der Soldaten.

»Sein früherer Herr nannte ihn Oarf.«

Ido wurde lauter: »Nihal, willst du mir wohl endlich mal zuhören?!«

Das Mädchen blickte auf. »Ja, ja, … ich höre ja zu …«

»Ein Drache, dessen Herr gestorben ist, lässt keinen mehr an sich heran. Nur ein sehr erfahrener Ritter könnte es schaffen, ihn zu reiten und mit ihm in den Kampf zu ziehen.«

Nihal blickte ihren Lehrer entschlossen an. »Na wenn schon. Ich habe die Zerstörung Salazars überlebt und auch gegen die Fammin bestehen können. Da werd ich mich doch nicht von diesem Drachen aufhalten lassen.«

Jetzt verlor Ido endgültig die Geduld. »Bitte, wenn du es nicht anders willst. Das heißt, wir beginnen noch heute mit der Arbeit«, sagte er, während er sich entfernte.

Wäre es nach Nihal gegangen, hätten sie auch auf der Stelle beginnen können.

Am Nachmittag desselben Tages fanden sie sich in der Arena ein.

Oarf lag in der Mitte der Kampfbahn, reglos und wachsam, so als rechne er jeden Augenblick mit einer Attacke. Als er Nihal und Ido herantreten sah, richtete er sich auf und breitete bedrohlich die Schwingen aus. Sie waren riesengroß und sehnig, die Haut fein wie Papier, zart und doch fest. Nihal verschlug es die Sprache: Sie sahen genauso aus wie jene, die Livon für ihr Schwert geschaffen hatte.

Ido forderte sie auf, neben ihm, auf einem Zuschauerrang, Platz zu nehmen. »Jetzt hör mir mal gut zu, Nihal. Dieser Drache ist noch viel misstrauischer als andere. Denke immer daran, wenn du dich ihm näherst. Sein Ritter starb, und er hat kein Vertrauen mehr zu den Menschen.«

Nihal hörte aufmerksam zu und nickte jetzt.

»Er wird versuchen, dich anzugreifen. Du darfst keine Angst vor ihm haben, baue dich vor ihm auf wie ein Krieger vor dem Feind, und senke niemals den Blick. Und jetzt geh.«

Nihal stand auf und machte die ersten Schritte auf den Drachen zu.

Sie dachte, Oarf würde sich so ähnlich wie Vesa verhalten, das heißt, sie zunächst eine Weile schief anblicken, sie schließlich aber doch an sich heranlassen. Doch sie irrte sich. Sie war noch kaum näher gekommen, als Oarf schon begann, mit den Vorderpranken bedrohlich in ihre Richtung auszuschlagen.

Nihal verharrte.

Und Oarf knurrte sie böse an.

Ein-, zwei-, ja ein Dutzend Mal versuchte sie es, doch der Drache wurde nur immer aggressiver: Sein Schwanz fegte nervös über den Erdboden, und seine Nüstern bebten.

Bei ihrem letzten Versuch stellte er sich brüllend auf die Hinterbeine und machte Anstalten, sich auf sie zu stürzen.

Wutentbrannt trat Nihal den Rückzug an. *Warte, dir werd ich's zeigen*. Sie erreichte den Rand der Kampfbahn, drehte sich dort wieder zu Oarf um, holte tief Luft und rannte dann schreiend auf das Tier zu.

»Halt! So erreichst du nichts. Einem Drachen kannst du deinen Willen nicht aufzwingen!«

Stolpernd brach Nihal ihren Lauf ab. Sie wusste nicht mehr ein noch aus.

»Was soll ich denn noch tun? Versteh doch, ich brauche ihn unbedingt!«

»Du brauchst ihn nicht. Er soll doch dein Gefährte, dein Verbündeter werden. Also musst du versuchen, mit ihm in Verbindung zu treten, musst verstehen lernen, was er fühlt. Konzentrier dich.«

Und so griff Nihal nun auf ihre lange brach liegenden magischen Fähigkeiten zurück. Letztendlich war auch dieser

Drache ein Kind der Natur, und mit dieser hatte sie doch vor Jahren bereits ein Bündnis geschlossen.

Sie atmete tief durch. *Alles ist eins, und eins ist alles*. Sie schloss die Augen. *Alles ist eins, und eins ist alles*. Sie konzentrierte sich. *Alles ist eins, und eins ist …*

Wie eine Flutwelle überrollten sie die Gefühle des Drachen, Angst, Hass, Leid, Verachtung trafen sie mit der Gewalt eines Faustschlags. Sie wankte.

Im letzten Moment, bevor sie zu Boden fiel, packte Ido sie am Arm. »Spürst du ihn schon?«

»Ja …, ich … ich glaube, ja. Man hat mich ein wenig Magie gelehrt …«

»Gut. Das wird dir von großem Nutzen sein. Mach nur weiter. Versuch, ihm Vertrauen einzuflößen.«

Nihal rappelte sich auf und öffnete sich erneut Oarfs Gefühlen.

Sie spürte, dass die Wut des Tieres eben jene war, die auch sie selbst in sich trug.

Oarfs Schmerz war auch ihr eigener.

Aber eine Verbindung wollte sich nicht herstellen, Oarf reagierte nur mit Feindseligkeit, Furcht, Misstrauen. Sie trat noch näher an ihn heran, und das Brüllen des Tiere hallte im ganzen Lager wider, doch die Hände geöffnet vor den Körper haltend, rückte Nihal immer weiter vor. *Ich bin mit dir. Ich bin wie du*.

Mit einem Male sprang der Gnom auf und lief auf sie zu. »Nihal!«

Doch Nihal hörte ihn nicht. *Auch ich habe alles verloren. Ich bin wie du*.

Oarf riss den Rachen auf.

Da warf sich Ido auf Nihal und stieß sie zur Seite.

Und schon zischte der Feueratem des Drachen über ihre Köpfe hinweg.

»Wo hast du deinen Verstand, Mädchen? Mit ihm in Verbindung treten heißt doch nicht, dich von allem anderen zu isolieren. Du musst die ganze Situation unter Kontrolle haben.«

Ido stand auf, schüttelte sich den Staub von den Kleidern und reichte Nihal die Hand. »Probier es noch einmal.«

Nihal machte einen erneuten Versuch, dann noch einen, und wieder einen, doch das Tier antwortete mit reiner Aggression, ohne sich in irgendeiner Weise für das Mädchen zu öffnen. Währenddessen gab Ido ihr Ratschläge, spornte sie an, nicht nachzulassen. Und Nihal gab nicht auf.

Den ganzen Nachmittag verbrachten sie auf diese Weise, während sich in der Arena Ritter, Knappen und Soldaten versammelten, die dieses Aufeinandertreffen zwischen dem kriegerischen Mädchen und dem herrenlosen Drachen neugierig gemacht hatte.

Als Nihal wieder einmal Oarfs Feueratem nur knapp entgangen war, wandte sich ein jüngerer Ritter an den Gnom: »Ido, du übertreibst. Glaubst du nicht, du solltest dem Drama ein Ende machen?«

Ido sah ihn gleichmütig an. »Warum sollte ich? Da mussten wir doch zu Anfang alle durch.«

»Aber Oarf war Dhuvals Drache. Wie soll dieses kleine Mädchen das schaffen?«, mischte sich ein anderer Ritter ein.

»Du setzt mich in Erstaunen. Weißt du denn nicht, dass ein Drache niemandem gehört? Zudem kannst du mir glauben: Die da ist alles andere als ein kleines Mädchen.«

Erschöpft, verdreckt und voller blauer Flecke, konnte sich Nihal erst gegen Sonnenuntergang dazu durchringen, die Kampfbahn zu verlassen.

Bevor sie ging, drehte sie sich noch einmal zu Oarf um und rief ihm zu: »Wir werden schon sehen, wer das bessere Ende für sich hat.«

Unter dem langen Schnurrbart verzog Ido den Mund zu einem Lächeln und gab ihr einen Klaps. »Komm, lass uns gehen, du Maulheld.«

Es war noch dunkel, als Nihal am folgenden Morgen aufwachte. Sie wartete nicht, bis Ido wach wurde, und begab sich allein zum Drachenstall.

Der Morgen graute erst, und die Drachen ruhten noch zusammengekauert in ihren Nischen.

Auch Oarf lag schlafend da und wirkte lange nicht so wild wie am Tag zuvor. Nihal setzte sich vor die Nische und blickte ihn verzaubert an. Sein großer Kopf ruhte auf den gekreuzten Vorderpfoten. Die Flanken hoben und senkten sich im pulsierenden Rhythmus des Atems, während der Schwanz nur ab und an sachte hin und her wedelte. *Wer weiß, ob auch Drachen träumen?*, fragte sie sich. Es war ein faszinierendes Bild, dieses riesengroße Tier dort im Schlaf liegen zu sehen. Ja, sie hatte sich nicht getäuscht: Das war genau der Drache, der zu ihr passte.

Eine Zeitlang spürte das Tier nichts von ihrer Anwesenheit. Dann irgendwann öffnete es langsam die Augen. Die grünen Lider blinzelten, die flammend roten Augen zeigten sich und verschwanden ein paarmal, und die senkrechten Pupillen zogen sich im matten Licht des Stalls zusammen. Oarf erwachte.

Kaum hatte er das Mädchen erblickt, da reckte er sich in die Höhe, stellte sich auf die Hinterbeine und brüllte sie wütend an.

Obwohl ihr das Herz bis zum Halse pochte, ballte Nihal die Fäuste und zwang sich, stehen zu bleiben. *Ich habe keine Angst vor dir. Wir sind uns ähnlich. Ich habe keine Angst vor dir.* Oarf brüllte noch lauter und versuchte, näher an sie heranzukommen, doch eine schwere Kette an einem Bein hielt ihn zurück.

Der Soldat, der im Stall Nachtwache hielt, tauchte schimpfend aus dem Halbdunkel auf. »Hast du den Verstand verloren? Was fällt dir bloß ein, dich hier ohne Erlaubnis einzuschleichen? Lass das Tier in Frieden. Das ist nichts für dich.«

Er ergriff ihren Arm, doch Nihal entwand sich ihm mit einer raschen Bewegung.

»Fass mich nicht an. Das ist mein Drache, und ich gehe zu ihm, wenn es mir passt und gefällt. Wer hat dir befohlen, ihn anzuketten?«

»Wenn er dein Drache ist, müsste er dir doch gehorchen, Mädchen. Und ich habe ihn angekettet, weil er ausbrechen will.«

Durch den Lärm waren einige Leute angelockt worden.

Zwischen Soldaten und Rittern bahnte sich Ido einen Weg. »Was, zur Hölle, ist hier los?«

Nihal war aufgebracht. »Ich wollte nur zu meinem Drachen und finde ihn hier angekettet vor: Ich verlange, dass man ihm die Ketten abnimmt!«

»Das ist nicht dein Drache. Er gehört niemandem. Wie oft muss ich das noch sagen? Außerdem hat es seinen Grund, dass man ihn ankettet. Und jetzt komm.«

Der Gnom zog sie unwirsch fort. »Erlaube dir nie wieder solche Eigenmächtigkeiten, verstanden? Du bist kein Krieger, du bist kein Ritter, du bist niemand! Du hast mir zu gehorchen, und ohne meine Erlaubnis gehst du nirgendwo mehr hin!«

»Ich … ich wollte doch bloß trainieren! Das sollte dir doch recht sein. Jedenfalls habe ich keinem Befehl zuwidergehandelt!«

Ido blieb stehen und sah Nihal an. Sein Blick duldete keinen Widerspruch. »Mit mir kannst du nicht spielen, Mädchen. Ich bin dein Meister. Ich entscheide, wann du zu Oarf gehen kannst und wann nicht! Ist das klar?«

Nihal blieb nichts anderes übrig, als klein beizugeben.

Als Ido sie in die Arena begleitete, fiel ein eiskalter Regen vom bleigrauen Himmel.

Oarf war an einen dicken, in den Boden geschlagenen Pfahl gekettet. Mit einem Anflug von Zorn zog Nihal ihren Umhang enger über der Brust zusammen. Sie ertrug es nicht, ihn in diesem Zustand zu sehen: Ihr Drache sollte frei sein. Sie beschleunigte ihre Schritte auf das Tier zu, doch Ido hielt sie an einem Zipfel ihres Umhangs zurück und zwang sie, sich auf eine Zuschauerbank zu setzen. Dann baute er sich vor ihr auf und blickte ihr fest in die Augen.

»Denk dran, dass Oarf dir nicht gehört, Nihal. Wenn du Glück hast, kann er dein Gefährte sein, mehr aber nicht. Lass ihn fühlen, dass du ihm vertraust, dann wird er dir vielleicht auch vertrauen können. Du musst deinen eigenen Weg finden, an ihn heranzukommen, ihn zu erobern. Bist du bereit?«

Nihal nickte.

»Gut, dann los.«

Nihal stand auf und schritt entschlossen auf den Drachen zu. Auf halbem Weg aber wandte sie sich nach links und hielt auf die Trinkbrunnen zu.

»He! Wo willst du hin?«, rief Ido.

»Vertrau mir«, rief sie zurück, ohne sich auch nur umzudrehen.

Als sie vor dem Brunnen stand, nahm sie den Umhang ab.

Es war bitterkalt, aber sie spürte es nicht.

Sie hielt ihn unter den Wasserstrahl, bis er ganz durchtränkt war, legte ihn sich dann wieder um und zog die Kapuze über den Kopf.

Schaudernd trat Nihal auf Oarf zu.

Das Brüllen des Drachen hallte durch die Arena.

Nihal ging weiter.

Oarf brüllte mit allem, was seine Lungen hergaben, entrüstet darüber, was diese schmächtige Kreatur sich herausnahm.

Nihal kam immer näher.

Das Tier begann, an der Kette zu zerren.

Vielleicht zwei Dutzend Schritte vor ihm blieb Nihal stehen und blickte ihm starr in die roten Augen.

Sie fühlte, was er fühlte.

Hass. Furcht. Einsamkeit.

Der Feuerstoß kam plötzlich und aus voller Kraft und reichte bis dicht zu ihr hin. Aber Nihal wich keinen Schritt zurück. Sich in den triefenden Umhang hüllend, stand sie kerzengerade da.

»Ich glaub, mich trifft der Schlag ...«, murmelte Ido.

Oarf zögerte, offensichtlich verunsichert. Der Feuerstoß verlor an Kraft und erlosch dann ganz.

Nihal blickte ihm weiter starr in die Augen.

Ihr war, als spreche der Drache zu ihr:

Er wollte nichts mehr zu tun haben mit diesen niederen Wesen, die sich nur gegenseitig umbrachten. Er hasste sie alle.

Sie hatten diese herrliche Erde in einen Ort des Todes verwandelt.

Sie hatten ihm seinen Gefährten genommen.

Ja, er hasste auch sie. Er hasste sie, und er würde sie töten.

Ein zweiter Feuerstoß entfuhr seinem Rachen.

Nihal spürte, wie die Hitze im Nu ihren Umhang trocknete. Sie bewegte sich nicht: Konnte sie Oarf nicht für sich gewinnen, hatte all das, was sie bisher geschafft hatte, keinen Sinn.

Die Hitze wurde immer stärker. Um sie herum verdampfte der Regen, löste sich auf, bevor er die Erde erreichen konnte.

»Ich gebe nicht auf!«, begann Nihal zu schreien. »Merkst du denn nicht, wie ähnlich wir uns sind? Auch ich habe meinen Herrn verloren, auch ich hasse diese Welt!«

Der Feuerstoß ließ nicht nach.

Nihal spürte, wie ihre Augenbrauen verbrannten. Kleine Feuerzungen umspielten den Saum ihres Umhangs. »Nimm mich an!«

Die Hitze war unerträglich.

»Nimm mich an und zieh mit mir in den Kampf«, schrie sie ein letztes Mal.

Ihr schwindelte. Sie bekam keine Luft mehr. *Das war's. Es ist vorbei*. Sie fiel auf die Knie.

Und plötzlich ließ Oarf seinen Feueratem versiegen.

Einen Moment stand er noch aufgebäumt vor ihr, dann wandte er sich ab und zog sich zurück.

Ido brachte sie ins Lagerlazarett, ein schönes Gebäude aus Stein.

Bis auf einige leichte Verbrennungen war ihr nichts geschehen: Sie war bloß zu Tode erschöpft.

Eine Heilerin, eine ältere Frau, strich ihr eine nach frischen Kräutern duftende Salbe auf die Wunden. Dann schlief Nihal ein.

Als sie aufwachte, war es bereits später Nachmittag. Sie hatte gerade noch Zeit, sich in Erinnerung zu rufen, was geschehen war, als auch schon Ido auf ihre Pritsche zutrat.

An seiner Miene versuchte Nihal zu erraten, ob er verärgert war, doch sein Gesicht war undurchschaubar.

»Bist du böse auf mich?«

»Nein. Du hast gut gekämpft. Das Problem liegt woanders.«

Nihal blickte ihn fragend an. »Und das bedeutet?«

Ido setzte sich auf einen Hocker neben dem Bett. »Es geht immer um das richtige Vorgehen mit den geeignetsten Mitteln, Nihal. Die Idee, die du bei Oarf in die Tat umsetzen wolltest, war gut, doch das Ergebnis mehr als enttäuschend.«

»Aber ich …«

»Still, hör mir zu. Im Krieg musst du, bevor du zur Tat schreitest, jeden einzelnen Schritt sehr gut abwägen: Ein Heer besteht aus vielen Soldaten, und jeder einzelne ist ein wichtiges Mosaiksteinchen für den Sieg. Das Leben eines Ritters ist nun noch wertvoller für die Truppe. Der Ritter ist ein Heerführer, von seinem Vorgehen hängt das Schicksal vieler Soldaten ab. Stirbt er, reißt er in den meisten Fälle auch jene, die unter seinem Kommando stehen, mit in den Abgrund. Aus diesem Grund muss jeder, ein Ritter aber ganz besonders, sein Leben bedachtsam einsetzen, denn es gehört nicht nur ihm, sondern allen, die mit ihm kämpfen.«

Ido zündete seine Pfeife an und nahm einen langen Zug.

»Es ist sinnlos, sein Leben in einer selbstmörderischen Aktion zu verschenken: Damit ist niemandem gedient, am allerwenigsten dem, der stirbt. Ein guter Krieger vollstreckt nur das, was ihm befohlen wurde, und wenn er die Initiative ergreift, muss er sich der eigenen Grenzen bewusst sein und sich dementsprechend verhalten. Was du aber getan hast, war nicht nur gefährlich, sondern auch sinnlos. Du hast deine Grenzen missachtet und dein Leben für eine Dummheit aufs Spiel gesetzt.«

Nihal war tödlich beleidigt. Erregt setzte sie sich auf. »Ich wusste schon, was ich tat.«

»Nein, das wusstest du nicht. Du glaubtest doch wohl nicht im Ernst, dem Drachen mit einem nassen Umhang beikommen zu können. Nein, dir war klar, dass dich dein Trick nicht lange schützen würde, und dennoch hast du dich Hals über Kopf in das Wagnis gestürzt.«

Seelenruhig nahm Ido einen weiteren Zug.

»Vielleicht hat dir irgendein Schwärmer erzählt, ein Krieger kenne keine Angst vor dem Tod. Aber nichts ist falscher als das! Ein Krieger ist ein Geschöpf wie alle anderen auch: Er liebt das Leben und will nicht sterben. Aber er lässt sich von dieser Angst zu sterben nicht beherrschen, und deshalb erkennt er, wann sein Tod sinnvoll und wann er nutzlos wäre. So verhält sich ein Krieger. Für was aber hast du dein Leben aufs Spiel gesetzt? Um meine Achtung zu erringen und vor einem Drachen, der dich ablehnt, die Unerschrockene zu mimen. Tut mir Leid, aber für mich sind das keine sehr intelligenten Gründe. Nein, sie sind einfach dumm.«

Nihal fühlte sich getroffen: Seitdem sie über ihre Herkunft Bescheid wusste, hatte sie sich geschworen, dass ihr Tod einen Sinn haben müsse. Und nun warf ihr Ido vor, sinnlos den Tod zu suchen. »Du irrst dich«, erwiderte sie aufgebracht. »Ich war mir sicher, dass Oarf mich nicht töten würde!«

»Zwar kennen wir uns noch nicht sehr lange, Nihal, aber ich glaube, etwas von dir verstanden zu haben. Du aber scheinst noch nicht zu wissen, mit wem du es hier zu tun hast. Ich lasse mich nicht auf den Arm nehmen, und deshalb sag ich dir: Du warst dir absolut nicht sicher. Du wolltest mir nur beweisen, wie mutig du bist. Aber das war kein Mut. Das war Dummheit. Und die bringt mehr Menschen um als alle Truppen des Tyrannen zusammen.«

Nihal schwieg.

Ein schmerzvoller Gedanke hatte sie beschlichen: Und wenn sie tatsächlich so gehandelt hatte, weil ihr nichts mehr daran lag, ob sie lebte oder tot war? *Nein, das stimmt nicht! Ich wusste, was ich tat! Ich will leben. Ich muss leben, denn ich habe eine Mission zu erfüllen!*

»Merk dir gut, was ich dir heute gesagt habe. Dieses Mal will ich's dir noch mal durchgehen lassen, denn schließlich habe ich selbst im Leben oft genug impulsiv gehandelt. Aber von nun an musst du lernen, dir genau zu überlegen, was du tust, und dir klar zu machen, welche Beweggründe hinter deinem Handeln stehen.«

»Ich weiß, dass dieser Drache mein Drache ist«, erklärte Nihal im Brustton der Überzeugung.

Ido beugte sich zu ihr vor. »Gehört das Wasser auch jemandem? Oder der Wind? Das Wüten eines Orkans? Ein Drache ist eine Naturgewalt, und nur hin und wieder kommt es vor, dass er sich einen Gefährten erwählt. Wenn du das nicht verstehst, wirst du Oarf niemals reiten können. Heute morgen hast du gesagt, dein Herr sei gestorben. Vielleicht tut es dir weh, das zu hören, doch egal, wer es war, Nihal, er war nicht dein Herr.«

Das Mädchen senkte den Blick. Der Gnom sollte nicht sehen, dass sich ihre Augen mit Tränen füllten.

»Kein Mensch, kein Halbelf, kein Gnom, was auch immer, gehört jemandem. Ein jeder muss die Kraft finden, seinen eigenen Weg zu gehen. Nur Sklaven haben einen Herrn, aber du bist kein Sklave. Willst du ein Ritter werden, so musst du deinen Schmerz überwinden und dein Leben in deine eigenen Hände nehmen. Es liegt an dir, ob du es sinnvoll einsetzt oder wegwirfst.«

Ido lehnte sich zurück und zündete in Ruhe noch einmal seine Pfeife an.

Nihal betrachtete ihn eine Weile: Wie viel Kraft, wie viel Mut strahlte dieses Männlein aus! Einen Moment lang kam er ihr wie ein Riese vor.

»Fühlst du dich in der Lage, dich mit mir in Marsch zu setzen?«, fragte der Gnom, als die Pfeife an war.

»Ich denke schon. Wohin ziehen wir denn?«

»In den Krieg, Mädchen. Wir müssen einer Gruppe Rebellen zur Seite stehen, die unweit der Front eine Stadt befreit haben und von einigen Elitetruppen des Tyrannen belagert werden. Wir müssen sie raushauen.«

Nihal spürte ihr Herz schneller schlagen.

»Und ich darf mitkämpfen?«

»Du musst: Ich will doch sehen, wie du dich im Gefecht bewährst.«

Es war kein langer Ritt bis zur Stadt.

Vor dem Aufbruch war das strategische Vorgehen festgelegt worden, denn am Ort des Geschehens würde man keine Gelegenheit mehr haben, sich zu Beratungen zusammenzusetzen, da im Umfeld keine Lager eingerichtet waren. Es sollte ein Überraschungsangriff werden: Sie würden versuchen, den Belagerern in den Rücken zu fallen. Da Ido der einzige Drachenritter des Kommandos war, hatte er die Befehlsgewalt übernommen.

Ido und Nihal ritten Seite an Seite. Der Gnom rauchte in aller Ruhe, doch Nihal bebte vor Erregung.

»Hast du Angst?«, fragte er sie.

»Nein.«

»Das ist schlecht. Alle haben Angst vor der Schlacht, und so muss es auch sein. Auch ich habe Angst.«

»Das scheint mir aber nicht so«, bemerkte Nihal.

»Doch, ich habe Angst, aber ich bin nicht kopflos. Die Angst hilft mir, die richtige Einstellung zu finden zu dem, was ich tun werde. Die Angst ist meine Freundin, denn sie sagt mir, wie ich mich im Gefecht zu verhalten habe, bewahrt mich vor unnötigen Risiken und hält mich immer wachsam.«

Nihal zog eine Augenbraue hoch. »Tatsächlich? Aber ist es nicht Angst, die Soldaten vor dem Feind fliehen lässt?«

»Auch, Nihal, auch. Die Angst ist eine gefährliche Freundin: Du musst lernen, sie unter Kontrolle zu bekommen und zu hören, was sie dir zu sagen hat. Gelingt dir das, hilft sie dir, deine Aufgabe besser zu erfüllen. Wenn du zulässt, dass sie dich beherrscht, bringt sie dich ins Grab.«

Nihal blickte Ido an: Sie mochte diesen Gnom, auch wenn sie nicht immer verstand, was er ihr sagen wollte.

»Wir sind schon ganz in der Nähe. Wir gehen zu Fuß weiter«, wechselte er das Thema.

Sie stiegen ab, und Nihal nahm das schwarze Tuch aus

ihrem Quersack und begann, es sich um den Kopf zu wickeln.

»Kämpfst du ohne Harnisch?«

»Ja, so fühle ich mich freier.«

»Wie du meinst ...«

Der Gnom entfernte sich zu seinem Drachen, der in der Nähe auf ihn wartete, um mit ihm die Lage von oben zu sondieren.

Die Fußsoldaten beschleunigten ihren Schritt.

Rasch und lautlos wie eine Katze rückte Nihal vor, alle Sinne angespannt und darauf gerichtet, was sie umgab.

Bald schon kam der belagerte Ort in Sicht.

Eine schwarze Flut brandete an die Mauern einer in Trümmern liegenden Stadt.

Idos Ruf war das Signal zum Angriff.

Mit einer Leidenschaft und einer Wut, die noch stärker waren als in ihrem ersten Gefecht, stürzte sich Nihal in vorderster Reihe in den Kampf. Ohne Furcht vor den Axthieben der Fammin warf sie sich auf die Feinde, im Kopf nur einen einzigen Gedanken, alles zu zerstören, was sich ihr in den Weg stellte.

Ido oben in den Lüften fand hin und wieder die Zeit, seiner Schülerin zuzusehen, die gnadenlos um sich schlug.

Auch Nihal beobachtete in den kurzen Momenten, da der Kampf sie zu Atem kommen ließ, wie ihr Lehrer auf Vesas Rücken über ihnen kreiste.

Die von Ido angeführte Abteilung schien eine unfehlbare Kriegsmaschine. Sicher, ohne sich aus der Ruhe bringen zu lassen, aber auch ohne sich zu schonen, kommandierte der Zwerg seine Truppe, wich Pfeilen aus und griff gleichzeitig furchtlos an. Und der Feueratem seines Drachen verbreitete Panik unter den Belagerern, die der Angriff gänzlich unvorbereitet getroffen hatte.

Als sich die Gefechtslage geklärt hatte, ließ sich Ido am Boden absetzen, und während sein Drache von der Luft aus weiter angriff, stand der Gnom seinen Leuten mit dem Schwert bei. An seiner Seite setzte Nihal ihr Gemetzel fort.

Es war ein leichter Sieg: wenige Verluste, viele Gefangene. Die Stadt war frei. Kein unbedeutender Erfolg: In vierzig Jahren Krieg war es nicht sehr häufig vorgekommen, dass das Heer der freien Länder dem Tyrannen eroberte Gebiete wieder hatte entreißen können.

Begeistert feierten die Menschen in der befreiten Stadt den Sieg, und die Krieger wurden wie Helden empfangen. Alle erboten sich, den Soldaten für die Nacht Herberge zu geben, und Ido nahm die Einladung dankend an.

Am Abend feierte man ausgelassen auf dem zentralen Platz, mit Tanz und einem improvisierten Festmahl, das die Frauen des Ortes aus den wenigen verbliebenen Lebensmitteln, und mit großer Dankbarkeit für die Soldaten, zubereiteten.

Nur Nihal ließ sich von der Begeisterung nicht anstecken. Alles, wonach es sie in diesem Moment verlangte, war, weiterzukämpfen und weitere Feinde zu töten. Auch mitten im Festtrubel gelang es ihr nicht, an etwas anderes zu denken.

»Willst du tanzen?«

Der Strom ihrer Gedanken wurde von einem noch recht jungen Knappen unterbrochen, der ihr höflich die Hand reichte. Sie errötete. *Tanzen? Ich?* Es war das erste Mal, dass sie jemand zum Tanz aufforderte.

»Nein, danke. Das ist nichts für mich«, wehrte sie ab.

»Ach, warum denn nicht? Komm. Nur Mut. Wir sind dem Tod entronnen, jetzt können wir uns doch auch mal amüsieren«, versuchte sie der Junge mit einem aufmunternden Lächeln im Gesicht umzustimmen.

»Nein, wirklich nicht. Ich kann nicht tanzen.«

Der Knappe zuckte die Achseln, verbeugte sich und hatte sich schon kurz darauf mit einem Mädchen aus der Stadt ins Tanzgetümmel gestürzt.

Nihal musste an Fen denken.

Wie oft hatte sie davon geträumt, einmal mit ihm zu tanzen. Sich in seinen Armen in einem langen Kleid durch einen

Saal voller glitzernder Lichter zu drehen. Das war eine Vorstellung, die nicht mehr Wirklichkeit werden konnte, noch nicht einmal in ihren Tagträumen.

Sie wischte sich ein paar Tränen aus den Augenwinkeln. Solche Phantastereien musste sie sich verbieten: Weil sie ein Krieger war, spielte es keine Rolle mehr, dass sie eine Frau war. Sie war nur noch eine Waffe.

In der feiernden Menge erblickte sie Ido. In großen Schlucken trank er aus einem Pokal, scherzte mit den Soldaten und betrachtete zufrieden das fröhliche Durcheinander, das den Platz erobert hatte. Dieser Erfolg war sein Verdienst.

Der Gnom bemerkte sie und kam zu ihr. »Ich muss mit dir reden«, sagte er ihr ins Ohr und zog sie mit sich, etwas abseits, unter einen Laubengang.

Zunächst reichte er ihr den Pokal.

»Trink. Es bringt Unglück, einen Sieg nicht zu feiern.«

Nihal kostete von der unbekannten Flüssigkeit. Sie schmeckte lecker, brannte aber auf der Zunge und trieb ihr Tränen in die Augen.

Ido lachte. »Wie ich sehe, hast du noch nie Bier getrunken. Für uns Gnomen ist es das Lieblingsgetränk.«

Nihal gab ihm den Pokal zurück. »Nicht schlecht …«

Ido nahm einen Schluck und wischte sich dann mit dem Handrücken über den Schnurrbart. »Warum schließt du dich von dem Fest aus?«

»Mir ist nicht nach Feiern zumute.«

»Das sehe ich.«

Ido nahm noch einen Schluck. »Ich habe dich im Kampf aufmerksam beobachtet …«

Nihal konnte ein Lächeln nicht unterdrücken, sie rechnete damit, nun überschwängliches Lob zu hören zu bekommen.

»Und was ich da sah, hat mir nicht sehr gefallen.«

Das Lächeln auf ihren Lippen erlosch. »Wieso? Habe ich etwas falsch gemacht?«

»Nein, nichts Bestimmtes. Es ist dein ganzes Verhalten in der Schlacht, das mir missfällt.«

»Das verstehe ich nicht ...«

»Nun, du stürzt dich wie von Sinnen ins Getümmel, mit dem einzigen Gedanken, alles zu zerstören, was sich dir in den Weg stellt. Für einen gemeinen Fußsoldaten mag das eine hinreichende Taktik sein. Aber ein Ritter kämpft anders.«

»Im Krieg kommt es doch darauf an, möglichst viele Feinde niederzuringen, oder etwa nicht? Und dabei lege ich mich eben richtig ins Zeug.«

Ido bot ihr noch einmal von dem Bier an. Nihal nahm einen großen Schluck und versuchte, den Ärger und die Enttäuschung fortzuspülen, die die Worte ihres Lehrers in ihr hatten aufkommen lassen.

»In der Schlacht verhältst du dich wie ein Tier im Käfig, das um sich schlägt, um freizukommen. Du lässt dich hinreißen von deinem Körper, deinem Instinkt. Zudem schlägst du dich, als ob es auf dem Schlachtfeld nur dich allein gäbe. Aber so ist es nicht. Du musst stets wissen, wo die anderen sind und was sie gerade tun. Das ist besonders wichtig, wenn du später einmal Ritter bist. Denn dann hast du andere Soldaten zu führen und darfst nie den Überblick über die gesamte Gefechtslage verlieren. Und schließlich ist Kämpfen kein Vergnügen, Nihal, sondern eine Notwendigkeit.«

»Aber ich kämpfe eben gern, was soll daran schlecht sein?«, stieß das Mädchen hervor.

»Nein, *ich* kämpfe gern, und ich habe diesen Weg aus freien Stücken gewählt. Du aber *tötest* gern. Jetzt hör mir mal genau zu: In dieser Truppe ist kein Platz für Leute, die nach Blut dürsten. Wenn es dir nur darum geht, in der Schlacht deinen Hass auszuleben, brauchst du dir keine Hoffnungen zu machen, dass ich dich noch mal mitnehme. Verstanden?«

Nach diesen Worten zündete er sich seelenruhig seine Pfeife an, so als hätte er gerade nur ein wenig geplaudert.

Nihal spürte, wie ihr das Blut ins Gesicht stieg. »Aber die Fammin haben meinen Vater getötet, Ido!«, schrie sie. »Und Fen! Und sie haben mein Volk ausgerottet! Wie sollte ich sie da nicht hassen?«

Ido ließ sich nicht aus der Fassung bringen. »Die Fammin und der Tyrann haben auch meinen Vater getötet, haben mir einen Bruder genommen und mein Volk versklavt. Alle hier können ähnliche Geschichten wie deine und meine erzählen, doch wir bemühen uns, einen kühlen Kopf zu bewahren und nicht zu vergessen, wozu wir kämpfen. Weißt du, wozu du kämpfst?«

Ido sah ihr so eindringlich in die Augen, dass Nihal nicht anders konnte, als den Blick zu senken.

»Wenn du es nicht weißt, solltest du dich langsam einmal fragen, ob es ratsam für dich ist, weiter Krieger zu bleiben.«

»Ich wollte doch immer nur …«

»Schluss jetzt. Geh lieber tanzen.«

»Ich kann nicht tanzen …«

»Das ist ein Befehl.«

Fast ohne zu wissen, wie ihr geschah, fand sich Nihal mitten auf dem Platz wieder und wiegte sich im Rhythmus der Musik.

Was war nur falsch daran, den Tyrannen zu hassen? War es denn nicht Hass, der die Kraft zum Kämpfen verlieh? War es denn nicht recht, die Fammin zu hassen und sein Leben darauf auszurichten, sie zu vernichten? Was war falsch an dieser Einstellung?

Ihr Körper tanzte, doch mit dem Kopf war sie woanders.

In tiefer Nacht klang das Fest aus, und Nihal und Ido zogen sich in ihr Quartier bei einem Kaufmann zurück, der sie gerne bei sich aufgenommen hatte.

»Hat dir der Abend nicht auch gefallen?«, fragte Ido, als sie sich gute Nacht sagten. »Du hast doch gespürt, wie schön es sein kann, sich zu amüsieren. Lerne, dein Leben zu schätzen, Nihal, dann wirst du auch verstehen, wozu du kämpfst.«

Als sie sich zur Ruhe bettete, fühlte sie sich im Kopf noch verwirrter als je zuvor.

19

Flugstunden

Die eigentliche Ausbildung begann für Nihal erst nach dieser Schlacht. In den Morgenstunden widmeten sie sich ausschließlich der Verbesserung ihrer Kampftechniken. Ido forderte sie. Bei Sonnenaufgang machten sie sich an die Arbeit und ruhten erst, wenn es Zeit zum Mittagessen war und sich in der Kampfbahn auch alle anderen drängten.

Es war nicht leicht für Nihal. Sie war daran gewöhnt, aus dem Instinkt heraus zu kämpfen, denn sie wusste, dass sie über eine außergewöhnliche Begabung verfügte, und verließ sich darauf. Ido hingegen verlangte, dass sie immer kühlen Kopf bewahrte, aufmerksam und wachsam war. Bei dem Gnomen selbst ging, egal ob im Training oder in der Schlacht, kein Schlag ins Leere, ganz gleich welche Waffe er gerade benutzte.

Nihal machte sich erneut mit der Lanze vertraut, mit dem Morgenstern, der Streitaxt und der Peitsche, an denen sie sich auch schon in der Akademie versucht hatte.

Sie lernte, in jedem Moment hoch konzentriert und sich stets ihrer selbst bewusst zu sein, egal wie beherzt sie auch angriff, doch Ido war dennoch nie zufrieden.

Es genügte ihm nicht, dass Nihal alle Techniken beherrschte. Stark und selbstsicher sollte sie sein, sich stets im Klaren darüber, für welche Ziele sie kämpfte, und sich nicht von blindem Hass und Wut leiten lassen. Er wollte sie zu einer Frau formen, die sich selbst und der Aufgetauchten Welt von Nutzen war.

Ido hatte Nihal ins Herz geschlossen; er erkannte ihre Möglichkeiten und bewunderte ihre Zähigkeit. Aber er wusste auch, was sie im Innersten bewegte: Zorn, Rachedurst, Selbstverachtung. Und er wollte es nicht hinnehmen, dass sie damit sich selbst zerstörte. Sie war zu stark, zu schön und zu willensstark, um ihr Leben zu vergeuden.

Und so forderte er sie immer mehr.

Er lobte sie fast nie, holte das Letzte aus ihr heraus, brachte sie immer wieder zu Fall, um sie zu zwingen, sich jedes Mal wieder aus dem Staub zu erheben und es erneut zu versuchen. Und Nihal stand immer wieder auf, ohne zu klagen, ohne sich die Wunden zu lecken. Sie hatte ein Ziel, und das gedachte sie um jeden Preis zu erreichen.

Wie die Wochen vergingen, gerieten ihre Überzeugungen jedoch immer mehr ins Wanken. Sie hatte nie daran gezweifelt, dass es ihr Schicksal sei, Rache zu nehmen, und sich nie gefragt, ob dies richtig oder falsch war. Doch Idos Worte nach der Schlacht hatten sie verunsichert.

Sie sagte sich zwar immer wieder, dass ihr Hass seine Berechtigung habe. Denn wozu habe sie schließlich ihr Volk überlebt, wenn nicht, um es zu rächen? Und wenn sie des Nachts aus ihren Albträumen erwachte, war sie überzeugt, dass es ihr einziger Lebenssinn sein musste, den Tyrannen zu stürzen. Und dann zu sterben. Denn sie vermochte sich nicht vorzustellen, was danach noch sein könnte, wenn der Tyrann besiegt war. Wohin sollte sie dann auch gehen? Was sollte sie tun? Ohne dieses Ziel würde sie wie ein leerer Sack sein. Dennoch …

Dennoch weckte der Umgang mit Ido immer mehr Zweifel. Wie schaffte es ihr Lehrer, zu kämpfen, ohne zu hassen? Von woher bezog er seine Kraft?

Aus der Schönheit des Lebens, sagte er.

Ja, es hatte eine Zeit gegeben, in der auch Nihal das Leben schön vorgekommen war. Doch diese Zeiten waren vorbei. Nun war ihr Dasein gekennzeichnet von den harten Übungsstunden am Tag und den bedrückenden Albträumen in der Nacht.

Zuweilen dachte sie daran zurück, was sie in der Nacht vor ihrer ersten Schlacht gefühlt hatte, an die Bilder eines anderen Lebens, die sie damals vor sich sah. War dies das Leben, das alle liebten? Schon möglich, aber ihr kam es so fern vor wie ein unerreichbarer Traum.

Im Hauptlager war Nihal natürlich vielen aufgefallen, und so kam es, dass ihr Training zunehmend von einer kleinen Menge Knappen und Soldaten verfolgt wurde.

Sie mit Ido kämpfen zu sehen, dessen Fertigkeiten allen bekannt waren, war ein Schauspiel, das man nicht versäumen wollte. Weil Nihal so geschickt war, so gut und vor allem so schön.

Dabei hätte man nicht behaupten können, dass sie einem klassischen Schönheitsideal entsprach, doch von ihrer ganzen Gestalt ging eine besondere Faszination aus. Der stolze Blick ihrer violetten Augen unter den langen Wimpern. Ihre gertenschlanke Figur mit den doch sehr weiblichen Rundungen. Wie sie sich im Kampf bewegte, verzauberte jeden Betrachter. Und zudem war sie, abgesehen vom Umgang mit ihrem Lehrer – dem Einzigen, an den sie das Wort richtete –, so kalt wie Eis.

Und so kam es, dass sie für die Soldaten mehr und mehr zum Objekt der Begierde wurde. Ja, man schloss sogar Wetten darauf ab, wem es als Erstem gelingen würde, sie zu umgarnen. Doch Nihal marschierte weiter mit martialischem Schritt durchs Lager und ignorierte die Blicke, die sich von allen Seiten auf sie richteten. Es ging ihr auf die Nerven, wenn man sie aus allzu lasziven Augen anstarrte. Mit Fens Tod hatte sie aufgehört, sich als Frau zu betrachten. Nun war sie nur noch eine Kriegerin, mehr nicht.

Hin und wieder suchte auch jemand ohne Hintergedanken Kontakt zu ihr, aber auch dann gab Nihal ihre distanzierte Haltung nicht auf.

Selbst ihr Verhältnis zu den anderen Frauen im Lager wurde mit der Zeit nicht enger: Diese neideten ihr den Erfolg bei den Männern und lehnten sie gleichzeitig ab, weil sie so stark war und wie ein Mann kämpfte. Sicher gab es auch Ausnahmen. So hatten einige Mädchen versucht, sich mir ihr anzufreunden, doch Nihal sah kaum Gemeinsamkeiten mit diesen jungen Damen, die den ganzen Tag zu Hause waren, ihren Müttern halfen und nur darauf warteten, alt genug zu sein, um in den Hafen der Ehe einlaufen zu können.

Sie war allein. Und das einzige Wesen, um dessen Aufmerksamkeit sie sich bemühte, war kein Mensch, sondern ein Drache.

Nihal war buchstäblich in ihn verliebt.

Sie spürte, sollte es ihr tatsächlich einmal gelingen, auf einem Drachen zu reiten, dann nur auf diesem launischen Tier und sonst keinem.

Nach den ersten fehlgeschlagenen Annäherungsversuchen hatte Ido ihr freie Hand gelassen.

»Ich habe dir erklärt, wie sich ein Drache verhält und wie man sich ihm gegenüber verhalten muss. Nun ist es an dir, herauszufinden, wie du es schaffen kannst, dass er dich akzeptiert. Wenn du ihn besteigen kannst, fangen wir ernsthaft mit der Arbeit an.«

So blieb es Nihal überlassen zu entscheiden, wann und wie sie ihm näher kam. Mit dem Wärter der Stallungen hatte sie vereinbart, dass der Drache jeden Tag gleich nach dem Mittagessen für das Training bereitstehen sollte.

Beim ersten Mal begann Oarf, der wieder angekettet am hinteren Ende der Arena lag, sofort zu fauchen, als er sie sah.

Reglos, die Fäuste geballt, blieb Nihal am anderen Ende der Kampfbahn stehen. Sie spürte den Hass des Drachen, doch sie wich nicht zurück. Er forderte sie heraus, und sie musste ihm beweisen, dass sie stärker war als er, dass sie nicht nachgeben würde. Lange stand sie so da und übte sich darin, diesem Blick voller Verachtung aus den feuerroten Augen standzuhalten.

Einige Tage lang blieb der Wärter noch eine Weile, um Nihal zuzuschauen, doch es war immer wieder das gleiche Ritual: Nihal und Oarf starrten sich den ganzen Nachmittag nur feindselig an. Ein Schauspiel von tödlicher Langeweile.

Fragte ihn jemand nach seinen Eindrücken, so antwortete er nur: »Also für mich ist die übergeschnappt. Die steht nur wie angewurzelt da und glotzt ihn an. Kein Zweifel, diese Halbelfen müssen schon wunderliche Geschöpfe gewesen sein.«

Nach den ersten Malen begann Nihal, mit Oarf zu sprechen.

Dann setzte sie sich nicht weit von ihm entfernt an den Rand der Kampfbahn, die Augen stets fest auf ihn gerichtet, und bemühte sich, ihm ihre Gedanken zu vermitteln. Das war nicht leicht, und wenn der Versuch fehlschlug, behalf sie sich mit Worten. Sie dachte, mehr als Schmeicheleien könne die Kraft ihrer Geschichte ausrichten: Denn sie war felsenfest davon überzeugt, dass sie und dieses Tier das gleiche Schicksal verband.

So erzählte sie ihm von den Albträumen, die sie quälten, von Livons Tod, von der Zerstörung ihrer Heimatstadt. Sie berichtete ihm von Fen, wie sehr sie ihn geliebt und auf welch grausame Weise sie ihn verloren hatte, und wie sie eine Fackel an seinem Scheiterhaufen entzündete, in der Hoffnung, auf diese Weise etwas von seinem Geist für sich zu bewahren.

Oarf blieb undurchdringlich und zeigte keine Reaktion, abgesehen von einem dumpfen Knurren. Doch Nihal ließ nicht locker und bemühte sich weiter, Zugang zu ihm zu finden.

Häufig beobachtete Ido sie von weitem und merkte, dass Nihal tatsächlich Forschritte machte: Zwar starrte Oarf sie immer noch misstrauisch an, doch in seinen stolzen feuerroten Augen war auch schon ein Anflug von Interesse zu erkennen.

Während dieser Wochen waren Nihal und Ido auch immer wieder an der Front im Einsatz, und der Gnom hatte beschlossen, dass Oarf sie dann in die Etappe begleitete.

Vor jeder neuen Schlacht suchte Nihal ihn noch einmal auf. »Spürst du diese Anspannung? Diese Stille? Man ruft nach dir, Oarf. Du sollst wieder kämpfen.«

Dann trat sie an, voller Tatendrang und wie stets, ungeachtet aller Gefahren, unter den Ersten ihrer Abteilung. Viele Schlachten wurden gewonnen, viele verloren, und sie musste sich daran gewöhnen, nach jedem Einsatz das Schlachtfeld mit gefallenen Gefährten übersät zu sehen.

Immer wieder hatte Ido Grund, hart mit ihr ins Gericht zu gehen. Und jedes Mal schwor Nihal, dass sie sich ändern und mit einer anderen Einstellung in den Kampf ziehen würde. Doch vergeblich. Das Waffengeklirr stieg ihr jedes Mal wieder zu Kopf.

Sobald sie das Schlachtfeld betrat, wurde sie zum bloßen Werkzeug des Todes.

Auch die Annäherungsversuche an Oarf gingen weiter.

Mit jedem Tag versuchte Nihal, ihm etwas näher zu kommen und Schritt für Schritt Boden zu gewinnen. Mittlerweile ließ Oarf sie gewähren und beschränkte sich darauf, sie misstrauisch anzublicken. Und sie spürte, dass er ihr nicht mehr mit Feindschaft begegnete, dass er sie nicht mehr fürchtete. Nun wollte sie versuchen, einen tieferen Zugang zu ihm zu gewinnen.

Zwei Wochen lang brachte sie die Nachmittage damit zu, nur kauernd vor ihm zu sitzen.

Es war ganz ähnlich wie damals, als sie die Prüfung im Wald zu bestehen hatte: Sie konzentrierte sich und versuchte, seine Gedanken in sich aufzunehmen. Ido hatte ihr erklärt, dass zwischen einem Ritter und seinem Drachen nur dann ein Austausch stattfindet, wenn beide es so wollen. Und Oarf war eben noch nicht so weit.

Doch Nihal war sich sicher, dass es nicht mehr lange dauern konnte.

Eines Tages war sie ein wenig früher dran als üblich und sah, wie Oarf in die Arena gebracht wurde.

Unterstützt von zwei neuen Hilfskräften schleifte ihn der Wärter an der Kette hinter sich her. Es war ein trauriges Bild. Der Drache sträubte sich, stellte sich auf die Hinterbeine, stemmte sich dagegen, musste aber immer wieder nachgeben, weil die Pfote, an der die Kette befestigt war, eine Wunde aufwies. Unter den Flüchen der Männer und seinen Schmerzenslauten bewegte er sich ruckweise vor.

Nihal war diese Wunde nie aufgefallen. Und sie ärgerte sich, weil sie sich nicht ausreichend darum gekümmert hatte, wie man ihren Drachen behandelte. Als Oarf endlich an seinem Platz war, eilte sie mit großen Schritten auf die Helfer zu, die schon dabei waren, die Arena zu verlassen.

»He, ihr da«, rief sie. »Ab sofort will ich diese Kette nicht mehr sehen!«

Die beiden blickten sich grinsend an.

»Misch dich da lieber nicht ein, Fräulein«, meinte einer der beiden. »Ohne Kette verspeist er dich in einem Bissen und flattert auf und davon.«

Nihal packte ihn am Kragen. »Pass nur auf, wie du mit mir redest. Ich bin ein angehender Drachenritter!«

Sein Kumpan konnte ein Lachen kaum unterdrücken. Nihal zog ihr Schwert und richtete es auf ihn. »Das gilt für euch beide. Ab morgen gibt es keine Kette mehr. Wenn er mich tötet, ist das meine Sache. Und wenn er ausreißt, spreche ich euch schon im Voraus von jeder Schuld frei. Ich übernehme die Verantwortung.«

Die beiden Helfer machten, dass sie fortkamen.

Nihal drehte sich zu Oarf um: Er war dabei, sich die verwundete Pfote zu lecken, und bemühte sich vergeblich, mit seiner Zunge unter die Kette zu kommen.

Oarf nahm wieder seine Angriffshaltung ein, doch Nihal war schon sehr nahe bei ihm.

Der Drache stieß ein warnendes Brüllen aus.

Als er gerade Anstalten machte, seinen flammenden Atem auszustoßen, ließ Nihal einen mächtigen Schwerthieb niederfahren. Mit einem Schlag durchtrennte sie die Eisenmanschette um seine Pfote und entdeckte darunter eine große eiternde Wunde.

Oarf war vollkommen überrascht von ihrem Tun und mehr

noch von der Tatsache, dass sie jetzt vor ihm niederkniete und die Hand zu seiner Pranke ausstreckte.

Gleich darauf verspürte er schon eine unerwartete, wohltuende Wärme an der verletzten Körperstelle, und die Schmerzen ließen nach.

Nihal spürte die Erleichterung des Drachen.

Er senkte seinen großen smaragdgrünen Kopf und sah, dass Nihals Hände ein schwaches rötliches Licht ausstrahlten. Unwillkürlich zog er sich zurück – er wollte ja keine Hilfe, doch es geschah halbherzig, und Nihal kam wieder näher an ihn heran und behandelte ihn weiter.

Oarf sah ihr zu. So liebevoll war ihm schon lange niemand mehr gegenübergetreten. Und so geschah es, dass sich der Drache Nihals Gefühlen öffnete. Er spürte ihre Traurigkeit, ihre Verwirrung, ihren Schmerz. Er nahm ihre Erinnerungen wahr, die Zuneigung, die in ihrem Tun lag.

Nihal war nicht fachkundig genug, um einen Heilzauber über längere Zeit aufrecht zu erhalten, doch als ihre Kraft nachließ, war die Wunde nicht mehr entzündet. Schweißnass setzte sie sich auf den Boden: Dieser kleine Zauber hatte sie beträchtliche Mühe gekostet.

Oarf schnüffelte neugierig an ihr: Wie zierlich sie doch waren, die Geschöpfe jenes Landes …

Ein Lächeln andeutend, stand Nihal auf. »Du verdankst mir deine Freiheit. Sei also ab jetzt bitte ein wenig freundlicher zu mir.«

Und zum ersten Mal kehrte Oarf freiwillig in seinen Stall zurück.

Und ebenfalls aus freien Stücken betrat er am nächsten Tag die Arena.

Nihal ging auf ihn zu und streckte ihm die Hand entgegen. Sie hatte noch nie einen Drachen gestreichelt. Noch nicht einmal Vesa hatte sich je von ihr berühren lassen, obwohl er sich längst an ihre Gegenwart gewöhnt hatte.

Empört wich Oarf ein Stück zurück.

»He, was soll das heißen? Ich habe dich befreit, ich habe deine Wunde geheilt …, eine kleine Liebkosung musst du mir da schon gestatten, Oarf!«

Der Drache grunzte und schüttelte heftig den Kopf.

»Ach, zier dich nicht so, du wirst sehen, es gefällt dir.«

Wieder streckte Nihal ihre Hand aus, die vor Aufregung zitterte. Ihre Finger streiften Oarfs Haut: sie war ledrig und feucht, fühlte sich aber dennoch angenehm an.

Jetzt legte Nihal die ganze Handfläche auf die Brust des Tieres und spürte sofort ein rhythmisches, kräftiges Pochen. Das Leben, das war das Leben. Sie begann, mit der Handfläche in immer weiter ausholenden Bewegungen über seine schuppige Flanke zu fahren.

Oarf rührte sich nicht.

Er schien zu lauschen: Noch niemals hatte ihn jemand gestreichelt.

Es war sanft, es war angenehm. Diese kleine Hand fühlte sich wohltuend frisch an. Und dieses Geschöpf war so freundlich zu ihm. Und das, obwohl ihm Hass nicht fremd war. Er hatte das sofort gespürt, schon als er sie zum ersten Mal sah. Dieses Wesen war zäh, voller Groll und Traurigkeit. So wie er.

Vielleicht konnte er tatsächlich noch einmal Vertrauen zu den Menschen fassen. Er bekam Lust, die Flügel zu spreizen und einfach loszufliegen, sich vom Wind tragen zu lassen, so wie er es als junger Drache getan hatte …

»Auch ich habe immer davon geträumt, fliegen zu können«, murmelte sie, während sie ihn streichelte.

Ihr gefiel der Kontakt mit den Schuppen.

Nun war es wirklich ihr Drache.

Es kam ihr unglaublich vor, dass sie es geschafft hatte: Sie war dabei, einen Drachen zu streicheln. Ihren Drachen. Und eines Tages würde sie auf ihm reiten.

Einen Augenblick lang fand Nihal jenen Teil ihrer selbst wieder, den sie in der Feuersbrunst ihrer Heimatstadt verloren hatte. Sie fühlte sich wieder frei, und ihr ganzes Leben lag noch vor ihr, ein Leben, dessen Verlauf nicht vorgezeichnet war. *Wie konnte es dazu kommen, dass ich mich so weit von dem entfernt habe, was ich einmal war?*

Auch als sich Oarf jetzt ihrer streichelnden Hand entzog, vermochte Nihal in seinen Augen den Widerschein eines Gefühls zu erkennen, das Wohlbefinden sehr nahe kam.

Später erzählte Nihal Ido von ihrem Erfolg.

»Sehr gut, Nihal. Ich bin sehr zufrieden mit dir.«

»Jetzt bringst du mir bei, wie man ihn reitet, nicht wahr?«

Der Gnom stieß eine Rauchwolke aus. Er schien zu zögern.

Nihal saß wie auf glühenden Kohlen. »Nun? Was ist?«

Eine weitere Rauchwolke. Dann strich sich Ido nachdenklich über den Bart und nickte schließlich. »Ja, ich denke, es ist so weit. Drei Monate bist du nun hier: Wir haben lange genug gewartet.«

Nihals Herz machte einen Freudensprung. Sie würde ihren Drachen reiten. Sie würde lernen, wie ein Ritter zu kämpfen. Das, wonach sie sich immer gesehnt hatte, würde Wirklichkeit werden.

Ido konnte ihre Begeisterung nicht ganz teilen. Gewiss, er hatte Nihal ins Herz geschlossen. Und vor allen Dingen wollte er ihr helfen, Schmerz und Hass, die sie nicht losließen, zu überwinden. Aber er wusste auch: Würde ihm das nicht gelingen, müsste er es Nihal verwehren, ein Drachenritter zu werden. Solange sie so verschlossen und so ausschließlich auf ihre Rache konzentriert war, konnte sie dem Heer der freien Länder nicht von Nutzen zu sein.

In ihrer Kampftechnik hatte Nihal große Fortschritte gemacht, doch in der Schlacht ließ sie sich immer noch von ihrem wilden Eifer blenden. Bis sie nicht gelernt hatte, dass sie nicht nur für sich selbst, sondern auch für andere im Gefecht stand, würde sie immer ein Risiko bedeuten.

Ido baute darauf, dass Nihal irgendwann ernsthaft damit beginnen würde, darauf zu hören, was er ihr predigte. Doch gleichzeitig spürte er, dass er jetzt schon eine Entscheidung treffen musste.

In den nächsten beiden Wochen verbrachte Nihal jeden Nachmittag in der Arena. Sie redete mit Oarf, streichelte ihn, brachte ihn dann in die Stallungen zurück und kümmerte sich persönlich um seine Fütterung.

Der Drache hatte sich an ihre Aufmerksamkeiten gewöhnt und ließ sie sich mit kaum verhohlenem Behagen gefallen: Dieses Mädchen, dieser zierliche Floh, begann, ihm ans Herz zu wachsen, auch wenn er dies nicht so offen zeigen mochte.

Wie die Tage vergingen, wurde Nihal jedoch immer ungeduldiger, und jedes Mal, wenn sie den Gnom sah, bestürmte sie ihn aufs Neue.

»Was hast du morgen vor?«

»Wir haben eine Lagebesprechung beim Kommandanten.«

»Ach, schon wieder?«

»Ja, Nihal.«

»Und übermorgen?«

»Da muss ich in ein anderes Lager.«

»Und wann bringst du mir das Reiten bei?«

»Ich weiß es nicht, Nihal.«

Ido war sehr beschäftigt. In Kürze sollte eine große Offensive beginnen, und der Gnom war mit der Ausarbeitung der Pläne betraut. In Anspruch genommen von Lagebesprechungen im großen Hauptlager und Zusammenkünften mit Generälen und Drachenrittern in den anderen Feldlagern, hatte er kaum einen Augenblick Zeit für sie.

»Wenn du noch nicht einmal ein Stündchen für mich erübrigen kannst, dann probiere ich es eben alleine«, erklärte Nihal kühn, als sie eines Abends zusammen beim Essen saßen.

Ido ließ den Löffel in die Schüssel fallen und blickte ihr fest in die Augen. »Komm bloß nicht auf dumme Gedanken! Drachenreiten ist alles andere als ein Kinderspiel.«

»Das weiß ich, aber ...«

»Schluss, ich will nichts mehr davon hören.«

Doch die Idee war damit geboren, auch wenn sich Nihal bemühte, der Versuchung zu widerstehen. Sie vertraute Ido und bewunderte seine Ruhe, seine Sicherheit. Doch immer häufiger fragte sie sich: Wozu noch länger warten? Sie hatte doch eine Mission zu erfüllen. Dort tatenlos herumzusitzen war reine Zeitverschwendung.

Eines Morgens ging Nihal früher als gewöhnlich in die Arena hinüber. Über den Grund dazu war sie sich nicht genau im Klaren, doch sie hatte eben gleich beim Aufwachen das Verlangen verspürt, unverzüglich zu Oarf zu laufen. Es war ein strenger Wintertag, und die Kälte kroch ihr in die Glieder. Nihal mummelte sich fester in ihren Umhang ein und setzte sich auf eine Bank in den Rängen und wartete.

Nicht lange, und in Begleitung eines Stallburschen sah sie Oarfs mächtige Gestalt, majestätisch einherschreitend, langsam aus dem Dunst auftauchen.

Sie stellte sich vor, wie der Morgen verlaufen würde: die üblichen Worte, die üblichen Gesten, der übliche Rückweg zu den Stallungen und zum Schluss die übliche Schubkarre mit dem frischen Fleisch.

Und wenn ich heute …

Oarf kam immer näher heran.

Nein, Nihal, vergiss es. Ido würde toben vor Wut.

Oarf war schon ganz nahe.

Andererseits …

Nihal spürte, dass ihr ganzer Körper danach verlangte, sich über diesen Nebel zu erheben und in die Ferne zu fliegen.

Nein, das geht nicht. Ich weiß ja gar nicht, wie ich es anstellen soll.

Doch schon flüsterte ihr ein Stimmchen ein, dass es so kompliziert nun auch wiederum nicht sein könne: Schließlich war sie schon mehrmals auf einem Drachen geritten. Nicht allein, gewiss, doch letztendlich mochte das kein so großer Unterschied sein.

Oarf stand jetzt vor ihr und beugte sein mächtiges Haupt.

»Wie geht's heute?«, fragte Nihal, während sie ihm übers Maul strich. Der Atem des Drachen wärmte ihre eiskalten Hände.

Nihal begann, ihn zu streicheln. Nach zwei Monaten zähen Kampfes mit zahlreichen Anläufen und Fehlschlägen hatten Oarf und sie schließlich doch zueinander gefunden. Und nun waren sie beide bereit für den nächsten Schritt.

»Was hältst du davon, ein wenig zu fliegen?«

Der Drache blickte sie aus seinen roten Augen an und zog dann sein Maul aus ihren Händen zurück.

Vielleicht will er jetzt nicht, aber das ist ganz normal. Wenn ich erst mal auf seinem Rücken sitze, wird es ihm schon recht sein.

»Lass mich aufsteigen, Oarf.«

Oarf antwortete mit einem Grummeln und zog sich noch ein Stück weiter von ihr zurück.

Doch Nihals Entschluss stand nunmehr fest: Heute würde sie ihn reiten, komme, was wolle. Sie hob ihre Stimme: »Bleib stehen«, doch Oarf beschleunigte seine Schritte.

Ohne lange zu überlegen, rannte Nihal ihm nach, erreichte ihn, sprang hoch, klammerte sich an seiner Flanke fest und kletterte behände auf seinen Rücken.

Es war schon unglaublich, dass es ihr, die noch nie allein einen Drachen bestiegen hatte, schon im ersten Anlauf geglückt war, auf seinen Rücken zu gelangen. Doch Oarf war es alles andere als recht. Er wurde zornig und begann, sich heftig aufzubäumen.

Nihal ließ sich nicht aus der Ruhe bringen und klammerte sich am Hals des Tieres fest, während Oarf immer heftiger reagierte und zu brüllen begann, um sie abzuschrecken. Doch das Mädchen ließ nicht locker.

Der Drache konnte es nicht fassen, was sich dieses Würmchen herausnahm, und war wütend und verwundert zugleich. Er wandte ihr das Maul zu und brüllte so laut er konnte, doch sie fühlte sich ganz in ihrem Element: »Tut mir Leid, mein Freund, aber du wirst wohl klein beigeben müssen.«

In diesem Moment geschah es: Oarf hob ab.

Seine weiten Flügel schwingend, begann er aufzusteigen, himmelwärts, immer höher, immer höher. Der heftige Wind, der Nihal ins Gesicht blies, war bald so stark, dass sie kaum noch atmen konnte. Sie schloss die Augen. Ja, sie hatte Angst. Und wie! Dann aber wurde sie gewahr, dass sie tatsächlich flog. Sie flog. Auf dem Rücken eines Drachen! Ihres Drachen.

Sie öffnete die Augen und begann vor Freude zu jauchzen. Nun, da sie wie ein Geschoss die Wolken durchflog und immer weiter aufstieg, fühlte sie sich so mächtig wie eine Gottheit.

Mit aller Kraft hielt sie sich fest und blickte hinunter.

Sie hatten bereits eine schwindelerregende Höhe erreicht: Die Kronen der Bäume um das Lager herum lagen weit, weit unter ihr und ragten wie Inseln in einem milchigen Meer aus dem Nebel heraus.

Es war wunderschön und furchterregend zugleich.

Und es dauerte nur einen Moment.

Plötzlich schien Oarf in der Luft anzuhalten. Seine Flügel erstarrten, und schon im nächsten Augenblick ließ er sich wie ein Stein in die Tiefe fallen.

Fielen sie zunächst noch langsam, ging es bald immer rasanter hinab, während Bäume, Gebäude, Wiesen und der Erdboden bedrohlich näher kamen.

Um dem Sog zu widerstehen, der sie fortreißen wollte, schlang Nihal die Arme noch fester um Oarfs Hals. Panik ergriff sie. »Ich vertraue dir! Ich vertraue dir«, schrie sie dem Drachen zu.

Tatsächlich aber vertraute sie ihm keineswegs.

Der Erdboden war schon ganz nahe, der Aufprall scheinbar unvermeidlich.

Nihal schrie aus Leibeskräften.

Und als die Erde bereits nur noch darauf zu warten schien, dass sie an ihr zerschellten, erhob sich Oarf plötzlich wieder in die Lüfte, segelte dicht über das Hauptlager hinweg und streifte die Dächer, so dass die Menschen darunter erschrocken in alle Richtungen auseinander stoben.

Unter ihren Beinen, die sich krampfhaft in Oarfs Flanken krallten, konnte Nihal seine Muskeln spüren, die sich mit dem

Schwingen der übergroßen Flügel, die viermal so lang wie der Drachenrumpf waren, anspannten und entspannten.

Entsetzen hatte Nihal gepackt, ihr Magen war aufgewühlt, und ihr Herz raste wie wild. Sie bemerkte nicht, wie Ido aus der Kommandantur trat und mit weit aufgerissenen Augen zu ihnen hinauf schaute, und sie hörte auch nicht die Flüche, die er ihr und diesem verfluchten Tier entgegen brüllte.

Oarf seinerseits amüsierte sich prächtig.

Seit langer Zeit schon war er nicht mehr geflogen, und in vollen Zügen genoss er das erfrischende Gefühl des Windes auf seiner Haut, den Tiefflug, die Freude, sich von den Luftströmungen tragen zu lassen. Seine dreiste Passagierin hatte er ganz vergessen.

Mit der Tollkühnheit eines gerade flügge gewordenen Drachen gab er sich seinen Spielen hin, stieg mal auf, ließ sich dann wieder kopfüber hinunterfallen, verlangsamte seinen Flug, um im nächsten Moment wieder rasant zu beschleunigen.

Auf dem Gipfel der Begeisterung begann er, am Himmel fröhlich um die eigene Achse zu rotieren und einen Salto nach dem anderen zu drehen.

Das war zu viel für Nihal: Himmel und Erde gingen ineinander über und wechselten fortwährend die Positionen. Oben und unten waren nicht mehr zu unterscheiden. Ihr schwindelte, ihre Hände lösten sich, und sie stürzte ins Leere.

Ein heftiger Wind packte sie. Sie schrie, konnte aber nicht einmal mehr die eigene Stimme hören. Dann schloss sie die Augen. *Was für ein dummer Tod*, dachte sie noch.

Im nächsten Moment schlug sie auf etwas Hartem, Schuppigem auf.

Der Drache, auf dessen Rücken sie lag, flog sanft durch die Lüfte gleitend zum Hauptlager hinunter.

In der Arena war eine Menschenmenge zusammengelaufen.

Behutsam setzte Oarf auf und kauerte sich dann so zusammen, dass man Nihal herunterheben konnte. Es gab Applaus für die Halbelfe, die ihren ersten Flug überstanden hatte, und viele Komplimente für den Drachen, der sie gerettet hatte. Während man ihr hinunterhalf, flüsterte eine verwirrte Nihal, der alle Knochen im Leibe schmerzten: »Du hast mir das Leben gerettet, Oarf. Nun bist du erst wirklich mein Drache.« Doch Oarf wandte sich nur ab und entfernte sich.

Kaum hatte sie festen Boden unter den Füßen, da klatschte ihr auch schon eine schallende Ohrfeige ins Gesicht. »Verflucht noch mal. Musst du denn bei allem, was du tust, dein Leben aufs Spiel setzen? Wann willst du endlich zur Besinnung kommen?« Ido entriss sie den Händen derer, die sie gestützt hatten. Und sogleich sackte Nihal in die Knie: Ihre Beine wollten gar nicht mehr aufhören zu zittern.

»Aber du hattest doch nie Zeit … und ich glaubte, dass …«

Fluchend fiel ihr Ido ins Wort. »Zur Hölle noch mal, du hättest warten müssen. Aber nein, immer musst du deinen Kopf durchsetzen!«

Der Gnom zwang sie aufzustehen.

Nihal verspürte einen dumpfen Schmerz am ganzen Leib und konnte kaum gehen.

Dessen ungeachtet schleifte Ido sie am Arm durchs gesamte Lager bis zu einem niedrigen Gebäude, das etwas abseits der anderen stand.

Es hatte nur wenige Fenster und die waren vergittert.

Erst als ein Soldat schon ihre Zelle verriegelte, versuchte Nihal, ihren Lehrer umzustimmen: »Ich bitte dich, Ido … Ich wollte doch nichts Unrechtes tun …«

»Hier hast du genug Zeit, dir ein paar Gedanken zu machen«, sagte der Gnom unbeeindruckt und entfernte sich.

Nihal lehnte sich an die Wand.

Ihr Rücken tat höllisch weh.

Sie streckte die Hand aus, um sich dort abzutasten, und verspürte sofort ein heftiges Brennen. Als sie die Hand zurückzog, sah sie, dass sie voller Blut war.

Aber Nihal war zu erschöpft, um einen Heilzauber zu versuchen, streckte sich nur bäuchlings auf dem Boden aus und schlief bald ein.

Als sie einige Stunden später erwachte, spürte sie etwas angenehm Kühles auf ihrem Rücken. Langsam drehte sie den Kopf und öffnete ein Auge: Ido war damit beschäftigt, ihren wunden Rücken mit einer Salbe zu bestreichen. Sie rührte sich nicht. Der Gnom sollte nicht merken, dass sie wach war. Mehr als die Verletzung schmerzte sie das Wissen, dass ihr Lehrer diesmal wirklich Recht hatte.

»Gut geschlafen?«, fragte Ido.

Nihal schwieg.

Ido rieb die Salbe nur ein klein wenig heftiger ein, und Nihal stöhnte leise auf.

»Du hast das ganze Lager in Aufruhr versetzt, hast gegen meine Anordnungen verstoßen und dich wieder mal wie eine Närrin benommen. Ich weiß nicht mehr, wie ich es dir noch klarer machen soll, Nihal: Was du hier an den Tag legst, ist kein Mut, sondern Dummheit. Und bis morgen wirst du hier drinnen bleiben.«

Als er sie fertig versorgt hatte, ließ der Gnom sie allein und schlug die Tür hinter sich zu.

Nihal blieb am Boden liegen.

Sie war furchtbar wütend.

Auf sich selbst, denn sie wusste, dass sie im Unrecht war.

Und auf Ido, weil er es ihr unter die Nase gerieben hatte.

Am folgenden Morgen holte Ido sie persönlich aus dem Kerker ab.

Nihal hatte eine entsetzliche Nacht hinter sich.

Sie hatte im Halbschlaf gelegen, in jenem Zustand also, da der Geist bereits wach ist, der Körper ihm aber noch nicht gehorcht, als sich ihre Zelle mit ätherischen Wesen bevölkerte.

Nihal war wie gelähmt und konnte den Blick nicht abwenden von diesen Gestalten, die voller Blut waren, von Pfeilen durchbohrt, verstümmelt, die sie flüsternd aufforderten, ihre Qualen zu rächen. Sie versuchte zu schreien, doch kein Laut entwich ihrer Kehle. Auch die Augen zu schließen, die weit aufgerissen ins Dunkel starrten, gelang ihr nicht.

Und an allem war Ido schuld.

Er hatte sie dort drinnen eingesperrt, wo es nichts gab, kein normales Wesen, das sie aus ihren Albträumen hätte reißen können.

Er war es, der sie daran hinderte, ihren Racheschwur in die Tat umzusetzen, indem er ihr lange Vorträge hielt über die Liebe zum Leben, über Angst, über die Gründe, die einen Krieg rechtfertigen konnten.

Aber sie war nicht wie die anderen.

Sie war kein normales Mädchen.

Und sie war auch kein gewöhnlicher Krieger.

Nein, sie war eine Waffe in den Händen der Opfer.

Ido hielt ihrem Blick stand, der voller Groll war. »Du hast es nicht anders verdient, Nihal. Und das weißt du.«

Das waren die einzigen Worte, die sie an diesem Tag wechselten.

Nihal hatte sich um Vesa zu kümmern und die Waffen des Gnomen instand zu halten.

Sie trainierten auch nicht, und es war ihr untersagt, Oarf aufzusuchen.

20

Kopflos

Im Versammlungssaal des Rates herrschte eine angespannte Atmosphäre. Mit ernsten Mienen lauschten die neun Magier auf ihren Steinsesseln Dagons Worten.

»Die Lage entwickelt sich ganz und gar nicht in unserem Sinne, Sennar. Wie viele Geländeverluste haben wir in letzter Zeit hinnehmen müssen? Viel zu viele, und das weißt du: Unsere weiche Flanke ist das Land des Windes. Ich will dir keinen Vorwurf daraus machen, dein Auftreten ist aller Ehren wert, und du erweist dich durchaus auf der Höhe dessen, was ich dir beigebracht habe …« Sennar wusste, dass der Ratsälteste als Einziger so dachte, und fühlte sich von feindseligen Blicken umgeben. »Doch die Heere des Tyrannen haben jetzt bereits fünf Länder der Aufgetauchten Welt in ihrer Gewalt, und in jedem einzelnen wird unaufhörlich neues Kriegsgerät und Nachschub an kriegswichtigem Material produziert. Unsere Truppen sind ihnen zahlenmäßig einfach unterlegen, vor allem an Drachenrittern herrscht in unseren Reihen akuter Mangel. Das heißt, es muss etwas geschehen. Wir müssen eine Lösung finden.«

Dagon hatte zu Ende gesprochen und nahm wieder Platz.

Im Ratssaal machte sich Schweigen breit.

Nun war es an Sennar, auf diese Rede zu antworten. Er erhob sich. Was er zu sagen hatte, gefiel ihm selbst nicht. Und als er zu reden anhob, bebte seine Stimme. »Dagon, hohe Mitglieder dieses Rates … Ja, es stimmt, die Lage ist dramatisch.

Die Werkstätten des Tyrannen liefern unausgesetzt neue Krieger, die in die Schlacht geworfen werden. Im Land des Windes haben wir bislang unbekannte Bestien im Einsatz gesehen, eine neue Art Feuervögel, die häufig von winzigen Fammin geritten werden. Dem haben wir nichts entgegenzusetzen, weder Männer noch Gnomen. Gerade in letzter Zeit sind unsere Verluste besonders hoch, die Moral der Truppen ist am Boden. Und ich muss zugeben: Auch ich selbst weiß mir oft keinen Rat mehr.« Hier und da begleitete ein gemeines Lächeln diese letzte Bemerkung, doch Sennar fuhr fort: »Immer mehr unserer Soldaten lassen auf den Schlachtfeldern ihr Leben, wie in einem Teufelskreis lichten sich die Reihen. Gewiss, ich könnte noch mehr Truppen verlangen, aber das wäre keine Lösung. Nein, wir haben es mit einem schier übermächtigen Feind zu tun. Ihr Feldherr, Dola, ist nicht nur ein kaum besiegbarer Krieger, sondern auch ein gerissener Stratege.« Sennar rieb sich die Augen. In Erwartung dieser Versammlung hatte er in der letzten Nacht kaum Schlaf gefunden. »Mit seinen Angriffen geht es ihm im Moment darum, auch das Land des Wassers unter das Joch des Tyrannen zu zwingen, jenes Land, das von allen freien Ländern am ungeschütztesten ist, da es über kein eigenes Heer verfügt und auf die Truppen aus dem Land der Sonne angewiesen ist. An der Grenze erfolgen die Einfälle in immer kürzeren Abständen. Bis jetzt ist es uns zwar immer noch gelungen, den Feind zurückzuwerfen. Doch der Preis, den wir dafür entrichten, ist hoch: Die Zahl der Opfer übersteigt jedes Maß. Ich hatte eine Reihe von Unterredungen mit den Herrschern Galla und Astrea. Alle Nymphen sollen dazu aufgerufen werden, einen magischen Schutzwall an der Grenze zu errichten. Das ist ihre einzige Waffe. Doch wie lange wird sie Bestand haben können?«

Das Ratsmitglied Sate, ein Gnom aus dem Land der Sonne, unterbrach ihn: »Und was schlägst du vor?«

Seit Sennars Aufnahme in den Rat hatte ihm Sate stets nur Verachtung entgegengebracht. Leider war er da nicht der Einzige.

Der junge Magier schwieg lange. Er ließ den Blick von einem zum anderen wandern, gab sich dann einen Ruck und sprach: »Uns bleibt nichts anderes übrig, als Hilfe zu erbitten von den Völkern der Untergetauchten Welt.«

Statt des von Sennar erwarteten erstaunten Gemurmels erhob sich ein wahrer Sturm der Entrüstung.

Sate ergriff auch für alle anderen das Wort: »Von der Untergetauchten Welt?« Mit höhnischer Stimme wandte er sich an die Versammlung. »Vielleicht ist es der Aufmerksamkeit unseres Kollegen Sennar entgangen, dass die Untergetauchte Welt während des Zweihundertjährigen Krieges beschlossen hat, jeden Kontakt zu uns abzubrechen. Nun ist unser lieber Sennar aber auch noch sehr jung. Dieses historische Detail wird ihm einfach nicht geläufig sein!«

Im Versammlungssaal war hier und da Gelächter vernehmbar.

Sate bedachte Sennar mit einem kalten Blick. »Mein junger Kollege, wir wissen gar nichts mehr über diesen Kontinent. Ja sogar die Erinnerung daran, wie man dorthin gelangen könnte, hat sich verloren.«

Beifälliges Gemurmel erhob sich. Sennar schüttelte den Kopf. *Nicht aufgeben, mach weiter.* »Der Tyrann ist für alle eine Gefahr, auch für die Untergetauchte Welt. Und allein sind wir ihm nicht gewachsen.«

Die Nymphe, die das Land des Wassers vertrat, ergriff das Wort. »Man hat dort beschlossen, sich von uns abzuwenden, Sennar. Warum sollten sie ihre Meinung ändern? Nein, sie können nicht vergessen, dass es einmal einen Eroberungsversuch vonseiten der Aufgetauchten Welt gab. Außerdem – wie sollten wir sie erreichen?«

Sennar entnahm seinem Beutel eine Pergamentrolle. »Dieses Schriftstück habe ich in der Bibliothek des königlichen Palastes gefunden. Es handelt sich um eine Landkarte, auf der die ungefähre Position des untergetauchten Kontinents verzeichnet ist.«

Die Karte wanderte von Hand zu Hand. Sie war ungenau, alt und verschlissen.

»Also wenn er glaubt, hiermit die Untergetauchte Welt finden zu können ...«, bemerkte einer.

Sennar ballte die Fäuste und erklärte mit lauter Stimme: »Ich jedenfalls möchte der Zerstörung unserer Welt nicht tatenlos zusehen! Aus diesem Grund wurde ich Mitglied dieses Rates! Der Tyrann kommt seinem Ziel immer näher. Und allein können wir ihn nicht aufhalten. Ich weiß sehr wohl, dass viele Generäle Allianzen mit anderen Heeren ablehnen. Und ich weiß auch, dass viele aus eurem Kreis und viele Regenten eigentlich zu stolz sind, um die Untergetauchte Welt um Hilfe ...«

Eine entrüstete Stimme unterbrach ihn. »Was erlaubst du dir, Jüngling? Wie kannst du uns bloß so etwas unterstellen?!« Doch Dagon brachte den Zwischenrufer mit einer Geste zum Schweigen.

Sennar sammelte sich einen Moment und fuhr dann fort. »Dahinter steht, dass wir uns nicht vor jenen erniedrigen wollen, die sich einst von uns abwandten, und dass der Rat der Magier einen Verlust seines Einflusses zugunsten des Heeres befürchtet. Aber auf solche Einwände antworte ich nur: Davon will ich gar nichts wissen. Jetzt ist nicht mehr die Zeit für Machtspiele. Ich weiß ja selbst, dass es sich um ein fast aussichtsloses Unterfangen handelt. Doch ich will nichts unversucht lassen. Wenn dies der einzige Weg ist, um allen Geschöpfen der Aufgetauchten Welt neue Hoffnung auf ein Überleben zu geben, so bin ich bereit, ihn zu gehen. Und ihr?«

Er hatte gesagt, was er zu sagen hatte. Sein Herz hämmerte in der Brust, als er jetzt Platz nahm. Ein langes Schweigen senkte sich über die Versammlung.

Als Erster erhob sich der Rat aus dem Land des Meeres. »Und wer soll dieses Unternehmen angehen?«

»Ich denke, eine kleine Delegation aus politischen und militärischen Vertretern. Etwa ein Mitglied dieses Rates und ein General. Das wäre eine perfekte Kombination«, antwortete Sennar.

Im Saal wurde es noch stiller.

Es waren Dagons Worte, die das Schweigen durchbrachen. »Hohe Magier, ich glaube, Sennar hat Recht. Viele, viele Jahre zieht sich der Krieg nun schon hin, und es ist ein Wunder, dass es in der Aufgetauchten Welt überhaupt noch freie Länder gibt. Wir stehen mit dem Rücken zur Wand und können nicht mehr länger warten. Stimmen wir also über seinen Vorschlag ab.«

Sate stand auf. »So sei es. Lasst uns abstimmen. Doch unter einer Bedingung: Da Sennar von seinem Vorhaben so überzeugt ist, soll er selbst es auch sein, der sich, falls sein Vorschlag Zustimmung findet, in die Untergetauchte Welt aufmacht.«

»Einverstanden. Stimmt ihr meinem Antrag zu, so werde ich mich auf die Reise machen«, antwortete Sennar, ohne lange nachzudenken.

»Ich bin noch nicht fertig«, fuhr Sate fort. »Gerade in dieser schwierigen Zeit brauchen wir alle unsere Generäle vor Ort. Daher beantrage ich, dass sich Sennar mit ihnen bespricht und Vorschläge sammelt, die er dann den Bewohnern der Untergetauchten Welt unterbreiten kann. Aber allein. Wenn er sie überhaupt findet, versteht sich ...«

Es kam zur Abstimmung.

Das Ergebnis: Sennar würde sich aufmachen, um die Untergetauchte Welt zu suchen. Allein.

Ich bin ein Feigling, dachte Sennar immer wieder, während er das Land der Sonne durchritt. Sein Ziel war das Land des Wassers, von wo aus er in See stechen würde, um den Ozean zu überqueren, unterwegs zu einem Kontinent, den es, das war ihm klar, vielleicht schon gar nicht mehr gab. Er hatte Angst. Von der Untergetauchten Welt hatte man hundertfünfzig Jahre nichts mehr gehört. Eine Ewigkeit.

Im Augenblick war er unterwegs zu Nihals Lager.

Seit sie bei ihrem neuen Lehrer weilte, hatten sie sich hin und wieder geschrieben, aber Monate waren vergangen, seit sie sich das letzte Mal gesehen hatten. Nun wollte er sie aufsuchen, um Abschied von ihr zu nehmen. Vielleicht für immer.

Sennar wusste, dass ihm auch aus diesem Grund der Aufbruch ins Unbekannte so schwer fiel.

Wieder einmal schickte er sich an, sie allein zu lassen. Das zumindest würde Nihal denken. Und es ihm übel nehmen.

Aber obwohl er Angst hatte, obwohl ihn die Vorstellung schmerzte, sich von jenem Menschen trennen zu müssen, an dem ihm am meisten lag auf der ganzen Welt, und obwohl die Wahrscheinlichkeit, dass ihn diese zerschlissene Landkarte zu keinem Ziel führen würde, sehr groß war, zweifelte Sennar nicht, dass er einen Versuch wagen musste.

Im Hauptlager angekommen, ließ er sich sogleich zur Arena führen. Er war sicher, dass er sie dort finden würde. Doch das große Rund war zwar voller trainierender Soldaten, von der Halbelfe jedoch keine Spur.

»Wo finde ich Nihal?«, fragte er einen Knappen.

»Ach, diese Furie? Na, die wird sicher wieder bei ihrem Drachen sein. Ein hübsches Paar, diese beiden Übergeschnappten!«

Nihal stand zu Oarf vorgebeugt da und war damit beschäftigt, ihm zu fressen zu geben.

Der Magier blieb stehen und sah ihr schweigend zu. Er war aufgeregt. In jenen wenigen Monaten schien sie ihm noch schöner geworden zu sein. Dann trat er näher. »Nihal?«

Das Mädchen hob den Blick und strich sich eine Haarsträhne aus der Stirn. Aber sie richtete sich noch nicht einmal auf. »Hallo, Sennar. Was führt dich denn her?«

»Was für ein Empfang ...!?« Die Enttäuschung stand Sennar ins Gesicht geschrieben. Er hatte gehofft, dass sie ihm um den Hals fallen würde, dass er zu hören bekäme, wie sehr sie sich freue, ihn zu sehen. Doch Nihal waren solche Zuneigungsbekundungen fremd geworden. Ungerührt griff sie zu einem weiteren Fleischbrocken und warf ihn dem Drachen vor, der den Magier aus seinen riesengroßen, scharlachroten Augen misstrauisch anstarrte.

Später spazierten sie durchs Lager, und Nihal erzählte Sennar von den Fortschritten, die sie bei Oarf gemacht hatte, und dass sie ihn bereits geritten hatte, verschwieg aber Idos Reaktion darauf. Sie war immer noch wütend auf ihren Lehrer. Seit Tagen schon sprachen sie nicht mehr miteinander, und auch ihre Übungsstunden waren immer noch ausgesetzt.

Sennar hörte zu, war aber selbst ungewohnt schweigsam. So liefen sie nebeneinander her, und alle Versuche Nihals, ein zwangloses Gespräch in Gang zu bringen, schlugen fehl.

»Hör mal, Sennar, was ist denn mit dir los?«, fragte sie schließlich.

»Freust du dich eigentlich, dass ich gekommen bin?«

»Du stellst Fragen. Natürlich freue ich mich.«

»Wir haben uns so lange nicht gesehen, und ... Ach, ich weiß nicht, Nihal. Ich spüre einfach, dass du mich nicht mehr brauchst.«

Bitterkeit lag in der Stimme des Magiers. Nihal blieb stehen. »Was meinst du denn damit?«

»Damit meine ich, dass du eigentlich niemanden mehr brauchst. Du hast für dich einen Lebensstil gefunden, in dem andere keine Bedeutung mehr für dich haben, und ich weiß nicht, ob mir diese Haltung gefällt. Nein, ehrlich gesagt, gefällt sie mir gar nicht.«

Nihal blickte ihn kühl an. »Wie ich lebe, ist doch allein meine Sache. Oder glaubst du nicht?«

»Nein, dein Leben ist nicht allein deine Sache. Es ist auch meine Sache und die all derer, die dich gern haben. Ich erkenne dich nicht wieder, Nihal.«

Wie eine Ohrfeige trafen Nihal diese Worte, und sie spürte, wie der Ärger in ihr hochkochte. »Was ist denn in dich gefahren? Was redest du da bloß? Was habt ihr eigentlich alle gegen mich? ›Du darfst nicht hassen‹, ›so kann das nicht weitergehen‹, ›ich erkenne dich nicht wieder‹! So geht das die ganze Zeit. Aber steckst du vielleicht in meinem Kopf? Weißt du, was ich denke, was ich fühle? Nein. Deswegen sei lieber still und rede nicht von Dingen, von denen du keine Ahnung hast!«

Es entstand ein langes Schweigen. Schließlich erklärte Sennar, ohne sie anzublicken: »Ich muss auf eine Reise gehen. Und ich weiß nicht, wann ich zurückkehren werde.«

»Und wo musst du diesmal hin?«, fragte sie leise.

»In die Untergetauchte Welt, um Verstärkung zu erbitten.«

Nihal brauchte eine Weile, bis sie begriff, wovon Sennar da überhaupt sprach. »Meinst du den vergessenen Kontinent?«

»Ja.«

»Und warum ausgerechnet du?«

»Weil der Vorschlag von mir kam.«

»Ich verstehe.« Nihal stieß einen Stein am Boden fort. »Nun gut. Tu, was du nicht lassen kannst«, und mit diesen Worten drehte sie sich um und hielt mit großen Schritten auf die Stallungen zu.

Wie oft hatte sie diese Situation schon erlebt! Tausende Male, so schien es ihr. Vielleicht war es ihr Schicksal, dass sie alle fortgehen sah, an denen ihr Herz hing.

Sennar lief ihr nach, ergriff ihren Arm und zwang sie, sich zu ihm umzudrehen. »Zeig doch endlich einmal, was du wirklich denkst«, schrie er los. »Beschimpf mich, explodiere. Tu irgendwas, verflucht noch mal! Sag mir, dass ich nicht gehen soll. Zeig mir, dass du noch ein lebendes Wesen bist und kein Schwert!«

Nihal entwand sich seinem Griff. Das Blut pochte in ihren Schläfen. Und sie ließ sich keine Zeit, auch nur einen Moment nachzudenken. Impulsiv handelte sie – wie in der Schlacht. Ihre Hand fuhr zum Schwert, sie zog blank, und schon im nächsten Augenblick zeichnete ein langer roter Streifen Sennars Wange.

Für einen Augenblick schien die Zeit stehen zu bleiben. Auch das Blut trat nicht sofort aus der Wunde, sondern es dauerte ein wenig, bis es in einem einzigen Tropfen vom Gesicht des Magiers zu Boden rann.

Zum ersten Mal, seit sie kämpfte, fiel Nihal das Schwert aus der Hand. Sie hatte Sennar verletzt, jenen Menschen, der ihr unzählige Male geholfen, der sie beschützt, gepflegt und geheilt hatte. Sennar, der Letzte, der ihr geblieben war, der Einzige, der sie verstand, ihr Freund. »Sennar ... ich ...«

Der Magier lächelte verbittert. »Nun gut. So reise ich eben mit einem Andenken von dir, das mir immer erhalten bleiben wird.« Er betastete den Schnitt. »Beginn endlich wieder zu leben, Nihal. Tu es für dich. Oder meinetwegen auch für Fen, der nicht mehr da ist und den du wohl immer noch liebst.«

Ohne sich noch einmal umzudrehen, ging Sennar davon. Zum ersten Mal seit dem Tod seines Vaters weinte er.

Nihal wusste nicht, wie lange sie dort schon stand – auf diesem Kiesweg, wie versteinert – und auf Sennars Blut an der Klinge ihres Schwertes starrte. Ihr war, als habe sie keine Kraft mehr, sich zu rühren.

Es war Ido, der sie aus der Erstarrung riss. »Wo hast du denn wieder gesteckt? Jetzt komm, es wird bereits dunkel.«

Nihal folgte ihm, nahm ihr Abendessen ein und ging zu Bett.

Lange starrte sie zur Decke und fand keinen Schlaf.

Dann spürte sie eine eigenartig gedämpfte Stille und trat ans Fenster. Es schneite.

Weitere zwei Wochen lang nahmen sie ihr Training nicht wieder auf. In den ersten Tagen war es Nihal ganz recht so. Seit Sennars Abreise hatte sie zu nichts mehr Lust. Sie verbrachte die Stunden bei Oarf, blickte ihn einfach nur an, während er sie mit fragender Miene musterte.

Zu Ende der zweiten Woche kam sie zu dem Schluss, nun für ihr Vergehen hinreichend gebüßt zu haben. Es wäre nun an der Zeit, dass Ido sie wieder mit der Arbeit beginnen ließe. Das Bild, wie sich Sennar mit dem Schnitt in der Wange von ihr abwandte und von dannen ging, musste sie aus ihrem

Kopf verbannen. Sie wollte wieder kämpfen. Sie brauchte das. Und so beschloss sie, mit ihrem Lehrer zu reden.

Als sie zum ihm trat, war er gerade damit beschäftigt, seine Rüstung zu polieren.

»Wäre das nicht meine Aufgabe?«, fragte sie.

Ido antwortete nicht.

Also kam Nihal sofort zur Sache. »Ich wollte dich um Verzeihung bitten, Ido. Ich gebe zu, ich habe mich furchtbar töricht benommen. Das wird nicht wieder vorkommen, das verspreche ich dir. Ich will mich fortan bemühen, dir immer zu gehorchen. Aber ich bitte dich, lass uns wieder mit dem Training beginnen.«

Der Gnom fuhr ungerührt fort, den Brustharnisch seiner Rüstung auf Hochglanz zu bringen.

»Ido?«

»Ja, Nihal?«

»Ich bitte dich, gib mir noch eine Chance.«

Ido wandte ihr noch nicht einmal den Blick zu. »Nein, Nihal.«

Das Mädchen war getroffen, gab aber noch lange nicht auf. »Warum denn nicht?«

»Du denkst, es reicht, hier wie ein Unschuldslämmchen mit frommer Miene aufzutauchen, und alles ist wieder gut.«

»Das denke ich gar nicht, Ido. Ich möchte einfach nur ein Drachenritter werden, und ich schwöre dir, ich hab wirklich Vertrauen zu dir. Nur zu dir. Ich will dir gehorchen. Es war doch nur, weil ich es nicht mehr abwarten konnte. Ja, es war so dumm von mir, ich weiß. Aber …«

Ido war jetzt zu den Beinröhren übergegangen. »Morgen ziehe ich in die Schlacht. Wir reden noch mal darüber, wenn ich zurück bin.«

»Was soll das heißen, *du* ziehst in die Schlacht?«

Jetzt hob Ido endlich den Blick und sah ihr fest in die Augen. »Das heißt, dass ich und die anderen kämpfen werden.«

Nihal traute ihren Ohren nicht. »Und mich lässt du hier einfach zurück?«

»Ja. Ich nehme nur Krieger mit, denen ich vertrauen kann. Dich habe ich falsch eingeschätzt: Du bist noch ein kleines Mädchen, das sich nicht unter Kontrolle hat und immer das tut, was es sich gerade in den Kopf gesetzt hat.«

Nun gab Nihal jede Zurückhaltung auf. »Aber das kannst du mir nicht antun. Ich muss kämpfen! Du weißt, wie wichtig das für mich ist!«

»Eben weil ich das weiß, halte ich es für besser, dass du dich mal eine Zeitlang davon löst. Es gibt noch andere Dinge als den Krieg. Das musst du erst begreifen. Auch für dich gibt es einen sicheren Platz auf dieser Welt, einen Platz, wo du dich zu Hause fühlen kannst.«

Doch Nihal verstand ihn nicht, sie wollte ihn nicht verstehen. »Du bist ungerecht, so furchtbar ungerecht!«, schrie sie.

Doch Ido ließ sich nicht erweichen.

Nihal gab auf, rannte in ihr Zimmer und schloss sich ein.

Heimlich bereitete sie alles vor: Sie polierte ihr Schwert und legte ihre Kampfmontur auf dem Bett zurecht. In der Nacht tat sie kein Auge zu, sondern lauschte auf die Geräusche von Idos Vorbereitungen für die Schlacht.

Es war ihr gleich, was ihr Lehrer sagen würde, und auch, gegen wen sie kämpften und wie der Schlachtplan aussah. Für sie war das Maß voll. Jetzt galt nur noch: kämpfen, und das sofort.

Sie hörte, wie Ido vor dem Morgengrauen die Hütte verließ. Der Schnee fiel in dicken Flocken. Langsam setzten sich die Truppen in Marsch. Nihal warf sich ihren Umhang über und kletterte aus dem Fenster.

Um nicht erkannt zu werden, stieg sie über den Lagerzaun und lief von außen um das Lager herum.

Aus dem gleichen Grund hatte sie auch beschlossen, eine Rüstung zu tragen. Zwar würde sie sich dadurch in der Schlacht nicht mehr so leichtfüßig bewegen können, aber sie glaubte dennoch, damit zurecht zu kommen. Seit sie eine Kriegerin war, hatte sie schon weitaus schwierigere Probleme meistern müssen.

Am Waldrand wartete sie auf die Kolonne. Da ihr Umhang in der weißen Schneelandschaft zu stark auffallen würde, hatte sie beschlossen, in einiger Entfernung zu den anderen durchs Unterholz zu marschieren und sich auf ihr Gehör zu verlassen. Das hieß, sie würde sich am Marschschritt der Soldaten orientieren und ihnen so folgen können. Nach einiger Zeit tauchten die ersten auf, und kurz darauf zog die ganze Truppe an ihr vorüber. Es war ein großes Aufgebot und die Marschkolonne entsprechend lang.

Sie wartete, bis das Ende sie erreicht hatte, und ging dann selbst los, zwischen den Bäumen entlang. Der Schnee knirschte unter ihren Füßen, aber die Geräusche gingen im Marschschritt der Kolonne unter. So huschte sie außer Sichtweite neben den anderen Soldaten durch den Wald, verstohlen wie ein Wiesel, das seiner Beute nachstellt.

Undeutlich drang das Gemurmel der Gefährten an ihr Ohr, und sie versuchte, etwas davon aufzuschnappen, um vielleicht etwas über das geplante Vorgehen zu erfahren, doch die Kolonne war zu weit entfernt. *Auch nicht schlimm, ich sehe ja dann, was los ist, wenn wir dort sind.*

Es war ein langer Weg, und Nihal war nicht an das Gewicht der Rüstung gewöhnt, die sie noch am Morgen rasch aus der Waffenkammer entwendet hatte. Sie hatte nur geschätzt, dass sie ihr passen müsste, und spürte jetzt, da sie drinnen steckte, wie unbequem sie war: Sie drückte ihr auf den Busen, schlackerte an den Hüften und rieb an der Schulter.

Während der Himmel im Morgengrauen langsam heller wurde, fiel der Schnee ungerührt weiter. Es war ein Schauspiel, an das sie noch nicht gewöhnt war, denn im Land des Windes schneite es fast nie. Sie erinnerte sich noch an ihr Staunen und ihre Freude, als sie es zum ersten Mal in ihrem Leben schneien sah: Livon war mit ihr auf die Aussichtsterrasse von Salazar hinaufgestiegen, und sie hatte den Kopf in den Nacken gelegt, um den Flocken zuzuschauen, die wie Blütenblätter durch die Luft wirbelten. Dann öffnete sie den Mund und versuchte, unter dem Gelächter des Vaters, einige mit dem Mund aufzufangen und zu essen.

Einen Moment lang dachte sie auch an ihre erste Schlacht. Sie lag bloß einige Monate zurück, und doch hatte sich seitdem alles verändert.

Damals war sie aufgeregt gewesen, angespannt, ja, sogar verängstigt.

Nun marschierte sie einfach ihrem Ziel entgegen. Sie empfand nichts außer Ungeduld. Es war ein Marsch wie jeder andere, zu einer weiteren Schlacht. Mehr nicht.

Als sie an ihrem Ziel eintrafen, mischte sich Nihal unter die anderen Fußsoldaten und huschte mit ihnen ins Lager.

Der Helm war noch genauso eine Qual, wie sie es in Erinnerung hatte, drückte an den Ohren und schnürte ihr die Luft ab. Derart vermummt war sie in ihrer Bewegungsfreiheit doch stärker eingeschränkt, als sie gedacht hätte, aber sie freute sich, als sie merkte, dass sie ihren Platz in der Schlachtordnung selbst wählen konnte: Üblicherweise war es Ido, der ihr eine Aufgabe zuwies und sie unweigerlich in eine mittlere Linie steckte, wo weniger Einsatz verlangt war und weniger Gefahren drohten. Nun war niemand da, der über ihren Kopf hinweg entschied.

Ohne zu zögern reihte sie sich in der ersten Linie ein. Heute würde sie über sich selbst hinauswachsen.

Es war Vormittag, als sie zum Schlachtfeld vorrückten.

Bis zu diesem Tage hatte Nihal lediglich an Überraschungsangriffen oder begrenzten Aktionen teilgenommen, die das Ziel hatten, kleine, strategisch wichtige Stellungen zu befreien.

Dies hier war ein gänzlich anderes Unternehmen.

Zum ersten Mal stand sie geschlossenen feindlichen Reihen gegenüber. Von den Sturmtruppen des Tyrannen trennten sie nur wenige Ellen Abstand sowie ein dichter Vorhang aus Schneeflocken, die mit jeder Bö in Mund und Nase eindrangen.

Dahinter nahm ihr eine lange schwarze Reihe, mit Lanzenspitzen bewehrt und durch Schilde geschlossen, die Sicht.

Und diese Reihe war lebendig, wand sich träge wie eine sich in der Sonne aalende Schlange durchs Gelände. Ja, es war ein Lebewesen, ein einziger Körper aus zahllosen Fammin, die sich wie Glieder eines einzigen Organismus, nur dem Willen des Tyrannen gehorchend, im Gleichtakt bewegten.

Es war ein beeindruckendes Schauspiel, und Nihal spürte, wie ihr Herz schneller schlug.

Ein General, den sie zuvor noch nie gesehen hatte, ging noch einmal die Reihen durch und schärfte seinen Soldaten ein letztes Mal den Schlachtplan ein: Sie würden versuchen, die feindliche Linie im Sturm zu durchbrechen und bis zu den hinteren Reihen vorzustoßen, um sich anschließend in zwei Flügel aufzuspalten und zu versuchen, in einer Zangenbewegung die feindlichen Flanken einzuschließen.

»Auf meinen Befehl hin zerstreut ihr euch und beginnt mit dem Rückzug«, schloss der General, indem er sich entfernte.

Plötzlich erblickte Nihal einen schlanken jungen Mann in einem langen Gewand, der auf den General zutrat und dann Seite an Seite mit ihm davonging.

Sennar!

Sie wollte loseilen, doch die Rüstung behinderte sie, und zu viele Soldaten standen ihr im Weg. *Sennar!* Sie wollte zu ihm, ihn fest umarmen und um Verzeihung bitten, ihm sagen, er solle nicht zu seiner Reise aufbrechen, sie nicht allein lassen … Unwirsch stieß sie einen Soldaten zur Seite, kämpfte sich vor und war schon fast bei ihm.

Der Mann dreht sich um.

Es war nicht Sennar.

Zwar war es ein Magier, vielleicht ein Vertreter des Rates, aber Sennar war es nicht. Sennar war bereits aufgebrochen.

Nihal spürte, wie ihr etwas die Brust zusammenschnürte.

Die Drachenritter würden mit der zweiten Linie angreifen. Und unter ihnen erblickte Nihal auch Ido, doch nicht einmal einen kurzen Augenblick verspürte sie ein schlechtes Gewissen wegen dem, was sie hier tat.

Sie nahm Aufstellung, um beim Angriffssignal sogleich losstürmen zu können. Wie wild raste ihr Herz beim Anblick all der Feinde, während der Schnee immer dichter fiel. Trotz der Kälte schwitzte sie in ihrer Rüstung.

Dann hörte sie den Ruf, das Zeichen zum Losschlagen.

Die erste Linie stürmte vor zu einem Angriff, der für viele Soldaten in den Lanzenspitzen der Fammin endete, die im letzten Augenblick ihre Waffen gesenkt hatten.

Der Zusammenstoß mit der feindlichen Linie war ungeheuer heftig, und in dem Durcheinander stürzte Nihal zu Boden. Ihre Rüstung rettete sie vor einem Axthieb. Mühsam kam sie auf die Beine und begann zu kämpfen.

Wie aus dem Nichts sprangen von überall her Fammin hervor, schienen sich ständig noch zu vermehren. Bald schon war das Schlachtfeld mit Leichen übersät.

Nihal versuchte, an nichts zu denken, und warf sich hasserfüllt auf den Feind, doch der Kampf war anders als sonst. Diesmal waren vor ihr keine anderen eigenen Linien, die den Zusammenstoß hätten abfedern können. Jetzt kam es ihr so vor, als befänden sich alle Feinde nur um sie herum. Sie hatte Mühe, vorwärts zu kommen, und konnte nicht mehr erkennen als einen Wald aus Lanzen, Klingen und Schwertern, die den Himmel verdüsterten.

Unablässig schlug sie zu, teilte Hiebe in alle Richtungen aus, während sich ihre Rüstung von Blut rot einfärbte.

Dann begann ein dichter Pfeilregen niederzugehen. Doch Nihal schenkte dem, was um sie herum vor sich ging, gar keine Aufmerksamkeit mehr.

Endlich leerte sich ihr Geist. Sennar, die Einsamkeit, der Tod, ihre Mission: All dies löste sich auf in dem unregelmäßigen Aufeinanderprallen der Klingen und in den präzisen Bewegungen ihres Körpers. Sogar der körperliche Schmerz verschwand. Nihal spürte nichts von den feindlichen Klingen, die ihr Fleisch verletzten.

Der Ruf, der den Rückzug befahl, erreichte sie unerwartet. Der Zeitpunkt war gut gewählt, denn es hatte tatsächlich den Anschein, als sei das Heer der freien Länder dem Feind unterlegen.

Nihal hörte ihn, aber für sie hatte es keinen Sinn, sich jetzt zurückzuziehen. Dies war ihr Krieg, es war ihre Rache, ihre Beweggründe waren andere als jene, die die Schar ihrer Mitstreiter antrieben.

Sie gab nichts auf das Signal. Rasch ließen sich die anderen Krieger zurückfallen, und so stand sie plötzlich isoliert unter den Feinden. Sie merkte es erst, als sich die eigene Front schon zwei Reihen hinter ihrer Stellung befand. Einen Augenblick lang war sie verwirrt.

Wohin sie sich auch wandte, überall waren diese abscheulichen Wesen, die mit bluttriefenden Äxten auf sie eindrangen.

Da, ein Hieb gegen ihren Schädel, und der Helm flog davon.

Ein einziger Schrei drang aus den Kehlen der Fammin: »Ein Halbelf!«

Nihal sammelte ihre letzten Kräfte und trat dem ersten Feind entgegen, aber sogleich war sie von vielen umzingelt. Die Mäuler der Bestien, aus denen die Reißzähne hervorragten, waren aufgerissen. Sie lachten. Sie lachten sie aus.

Und Panik ergriff sie. Zu keiner koordinierten Bewegung mehr fähig, schlug sie nur noch wahllos um sich, während die Hiebe der Fammin sie jetzt überall trafen. Sie spürte, wie ihr rechtes Bein plötzlich einknickte, blickte an sich hinunter und sah die tiefe Wunde im Schenkel. Schon fiel sie auf die Knie, und im nächsten Augenblick waren alle Feinde über ihr. Rings über sie gebeugt, standen sie da und lachten höhnisch über diese leichte Beute.

Habe ich Angst?

Wie ein Blitzschlag zuckte ihr diese Frage durch den Sinn.

Und in ihrem Kopf hallten Idos Worte wider: *Die Angst ist eine gefährliche Freundin: Du musst lernen, sie unter Kontrolle zu bekommen und zu hören, was sie dir zu sagen hat. Gelingt dir das, hilft sie dir, deine Aufgabe besser zu erfüllen. Wenn du zulässt, dass sie dich beherrscht, bringt sie dich ins Grab.* Nein, sie hatte keine Angst.

Nur noch intuitiv wich sie den Hieben aus.

Ich werde sterben, dachte sie.

Sie fühlte nichts. Bloß einen lästigen Schmerz an dem verwundeten Bein.

Mit einem Male erfasste eine mächtige Flamme einige der Fammin, und fast gleichzeitig spürte Nihal, wie sie an den Haaren gepackt wurde. Mit letzten Kräften klammerte sie sich an die Hand, die sie hielt, und im nächsten Augenblick schon saß sie auf Vesas Rücken.

Vor Wut heulend stürzten sich die anderen Fammin auf den Drachen. Ein Axthieb traf Ido am Arm, doch der Gnom kümmerte sich nicht darum. Während Vesa Feuer und Flammen spuckte, zog der Ritter sein Schwert und begann, auf die Fammin einzuschlagen. In einem mächtigen Schwall trat das Blut aus seiner Wunde, doch er kämpfte unverdrossen weiter und presste gleichzeitig noch mit dem freien Arm das Mädchen an sich, um es vor den Pfeilen zu schützen.

Nihal blickte zu ihrem Lehrer auf. Obwohl sie ihm nicht gehorcht hatte, hatte er sich aufgemacht, sie zu retten, und setzte sein Leben für sie aufs Spiel.

Was ist nur los mit mir? Warum hatte ich keine Angst? Warum habe ich mich den Befehlen widersetzt?

Plötzlich wurde ihr bewusst, wie unerhört das war, was sie getan hatte. Und Tränen flossen ihr über die von Blut und Staub verdreckten Wangen.

Schließlich schafften sie es aufzusteigen. Von oben erkannte Nihal, dass der Plan, den Gegner einzukreisen, fehlgeschlagen war. Eine Gruppe in vorderster Front drohte vom Feind isoliert zu werden.

Sie schloss die Augen und weinte leise weiter.

Kaum waren sie hinter dem Schlachtfeld gelandet, stieß Ido sie unsanft aus dem Sattel, so dass sie einem Soldaten vor die Füße rollte.

»Steck sie in die Zelle zu den anderen Gefangenen«, befahl er.

»Aber … gehört die nicht zu uns?«

»Tu, was ich dir sage«, herrschte der Gnom den Mann an, während er schon wieder aufstieg, um zum Schlachtfeld zurückzufliegen.

Nihal wehrte sich nicht, als der junge Soldat ihren Arm ergriff und sie zu einer Art großem Käfig schleppte.

Sie weinte weiter und hörte auch nicht auf, als sie merkte, dass ihre Mitgefangenen fünf Fammin waren. Die Ungeheuer sahen sie nicht an, verhöhnten sie nicht, sondern saßen nur zusammengekauert, leidend, da.

Nihal suchte sich die entfernteste Ecke des Käfigs, hockte sich auf den Boden und vergrub das Gesicht zwischen den Knien, um die Bestien nicht sehen zu müssen.

Da geschah etwas Eigenartiges: Plötzlich spürte sie, wie von diesen fünf Gefangenen ausgehend ein Strom hoffnungslosen Schmerzes sie erreichte, ein tief empfundenes Leid, das sie diesen Kreaturen niemals zugetraut hätte.

Nihal war erschüttert.

Ihr Bein zitterte, sie hatte viel Blut verloren.

Nicht einmal mehr die Kraft hatte sie, einen Heilzauber zu sprechen.

Sie fühlte sich nur allein und verlassen. *Sennar …*

Und langsam verlor sie die Besinnung.

Nach einigen Stunden in dem Käfig wurde sie zum Feldlazarett gebracht, wo man die Wunde versorgte, die sich als nicht sehr tief herausstellte.

Da sie sich ein wenig besser fühlte, wollte sie vom Hügel aus, der das Gelände überragte, den Fortgang der Schlacht mitverfolgen. Den ganzen Tag brachte sie dort oben zu und erlebte mit Tränen in den Augen das Debakel ihres Heeres mit.

Die Schlacht dauerte zwei Tage; zwei Tage nichts als Kämpfe, Blut und Tod. Und sie endete mit einer verheerenden Niederlage: Nicht einmal eine Elle Boden machte das Heer der freien Länder gut, und auf dem Schlachtfeld blieben viele hundert Gefallene zurück.

Mit ihren Verwundeten kehrten die Truppen zum Hauptlager zurück. Mühsam schleppte sich Nihal dahin, wollte aber von niemandem Hilfe annehmen. Langsam, den Kopf leer, folgte sie jetzt demselben Weg, den sie zwei Tage zuvor mit so großer Ungeduld beschritten hatte.

Wie üblich mit der Pfeife im Mund, erwartete Ido sie in der Hütte. Er saß auf einem robusten Sessel aus Holz, mit einigen Kissen als Rückenlehne. Der breite Verband um seine Brust und einen Arm war an mehreren Stellen blutdurchtränkt.

Den Kopf gesenkt, unfähig, ihm in die Augen zu schauen, trat Nihal ein.

Heftiger als gewöhnlich zog der Gnom an seiner Pfeife und stieß dichte Rauchwölkchen aus, die sich rasch in der kalten Luft im Raum auflösten. Eine Weile, die Nihal endlos vorkam, blickte er sie nur finster an. Endlich nahm er die Pfeife aus dem Mund.

»Kannst du mir mal verraten, was du dir dabei gedacht hast?«

Nihal hob den Blick. »Ich … ich wollte kämpfen.«

Da polterte der Gnom los: »Du hast gegen meine Anordnungen verstoßen. Du hast dich dem Befehl zum Rückzug widersetzt, du hast in Kauf genommen, dass unsere gesamte Strategie zum Teufel ging, und damit dem Feind in die Hände gespielt. Begreifst du das, Nihal?!«

»Verzeih mir, Ido«, antworte Nihal mit kaum vernehmbarer Stimme, »ich wusste nicht, was ich tat …«

»Ach, erzähl mir keine Geschichte. Du wusstest sehr genau, was du tatest! Ja, und ob du das wusstest! Soll ich dir mal sagen, warum du das getan hast? Weil dir nichts an deinem Leben liegt, und an dem anderer auch nicht. Du willst nichts anderes als töten. Du bist eine Mörderin.«

Nihal ballte die Fäuste. »Du irrst dich.«

»Ach, ich irre mich? Was unterscheidet denn das Heer der freien Länder von dem des Tyrannen? Los, sag es mir!«

Nihal überlegte, aber in diesem Moment, da Idos Worte sie so tief verletzten, fiel ihr keine Antwort ein. »Dass wir für die Freiheit kämpfen …«, stammelte sie schließlich.

»Ja, aber genauer weißt du es nicht. Denn das hast du dich nie gefragt, nicht wahr?«, fuhr Ido höhnisch fort. »Ja, gewiss, denn für dich zählt ja nur deine Rache!«

»Das stimmt nicht«, widersprach Nihal heftig.

Ido sprang auf und richtete einen Finger auf sie. »Schweig! Der Unterschied zwischen denen und uns liegt darin, dass wir für das Leben kämpfen. Das Leben, Nihal! Das, was du nicht kennen willst und mit aller Macht verleugnest. Wir kämpfen, damit auf dieser Erde jeder sein Leben nach eigenen Vorstellungen gestalten kann, damit jeder selbst entscheiden kann, was er aus seinem Dasein machen will, damit niemand Sklave eines anderen ist und Frieden herrsche. Wir kämpfen für die Leute, die mit uns auf dem Platz getanzt haben, für den Kaufmann, der uns bei sich aufnahm, für die Mädchen, die mit unseren Soldaten schäkerten. Und wir kämpfen in dem Bewusstsein, dass Krieg etwas Entsetzliches ist und dass wir uns nur auf ihn einlassen, weil sonst die Welt, die wir lieben, dem Untergang geweiht wäre! Es ist kein Hass, der uns antreibt! Es ist die Hoffnung, dass das Grauen eines Tages ein Ende haben wird. Hass findet man nur auf Seiten des Tyrannen!«

Ido ließ sich in seinen Sessel fallen und sprach mit leiserer Stimme weiter: »Du hast kein Recht, hier zu sein. Du weißt noch nicht einmal, wofür du kämpfst. Das Einzige, was du weißt, ist, dass du sterben möchtest.«

»Nein! So bin ich nicht!«, schrie Nihal.

»Doch. Denn du hast Angst zu leben. Jedes Mal, wenn du in die Schlacht ziehst, hoffst du, dass dich ein Schwertstreich trifft und von der Verantwortung befreit, dich dem Leben stellen zu müssen. Glaubst du denn, es sei mutig zu sterben? Nein, sterben ist leicht! Zu leben verlangt Mut. Aber du bist ein Feigling, Nihal.«

»Nein, ich werde nicht sterben, bevor ich nicht dazu beigetragen habe, diese Welt zu retten!«

»Aha, du hältst dich wohl für eine Heldin. Glaubst du das wirklich? Nein, das bist du nicht!«

Nihal fiel auf die Knie und hielt sich die Ohren zu, während ihr die Tränen in die Augen traten. »Sei still! Sei still!«

Ido stand auf und kam auf sie zu. Einen Augenblick lang glaubte Nihal, er wolle sie trösten, doch der Gnom ergriff nur ihr Hände und hielt sie mit Gewalt von ihren Ohren weg.

»Nein, du wirst mir jetzt zuhören! Ich habe geglaubt, in dir wäre ein guter Kern. Ich meinte, ihn zu erkennen unter einem Berg von Groll, und hoffte, ihn freilegen zu können. Aber du wolltest nie auf mich hören. Du hast immer nur so getan, als verstündest du, was ich von dir verlangte ...!«

»Nein! Nein!«

»Ich sag's dir noch mal. Hier ist kein Platz für dich. Wenn du kämpfen willst, so schließ dich dem Heer des Tyrannen an. Das passt besser zu dir. Es war deine eigene Entscheidung, eine Maschine des Todes zu werden: Und nun geh zu deinesgleichen.«

Nihal schrie auf, während ihr die Tränen unaufhaltsam über die Wangen rannen. Ido stand vor ihr und blickte mitleidslos auf sie hinab. Sie kauerte sich auf dem Boden zusammen und weinte hemmungslos, von Schluchzern geschüttelt, weiter. Ihr war, als könne sie niemals mehr aufhören, als würden ihre Tränen bis in Ewigkeit nicht mehr versiegen.

Irgendwann hob sie ihr gerötetes Gesicht. »Was hätte ich denn tun sollen? Was nur?«, fragte sie ihren Lehrer. »Ich war doch noch ein kleines Mädchen, verstehst du? Ein Kind! Du weißt ja nicht, was ich in meinen Träumen gesehen habe, du weißt nichts von den Massakern, denen ich beiwohnte ...«

Ido beugte sich zu ihr hinab und sah ihr in die Augen. »Wovon redest du? Was ist das für eine Geschichte?«

»Ich habe das Massaker an meinem Volk gesehen!«, erzählte sie schluchzend weiter, »Kinder, Frauen, Männer! Nacht für Nacht, bereits mein ganzes Leben lang! Sie raunen mir unverständliche Worte zu, sie verfolgen mich, fordern mich auf, ihren Tod zu rächen. Was hätte ich denn anderes tun sollen?«

Ido verharrte einen Augenblick in Gedanken und setzte sich dann zu ihr auf den Boden. In seiner Stimme war Wärme, als er dann zu ihr sprach: »Nihal, du bist frei. Das musst du nur begreifen. Frei! Hier auf Erden haben diese Geister keinen Platz. Es ist ihr Hass, nicht deiner.«

»Und was ist mit all den Toten?«, stieß Nihal hervor. »Wofür sind sie gestorben? Irgendjemand muss dieses Blutbad doch rächen! Ich bin die einzige Überlebende eines ganzen Volkes! Wozu sonst ausgerechnet ich?«

»Die Toten sind tot, Nihal. Wer getötet wurde, kann in dieser Welt nichts mehr bewirken. Und auch du kannst nichts für sie tun. Aber tun kannst du etwas für jene, die leben, die tagtäglich die Grausamkeiten des Tyrannen zu erdulden haben.«

Der Gnom strich Nihal die Haare aus ihrem verweinten Gesicht. »Glaub mir, auch ich habe entsetzliche Dinge mitangesehen. Auch ich musste gegen den Hass, der in mir tobte, ankämpfen. Dann irgendwann begriff ich, dass ich gebraucht wurde, dass ich den Lebenden helfen konnte. Daher beschloss ich zu kämpfen. Ich weiß nicht, warum ausgerechnet du überlebt hast. Aber du bist hier und lebst. Und du kannst es dir nicht erlauben, dein Leben wegzuwerfen, denn es gehört nicht nur dir allein, sondern allen, denen du helfen kannst.«

Nihal begann wieder zu weinen, verzweifelt, während ihr zierlicher Leib von Schluchzern geschüttelt wurde. Ido legte ihr einen Arm um die Schultern. »Weine nur, weine dich richtig aus. Wie lange hast du schon nicht mehr geweint?«

Nihal konnte einfach nicht aufhören. »Ich habe meinen Vater sterben sehen. Und dann auch Fen. Ich liebte ihn, Ido. Er war noch mein Bindeglied zu dieser Welt, gab mir einen Grund zu leben. Danach blieb mir nur noch der Hass. Sonst nichts mehr.«

Ido betrachtete dieses verzweifelte Mädchen und hatte Mitleid mit ihm. »Glaub mir, Nihal. Im Hass wirst du keine Antwort finden. Nur ein Ideal gibt dem Kampf einen Sinn. Aber es ist nicht leicht, eines zu finden, und ebenso wenig, im Einklang mit ihm zu leben und ihm nachzueifern. Doch ein Leben, ein Kampf ohne Ideale ist sinnlos.«

Er streichelte ihr über den Kopf.

Nihal weinte noch den ganzen Tag weiter. Das heftige Schluchzen legte sich, doch die Tränen wollten nicht versiegen.

Ido sprach sie nicht mehr an, denn er war überzeugt, nun sei es an ihr, den richtigen Weg zu finden. Und so ließ er sie auf dem Holzboden seiner Hütte sitzen und mit dem Kopf zwischen den Knien vor sich hin weinen.

Er aß allein, und während dieser traurigen Mahlzeit erinnerte er sich an zahlreiche Dinge, die er glaubte vergessen zu haben, in Wahrheit aber nie vollkommen überwunden hatte. Und diese Erinnerungen taten weh.

Als er fertig gegessen hatte, fiel ihm auf, dass aus Nihals Kammer keinerlei Laut drang.

Er öffnete die Tür.

In Kleidern, mit dem Schwert an ihrer Seite, lag Nihal auf dem Bett. Sie schlief, und jetzt endlich schien sie sich beruhigt zu haben.

Als Nihal am folgenden Morgen aufwachte, war ihr im ersten Augenblick, als handele es sich um einen Tag wie jeder andere. Doch je wacher sie wurde, desto klarer und schmerzlicher erinnerte sie sich an alles, was vorgefallen war. Und sie vergrub ihr Gesicht im Kissen.

Ido steckte den Kopf zur Tür herein. »Guten Morgen! Du hast ja lange geschlafen! Wie fühlst du dich denn?«

»Mein Bein tut ein wenig weh«, antwortete sie, indem sie schluckte, um die Tränen zu unterdrücken.

»Iss mal etwas. Danach bringe ich dich zum Lazarett«, sagte Ido, und hielt ihr eine Schüssel voll Milch unter die Nase.

Nihals Magen war wie zugeschnürt, doch sie zwang sich einen Schluck zu nehmen.

Im Lazarett behandelte man sie mit einem Heilzauber, denn die Wunde hatte sich schon zu entzünden begonnen.

Nihal musste daran denken, wie sie damals fast gestorben wäre, und Sennar sie drei Tage lang ununterbrochen mit dem stärksten Heilzauber, den er beherrschte, versorgt und so dem Tod entrissen hatte. Und sie wünschte sich, dass die Hände, die sie jetzt berührten, die seinen wären. In Gesellschaft ihres Freundes hätte sie diese Stunden als weniger trostlos empfunden.

Am späten Nachmittag schaute Ido noch einmal im Lazarett vorbei.

Als er eintrat, lag sie auf der Seite und blickte aus dem Fenster. Es war alles so ruhig dort draußen ... Es kam ihr so vor, als ähnele diese weiße, schlafende Landschaft ihrer Seele. Das Weinen hatte sie erschöpft. Jetzt war sie ruhig.

»Nihal ...«

Das Mädchen drehte sich zu ihrem Lehrer um.

»Ich muss mir dir sprechen.«

Ido setzte sich zu ihr auf die Pritsche. Nihal wartete schweigend.

»Ich glaube, es ist besser, wenn du dich eine Weile vom Kriegsgeschehen fernhältst.«

Ein bitteres Lächeln stahl sich in Nihals Gesicht, während ihr bereits wieder die ersten Tränen in die Augen traten. »He, ich jage dich ja nicht davon! Aber im Moment hat es nicht viel Sinn, dass du dich hier aufhältst. Ich denke, du solltest Abstand gewinnen und eine Art Urlaub nehmen. Wenn du natürlich bleiben willst, kann und will ich dich nicht zwingen fortzugehen. Aber wenn du wirklich die Gründe für dein Handeln herausfinden möchtest, solltest du uns eine Zeitlang verlassen.«

Nihal blickte ihn an. »Aber ich brauche jemanden, Ido. Alleine schaffe ich es nicht.«

»Das stimmt nicht, und das weiß du auch. Du bist stark, du schaffst das. Ich selbst kann dir nicht mehr helfen, als ich es getan habe. Jetzt liegt es an dir, die richtigen Entscheidungen zu treffen: Willst du diese Denkpause, oder nicht?«

Unschlüssig starrte Nihal auf ihre Bettdecke. Vielleicht hatte Ido Recht. Sie brauchte Zeit zum Nachdenken. Sie musste für sich allein sein. »Kann ich solange fortbleiben, wie ich mag?«

»Du hast alle Zeit der Welt. Ich werde auf dich warten.«

Nihal nickte.

Sie beschloss, gleich am nächsten Morgen in aller Frühe aufzubrechen. Ihr war klar geworden, wie viel ihr an Ido lag, und sie wollte sich gar nicht von ihm verabschieden: Sie hatte schon zu viele Abschiede erlebt, einen weiteren würde sie nicht ertragen.

In ihren Umhang gehüllt, schlich sie im Morgengrauen aus dem Lazarett. Es war sehr kalt. Durchs Fenster, bemüht, keinen Laut zu machen, stieg sie in die Hütte ihres Lehrers ein.

Sie besaß nicht viel, was sie mitzunehmen hatte. Ein paar Kleider, ihr Schwert.

Und das Pergament mit der Zeichnung von Seferdi. Jenem zerschlissenen Blatt kam nun eine doppelte Bedeutung zu: Es war alles, was ihr von ihren Wurzeln geblieben war, und gleichzeitig das einzige greifbare Andenken an Sennar. Lange blickte sie es an und fragte sich, was sie falsch gemacht hatte.

Ob dieses Blatt tatsächlich das ganze Geheimnis ihres Daseins barg? Das hatte sie jedenfalls häufig gedacht, aber nun war sie sich in gar nichts mehr sicher. Vorsichtig rollte sie das Pergament zusammen und steckte es zu den Kleidern in das Bündel, das ihr ganzes Gepäck war.

Ihr Weg führte sie an den Ställen vorbei: Sie konnte doch nicht weggehen, ohne sich von Oarf zu verabschieden.

Sie fand ihren Drachen schlafend vor. Wie er so dalag, kam er ihr fast gutmütig vor, und sie streichelte ihn sanft.

Der Drache erwachte. Mit der Zeit hatte er dieses Mädchen zu verstehen gelernt und wusste, wie viel sie litt. Er blickte sie an und begriff, dass sie ihn verlassen würde.

Nihal streichelte ihn fester. »Ich muss fort, Oarf. Ich muss herausfinden, was ich wirklich will. Erst dann können wir zusammen fliegen.«

Oarf wandte die Schnauze ab und entzog sich ihrer Hand. Da umschlang Nihal seinen Hals und legte ihren Kopf auf seine Brust. »Verzeih mir. Aber ich komme zu dir zurück.«

Oarf legte seine Schnauze auf Nihals Kopf, und so verharrten sie eine Weile: ein Drache und ein Mädchen, ganz eng beisammen.

Die Sonne begann schon den vom Schnee fahlen Himmel zu erhellen, und bald würde das Lager erwachen.

Nihal nahm sich ein Pferd und schwang sich mit einiger Mühe, denn ihr Bein schmerzte wieder, in den Sattel.

Kaum hatte sie das Lagertor durchritten, da trieb sie das Pferd an und hielt im Galopp auf den Wald zu.

Als Ido erwachte, hatte er bereits eine Vorahnung.

Ohne sich anzuziehen, lief er barfuß durch den weichen Schnee zum Lazarett hinüber.

Nihals Feldbett war leer.

Er verfluchte sich tausendmal, weil er mit Nihal über die Möglichkeit eines Weggangs gesprochen hatte, bevor sie überhaupt wiederhergestellt war.

Weiter auf sich und alle Götter fluchend, lief er in die Hütte zurück und stürzte in Nihals Kammer. Auf ihrem Bett lag ein Brief.

Lieber Ido,

verzeih mir, dass ich dich auf diese Weise verlasse.

Ich habe mich nicht von dir verabschiedet, weil ich wusste, du würdest mir nicht erlauben, mich sofort auf den Weg zu machen, und vielleicht auch, weil mir klar war, dass ich es mir sicher anders überlegt hätte, wenn ich dich noch einmal gesehen hätte.

Ich gehe fort und lasse meine Tränen und meinen Schmerz zurück. Denn ich bin entschlossen, sie zu überwinden.

Ich weiß nicht, ob ich zurückkomme.

Ich weiß nicht, ob ich abseits des Schlachtfeldes überhaupt leben kann.

Sicher weiß ich nur, dass ich zum ersten Mal in meinem Leben versuchen will herauszufinden, wer ich wirklich bin.

Danke für alles, was du für mich getan hast.

Dich als Lehrer zu haben war sehr wertvoll für mich. Du bist der beste Krieger, den ich je erlebt habe, und die einzige Person, die mir wirklich die Augen öffnen konnte. Lebwohl.

Deine einzige Schülerin

21

Eine neue Familie

Dem Lauf eines Baches folgend, der munter zwischen den verschneiten Felsen dahingluckerte, ritt Nihal einen Berghang hinunter.

Lange Zeit führte ihr Weg über holprige Pfade, und sie erreichte die Ebene erst, als die Sonne bereits hoch am Himmel stand. Der Wald wurde lichter. Hier und da zeigte sich der Himmel zwischen dem braunen Geflecht kahlen Astwerks.

Das Pferd war erschöpft, und sie ebenfalls: Immer heißer wurde ihr, und ihr Bein brannte. Sie hielt an: Mit diesem halben Tagesritt hatte sie einen genügend großen Abstand vom Lager erreicht, um der Versuchung, kehrt zu machen, widerstehen zu können.

Als sie vom Pferd stieg, wurde ihr schwindelig. Sie setzte sich auf einen Felsblock und atmete tief durch. Dabei versuchte sie, einen Heilzauber zu sprechen, doch es half nichts. Sie fühlte sich einer Ohnmacht nahe. Wenn das so weiter ging, würde sie es unmöglich schaffen können. Sie musste etwas zu essen finden und einen Platz, wo sie sich ein wenig ausruhen konnte. Nach ein paar Stunden Schlaf würde die Welt schon anders aussehen, und vielleicht würde es ihr dann ja auch gelingen, sich mit einem Zauber zu heilen.

Sie kniete nieder und trank gierig aus dem Bach. Das eiskalte Wasser war wie Nektar für ihren ausgetrockneten Mund. *Ich glühe. Wahrscheinlich habe ich Fieber.* Sie war müde, und das nicht nur körperlich. Bereits nach einem halben Tag zielloser

Wanderschaft kam es ihr so vor, als habe sie nie ein Zuhause gehabt.

Sie blickte hoch: Der Himmel war nun wolkenlos und tiefblau. *Fortfliegen, weit weg, nicht mehr wiederkehren …*

Ein spitzer Schrei holte sie in die Gegenwart zurück; er kam von einer hohen, angsterfüllten Stimme. Nihal rappelte sich hoch und lief in die Richtung, von wo sie den Schrei gehört hatte.

Da wieder. Das Schreien riss nicht ab, es klang wie das verzweifelte Weinen aus der Kehle eines Kindes.

So schnell es ihr mit dem verletzten Bein möglich war, hastete sie weiter und zog das Schwert.

Sie gelangte auf eine kleine Lichtung, jener ganz ähnlich, auf der sie damals ihre Aufnahmeprüfung in die Welt der Zauberei hatte ablegen müssen.

Da erblickte sie einen von Panik ergriffenen kleinen Jungen, und um ihn herum zwei riesengroße graue Wölfe, heulend und zum Sprung bereit.

Da griff schon der erste an. Nihal warf sich schützend vor den Jungen und traf das Tier mit einem Schwerthieb. Doch sie hatte es nur gestreift. Schon setzte der Wolf erneut zum Sprung an, und sein Gefährte tat es ihm gleich. Diesmal traf die Klinge ihr Ziel: Der Kopf des ersten Wolfes flog, eine tiefrote Spur hinterlassend, in den Schnee, doch da hatte das zweite Tier bereits seine Zähne in Nihals Arm geschlagen.

Während der kleine Junge weiter kreischte und in panischem Schrecken die Hände vor die Augen schlug, warf sich Nihal vor Schmerz schreiend zu Boden und versuchte, die hungrige Bestie von sich abzuschütteln. Wie ein einziger Körper rollten sie übereinander, wobei die Reißzähne des Wolfes immer tiefer in ihr Fleisch eindrangen. Mit schier übermenschlicher Anstrengung schaffte sie es irgendwann, dem Tier einen Fuß auf den Bauch zu setzen und es wegzustoßen. Und in dem kurzen Augenblick, den der Wolf brauchte, um wieder auf die Beine zu kommen, hatte sich Nihal schon auf ihn gestürzt und schnitt ihm mit einem wohlgesetzten Hieb die Kehle durch. Das Röcheln des sterbenden Wolfes war bald verklungen, und auf der Lichtung machte sich wieder eine gedämpfte Stille breit.

Nihal ließ sich ermattet auf ihr Schwert sinken, während sich ihr Brustkorb im Bemühen, zu Atem zu kommen, rhythmisch hob und senkte. Sie blickte sich um. Der kleine Junge kauerte unter einem Baum und schluchzte leise vor sich hin.

Auf ihr Schwert wie auf einen Stock gestützt, humpelte sie zu ihm. »Es ist ja vorbei. Du musst nicht mehr weinen. Es ist ja alles gut.«

Der Junge stand auf und umklammerte fest ihre Beine. Nihal erkannte sich in ihm wieder, als junges Mädchen, voller Angst allein im Wald. Sie streichelte ihm über den Kopf.

»Ist ja schon gut. Du bist doch ein tapferer Junge.«

Er hob das Gesicht und sah sie aus tränenverschleierten Augen an. Der Junge war wirklich noch sehr klein. »Danke, Herr, vielen, vielen Dank!«, sagte er.

Herr? Er hält mich für einen Mann! »Hast du dich verirrt?«

Der Junge schüttelte den Kopf. »Nein, ich war mit meinen Freunden zusammen, und dann sind wir in den Wald gelaufen, um Verstecken zu spielen, und die anderen haben sich alle versteckt ... und dann waren plötzlich die Wölfe da!« Er zog die Nase hoch.

Nihal zwang sich, ihn anzulächeln, doch eigentlich war ihr nicht zum Lächeln zumute, denn ihr tat alles weh. Fieberschauder schüttelten sie, und der Schweiß gefror ihr auf der Haut. »Soll ich dich nach Hause bringen?«

Der Junge nickte.

»Wie heißt du denn?«

»Jona, Herr.«

»Bist du schon mal geritten, Jona?«

Der Junge schüttelte entschieden den Kopf.

»Umso besser. Dann ist das heute dein erstes Mal.« Sie nahm ihn bei der Hand, und so gingen sie in den Wald hinein.

Auf Nihals Ruf hin lief das Pferd sofort herbei.

»Setz hier den Fuß auf und zieh dich hoch«, erklärte sie ihm und half ihm dann mit dem heilen Arm, um schließlich unter größten Mühen selbst aufzusteigen.

Sie fasste Jona unter und ritt los. Der Junge lehnte sich an ihre Brust. »Du bist ja eine Frau. Du bist so weich wie meine Mama!«, rief er erstaunt.

Nihal lächelte schwach. »Ganz recht ...« Sie zitterte, und ihr Blick trübte sich. *Nicht aufgeben, Nihal. Du schaffst es.*

»Ist es weit bis zu dir nach Hause?«

»Nein, gleich hinter dem Dorf, ich führe dich hin.«

»Wie alt bist du denn?«

»Sieben«, erklärte er stolz. Seine Angst war vollkommen verflogen.

»Du solltest lieber nicht im Wald spielen. Hat dir das deine Mama nicht gesagt?«

»Doch. Aber wenn ich nicht mitkomme, sagen die anderen Feigling zu mir.«

»Dann antworte ihnen einfach, dass sie dumm sind. Du hattest Glück, dass ich zufällig in der Nähe war. Aber was hättest du getan, wenn niemand gekommen wäre?« Nihal musste daran denken, dass sie selbst in diesem Alter schon mit ihrer Bande weit gefährlichere Dinge angestellt hatte. »Ist es noch weit?« *Ich hab alles im Griff. So schlecht geht's mir gar nicht.*

»Nein, jetzt nach rechts, das ist kürzer.«

»Du bist ein guter Führer, Jona.«

Nihal zwang sich zu sprechen, in der Hoffnung, so eine Ohnmacht zu verhindern, doch sie konnte sich kaum noch im Sattel halten. *Damals in Salazar ging's mir doch viel schlechter. So schlimm ist es nicht ...*

Jetzt hörte sie Jona rufen: »Mama! Mama!«

Eine Frau lief ihnen entgegen und riss das Kind aus Nihals schwachen Armen. »Jona! Was ist geschehen? Was ist das für Blut?« Sie drückte ihn fest an sich und untersuchte ihn überall, um zu sehen, ob er verletzt war.

»Ich war im Wald ... da waren Wölfe ... das Fräulein hat

mich gerettet …« Endlich in Sicherheit, in den Armen der Mutter, brach Jona wieder in Tränen aus.

»Wie oft habe ich dir gesagt, du sollst nicht in den Wald laufen? Wie oft habe ich dir das gesagt?«, murmelte die Frau, während sie das Gesicht ihres Kindes streichelte.

Dann hörte sie einen dumpfen Schlag.

Der Ritter, der ihren Sohn nach Hause gebracht hatte, lag wie eine schwarze Puppe am Boden.

Als Nihal wieder zu sich kam, nahm sie, noch bevor sie ganz bei Bewusstsein war, als Erstes wahr, wie weich sich die Decken anfühlten, unter denen sie lag. Sie schlug die Augen auf: Ein Kindergesicht war dicht über sie gebeugt.

»Mama! Mama! Sie ist wach!«

Die laute Stimme des Kindes, das sie neugierig anblickte, hallte in ihrem schmerzenden Schädel wider. Sie blinzelte mit den Lidern, auch das Licht tat ihr weh.

»Jona, komm mal her. Lass sie doch erst mal zu sich kommen!«

In Nihals Blickfeld erschien die Gestalt einer Frau: Sie war jung und drall und hatte ein schönes, freundliches Gesicht.

»Wie geht's dir?«

Sie hatte eine melodische Stimme, und in ihrer Frage war echte Besorgnis spürbar.

»Schlecht!«, murmelte Nihal.

Die Frau lächelte. »Das ist ganz normal: Die Wunden waren sehr tief, und du hattest hohes Fieber …« Die Frau hielt einen Moment inne. »Ich weiß gar nicht, wie ich dir danken soll. Du hast meinem Sohn das Leben gerettet. Das werde ich dir nie vergessen …«

Mühsam rief sich Nihal in Erinnerung, was alles vorgefallen war: der Junge, die Wölfe, der Ritt durch den Wald. Ihr Gedächtnis setzte in dem Moment aus, da Jona zu ihr gesagt hatte, dass es nicht mehr weit sei.

»Schon gut«, murmelte Nihal und hoffte, dass die beiden sie allein ließen.

Die Frau schien zu spüren, wie sehr Nihal litt, denn sie sprach jetzt fast flüsternd weiter. »Wie gesagt, hattest du gestern sehr hohes Fieber. Heute Nacht ist es dann gefallen. Deine Wunde am Arm habe ich mit einigen Kräutern behandelt. Du hast viel Blut verloren, doch ich denke, du bist schon auf dem Weg der Besserung. Schlaf nun. Du brauchst das.«

Mit diesen Worten verließ sie den Raum und schloss die Tür hinter sich.

Nihal genoss die Stille. Sie warf einen Blick aus dem Fenster: Draußen fiel der Schnee sachte und friedlich. Sie zog die Decke bis zu den Augen hoch und fühlte sich behaglich und beschützt.

Sie merkte, dass es bald Mittagszeit war, weil sich im Haus ein angenehm würziger Duft verbreitete. Von hinter der Tür drangen gedämpfte Geräusche zu ihr, sowie, ab und an, Jonas hohe Stimme.

Ein Holztablett vor sich hertragend, betrat die Frau den Raum. Darauf stand eine Schüssel, mit einem Kanten dunklen Brots daneben. Nihal versuchte, sich aufzusetzen, aber sie fühlte sich noch zu schwach.

»Warte, ich helfe dir«, sagte die Frau. Sie stellte das Tablett auf dem Boden ab und half ihr auf, indem sie ihr ein Kissen in den Rücken schob.

Nihal blickte sich um: Das Zimmer war recht klein, und die gesamte Einrichtung bestand aus dem Bett, in dem sie lag, einem großen Spiegel und einer Truhe unter dem Fenster, vor dem ein blauer Vorhang aus feiner Baumwolle hing. Doch Nihal kam es wie das Gemach eines Königs vor. Sie sah an sich hinunter und stellte fest, dass sie ein wollenes Nachthemd trug, das mit einem Bändchen am Kragen geschlossen war.

»Wo ist mein Schwert?«, fragte sie alarmiert.

Die Frau deutete in eine Ecke des Raumes.

»Kein Sorge, da steht es.« Das Schwert steckte noch in der Scheide und lehnte an der Wand. »Deine Kleider habe ich gewaschen, sie waren alle voller Blut. Hoffentlich ist dir das Nachthemd warm genug ...«

Nihal errötete: Sie war nicht gerade höflich gewesen. »Ja, gewiss, danke«, murmelte sie.

Die Frau stellte ihr das Tablett auf die Knie, und Nihal stürzte sich auf die Schüssel, schlürfte lautstark von der Suppe darin und biss dann ein Stück Brot ab.

Jona stand auf der Schwelle des Raumes und sah ihr verwundert zu.

Die Frau lächelte. »Du scheinst schon lange nichts mehr gegessen zu haben ...«

Nihal hielt einen Moment inne und blickte in die schon fast halb leere Schüssel. »Nun ..., ja, das stimmt.« Die Freundlichkeit dieser Frau brachte sie in Verlegenheit.

»Ich glaube, für dich ist es Zeit für ein Mittagsschläfchen«, sagte die Frau, an das Kind gewandt.

»Nein, Mama ... Ich möchte aber noch bei dem Fräulein bleiben ...«

»Komm, marsch ins Bett, aber ohne Widerrede!«

Jona schnaubte, trollte sich aber dann.

»So stört er dich nicht: Wenn er will, kann er ein unerträgliches Plappermaul sein ...«

Nihal aß schweigend weiter. Sie saß gehörig in der Patsche: Wollte sie ihrem Leben eine andere Richtung geben, musste sie viel weiter vom Kriegsgeschehen wegkommen. In diesem Haus war sie nicht sicher. Sie musste fort.

Die Frau sah ihr eine Weile zu. »Ich bin Eleusi. Und wie heißt du?«

Nihal blickte sie nur misstrauisch an.

Eleusi bemühte sich, sogleich das verlegene Schweigen zu überbrücken »Es macht nichts, wenn du mir deinen Namen nicht verraten willst ...«

Die Schüssel war fast leer. Nihal stellte sie ab und drückte kurz die Hand, die Eleusi ihr reichte. »Nihal.«

»Was für ein seltsamer Name. Den kennt man hier in unserer Gegend gar nicht. Von wo ...« *Da haben wir's. Sie beginnt, neugierig zu werden.* »Vielen Dank für alles, was du für mich getan hast, aber …«

Eleusi unterbrach sie. »Nein, warte. Entschuldige, wenn ich zu aufdringlich war. Ich wollte nur ein wenig reden.«

Nihal fühlte sich unbehaglich. »Nein, nein, das ist es nicht … Aber ich kann wirklich nicht …«

Eleusi zwang sie sanft, sich wieder hinzulegen. »Pass mal auf, du bist noch nicht in der Lage, dich wieder auf den Weg zu machen. Du hattest Fieber, du bist noch schwach. Und außerdem habe ich dein Bein nähen müssen …«

Nihal riss die Augen auf. »Was?«

Sie hatte von dieser Praxis bereits gehört. Wenn kein Magier erreichbar war, der die passenden Heilformeln beherrschte, wandte man sich an einen Priester, um eine Wunde zu behandeln. Und manchmal griffen sie dafür auf Nadel und Faden zurück. Im Hauptlager hatte sie zufällig einmal, als sie am Lazarett vorüberkam, die Schreie eines Soldaten vernommen, der gerade auf diese Weise verarztet wurde, und sie hatte sich gesagt, dass sie lieber sterben würde, als sich etwas Ähnlichem zu unterziehen.

»Ja, die Wunde hatte sich wieder geöffnet …«, erklärte ihr Eleusi. »Du musst dich ausruhen. Mindestens eine Woche. Glaub mir, ich denke dabei nur an dich.«

Verdammt. Nihal ließ sich auf das Kissen zurückfallen. »Du bist also eine Priesterin?«

»Nein. Aber mein Vater war Priester. Von ihm habe ich das gelernt. Aber du hattest Glück. Ich bin eine recht begehrte Heilerin«, sagte Eleusi lachend.

Sie blickte auf das leere Tablett. »Hast du noch Hunger? Vielleicht möchtest du etwas Käse? Oder einen Apfel …?«

Nihal nickte schwach, und die Frau verließ hurtig den Raum.

Kurz darauf schon erschien sie wieder mit einem Teller, auf dem Kastanien und Nüsse lagen, ein Apfel und ein winziges Stückchen Käse. »Tut mir Leid, es ist nicht viel. Aber die Ernte war dieses Jahr sehr karg.«

Nihal biss in den Apfel: Er war wunderbar süß.

Eleusi setzte sich auf die Truhe. »Als ich ein Kind war, ging ich immer in den Wald zum Spielen: Damals haben die Wölfe niemals Menschen angegriffen. Höchstens mal ein Schaf, aber sehr selten. Doch heute, da der Krieg sie aus ihren angestammten Revieren vertreibt, werden sie immer aggressiver. Es ist jetzt schon das vierte Mal in diesem Winter, dass ein Kind angefallen wird. Ja, dieser elende Krieg ...«

Nihal hatte den Apfel aufgegessen. Sie räusperte sich. »Hör mal, Eleusi ...«

»Ja?«

»Ich ..., nun ..., es ist mir einfach unangenehm, dir dein Bett wegzunehmen. Ein Strohlager würde mir ...«

Die Frau schüttelte den Kopf. »Kommt gar nicht in Frage! Du hast Jona das Leben gerettet. Da ist es doch das Mindeste, dass ich dir mein Bett abtrete«, erklärte sie, indem sie das Tablett nahm und sich zum Gehen wandte.

Nihal hielt sie zurück. »Warte! Du bist so nett zu mir. Du hast mich gepflegt, du gibst mir zu essen. Dabei weißt du doch gar nicht, wer ich bin ...«

Eleusi drehte sich noch einmal zu ihr um und lächelte sie an: »Ich beurteile einen Menschen nur nach seinem Tun«, sagte sie. »Und du hast ganz sicher ein gutes Herz.«

Einige Tag noch war Nihal zur Bettruhe gezwungen. Jona war häufig bei ihr. Er war ein amüsantes Kerlchen, voller Neugier, und ein Plappermäulchen, wie es seine Mutter gesagt hatte. Schon zu früher Stunde stürmte er wie ein Wirbelwind in ihr Zimmer, um ihr guten Morgen zu wünschen.

Was ihn am meisten interessierte, war Nihals Schwert. Darüber wollte er alles wissen: Wie schwer es sei, aus welchem Material es bestehe, ob es sehr scharf sei ...

Nihal verspürte eine instinktive Sympathie für den Jungen. »Wenn es dir so gefällt, dann nimm es ruhig mal in die Hand«, sagte sie eines Tages zu ihm.

»Im Ernst? Darf ich?«, fragte er ganz aufgeregt zurück.

Nihal überlegte, dass sie als kleines Mädchen vielleicht mit ebensolcher Ehrfurcht Livons Waffen betrachtet hatte. »Natürlich. Aber die Klinge darfst du nicht berühren. Und du musst damit hier bei mir bleiben.«

Mit einiger Anstrengung ergriff Jona das Schwert – es war ungefähr so groß wie er selbst – und trug es zu Nihal ans Bett, die ihm dabei half, es aus der Scheide zu ziehen.

Seine Augen strahlten. »Wie das glänzt …«

»Es besteht aus einem Material, das schwarzer Kristall genannt wird.« Jona betrachtete es von allen Seiten. »Und dieses Weiße hier?«

»Das ist eine so genannte Träne: Die hat mir ein Kobold geschenkt.«

Jonas Gesichtchen strahlte noch mehr. »Du kennst Kobolde?«

Nihal lächelte. »Gewiss.«

»Und wie sehen die aus? Hier gibt es nämlich keine!«

»Sie sind nur wenig größer als dein Gesicht, und alle haben verschieden bunte Haare. Und außerdem haben sie Flügel, und so flattern sie hierhin und dorthin. Dieser weiße Stein ist ein Zeichen des Dankes. Er bedeutet, dass ich eine Freundin ihres Volkes bin. Und außerdem dient er noch dazu, Zauber zu verstärken.«

Jona starrte sie mit offenem Mund an. »Zauber? Kannst du etwa zaubern?«

»Nein, das heißt, ein wenig …«, wehrte Nihal ab.

»Ach, bitte, bitte, zaubere mir was.«

»Jetzt nicht, Jona. Später vielleicht, wenn es mir besser geht …«

Jona klatschte aufgeregt in die Hände.

Die Tage der Genesung waren sehr angenehm. Eleusi war eine entzückende Gastgeberin, die Nihal fürsorglich betreute und es ihr an nichts fehlen ließ. Fragen hatte sie ihr keine mehr gestellt, aber hin und wieder setzte sie sich zu ihr und erzählte ihr ohne Scheu von ihrem eigenen Leben.

So erfuhr Nihal, dass sie noch sehr jung und ihr Mann ein Soldat war, der im Land des Windes kämpfte und nur einmal im Jahr, für einen Monat, nach Hause kam.

»Üblicherweise bekommt er im Herbst Urlaub und ist dann rechtzeitig hier, um unser Feld zu pflügen. Manchmal überrascht er uns aber auch und kommt im Winter oder auch mal im Sommer auf ein paar Tage zu Besuch. Gewiss, in letzter Zeit immer seltener ..., die Lage an der Kriegsfront wird ja immer schwieriger.«

Nihal war überrascht. »Und vermisst du ihn denn nicht? Ich meine, ist das nicht schwer für dich, dass er fast nie hier ist?«

»Gewiss vermisse ich ihn. Aber als er beschloss, ins Feld zu ziehen, das war vor zwei Jahren, haben wir die Sache lange besprochen. Er ertrug die Ungerechtigkeiten nicht mehr, denen er fortwährend beiwohnte, und wollte nicht länger tatenlos mitansehen, wie immer mehr seiner Freunde in den Krieg zogen und nicht mehr heimkehrten. Er wolle kämpfen, so erklärte er mir, um dabei mitzuhelfen, den Krieg zu beenden. Wenn ich sehr traurig bin, tröste ich mich mit dem Gedanken, dass er fort ist, damit Jona eines Tages frei und in Frieden leben kann. Wie könnte denn auch die Zukunft unseres Sohnes unter der Gewaltherrschaft des Tyrannen aussehen?« Eleusi hielt einen Moment inne und setzte dann hinzu: »Ja, ich bin stolz auf meinen Mann.«

Nihal war beeindruckt: Eleusis Ehemann wusste genau, was er tat und für wen er es tat. Da waren Menschen, die er zu beschützen hatte, ein Ziel, für das er kämpfte. Verglichen mit diesem Unbekannten, der für seinen Sohn und seine Frau ein ruhiges Leben aufgegeben hatte, kam sie sich richtig schäbig vor.

Nihal hatte viel Zeit zum Nachdenken. In der warmherzigen, behaglichen Atmosphäre dieses Hauses fühlte sie sich wie herausgehoben aus der Welt, was es ihr leichter machte, sich über ihr Leben Gedanken zu machen.

Als erstes nahm sie sich vor, nicht mehr über ihre Albträume nachzugrübeln. Das kostete sie einige Mühe, doch der Alltag mit Eleusi und Jona half ihr dabei. Sie hatte noch nie miterlebt, wie sich das Leben einer normalen Familie gestaltete. Die Natürlichkeit ihres Tuns und die Selbstverständlichkeit der Zuneigung, die sie miteinander verband, waren vollkommen neu für sie. Noch nicht einmal als sie mit Livon zusammenlebte, hatte sie eine solche Atmosphäre verspürt.

Der Tagesablauf wurde gestaltet durch Eleusis vielfältige Aufgaben: Aufräumen, Kochen, Brotbacken, die Gänge zum Markt, das Weben der Stoffe, die sie dann verkaufen würde. Abends setzte sie sich mit ihrem Sohn vor den Kamin und unterhielt sich mit ihm, erzählte ihm Geschichten und unterrichtete ihn auf ihre Weise, so dass er am nächsten Morgen, wenn er mit den anderen Kindern zum Dorfweisen ging, um bei diesem zu lernen, gut vorbereitet war.

So verhält sich also eine gute Mutter. Nihal betrachtete Eleusi: Eine Frau wie sie hatte sie noch nie kennen gelernt.

Drei Tage lebte Nihal erst in diesem Haus, als Eleusi mit einem Paar Krücken vom Markt heimkehrte.

Mit triumphierender Miene betrat sie den Raum, in dem Nihal lag. »Sieh mal, was ich für dich gefunden habe. Mit denen kannst du mal versuchen aufzustehen.«

Nihal wollte den Kauf sogleich ausprobieren. Sie setzte sich auf den Rand des Bettes und griff zu den Krücken, doch als sie Anstalten machte aufzustehen, wurde ihr sogleich schwindelig, und ihr Herz pochte heftig.

»Vielleicht bist du doch noch zu schwach«, bemerkte Eleusi besorgt.

Nihal schüttelte den Kopf. »Nein, nein, es geht schon …« Erneut setzte sie die Krücken auf, drückte sich wieder hoch, und nachdem sie ein paar Mal hin und her getorkelt war, schaffte sie es, sicheren Stand zu finden.

Sie machte ein paar unsichere Schritte bis zum Fenster, durch das ein helles Vormittagslicht fiel. Nihal blickte an sich hinunter: Es war seit Jahren das erste Mal, dass sie etwas anderes als ihre Kampfmontur anhatte, und das Nachthemd, das sie trug, fiel ihr bis auf die Knöchel. Lange stand sie so da und betrachtete sich verwundert.

»Was ist los mit dir, Nihal?«

»Nichts, nichts, aber …«, und Nihal errötete, als sie gestand: »… es ist das erste Mal, dass ich mich in einem Rock sehe …«

Eleusi riss verwundert die Augen auf. »Ja, wie alt bist du denn?«

»Ich werde achtzehn«, murmelte Nihal.

»Und du hast dich nie wie eine Frau gekleidet?«

»Ehrlich gesagt …, nein!«

Die beiden Frauen blickten sich einen Augenblick an und brachen dann in Gelächter aus.

Nihal bestand darauf, draußen ein wenig frische Luft zu schnappen. Die Erde lag noch unter einer dicken, weichen Schneedecke. Sie ließ sich in die Stiefel helfen, hüllte sich in ihren Mantel und verließ das Haus, während Eleusi und Jona sie von der Schwelle aus beobachteten.

Sie ging ein wenig hin und her und setzte dabei die Krücken übermütig im Schnee auf. Aber sie war immer noch schwach auf den Beinen, und so dauerte es nicht lange, bis sie mit dem Gesicht voran in den Schnee fiel. Die Kälte kniff ihr in die Haut und weckte sie aus der Trägheit der vergangenen, im Bett zugebrachten Tage. Lachend rappelte sie sich auf und steckte mit ihrer Fröhlichkeit auch Jona an, der sich sogleich auf sie stürzte und sie jauchzend mit Schnee bewarf.

Eleusi sah ihnen eine Weile lächelnd zu. »Jetzt reicht's aber, ihr beiden«, rief sie irgendwann,»Jona, komm rein. Und du auch, Nihal, sonst holst du dir noch eine Erkältung.«

Das Mädchen blickte hinauf zum kristallklaren Himmel. »Wo ich geboren wurde, gab es nie Schnee. Es ist einfach herrlich.«

Den ganzen Tag lang übte sich Nihal im Krückenlaufen.

Eleusi mahnte sie, langsam zu machen, doch sie dachte überhaupt nicht daran. Nach dem tagelangen Liegen begeisterte es sie geradezu, sich endlich wieder bewegen zu können. Sie fühlte sich herrlich lebendig.

Sie war jetzt auch in der Lage, in den großen Wohnraum des Hauses umzuziehen, damit Eleusi ihr Bett wieder in Besitz nehmen konnte. Die Frau füllte einen großen Jutesack mit Stroh, bezog ihn dann mit frisch gewaschenen Betttüchern, legte zwei dicke Wolldecken darüber und postierte das Ganze direkt vor dem Kamin: Für ein improvisiertes Lager war es außerordentlich bequem, und Nihal fühlte sich sogleich wohl darin.

Zu Abend aß sie mit ihren beiden Gastgebern am Tisch und nach dem Essen sah sie Eleusi beim Weben zu.

Sie hatte noch nie einen solchen Webrahmen gesehen. Er war riesengroß und ganz aus Holz, und gebannt verfolgte sie, wie Eleusi mit raschen, geübten Bewegungen das Schiffchen von einer Kettenseite zur anderen laufen ließ.

Später half ihr Eleusi, sich niederzulegen. »Du bist ein wirklich ungewöhnliches Mädchen. Du hast noch nie einen Rock getragen, hast keine Ahnung vom Weben, trägst dein Haar kurz und kannst mit einem Schwert umgehen. Es würde mich ja schon interessieren, woher du kommst ... einfach nur so, aus reiner Neugier ...« Eleusi bedachte sie mit einem aufrichtigen Lächeln. »Aber wenn du nicht darüber sprechen willst, kann ich das auch verstehen. Wirklich.«

Auf ihrem Lager sitzend, betrachtete Nihal die langsam erlöschende Glut im Kamin. Wie gern hätte sie sich noch länger diesem Frieden überlassen! Andererseits war diese Frau so nett zu ihr, dass sie auch ein Recht hatte zu erfahren, wen sie da überhaupt in ihrem Haus beherbergte. Sie atmete einmal tief durch und erklärte dann: »Ich bin ein Krieger, Eleusi. Ich komme aus dem großen Hauptlager hinter dem Bergkamm. Vielleicht hast du schon mal davon gehört.«

»Bist du desertiert?«, fragte Eleusi leise.

Nihal lachte auf. »Desertiert? Wie kommst du denn darauf?«

»Nun ..., es ist doch seltsam, dass man einen verwundeten Krieger ziehen lässt, ohne ihn zuvor gesund zu pflegen ...«

Mit einem Male wirkte Eleusi verunsichert.

»Nein, ich bin nicht desertiert«, antwortete Nihal. »Mein Vorgesetzter hat mir Urlaub gegeben, und ich bin dann kurz entschlossen aufgebrochen, ohne vollständig wiederhergestellt zu sein. So einfach ist das.«

Eleusi schien beruhigt. »Dann warst du wohl unterwegs zu deiner Familie, als du Jona trafst!«

»Nein«, antwortete Nihal in ruhigem Ton. »Ich habe keine Familie.«

Es entstand ein kurzes Schweigen. Nihal blickte Eleusi in die Augen. *Ich muss es ihr sagen. Ich muss!*

»Da ist noch etwas, was du wissen solltest.« Nihal fasste sich ein Herz. »Ich … ich bin eine Halbelfe.«

Eleusi starrte sie einen langen Moment ungläubig an. »Ich dachte … Nun, ich war überzeugt, dass es keine Halbelfen gibt. Nicht mehr, jedenfalls. Man sagt, sie seien alle …« Die Frau brach verlegen ab.

»Getötet worden?«, warf Nihal kühl ein. »Ja, das sind sie. Alle, bis auf eine: und das bin ich. Der Tyrann hat mein ganzes Volk ausgerottet. Und ich bin die letzte Halbelfe der Aufgetauchten Welt. Aus diesem Grund möchte ich auch so schnell wie möglich wieder von hier fort, damit ich mit meinem Schicksal nicht noch andere gefährde.«

Eleusi spürte Nihals ganze Trauer, ihre Verlassenheit. Ein Teil ihrer selbst riet ihr, sie ziehen zu lassen, und das so schnell wie möglich. Doch eine andere Stimme sagte ihr, dass sie dieses einsame Mädchen nicht sich selbst überlassen durfte. »Warum bleibst du nicht noch eine Weile? Du lässt deine Wunden ganz ausheilen, leistest Jona Gesellschaft … Er hat dich richtig ins Herz geschlossen, weißt du das? Und außerdem wohne ich ja etwas abseits vom Dorf. Wenn du willst, kannst du dich bei mir verstecken …, hier sieht dich niemand …«

Nihal unterbrach sie. »Nein, Eleusi. Ich glaube, nächste Woche werde ich mich wieder auf den Weg machen.«

Die Frau nickte enttäuscht: Sie hatte sich an Nihals Gesellschaft gewöhnt und spürte, dass sie sie nur schweren Herzens gehen lassen würde. »Wo willst du denn hin?«, fragte sie.

»Ich weiß es nicht.«

»Du hast doch sicher einen Freund, einen Verlobten ..., irgendjemanden, der auf dich wartet ...«

»Nein, auf mich wartet niemand. Ich werde einfach umherziehen.«

Diese Worte gaben Eleusi neuen Auftrieb. »Nun mal im Ernst, Nihal, du siehst doch, dass ich Recht habe. Bleib einfach noch. Jona und ich, wir beide freuen uns, wenn du bei uns bist. Und außerdem könntest du mir auch etwas zur Hand gehen, beim Weben, beim Holzhacken ... Du wirst sehen, es wird schön!«

Nihal deutete ein Lächeln an. »Danke, Eleusi, aber ...«

Die Frau ergriff ihre Hand und drückte sie. »Versprich mir, dass du darüber nachdenkst.«

Nihal erwiderte den Händedruck. »Versprochen.«

Als Eleusi am nächsten Tag von einer Erledigung heimkam, fand sie Nihal vor dem Kamin sitzend vor. Sie hatte den Verband von ihrem Bein gelöst und hielt eine Hand über die Wunde. Aus ihrer geöffneten Handfläche strömte ein schwaches rötliches Licht.

»Was tust du da?«, fragte Eleusi besorgt.

Nihal sprang auf und zog die Hand weg. »Ach nichts ..., ich habe mir nur meine Wunde angesehen ...«, antwortete sie und legte rasch die Hand wieder aufs Bein.

Doch Eleusi war nicht entgangen, dass die Wunde erheblich kleiner geworden war. »Du bist also eine Magierin ...«, murmelte sie.

»Nein, nicht so richtig. Ich kenne nur einige einfache Zauber. Weißt du, für einen Krieger können solche Kenntnisse sehr nützlich sein, und deswegen ...«

Nihal bemerkte, wie kühl sich Eleusi plötzlich verhielt. Seit der Tyrann die Macht an sich gerissen hatte, gab es gegenüber Magiern überall große Vorbehalte.

Eleusi bestand darauf, sich die Wunde anzusehen: Die Fäden waren nicht mehr nötig, und während Eleusi sie mit sicherer Hand durchschnitt und aus der Wunde löste, blickte sie Nihal von unten herauf an, unentschlossen, wie sie sich nun, in der neuen Situation, verhalten sollte. Doch als sie mit der Arbeit fertig war, wirkte sie wieder heiterer. Und in ihrem Gesicht stand sogar ein Lächeln, als sie zu Nihal sagte: »Weißt du, was du jetzt brauchst? Eine schönes heißes Bad! Pass auf, ich mache gleich alles für dich fertig.«

Ein heißes Bad? Nihal hatte sich immer auf einfachste Art und Weise gewaschen: mit kaltem Wasser aus einem Eimer.

Und Eleusi machte sich geschäftig ans Werk. Sie ging hinaus und erschien gleich darauf wieder mit einem riesengroßen Kupferkessel, den sie in ihr Zimmer schob. Dann begann sie, am Herd mit Töpfen voller Wasser herumzuhantieren.

Als alles fertig war, nahm sie Nihal bei der Hand und zog sie ins Schlafzimmer. »Los, komm, was machst du denn für ein Gesicht? Du wirst sehen, danach fühlst du dich wie eine Königin!«

Nihal zog sich vor dem Spiegel aus. Als kleines Mädchen hatte sie sich einmal eine Zeit lang sehr für Spiegel interessiert: Sie hatte sich darin betrachtet und herauszufinden versucht, ob jenes Mädchen dort auf der silbernen Fläche tatsächlich sie selbst war oder etwa ein Kobold, der sie zum Narren hielt.

Nun musterte sie sich so neugierig wie jemand, der sich zum ersten Mal sieht. Sie betrachtete die festen Muskeln ihrer Beine, ihren flachen Bauch, die durch Training und Schlachten gestählten Arme. Und sie wunderte sich, dass ihr Körper so schnell gewachsen war, fast unbemerkt, und sie zu einer Frau gemacht hatte: Sie hatte schöne weibliche Rundungen, mit vielleicht ein wenig zu üppigen, aber wohlgeformten Brüsten. Sie trat näher an ihr Spiegelbild heran. *Meine Augen sind zu groß*. Doch die Farbe gefiel ihr, dieses intensive, dunkle Violett. Sie versuchte zu lächeln, doch die Spur von Traurigkeit in ihrem Blick wollte nicht weichen.

Sie streckte ein Bein aus und tauchte einen Zeh ins Wasser: Es war angenehm warm. So stieg sie in die Wanne und überließ sich dem wohligen Gefühl der Wärme, das sie langsam umfing. Zum Schluss tauchte sie auch den Kopf unter Wasser. Ihr blaues Haar trieb schaukelnd um ihr Gesicht. Vielleicht war dies das Leben.

Eleusi staunte, als sie Nihals Bitte vernahm. »Ich soll dir ein Kleid leihen? Natürlich, warum nicht? Aber deine eigenen Kleider sind auch gewaschen …«

Nihal errötete bis zu ihren spitzen Ohren. »Nein …, es ist nur, weil …, ach, ich würde gern einmal ein richtiges Kleid tragen, wie eine Frau eben …«

Eleusi bedachte sie mit einem begeisterten Lächeln. »Aber gewiss. Ein richtiges Frauenkleid!«

Sogleich trat sie zu einer Truhe und entnahm ihr eines ihrer besten Kleider, jenes, das sie immer trug, wenn sie mit ihrem Ehemann zum Dorffest ging. Sie half Nihal, es anzuziehen: Das Mädchen wusste noch nicht einmal, wie die Bänder des Mieders zu schnüren waren. Die Kampfmontur, die sie bis dahin getragen hatte, war sehr viel unkomplizierter: Da schlüpfte sie nur in das Leibchen, zog seitlich die Riemen ihres Beinkleides fest und war fertig. Zu diesem Kleid aber gehörten Korsett, Unterrock, Rock, Schürze …, die Teile, die da anzuziehen waren, schienen kein Ende nehmen zu wollen.

Als Nihal sich schließlich im Spiegel betrachtete, war ihr ganz eigenartig zumute: Sie hätte nicht sagen können, ob sie sich so gefiel.

»Nun, was ist?«, fragte Eleusi zufrieden.

»Mir ist ein wenig kalt an den Beinen. Und dieser Rock ist schon ziemlich schwer. Ich kann mich ja kaum darin bewegen.«

Eleusi lachte auf. »Ach, Nihal, das ist nur eine Frage der Gewohnheit. Glaub mir, daran gewöhnt man sich.«

An jenem Tag wollte Nihal Jona eine Freude machen.

Neben ihm auf der Bank vor dem Haus sitzend, mit dem Rücken an die Wand gelehnt und die bleiche Wintersonne genießend, zeigte sie ihm einige Zauberkunststücke, die sie in früheren Jahren gelernt hatte. Sie ließ ein paar hübsche bunte Blitze zucken, setzte mit einem Fingerschnipsen einen trockenen Zweig in Brand und ließ zum Schluss noch eine glitzernde Leuchtkugel entstehen. Sie hielt sie eine Weile in Händen und reichte sie dann an Jona weiter.

»Ist die schön! Ist die schön!«, rief er immer wieder, außer sich vor Freude.

Während sie so mit Jona spielte, verspürte Nihal plötzlich eine brennende Sehnsucht nach Sennar: Hätte er sie doch so sehen können, wie eine richtige Frau gekleidet und ins Spiel mit einem kleinen Jungen vertieft! Sicher hätte er sie ein wenig geneckt. Aber es hätte ihm auch gefallen. Aus tiefstem Herzen flehte sie, dass er heil und gesund zurückkehren möge. Nun, da er nicht mehr da war, wurde ihr erst bewusst, wie sehr sie ihn brauchte. Wie viel er ihr bedeutete.

Als Jona abends im Bett lag, saßen Nihal und Eleusi noch vor dem Feuer zusammen, das Mädchen auf dem Boden und in die Flammen blickend, die Frau in einem Schaukelstuhl und mit einer Stickarbeit beschäftigt.

Es war Eleusi, die irgendwann das Schweigen unterbrach. »Hast du dich entschieden, was du tun willst?«

»Ja«, antwortete Nihal, indem sie sich den Rock glatt strich und über den weichen, verglichen mit dem Leder ihrer Kampfmontur so leichten Stoff streichelte.

»Und …?«, fragte Eleusi zögernd.

»Ich bleibe noch ein wenig.«

Eleusi legte ihre Stickarbeit zur Seite, trat auf sie zu und drückte sie lächelnd an sich.

22

Abschied

Durch Eleusis Pflege und ihre eigenen Zauber war Nihal bald ganz wiederhergestellt und wollte sich endlich auch nützlich machen. Der Winter wurde immer härter, und um der Familie nicht zur Last zu fallen, bestand sie darauf, dass Eleusi irgendeine Aufgabe für sie fände, merkte aber schnell, dass sie eigentlich nichts so richtig konnte.

Einmal zeigte ihr Eleusi, wie man einen Brotteig zubereitet.

»Du machst alles ganz allein, ich sage dir nur, wie du vorgehen musst«, erklärte sie und stellte alle Zutaten vor sie auf den Tisch.

Es wurde ein echtes Desaster: Nihal stäubte sich von Kopf bis Fuß mit Mehl ein, kippte einen Krug mit Wasser um, das den Boden überschwemmte, und der Teig wurde krümelig und ging kaum auf.

Eleusi redete ihr zu, ihn dennoch in den Ofen zu schieben. Das Ergebnis war ein flaches, hartes Brot, das widerlich nach Hefe schmeckte, aber die beiden Frauen hatten sich beim Backen köstlich amüsiert. Sie waren gerne zusammen: Nihal kostete von der Normalität, die ihr immer gefehlt hatte, und Eleusi war nicht mehr allein.

Eines Morgens beschlossen sie, sich alle drei gemeinsam, Nihal, Eleusi und Jona, zum Markt aufzumachen. Nihal ließ es sich aber nicht nehmen, sich zuvor noch gut zu vermummen.

Sie lieh sich einen Schal, wickelte ihn sich so sorgfältig um den Kopf, dass nicht die kleinste Haarsträhne hervorschaute und zog ihn so fest, dass auch von den spitzen Ohren nichts zu erkennen war. Dann betrachtete sie sich im Spiegel. *Nicht schlecht, Nihal. Nicht schlecht.* Seit jenem Tag, als sie sich so lange im Spiegel angeschaut hatte, hatte sie Gefallen daran gefunden und ertappte sich häufig dabei, dass sie im Vorbeigehen einen Blick hineinwarf: Sie hatte sich immer noch nicht ganz daran gewöhnt, wie weiblich sie in diesem Kleid ausschauen konnte.

Und so stapften die drei bald darauf zusammen durch den Schnee. Jona war furchtbar aufgeregt: Für ihn war der Markttag immer auch ein Festtag, obwohl dort, in diesen Kriegszeiten, das Angebot recht bescheiden war.

»In meiner Kindheit«, erzählte Eleusi, »war die Front noch weit entfernt und der Markt wunderschön: Händler aus anderen Ländern kamen angereist, die Luft im Dorf war erfüllt vom Duft der Gewürze, und selbst im Winter wurden Waren zuhauf feilgeboten: Stoffe, Früchte, Gemüse, kleine Tiere in Käfigen ... Schade, dass du ihn so nicht mehr zu sehen bekommst ...« Die Frau seufzte.

Nihal antwortete nicht. Sie war nervös und hatte beim Gehen den Kopf gesenkt.

»He, was ist denn mir dir los?«, wollte die Freundin wissen.

»Ach, gar nichts. Aber vielleicht hätte ich doch lieber zu Hause bleiben sollen ...«

»Mach dir doch keine Gedanken«, beruhigte Eleusi sie, »und versuch einfach, ein wenig Spaß zu haben. Dort wird dich niemand beachten.«

Eine Weile gingen sie schweigend dahin, bis Nihal irgendwann ein unterdrücktes Lachen in ihrem Rücken vernahm. Sie drehte sich um. Eleusi war sofort wieder ernst, doch auf ihren Lippen war noch etwas von ihrer Belustigung wahrzunehmen. Nihal blickte sie fragend an.

»Sei mir nicht bös. Es ist nur ..., also du hast wirklich einen Gang wie ein Mann.«

Nihal blieb stehen. »Wie meinst du das?«

»Ja, du läufst richtig im Marschschritt ...«

»In der Armee marschieren eben alle so«, gab Nihal ein wenig eingeschnappt zurück.

»Ja, gewiss, es war ja auch nicht böse gemeint. Es sieht nur so lustig aus.«

Kurz darauf ließ sich Nihal von den beiden anderen überholen und ging jetzt am Schluss der kleinen Karawane. Dabei beobachtete sie aufmerksam Eleusis Gang, doch fiel ihr gar nichts auf, was diesen von ihrer Art zu gehen unterschieden hätte. Wie bewegte sich denn nun eine richtige Frau?

»Eleusi, warte mal, erklär mir doch, wieso mein Gang lustig aussieht?«

»Nun, du schreitest mit großen, entschlossenen Schritten einher. Und zudem wiegst du dich überhaupt nicht in den Hüften! Hat dir deine Mutter nicht erzählt, dass Jungs das mögen?«, scherzte Eleusi.

Nihals Miene verfinsterte sich. »Meine Mutter habe ich nie kennen gelernt. Mich hat ein Waffenschmied großgezogen.«

Eleusi schalt sich selbst einen Tölpel und ging schweigend weiter.

Als sie ins Dorf gelangten, war es um Nihals Ruhe gänzlich geschehen.

Überall drängten sich die Menschen, und ihr wurde fast schwindelig davon. Sie fühlte sich zurückversetzt nach Salazar, ins Gewimmel der Turmstadt damals, als von überall her Lärm, Stimmen, Lachen widerhallte. Und die Sehnsucht trieb ihr Spiel mit ihr. Ihr war, als erkenne sie in jener anonymen Menge bekannte Gesichter aus ihrer Heimatstadt: die Nachbarn, die Kinder, mit denen sie gespielt hatte, die Händler in ihren Läden und Werkstätten. Einmal glaubte sie sogar, Sennar in der Menge zu erblicken, in seinem flatternden Gewand und ohne die Schnittwunde auf der Wange. Wie betäubt schloss sie die Augen.

»Warum dreht ihr nicht eine Runde über den Markt, während ich die Stoffe verkaufe? Wir treffen uns dann in einer Stunde an meinem Stand, am anderen Ende der Straße«, schlug Eleusi vor und gab ihnen einige Münzen, falls sie etwas kaufen wollten. »Ach, Nihal ... Sieh zu, dass Jona immer bei dir ist!«

Nihal gehorchte und nahm ihn fest bei der Hand.

Und bald schon begann der Junge, sie mit leuchtenden Augen hinter sich herzuziehen. »Komm, wir kaufen etwas Süßes. Ja? Komm mit.«

Nihal war unentschlossen. »Ich weiß nicht ... Was sagt denn deine Mutter dazu?«

»Ach, die kauft mir immer ein paar Süßigkeiten«, erklärte er mit schelmischer Miene.

Was war schon dabei, auch wenn er nicht ganz die Wahrheit sagte? Und Nihal beschloss, ihm den Gefallen zu tun.

Der Junge führte sie zu einer alten Frau, die ein wenig Backwerk und kandierte Äpfel verkaufte. Sie freute sich über die Kundschaft und reichte ihnen dankend eine Tüte mit Naschwerk.

Nihal blickte sich um. Auch an den anderen Ständen lag wenig Ware aus. Die Menschen bemühten sich zwar, einen normalen Alltag zu leben, zogen gute Kleider an, um über den Markt zu gehen, schlenderten herum, blieben hier und dort stehen, feilschten und kauften etwas. Doch die Armut begann sich nun auch in dieses Dorf am Fuße der Berge einzuschleichen. Auch hier wurden die Auswirkungen des Krieges immer offensichtlicher.

Plötzlich hatte Nihal einen Chor von Stimmen im Ohr. *Hier ist nicht dein Platz. Greif wieder zum Schwert! Räche uns!*

Sie blieb stehen, schüttelte den Kopf und schloss die Augen, um diese Gedanken zu vertreiben. Als sie sie wieder öffnete, sah sie Jona, der sie besorgt anblickte. »Ist dir nicht gut?« Er hatte einen kandierten Apfel in der Hand, und der Zucker begann, ihm an den Fingern zu kleben.

»Nein, alles in bester Ordnung. Mir war nur ein wenig schwindelig, nichts weiter.«

Jona reichte ihr die Tüte. »Hast du vielleicht Hunger? Nimm doch ein Plätzchen.«

Es war ganz einfaches Gebäck, aber Nihal mochte den Geschmack nach heimischem Ofen.

So schlenderten sie zwischen den Ständen umher, blieben stehen, um die Flussfische zu betrachten, die noch in Eimern hin und her schossen, oder die großen Äpfel, die sie aus einem Weidenkorb anlachten, oder auch die Farben der Stoffe, die an einer Zeltplane aufgehängt waren.

Nihal entdeckte, wie schön die Welt war – mit den Augen dieses kleinen Jungen neben ihr betrachtet: Für ihn war alles neu, alles eine Entdeckung. Jona war lebhaft, schaute sich alles, was es gab, mit Begeisterung an und plapperte ohne Unterlass.

Nachdem sie den Markt in alle Richtungen auf und ab gelaufen waren, blieben sie an einem Mäuerchen stehen. Es war das erste Mal, dass Nihal einen längeren Fußweg ohne Krücken unternahm, und sie brauchte eine Pause. Sie fegten den Schnee, der darauf lag, beiseite, setzten sich und teilten sich das letzte Plätzchen in der Tüte.

»Bist du wirklich ein Soldat?«, fragte Jona ganz unvermittelt.

Nihal traf die Frage wie eine Ohrfeige: Sie hatte sich daran gewöhnt, dass niemand wusste, wer sie war. »Ja«, antwortete sie knapp, so gleichgültig wie möglich.

Jona blickte sie bewundernd an. »Mein Papa ist auch ein Soldat: Hast du das gewusst? Die Mama hat mir gesagt, ich darf dir keine Fragen stellen, weil du sonst traurig wirst, aber ich hab ja das Schwert gesehen, und deshalb weiß ich Bescheid!«

Nihal kaute weiter, als wäre alles in Ordnung.

Und Jona fuhr ungerührt fort. »Hast du schon viele Feinde getötet?«

»Einige.«

»Und was ist mit den Fammin? Sehen die wirklich so hässlich aus, wie man sagt?«

»Noch hässlicher«, antwortete Nihal kurz angebunden.

Jona wartete einen Moment, bevor er wieder loslegte. »Sag mal, Nihal …«

»Ja, Jona?«

»Irgendwann, wenn's dir wieder besser geht, zeigst du mir dann, wie man schwertet?«

Nihal konnte sich ein Lächeln nicht verkneifen. »Schwertet? Ich glaube nicht, dass das eine gute Idee ist. Der Krieg ist eine schlimme Sache. Sei froh, dass du im Frieden lebst.«

»Aber ich möchte so gern wie mein Papa sein. Wenn ich lerne, was ein Krieger tun muss, kann ich doch mit ihm kämpfen, und so können wir den Krieg ganz schnell beenden und zusammen nach Hause kommen, zur Mama.«

An diesem Gedankengang war nichts auszusetzen.

»Du wirst sehen, der Krieg wird ohnehin bald zu Ende gehen. Solange bist du aber der Mann im Haus und musst bei deiner Mama sein und sie trösten, wenn sie traurig ist.«

Jona war noch nicht überzeugt. »Ja, schon … Aber einmal spielen wir, dass wir richtig kämpfen. Ja? Nur einmal, bitte«, flehte er.

»Soso, du willst also mit mir kämpfen?«, erwiderte Nihal, indem sie hinter ihrem Rücken einen Schneeball formte.

»Ja!«

»Bist du dir da wirklich sicher?«

»Ja«, rief Jona immer aufgeregter.

»Dann pass gut auf!«

Sie sprang von dem Mäuerchen und bewarf den Jungen mit einem Schneeball, und der Kleine stürzte sich sogleich begeistert in den Kampf.

So rannten sie hintereinander her durch die Dorfgassen und bewarfen sich mit Schnee, bis sie irgendwann völlig erschöpft stehen blieben. Nihal hatte ihre gute Laune wiedergefunden. Sie fühlte sich so unbeschwert wie als Kind. Am liebsten hätte sie immer so gelebt.

An ihrem Stand bot Eleusi die Stoffe feil, die sie zu Hause webte, die Eier, die ihre Hühner legten, und ein wenig Gemüse aus ihrem Garten. Im Winter und ohne die Hilfe ihres Ehemannes war das alles, was sie produzieren konnte. Sie beide, Jona und sie, lebten von diesen Erträgen, sowie dem, was sie als Heilerin hinzu verdienen konnte.

Nihal setzte sich neben sie und beobachtete die Leute, die an ihnen vorüberschlenderten. Es waren ausschließlich Menschen, von anderen Rassen keine Spur. Die Flüchtlinge lebten wohl alle in den größeren Städten, wo die Aussichten, eine Arbeit zu finden oder etwas, mit dem sich der Hunger stillen ließ, besser waren.

»Ja, die Städte sind wirklich reich!«, erklärte Eleusi. »Dort leben die Leute, denen es an Geld nicht mangelt: Adlige oder auch Krieger, die durch den Krieg große Ländereien erwerben konnten. Die anderen leben auf dem Land. Viele der Bauern, die du hier siehst, besitzen noch nicht einmal den Boden, den sie bearbeiten, sondern müssen ihn für andere bestellen. Ja, mit der Gerechtigkeit ist es in diesem Land nicht weit her.«

Plötzlich blieb ein Ritter ausgerechnet vor ihrem Stand stehen.

Nihal verbarg ihr Gesicht so gut es ging unter der Kapuze: Es war ein Ritter aus dem Hauptlager, der zumeist in der ersten Schlachtreihe kämpfte. Eleusi schien ihn ganz gut zu kennen, denn sie begannen sogleich, miteinander zu plaudern.

Allerdings blickte der Ritter dabei immer wieder zu Nihal hinüber. Irgendwann lächelte er sie an: »Guten Tag. Irre ich mich, oder kennen wir uns von irgendwoher?«

Nihal senkte den Blick und schüttelte den Kopf. Das Herz hämmerte ihr in der Brust, und sie merkte, dass sie Angst hatte vor diesem Soldaten. Angst, dass seine Gegenwart den Zauber dieser friedlichen Tage vertreiben könnte.

»Das kann ich mir nicht vorstellen, sie ist eine Verwandte von mir«, log Eleusi. »Sie kommt uns aus Makrat besuchen.«

Doch der Soldat mochte den Blick nicht von Nihal abwenden. »Eine sehr anmutige Verwandte … Wie heißt du?«

»Lada«, murmelte das Mädchen den ersten Namen, der ihr in den Sinn kam, und während sie ihn aussprach, erinnerte sie sich daran, ihn von dem Alten gehört zu haben, der in den Tagen vor der Zerstörung Salazars durch die Stadt gestreift war.

»Lada. Ein wunderschöner Name. Und wie gefällt es dir hier in …«

Es war Eleusi, die diesen Versuch, ins Gespräch zu kommen, sogleich unterband. »Ach Lada, sei doch so lieb und schau mal, wo Jona wieder steckt.«

Nihal nickte und stand geschwind auf. Einen Augenblick später war sie schon in der Menge verschwunden.

Am Abend kehrten sie mit nur einigen wenigen Münzen mehr in der Tasche nach Hause zurück.

Angesichts dieses kargen Verdienstes kam sich Nihal wie ein Eindringling vor. Kurz bevor sie zu Bett ging, wandte sie sich noch einmal mit sehr ernster Miene an Eleusi: »Bist du sicher, dass ich noch bleiben kann?«

Die Frau blickte sie verwundert an: »Gewiss! Warum nicht?«

»Nun, du hast doch schon genug hungrige Mäuler zu stopfen, das Geld ist knapp und …«

»Ach, keine Sorge«, unterbrach sie Eleusi lächelnd, »ich finde schon eine Arbeit für dich, mit der du dich nützlich machen kannst. Und jetzt geh schlafen, und mach dir keine so dummen Gedanken mehr.«

Erleichtert mummelte sich Nihal in ihre Decken.

Bevor sie einschlief, dachte sie noch einmal über all das nach, was ihr in den zurückliegenden Tagen widerfahren war. Es begann ihr richtig zu gefallen, ein schönes Kleid zu tragen und sich ohne Schwert an der Seite unter Leuten zu bewegen. Sie fühlte sich wie neugeboren: Ja, vielleicht war sie wirklich eine wiederauferstandene Lada, ein ganz normales Mädchen, das ein ganz normales Leben führte.

Nihal hatte noch nie in solch einer unbeschwerten, liebevollen Atmosphäre gelebt. Jetzt verstand sie, was es bedeutete, eine richtige Familie zu sein, und überlegte, dass ihr das sehr viel mehr gab als das, was sie im Zusammenleben mit Livon verspürt hatte. Sie und der Alte, wie sie ihn gerne genannt hatte, waren eigentlich keine richtige Familie gewesen, sondern eher zwei Versprengte, die das Schicksal zusammengeführt hatte, damit sie sich das Leben leichter machten. Gewiss, sie waren sich sehr verbunden gewesen, doch hatte er ihr nie das geben können, was sie bei Eleusi und ihrem Sohn erlebte. In ihrer Kindheit hatte sie nie jenen Frieden, jene Geborgenheit verspürt, die man zwischen diesen vier Wänden hier atmete. Sie wunderte sich, dass ihr das früher nie aufgefallen war. Aber nun wurde sie dafür entschädigt, nun bekam sie das zurück, was man ihr genommen hatte: Das Leben bei Eleusi und Jona bedeutete eine zweite Chance für sie.

Bevor ihr die Augen zufielen, malte sie sich aus, wie es wäre, für immer in diesem kleinen gelben Haus wohnen zu bleiben.

An der Wand lehnend, begann ihr Schwert langsam einzustauben.

Am Morgen half sie im Haushalt mit: Zwar ging ihr, was Hausarbeiten betraf, immer noch allerhand daneben, aber sie war beseelt von einem unbändigen Willen zu lernen, und deshalb hielt sie sich häufig in Eleusis Nähe auf, wenn diese mit ihren täglichen Verrichtungen beschäftigt war, und versuchte, sich irgendwie nützlich zu machen.

Unter anderem lernte sie kochen. Ihrem ersten fehlgeschlagenen Versuch beim Brotbacken zum Trotz stellte sie fest, dass ihr das richtig Spaß machte. Und nicht nur das, sie besaß auch durchaus Talent, weil sie sich ganz von ihrem Instinkt leiten ließ, und was sie auf den Tisch brachte, schmeckte allen.

Vor allem aber kümmerte sie sich um den Gemüsegarten. Durch das jahrelange Fechttraining war sie stark geworden, und es machte ihr Spaß, Kraft und Ausdauer nun jenem Fleckchen Erde zugute kommen zu lassen, das ihre tägliche Nahrung hervorbrachte.

Abends saßen sie zusammen, und Jona erzählte ihnen von seinem Tag, was er bei dem Weisen gelernt und mit seinen Freunden angestellt hatte. Nihal hörte zu und dachte an nichts.

Sie trauerte nicht mehr um Livon, hatte Soana in einem entlegenen Winkel ihres Gedächtnisses abgelegt, und sogar Fens Gesichtszüge begannen für sie allmählich zu verschwimmen. Nur Sennar blieb ihr weiterhin in lebhafter, stets gegenwärtiger Erinnerung, einer Erinnerung, die schmerzte. Sie versuchte, auch ihn aus ihrem Gedächtnis zu tilgen, doch im Grunde wusste sie, dass sie, was ihren Freund anging, früher oder später mit sich ins Reine kommen musste.

Der Winter war streng, und das Brennholz wurde allmählich knapp. Es musste neues geschlagen werden, und Eleusi bat Nihal, sich darum zu kümmern: »Ich kann nicht gut mit der Axt umgehen«, erklärte sie, »und früher hat sich auch immer mein Mann darum gekümmert …«

Nihal war gerne dazu bereit. »Keine Sorge, das macht mir doch Spaß. Pass auf, ich nehme auch Jona mit, so machen wir uns einen schönen Tag im Wald.«

Nihal und Jona streunten häufiger gemeinsam durch den Wald, spielten miteinander, erzählten sich Geschichten und spazierten einfach ein wenig herum. Jona bewunderte sie. Eine Frau, die kämpfen konnte, war für ihn das höchste der Gefühle: Üblicherweise gingen ihm die Mädchen eher auf die Nerven mit ihrem ständigen Gejammer und ihrem feinen Getue, doch Nihal war ganz anders. Ihr machte es Spaß, sich im Schnee zu wälzen, sie wurde es nie leid, ihm zuzuhören, und sie war so stark wie ein Mann. Und Jona zeigte sich gerne mit ihr vor seinen Freunden und erzählte voller Stolz, dass sie ein Soldat sei.

Nihal hingegen sah sich in Jona selbst als Kind wieder. Und seine Gesellschaft stimmte sie froh: Sie liebte das kindliche

Vertrauen, mit dem er alle Dinge betrachtete, es machte ihr Vergnügen, mit ihm zu spielen oder ihn mit einem kleinen Zauber zum Staunen zu bringen. Einige Male ließ sie sich sogar darauf ein, mit einem Holzschwert gegen ihn zu kämpfen, doch als er sie bat, ihm doch ein paar Geschichten aus dem Krieg zu erzählen, wich sie aus und gab vor, sich nicht erinnern zu können.

An jenem Morgen packten sie sich warm ein und machten sich beizeiten auf den Weg in den Wald. Sie wanderten nebeneinander her und trällerten dabei das Liedchen, das Jona Nihal beigebracht hatte. Die lange Axt in Nihals Händen schleifte hinter ihnen am Boden und zeichnete eine lange Schlangenlinie in den Schnee.

Als sie die Lichtung erreichten, bei der sie sich zum ersten Mal begegnet waren, erblickte Nihal einen einladenden abgestorbenen Baum, genau das, was sie für den Kamin brauchen konnten.

»Geh mal ein Stück zur Seite, Jona. Ich glaube, wir müssen nicht länger suchen.«

Als sie die Axt fest in beide Hände nahm, wurde ihr plötzlich ganz anders, und sie blickte auf das Eisen, so als hätte sie in ihrem ganzen Leben noch keines gesehen.

»Was ist dir?«, fragte Jona, dem Nihals abwesende Miene nicht entgangen war.

»Ach, nichts. Ich musste nur daran denken, wie ich mit so etwas gekämpft habe.«

Jona ließ sich die Gelegenheit nicht entgehen, begann aufgeregt um sie herum zu hüpfen und rief: »Zeig mir, was du damit gemacht hast. Bitte! Bitte! Zeig's mir!«

Und Nihal war, als rufe die Axt nach ihr. *Ja, klar, warum soll ich ihm den Gefallen nicht tun?* Noch fester umklammerte sie den Griff, und wie von selbst setzte sich ihr Körper in Bewegung.

Sie ließ die Axt immer schneller herumwirbeln und begann dann, die Luft mit raschen, präzisen Bewegungen zu durchschneiden. Die Klinge rotierte, und sie erinnerte sich an jede Übung, an jeden einzelnen Tag in der Akademie, an jede Trainingsstunde. Und sie wunderte sich über die Wehmut, die sie dabei verspürte: Es war ihr doch schlecht gegangen in diesem Gebäude, abgesehen von Malerbas und Laios Gesellschaft war sie ganz allein gewesen, und doch dachte sie jetzt sehnsüchtig an den Unterricht, an Schwert und Schweiß. An die Schlachten, die sie geschlagen hatte, an ihren flinken Körper im Kampf, die schwarze Klinge, die in der Sonne blitzte ... das Gefühl, endlich zu sich selbst gefunden zu haben ... die Entdeckung, wie sehr sie im Kampf verwurzelt war, und ... *Nein!*

Unvermittelt ließ sie die Axt sinken.

Es ist doch nicht mehr der Krieg, nach dem es dich verlangt, nicht die Schlachten! Die Abende vor dem Feuer sind es, das Leben mit Eleusi und Jona, das anmutige Kleid, das du trägst ... Das muss deine Zukunft sein!

Jona sah, dass sich Nihals Miene verfinstert hatte, und das Lächeln auf seinen Lippen erstarb. »Bist du böse auf mich?«, fragte er zögernd.

»Nein, überhaupt nicht«, antwortete Nihal, noch etwas verwirrt, »ich hatte nur schlimme Erinnerungen. Beeilen wir uns lieber, sonst kommen wir noch zu spät nach Hause«, und ohne weiteres Wort machte sie sich daran, den Baum mit kräftigen, wohlgesetzten Schlägen zu fällen.

Auf dem Heimweg schwiegen sie zunächst.

Jona blickte Nihal aus den Augenwinkeln an. »Es ist meine Schuld, nicht wahr?«

»Was denn, Jona?«, fragte Nihal kühl zurück. Ihr war nicht nach Reden zumute. Dann jedoch bemerkte sie, dass dem Jungen die Tränen in den Augen standen.

»Dass du traurig geworden bist ...«

Nihal blieb stehen und lächelte ihn an. Dann beugte sie sich zu ihm hinab und gab ihm einen lauten Kuss auf die Wange. »Nein, mein Kleiner. Und ich bin auch nicht traurig. Wirklich nicht. Und nun auf, marsch nach Hause, dort kriegen wir bestimmt etwas Leckeres zu essen!«, antwortete sie, indem sie ihm einen liebvollen Klaps auf den Hintern versetzte.

Und bald schon hüpfte der Kleine wieder vergnügt vor ihr her über den Pfad, doch Nihal wusste, dass sie gelogen hatte.

Eines Nachmittags machte Eleusi ihr einen Vorschlag: Sie saßen beieinander am Tisch, während Jona draußen spielte. Die Frau legte die Schürze beiseite, die sie gestopft hatte, und sah Nihal in die Augen.

»Hör mal, du bist doch eine Zauberin, nicht wahr?«

»Warum fragst du mich das?«, antwortete Nihal verwirrt.

»Ich dachte, du könntest mich vielleicht begleiten, wenn ich zu Kranken gerufen werde, und mir mit deinen Zaubern helfen …«

Nihal war skeptisch. Allein schon die Vorstellung, unter Leute zu gehen, machte sie nervös. »Ich weiß nicht …«

»Wir erzählen einfach, du kommst aus einem anderen Land, von irgendwo weit her, und bist vor dem Krieg geflohen. Wir könnten sagen, du seist die Tochter einer Nymphe! Hier bei uns weiß niemand so genau, wie Nymphen aussehen. Und außerdem kannst du dich doch nicht bis in alle Ewigkeit verstecken, Nihal.«

Eleusi wünschte sich, dass ihr Gast bei ihr heimisch würde. Und wenn Nihal spürte, dass sie gebraucht wurde, würde sie vielleicht eher bleiben.

Ihren ersten gemeinsamen Auftrag erhielten sie an einem Abend, an dem dichter Schnee fiel. Ein Junge aus dem Dorf war von einer Leiter gefallen, mit dem Kopf am Boden aufgeschlagen und bislang noch nicht wieder bei Bewusstsein. In Dunkelheit und Kälte machten sie sich sogleich auf den Weg.

Beim Haus angekommen, traten sie auf Zehenspitzen ein. Auf einem Bett lag ein Junge, so bleich wie die Wand, mit einem großen roten Fleck auf der Wange, aus dem durch einen behelfsmäßigen Verband immer noch Blut austrat. Bei diesem

Anblick kamen Nihal sofort Bilder aus dem Krieg in den Sinn, doch sie bemühte sich, die Erinnerungen schnell wieder zu vertreiben.

»Guten Abend, Mira. Weine nicht, ich will deinem Sohn helfen«, sagte Eleusi leise. Sie musste der Frau sanft einen Arm um die Schultern legen, um sie ein Stück von dem Lager wegführen zu können. In dem Raum war auch ein Mann, hinter dem sich ängstlich ein blondes kleines Mädchen versteckte. An ihn wandte sich Eleusi nun. »Erzähl mir genau, was geschehen ist.«

Während der Mann mit erregter Stimme den Vorfall schilderte, blickte Nihal sich um. Sie kam sich fehl am Platz vor: Sie war keine Priesterin und hätte nicht sagen können, was dem Jungen genau fehlte. Bis dahin hatte sie ausschließlich sich selbst behandelt, und das auch nur mit sehr schwachen Zaubern. Während der Mann erzählte, starrte das kleine Mädchen hinter seinem Rücken Nihal unverwandt an.

»Seid unbesorgt, ich glaube nicht, dass es sehr schlimm ist«, beruhigte Eleusi die Familie, trat dann noch näher an den Jungen heran und winkte Nihal zu sich.

Dann löste sie den Verband und begann, die Wunde zu untersuchen, um anschließend ihren aufmerksamen, erfahrenen Blick über den ganzen Körper des Jungen gleiten zu lassen und sich jede Einzelheit zu betrachten.

»Behandele du seine Wunde«, wandte sie sich daraufhin an Nihal, »ich selbst will versuchen, ihn aus seiner Bewusstlosigkeit herauszuholen. Er hat zwar auch ein wenig Fieber, aber es dürfte nicht zu schwierig sein.«

Nihal nickte. Sie krempelte die Ärmel ihres Kleides hoch, setzte sich aufs Bett und legte die Hände zusammen. Wie Nadeln spürte sie die Blicke aller Anwesenden auf sich gerichtet. Dessen ungeachtet versuchte sie sich zu konzentrieren und legte dann die Hände auf die Wunde. Sie war nicht tief und würde sich leicht schließen lassen.

Doch der Mutter war die Sache nicht geheuer. »Wer ist die Frau, die du mitgebracht hast, Eleusi?«, fragte sie besorgt.

»Eine Freundin. Sie kommt aus dem Land des Wassers und ist für einige Zeit zu Besuch bei mir.«

»Aber was macht sie denn da mit meinem Doran?«

»Kein Angst, sie weiß, was sie tut. Sie ist meine Gehilfin.«

Doch kaum war Nihal dazu übergegangen, die Zauberformel zu sprechen, während sich gleichzeitig ein Ring bläulichen Lichts um ihre Hände bildete, war die Frau nicht mehr zu halten. »Seht doch! Eine Hexe! Du hast mir eine Hexe ins Haus gebracht«, schrie sie und stieß Nihal unsanft vom Bett fort.

Als Nihal daraufhin zu Boden fiel, rutschte ihr ein Haarbüschel unter dem Schal hervor, den sie wie einen Turban um den Kopf geschlungen hatte.

Sogleich streckte das kleine Mädchen den Zeigefinger zu ihr aus. »Schau mal, Mama, sie hat blaue Haare!«

Die Frau starrte Nihal hasserfüllt an: »Schafft sie weg von meinem Sohn!«, kreischte sie.

Eleusi trat zu ihr. »Du musst keine Angst haben«, sagte sie in ruhigem Ton. »Sie ist wirklich eine gute Freundin von mir, ich kenne sie schon lange, und sie ist wirklich sehr tüchtig.«

Doch Mira war nicht zu besänftigen. »Sie ist eine Hexe! Eine Hexe«, kreischte sie immerzu.

Nihal hatte sich in eine Ecke des Raumes zurückgezogen: Es war eine Situation, die sie aus der Akademie kannte. Wie gut erinnerte sie sich noch an solch feindselige Blicke, an jenes unverhohlene Misstrauen.

Doch Eleusi gab sich noch nicht geschlagen. Ihre Stimme wurde lauter. »Wenn ich deinen Sohn retten soll, brauche ich sie. Und außerdem – seit Jahren behandele ich nun schon die Leute hier im Dorf. Und auch euch habe ich allen schon einmal geholfen. Warum willst du mir jetzt nicht trauen?«

»Ich will keine Hexe in meinem Haus!«

»Gut, wie du meinst, Mira. Komm Nihal, hier haben wir nichts mehr zu suchen«, sagte Eleusi, indem sie sich zum Gehen wandte.

»Warte!« Zögernd erhob sich die Frau vom Bett ihres Sohnes und starrte Nihal in die Augen. »Wenn ihm etwas passiert, ist es um dein Leben geschehen«, zischte sie.

Als der Junge wieder zu sich kam, fiel ihm Mira weinend um den Hals.

Eleusi vergalt man ihre Hilfe mit wenigen Münzen und einem Säcklein Mehl.

Für Nihal gab es nicht mal ein Wort.

Im Dorf sprach sich die Geschichte bald herum. Mira erzählte ihren Freundinnen davon, und so machte die Neuigkeit die Runde.

»Wir haben eine Hexe unter uns ...«

»Sie hat blaues Haar ...«

»Sie hat die arme Eleusi verzaubert!«

»Meinst du wirklich?«

»Aber ja, siehst du nicht, dass sie immer zusammen stecken?«

»Vielleicht ist sie ein Spitzel des Tyrannen ...«

»Ich habe meinem Jungen gesagt, wenn ich ihn noch mal mit Jona zusammen sehe, kriegt er ein paar hinter die Ohren.«

Nihal hatte sogleich gewusst, was nun folgen würde. Das Jahr auf der Akademie hatte sie gelehrt, wie tief Angst die Herzen der Menschen aufwühlen kann.

»Es wird besser sein, wenn ich dich nicht mehr begleite. Die Leute haben Angst vor mir«, hatte sie bereits zu Eleusi gesagt, als sie Miras Haus verließen.

»Aber wieso? Das war doch nur, weil du ihnen fremd warst. Lass dich doch nicht so leicht ins Bockshorn jagen, sie werden sich schon an dich gewöhnen ...«

Doch auch beim zweiten Mal, als sie eine Frau behandelten, die sich mit einem Messer verletzt hatte, weckte ihre Gegenwart wieder das gleiche Misstrauen, und auch beim dritten und letzten Mal, als sie einen Säugling mit hohem Fieber heilten. Seitdem rief in ihrem eigenen Dorf niemand mehr nach Eleusi, wenn eine Heilerin gebraucht wurde. Um Arbeit zu finden, musste sie nun über die Dörfer im weiteren Umkreis ziehen – und das allein.

Anfangs bemühte sich Nihal, so zu tun, als wenn nichts geschehen wäre: Sie begleitete Eleusi zum Markt, ließ sich zusammen mit Jona sehen, doch wohin sie sich auch wandte, von überall her spürte sie die feindseligen Blicke der Dorfbewohner auf sich gerichtet.

Bald folgten den Blicken Worte. Auch gut gemeinte Bemerkungen, Ratschläge, wenn die Leute Eleusi besser kannten. War Nihal nicht bei ihr, trat man auf sie zu und fragte sie, wer denn diese Fremde eigentlich sei, die sie bei sich aufgenommen hatte.

Eleusi erging sich dann in Lobreden auf die Halbelfe, erzählte, mit welchem Mut sie ihren Sohn vor den Wölfen gerettet hatte, wie erstaunlich ihre Fähigkeiten als Magierin seien und allgemein, um welch untadelige, bewundernswerte Person es sich bei ihr handele.

Doch die Frauen im Dorf ließen sich nicht besänftigen: »Komm zur Vernunft, Eleusi. Du beherbergst da jemanden, den du überhaupt nicht kennst. Was weißt du denn schon von ihr? Sie hat blaue Haare, sie ist eine Hexe, wer weiß, was sie mit ihren Zauberkünsten alles anrichtet.« Und so trug jede etwas zu Nihals Verunglimpfung bei, wusste von Geschehnissen zu berichten, die sie irgendwo aufgeschnappt oder einfach erfunden hatte, Ausmalungen der Geschichte von der bösen Hexe, die sich in die Häuser anständiger Menschen einschlich, um deren Kinder zu rauben.

Voller Wut hörte Eleusi zu, und manchmal, auch wenn sie das niemals zugegeben hätte, schlichen sich auch bei ihr Zweifel ein. Sie wusste ja wirklich gar nichts von diesem Mädchen, und es war vielleicht tatsächlich leichtsinnig gewesen, sie mir nichts dir nichts, ohne ihr irgendwelche Fragen zu stellen, bei sich aufzunehmen.

Doch die Erinnerung an die verwundete, leblos vor ihrem Pferd am Boden liegende Nihal tilgte sofort alle Zweifel. Sie würde ihre neue Freundin immer in Schutz nehmen, mochte es kosten, was es wollte, denn ein Leben ohne sie konnte sie sich kaum noch vorstellen.

Nihal bemühte sich, ihr Leben so normal wie möglich weiterzuführen, doch der Zauber begann zu verfliegen.

Nun verspürte sie eine innere Unruhe, wie einen unterschwelligen Schmerz, der aus tiefster Seele ans Tageslicht drängte. Sie überlegte, wann sie ihn zum ersten Mal gefühlt hatte: Vielleicht in jenem Augenblick, da sie die Axt geschwungen hatte, oder vielleicht auch, als sie die hasserfüllten Blicke der Leute spürte, die sie doch aufgesucht hatte, um ihnen zu helfen. Sie wusste es nicht. Doch diesen Ruf aus der Ferne hörte sie, einen Ruf, der sie gleichzeitig lockte und erschreckte.

Eines Tages fiel ihr Blick auf das an der Wand lehnende Schwert. Die Scheide war mit einer dicken Staubschicht überzogen. Sie zog es heraus, drehte es in ihren Händen hin und her und betrachtete das so herrlich gearbeitete Heft. Sie konnte noch die Einschläge von Livons Hammer erkennen, die Ziselierungen, die seine Werkzeuge geschaffen hatten. Lange musterte sie es von allen Seiten. Dann verließ sie das Haus und ging zum Kornspeicher hinüber, wo sie es in eine Ecke legte, damit sie es nicht täglich sehen musste.

An einem Morgen gegen Ende des Winters ging sie allein zum Markt. Dies geschah nicht zum ersten Mal: Nihal war klar geworden, dass sich Eleusi ein wenig mehr Eigenständigkeit von ihr wünschte. An jenem Tag nun war sie guter Stimmung. Die Sonne schien von einem klaren Himmel, und durch die kalte Luft fühlte sie sich gestärkt. So beschloss sie, bis zu einem entfernteren Dorf weiter zu wandern, wo niemand sie kannte und wo sie in der anonymen Menge nur eine von vielen sein würde.

Sie machte sich ein Vergnügen daraus, an den verschiedenen Ständen herumzustöbern, und schließlich kaufte sie ein wenig Naschwerk für Jona und ein Kopftuch für sich selbst.

Mittlerweile hatte sie eine kleine Kollektion davon. Ihre Haare waren nachgewachsen und wieder so weich und glänzend wie früher, bevor sie sie abgeschnitten hatte.

Es machte ihr Spaß, über den Platz zu schlendern und hier und da etwas von dem Geplauder der Leute aufzuschnappen. Man tratschte, unterhielt sich über den Krieg, über Bekannte, die in der Ferne weilten, über jene, die gestorben waren, über das Wetter, die Ernte, die Kinder. Doch das Hauptthema waren heute jene Söldner, die aus der regulären Armee der freien Länder desertiert waren und nun marodierend durchs Land zogen. Als sie das hörte, begann Nihals Herz schneller zu schlagen, doch sie mahnte sich zur Ruhe: *Das geht dich nichts an, Nihal. Du hast jetzt ein Zuhause.*

Zurück nahm sie den Weg durch den Wald. Der war zwar etwas weiter, doch zwischen den Bäumen entlangzuwandern empfand sie als Vergnügen, auf das sie nicht verzichten wollte.

Dann entdeckte sie die Spuren. Sie kamen aus dem dichten Unterholz und verliefen in Richtung des Pfades, der vom Dorf zu ihrem Haus führte. Es waren Hufspuren.

Nihal bückte sich und betrachtete sie sich näher: Sie waren noch sehr frisch.

Sogleich spürte sie, wie ihr Herz zu rasen begann. Sie beschleunigte ihre Schritte, wurde immer schneller, bis sie rannte. Doch der Rock behinderte sie, sie kam ins Stolpern und fiel in den Schnee, sprang aber sofort auf und lief weiter. *Als Erstes das Schwert holen. Das Schwert ist im Kornspeicher. Auch wenn ich mich täusche und nichts passiert ist, und mit Sicherheit täusche ich mich, muss ich als Erstes das Schwert holen.* Sie hatte Angst, große Angst, war aber gleichzeitig hellwach.

Als ihr Haus in Sicht kam, blieb ihr für einen Augenblick das Herz stehen: Zwei Pferde standen auf der Tenne und schnüffelten mit der Schnauze im Gras.

Sie spitzte die Ohren, hörte aber nur, wie ihr Blut in den Schläfen hämmerte.

Ganz leise und geduckt, um nicht gesehen zu werden,

schlich sie um das Haus herum und kletterte in den Kornspeicher hinauf.

Als sie das Schwert aus der Scheide zog, war ihr, als verschmelze ihre Hand mit dem Heft … und als bildeten ihre Waffe und sie selbst eine unzertrennliche Einheit.

Da, ein Schrei, gefolgt von Gelächter, jagte ihr eine Gänsehaut über den Rücken.

Sie stürmte ins Haus und erblickte einen Mann über Eleusi gebeugt, die sich ihm verzweifelt zu entwinden versuchte, während Jona von einem zweiten Mann festgehalten wurde.

Jener, der Eleusi bedrängte, drehte sich um: »Ach, wir haben Besuch. Nur herein. Je später der Abend, desto schöner die Gäste«, rief er, während er Eleusi losließ und in eine Ecke stieß. »Nein, was für ein hübsches Mädchen! Offenbar spielst du gern mit Schwertern. Komm nur, du darfst ein wenig mit uns spielen. Komm!«

Mit einem Sprung war Nihal über ihm und streckte ihn mit einem Schwertstreich nieder. Lautlos sank der Mann zu Boden, während aus seiner Kehle ein Schwall dunklen Blutes spritzte. Von Entsetzen gepackt, schrie Eleusi so laut sie konnte.

Sogleich stürzte sich der andere mit gezogenem Schwert auf Nihal, und das Gefecht begann.

Schon im ersten Augenblick hatte Nihals Körper seine gewohnte Flinkheit und Reaktionsschnelligkeit wiedergefunden: Ihre Bewegungen waren geschmeidig, sie wich aus, blockte und parierte. Ihr Herz jubilierte vor Freude. Nach dem langen Stillstand war ihr, als finde sie jetzt endlich wieder zu sich selbst.

Nach seinem ersten Angriff hatte sich ihr Gegner, vor Wut schäumend, längst in eine Ecke drängen lassen.

»Ist das alles, was du zu bieten hast?«, lachte Nihal höhnisch, während sie sich den Schweiß von der Stirn wischte. Und schon ging sie wieder zur Attacke über und brachte ihm eine tiefe Wunde am Arm bei. Einen Augenblick später hatte sie ihn entwaffnet.

Nihals Schwertspitze an der Gurgel, fiel der Söldner auf die Knie. »Verschone mich, ich flehe dich an, vergib mir …«

Nihal blickte ihn verächtlich an. »Schnapp dir diesen Hund von einem Kumpan und mach, dass du hier raus kommst. Für solch einen Wurm wie dich ist mir meine Klinge zu schade.«

Der Mann gehorchte geschwind: Er lud sich seinen Gefährten auf die Schultern und wandte sich zur Tür, doch Nihal hielt ihn noch einmal zurück, indem sie sagte: »Und vergiss nicht: Solltest du es wagen, je wieder einen Fuß in dieses Dorf zu setzen, zerleg ich dich in Stücke …«

»Nein, nein, keine Sorge. Und hab vielen Dank. Danke …«, stammelte der Mann unter Tränen, bevor er das Weite suchte.

Nihal blieb reglos in der Mitte des Raumes stehen.

Sie hatte wieder gekämpft, hatte wieder zum Schwert gegriffen. Und es hatte ihr Spaß gemacht. Sie spürte, wie die Waffe in ihrer Hand zuckte, wie sie sie aufforderte, den verlassenen Weg wieder gemeinsam fortzusetzen, wieder in die Schlacht zu ziehen. Sie war glücklich, seltsamerweise glücklich.

Eleusi kauerte an der Wand und drückte Jona an sich.

»Keine Angst. Die Gefahr ist vorüber«, sagte Nihal, indem sie auf sie zutrat, doch ihre Freundin schrie auf und wich zurück.

Sie hat Angst vor mir. Diese Erkenntnis traf Nihal bis ins Mark. Eleusi, an die sie sich wie an einen Rettungsanker geklammert hatte, hatte Angst vor ihr. Das Schwert entglitt ihrer Hand.

Da stand Eleusi auf, ging auf sie zu und machte Anstalten, sie zu umarmen. »Verzeih mir, ich wollte nicht …«, doch nun war es Nihal, die zurückwich. Sie trat einen Schritt zurück, blickte kurz auf das blutige Schwert am Boden und rannte davon.

Im Halbdunkel des Kornspeichers vernahm man ein rhythmisches, regelmäßiges Tröpfeln. Vielleicht war es Schnee, der langsam schmolz. Denn draußen schien die Sonne.

Nihal hatte ihren Kopf zwischen den Knien vergraben: Wie oft hatte sie in ihrem Leben schon so dagesessen? Fast bekam sie Lust nachzurechnen.

Eleusis Kopf erschien am oberen Ende der Leiter. »Ach, hier bist du. Gut, dass ich dich gefunden habe.«

Schweigen.

»Verzeih mir, Nihal. Aber es ... es war einfach stärker als ich. Ich bin dir unendlich dankbar, dass du uns gerettet hast, unendlich ... Nur all dieses Blut, dieser Mann am Boden, und dann du, plötzlich wie verwandelt ... Bitte, sag doch etwas ...«

Nihal hob den Kopf und blickte sie schweigend an.

»Verschließ dich doch nicht. Sag mir, was du denkst.«

»Ich weiß nicht, was ich denke.«

»Soll ich lieber gehen?«

Nihal fuhr sich mit der Hand übers Gesicht. »Ja.«

Eleusis Augen füllten sich mit Tränen. »Einverstanden. Wie du willst.«

Nihal öffnete die Augen und blickte in das schwache Licht, das zwischen ihren Knien hindurch drang. Nur einmal hatte sie wieder zum Schwert gegriffen, und schon war ihr ganzes Leben auf den Kopf gestellt.

Die strahlenden Farben jener zurückliegenden Monate mit Jona und Eleusi waren plötzlich verwaschen. Ja, es war schön gewesen, aber jenes schüchterne Mädchen, das sie im Spiegel betrachtet hatte, war doch nicht sie selbst.

Es war nicht ihr Leben, das sie in den letzten Monaten geführt hatte. In Wirklichkeit war sie doch die Halbelfe mit dem Schwert, die stets in der ersten Linie focht und sich furchtlos ins Schlachtgetümmel stürzte.

Was soll ich bloß tun? Nihal begann, mit dem Kopf rhythmisch auf ihre Knie zu hämmern. *Was soll ich bloß tun?*

Zum Abendessen kam sie ins Haus zurück, setzte sich wortlos an den Tisch und begann zu essen.

Eleusi sah ihr eine Weile zu und wusste nicht, wie sie sich verhalten sollte.

Auch Jona schwieg und suchte mit dem Blick die Augen seiner Mutter.

Als Nihal fertig gegessen hatte, legte sie den Löffel neben die Schüssel und machte Anstalten aufzustehen.

Da konnte Eleusi nicht mehr länger an sich halten: »Verdammt noch mal, was soll dieses Schweigen?«, schrie sie, »gib mir wenigstens zu verstehen, was dir durch den Kopf geht!« Jona zuckte zusammen.

Nihal blickte sie abweisend an. »Hast du noch nie Zeit zum Nachdenken gebraucht, Eleusi? Hast du noch nie in einer Situation gespürt, dass Worte nicht mehr weiterhelfen? Hast du noch nie an etwas gezweifelt? Hast du noch nie Zeit gebraucht, um Klarheit für dich zu gewinnen?«

Eleusi sprang auf, während ihr Gesicht rot anlief: »Doch … Aber egal was ich dir getan haben sollte, solch eine Behandlung habe ich nicht verdient!«

»Warum willst du das nicht verstehen?« Auch Nihal hatte die Stimme erhoben. »Es geht doch gar nicht um dich! Du hast mir gar nichts getan, und ich bin auch nicht wütend auf dich. Ich habe andere Probleme, aber es bringt nichts, darüber zu reden. Wie in Watte gepackt lebst du in diesem Haus, wie willst du da verstehen, was mich umtreibt, was in der Welt geschieht, wie Kriege geführt werden?«

»Ach so!«, schrie Eleusi. »Für dich bin ich also nur eine dumme Bäuerin, der man nichts erzählen kann, weil sie ohnehin nichts versteht. Aber was die Watte betrifft, in die deiner Meinung nach mein Haus gepackt ist, so scheinst du dich so unwohl nicht darin gefühlt zu haben. Schließlich hast du dich hier häuslich niedergelassen!«

Nihal griff zu ihrem Umhang und ging hinaus. In dieser Nacht schlief sie im Kornspeicher.

Einige Tage lang war es, als sei die Zeit stehen geblieben.

Das kleine gelbe Haus schien wie in einer Glaskugel eingeschlossen, und die Stunden verrannen in einer unnatürlichen Ruhe. Alle warteten, dass etwas geschah:

Jona, dass er verstand, warum plötzlich alles so anders war.

Eleusi, dass sie herausbekam, wie ihre Worte auf die Freundin gewirkt hatten.

Und Nihal auf eine Antwort. So wie vielleicht immer schon in ihrem Leben. Eine Antwort darauf, wer sie war. Warum sie überlebt hatte. Welche Aufgabe ihr in dieser Welt zukam. All das fragte sie sich schon seit Ewigkeiten. Aber ob es überhaupt eine Antwort darauf gab?

Sie hatten schon seit einer Weile fertig zu Abend gegessen: Jona lag im Bett, und seine regelmäßigen Atemzüge untermalten die Stille im Haus.

Nihal war draußen, und vom Fenster aus sah Eleusi ihren gebeugten Rücken.

Die Frau trat in die Eiseskälte des Abends hinaus. Nihal trug nun wieder ihre Kampfmontur. In der Hand hielt sie ihr Schwert, und blaue Haarbüschel lagen im Schnee.

»Wolltest du sie nicht wachsen lassen?«, fragte Eleusi.

Nihal ließ das Schwert sinken und blickte die Frau an. »Weißt du, früher hatte ich einmal sehr langes Haar. In der Nacht vor meiner ersten Schlacht habe ich es mir abgeschnitten.«

Eleusi weigerte sich zu verstehen. »Was soll das heißen? Was willst du mir damit sagen?«

Nihal lächelte sie sanft an. »Du weißt es doch auch, Eleusi. Ich kann hier nicht länger bleiben. Ich muss wieder in mein eigentliches Leben zurückkehren.«

Eleusi versuchte, mit Wut ihre Tränen zurückzuhalten, und erhob ihre Stimme: »Was soll das? Geht's dir denn nicht gut bei uns? Oder ist es wegen der Leute im Dorf? Du wirst sehen, sie werden sich an dich gewöhnen, das braucht nur Zeit. Du bist für dieses Leben hier geschaffen. Du kannst uns nicht verlassen!«

Nihal hatte nicht aufgehört zu lächeln. Jetzt hob sie das Schwert und betrachtete es, wie es im Mondlicht funkelte. »Weißt du, Eleusi, als ich dieses Schwert vor ein paar Tagen wieder zur Hand nahm, hat es zu mir gesprochen. Es forderte mich auf, ihm zu folgen und mich ihm anzuvertrauen, denn mein Schicksal liege in ihm. Kämpfen ist das Einzige, was ich beherrsche.« Nihal hielt einen Moment inne. »Und das Einzige, was mir wirklich Spaß macht.«

Die Frau schwieg. So war es nun tatsächlich aus. Nihal hatte sich schon weit von ihr entfernt, gehörte nicht mehr zu ihnen.

»Ich werde dich sehr vermissen. Du hast mir so viel gegeben«, sagte Nihal, indem sie sich zu ihr umdrehte.

Eleusi blickte immer noch zu Boden. Ihre Tränen bohrten sich in den unberührten Schnee. »Du hast mich glauben lassen, dass meine Einsamkeit beendet sei. Dass du bei uns bleiben würdest. Bei Jona und mir. Und nun, da du uns nicht mehr brauchst, gehst du einfach deiner Wege.«

»Ich habe dir nie versprochen, dass ich für immer bleiben würde«, antwortete Nihal leise.

»Aber du hast es mich auf tausenderlei Weise glauben lassen. Aber tu, was du willst, geh nur, geh und töte, geh und stirb, wenn es das ist, wonach es dich verlangt!« Eleusi stand auf und lief ins Haus.

Noch lange hörte Nihal ihre Schluchzer durch die Hauswand.

Kurz vor dem Morgengrauen war sie fertig zum Aufbruch. Das Pferd war gesattelt, ihre Habe zusammengepackt. Sie stieg in das Kämmerchen hinauf, in dem Jona schlief. Der Junge atmete regelmäßig, mit offenem Mund, und als Nihal ihn sanft rüttelte, schlug er mühsam seine verschlafenen Augen auf.

»Was ist denn?«

»Ich will mich nur von dir verabschieden.«

Ruckartig setzte sich Jona im Bett auf. »Warum?«

»Ich muss fort, Jona.«

»Nein«, wimmerte er. Zwei dicke Tränen rannen ihm über die Wangen.

»Weine nicht, mein Kleiner. Wir werden uns doch wiedersehen. Ich gehe fort, um wieder zu ›schwerten‹, aber ich komme zurück. Und dann wird auch dein Papa hier sein, und wir beide bringen dir bei, wie man mit dem Schwert umgeht. Du musst nur ein wenig Geduld haben.«

»Bitte geh nicht fort«, schluchzte Jona und umarmte sie fest.

Nihal half ihm, sich wieder hinzulegen, und deckte ihn zu. »Ich muss los. Und du pass gut auf deine Mama auf. Du bist doch der Mann im Haus, nicht wahr?«, sagte sie und zwang sich zu einem Lächeln.

Sie küsste ihn auf die Stirn. Dann eilte sie zu ihrem Pferd, saß auf, und noch mit Jonas Weinen ihm Ohr galoppierte sie davon.

Hin und her wanderte der Stein über die Klinge, dass die Funken stoben. Er mochte es, sich sein Schwert selbst zu schärfen und war mit ganzem Herzen bei der Sache. Obwohl die Schleifgeräusche alle anderen Laute übertönten, spürte Ido, dass jemand gekommen war. Er sah auf.

Auf der Schwelle vor der Hütte stand wartend eine schlanke, ganz in Schwarz gekleidete Gestalt. Sein Herz machte einen Sprung. Er freute sich, wollte es aber nicht so direkt zeigen, und wandte sich wieder seiner Arbeit zu. »Und?«, fragte er nur.

»Ich habe so gelebt, wie du es mir geraten hast.«

»Und hast du herausgefunden, wozu du kämpfst?«

»Ich bin mir nicht ganz sicher. Jedenfalls weiß ich jetzt, was Leben ist, und auch Frieden. Dennoch spüre ich, dass ich wieder in den Kampf ziehen muss, weil es das Einzige ist, was ich wirklich kann. Es ist nicht Rache, die mich antreibt, sondern etwas anderes, was ich noch nicht richtig verstanden habe. Vielleicht bin ich noch gar nicht so weit, dass ich meine Ausbildung fortsetzen kann. Und wenn du mich nicht aufnehmen willst, kann ich das verstehen, aber ...«

»Das reicht jetzt«, unterbrach sie der Gnom.

Mit gesenktem Haupt blieb Nihal auf der Schwelle stehen. Sie hatte Angst. In diesen Augenblicken würde sich ihr Leben entscheiden.

Dann merkte sie, dass Ido auf sie zugetreten war. »Oarf erwartet dich. Morgen früh beginnen wir mit dem Unterricht.«

Das Mädchen fiel ihm um den Hals. Sie lachte. Sie war wieder zu Hause.

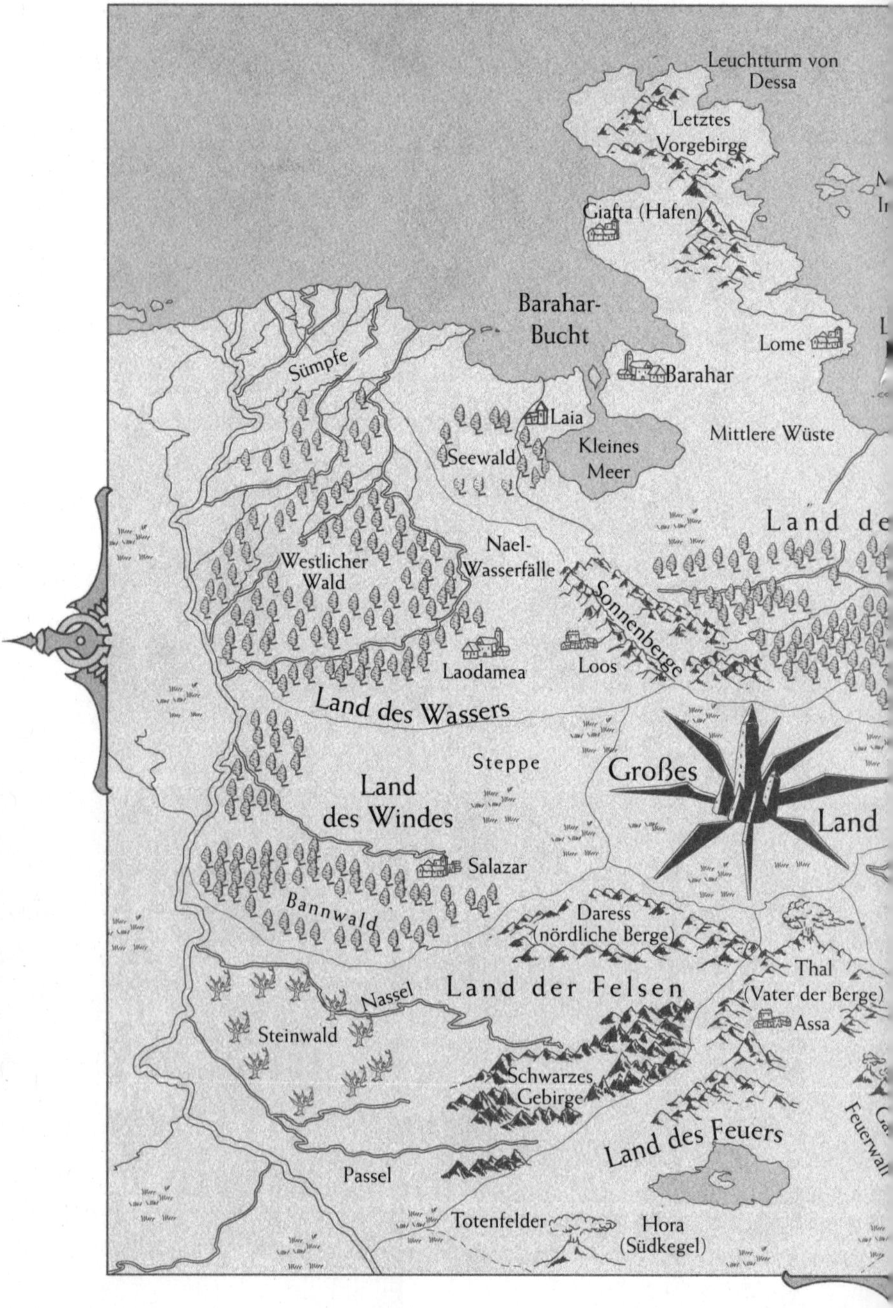

Leuchtturm von Dessa
Letztes Vorgebirge
Giafta (Hafen)
Barahar-Bucht
Lome
Barahar
Sümpfe
Laia
Seewald
Kleines Meer
Mittlere Wüste
Land de
Nael-Wasserfälle
Westlicher Wald
Sonnenberge
Laodamea
Loos
Land des Wassers
Steppe
Großes
Land
Land des Windes
Salazar
Bannwald
Daress (nördliche Berge)
Thal (Vater der Berge)
Assa
Land der Felsen
Nassel
Steinwald
Schwarzes Gebirge
Land des Feuers
Feuerwall
Passel
Totenfelder
Hora (Südkegel)